十朝

奇道

卷二 龍戰于野

高容 GAO RONG 作品

道德幾時曾去世
舟車何處不通津

方 諸叢立
教 無狼也
但 虎

後梁勢力圖 公元907-922年

五代十國(後梁)勢力圖
公元 908-911 年

柏鄉之戰示意圖（公元911年）

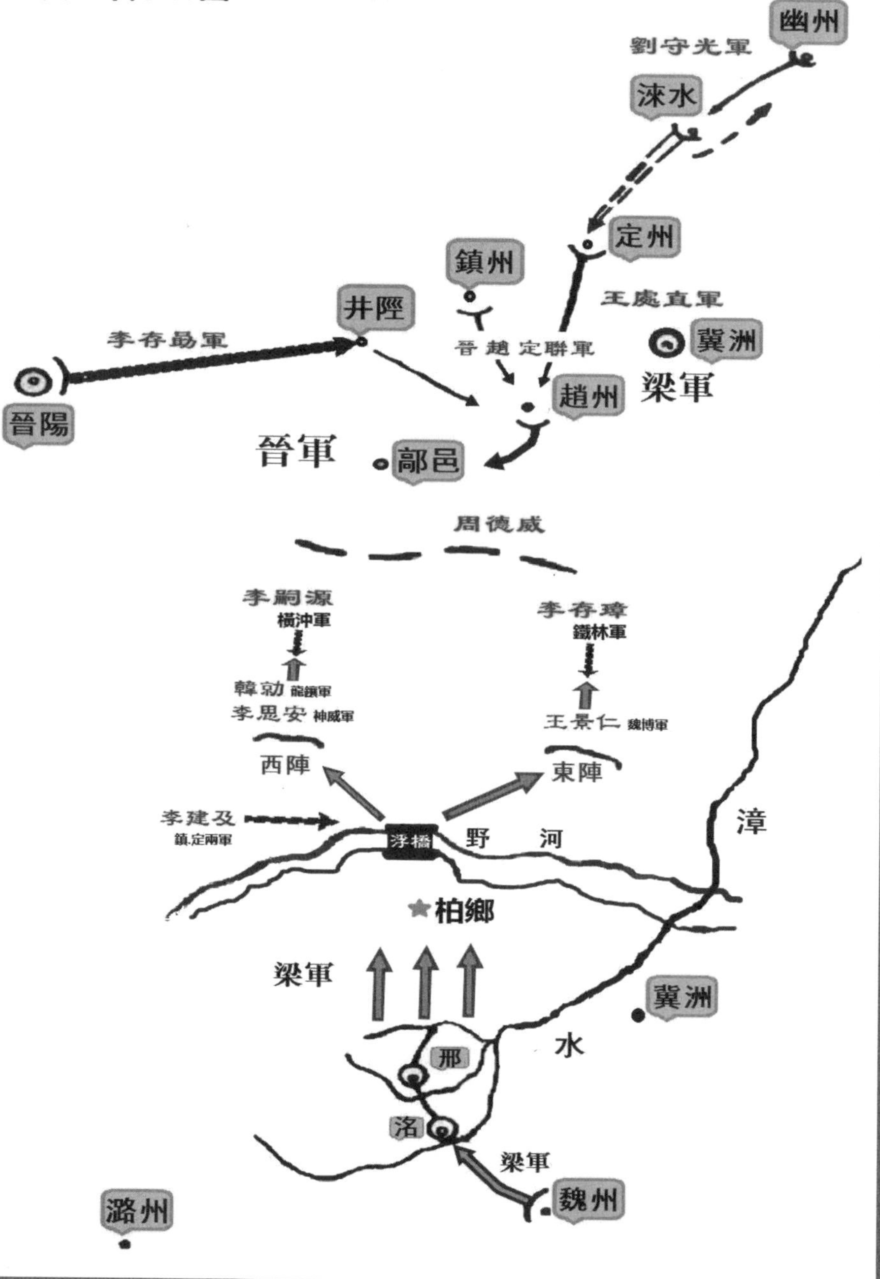

本書目錄以公元年為序號，章回名稱取自《李白詩選》

九〇八・三

酒酣舞長劍．倉卒解漢紛

時振武節度使克寧，即帝之季父也，為管內蕃漢馬步都知兵馬使，典握兵柄。帝以軍府事讓季父，曰：「兒年幼稚，未通庶政，雖承遺命，恐未能彈壓。季父勳德俱高，眾情推伏，且請製置軍府，俟兒有立，聽季父處分。」克寧曰：「亡兄遺命，屬在我兒，孰敢異議！」因率先拜賀。初，武皇獎勵戎功，多畜庶孽，衣服禮秩如嫡者六七輩，比之嗣王，年齒又長，部下各綰強兵，朝夕聚議，欲謀為亂。及帝紹統，或強項不拜，鬱鬱憤惋，託疾廢事。會李存顥以陰計干克寧曰：「兄亡弟立，古今舊事，季父拜侄，理所未安。」克寧妻素剛狠，因激怒克寧，陰圖禍亂。存顥欲於克寧之第謀害張承業、李存璋等，以并、汾九州歸附於梁，送貞簡太后為質。克寧意將激發，乃擅殺大將李存質，請授己雲州節度使，割蔚、朔、應三州為屬郡，帝悉俞允，然知其陰禍有日矣。克寧俟帝過其第，則圖竊發。時幸臣史敬鎔者，亦為克寧所誘，盡得其情，乃來告帝。帝謂張承業曰：「季父所為如此，無猶子之情，骨肉不可自相魚肉，予當避路，則禍亂不作矣！」承業曰：「臣受命先王，言猶在耳。存顥輩欲以太原降賊，王欲何路求生？不即誅除，亡無日矣。」因召吳珙、李存璋、李存進、朱守殷諭其謀，眾咸憤惋。二月壬戌，命存璋伏甲以誅克寧，遂靖其難。《舊五代史‧唐莊宗紀》

春冬交錯、霜雪漸融，凜冽的狂風夾帶著蒸散的雪氣，瀰漫整個晉陽城，凍得人疲馬瘦、萬物頹靡，但再嚴酷的霜雪也比不上軍心寒涼與士氣低落。

兩名將領提著酒壺大口大口地灌酒，搖搖晃晃地走在暗夜的長巷裡，趁著酒意指天罵地：「他奶奶的，什麼禁軍令！娘兒不能玩、財寶不能搶，老子為何還要賣命打仗？我李存顥上戰場砍人頭顱時，那奶娃娃還在穿開襠褲，這大片花花江山都是老子一刀一拳打下，憑什麼這個不准、那個不准？咱們要不是看在義父的面子上，才給他幾分顏色，喊他一聲大王，真當老子服氣他？想不到他竟不知天高地厚，敢殺我們的人！」

另一位將領拍拍自己的胸口，罵道：「我李存實每天冒著艱苦風霜，上場拼命，已經幾年了，玩樂一下又怎樣？咱們拼命的時候，臭小子總是安安穩穩地躲在後方，如今這屁股才剛坐上位子，就定下這麼多規矩，是給人下馬威嚒？什麼東西！真當大爺好欺侮嚒？再這樣下去，大夥兒還能混嚒？兄弟都沒得當！」

當年李克用起軍於雲、朔，他性格豪爽慷慨，最愛英雄猛將，只要遇到驍勇之士便收為義子，除了名震天下最強悍的十三太保外，還有一批義子將領，李克用對他們都愛如親子，誰立下戰功，便有豐厚的賞賜，衣服禮秩和嫡子甚至沒有分別，即使犯罪也不必受罰，這李存顥、李存實雖未列十三太保，手下也各有一班精兵勇士，因此常恃功驕縱，搶掠百姓，如今這禁軍令一下，自是感到縛手縛腳，心中萬分不服。

「你們在這兒發酒瘋有什麼用？」長巷盡頭傳來一道幽幽男聲。

兩人忽然聽到這陰森森的聲音，吃了一驚，口中酒水盡噴吐出來，李存顥伸袖抹去嘴上的酒水，喝斥道：「是誰在那裡裝神弄鬼？想嚇唬老子！」

李存實大聲呼喝：「我沙陀兒郎向來天不怕、地不怕，就算是妖孽惡鬼也要退避！」

「我不是妖孽惡鬼，是財神，給你們送榮華富貴來了！」一名清瘦男子從街牆角落處微微轉了出來，露出披穿長袍斗蓬的半邊身子，另一半身子仍隱在月光照不到的幽暗裡。

「榮華富貴？」兩人登時酒醒幾分，睜眼瞧去，卻瞧不清來人長相，李存顥揉了揉眼睛，呼喝道：「財神怎麼是你這種鬼樣子？」

「你們瞧了便知道！」神祕人擲去一只方盒，那李存顥身手著實不差，雖然在酒醉之中，仍是長臂一抄，便接住盒子，咕噥道：「弄什麼玄虛？」打開盒子一看，竟是六顆亮晃晃的金珠，教兩人全然清醒過來，張大了嘴：「這……」不由得嚥了嚥唾沫。

那人嘿嘿冷笑一聲，又道：「這只是先禮！你們若是照著信中所說去做，事成之後，保你們平步青雲，官升三階，一生坐擁榮華富貴！」

兩人最近因為不能隨意劫掠百姓，手頭甚緊，已經顧不得對方條件是什麼，便迫不及待地拿了金珠塞入懷裡，又取出盒底的密函打開來看，瞬間兩人臉色大變，拿著信紙的手不禁微微顫抖，好半晌才互望一眼，卻看見在這大寒夜裡，彼此臉上竟冒了冷汗珠。

「沙陀兒郎天不怕、地不怕，難道連自己的榮華富貴也不敢爭取？」神祕人幽沉沉地聲音透著一絲蠱惑意味。

李存顥兩人畢竟是悍將，很快鎮定下來，呸道：「有什麼不敢？」

神祕人笑道：「兩位將軍果然是識時務的豪傑！」

李存顥又道：「但你連個臉都不露，我們怎知信中所寫是真是假？」

神祕人微微走出陰暗的角落，揭下蓋蓬，露出真實的面容，陰刻地一笑：「我是落第士子！只要你們能讓李存勖踏入大梁軍營，聖上必有重賞！」

「你是……李振！」李存顥驚呼一聲，待要再問什麼，李振已轉入圍牆的陰暗角落裡，迅速離開。

李存實驚疑問道：「他真是大梁軍師李振？」

李存顥呸道：「我從前瞧過李振的畫像，就是那副窮酸樣，如假包換！」

李存實微微蹙眉道：「把臭小子綁到大梁，這可是殺頭的事！」

李存顥一咬牙，憤恨道：「咱們沙陀兒郎一生下來，就把腦袋掛在刀尖上，怕什麼殺頭的事？咱們這麼豁命為了什麼？還不是為了建功立業、縱情享樂？如今河東要滅了，建功立業是沒指望了，那臭小子還不准享樂，不反他反誰？」

李存實又道：「你說朱全忠真會信守諾言，讓咱們官升三級？」

李存顥沉吟道：「我瞧是真的！只要咱們送上臭小子，朱全忠不費一兵一卒就能取下河東，咱們還不官升三級？」

李存實一握拳，道：「好！咱們兄弟齊心，一起把臭小子綁到大梁領賞，從此富貴一生，再也不用戰場拼命了！」兩人既然做了決定，當真是五內如焚，一刻也等不及，便依照信中計劃，直接夜闖振武將軍府。

其實李振奉命潛入晉陽已經好一段時間，他先在城中散佈謠言，說周德威救援潞州不力，是因為與李嗣昭有私怨，希望借此引得李克用猜疑心起，調周德威離開潞州，誰知此計未成，李克用忽然死了，一開始李振還不知道這消息是真是假，費了好些力氣仍探不出虛實，直到看見李存勖不知死活地整頓軍紀，引發軍怨，他這才相信李克用確實升天了。

這原本是梁軍進攻河東的大好機會，但詭計百出的李振卻另有想法，他遣人攜密函快馬送至澤州，向朱全忠稟報情況，並說最多三個月，他能不費一兵一卒取下河東。朱全忠看了密函內容，大讚李振不愧是鬼才，竟能想出這等妙計，遂決定按兵不動，靜待佳音。

振武軍府裡，李克寧忙了一天軍務，剛回來歇息，連軍袍都來不及卸下，僕衛就進來傳報，說李存顥、李存實兩位將領求見。這陣子許多將領為了李存勖的整頓，心中不滿，都來李克寧這裡發牢騷，李克寧為安撫軍心，總是讓他們進來，他夫人孟氏乃是左教練使孟知祥的小妹，個性驕悍，見夫君近日四處奔波，疲憊不堪，怒道：「又是為了禁軍令來的吧！那小子闖下的禍，為何總是你扛著？」

李克寧嘆道：「妳先回房歇息吧！我等會兒便進去了。」孟氏只得悻悻然回房。

李克寧傳喚兩人進來，見他們滿面酒紅、殺氣騰騰，似乎有什麼蠢動，問道：「發生什麼事了？」

兩人拱手道：「今日我倆來這裡，是想請叔父主持公道！」

李存顥道：「前兩日，我手下一個士兵不過犯了一點戒律，就被八太保給斬了！倘若我們不能替下屬出頭，以後誰還聽我軍令？」

李存實附和道：「我也有兩個心腹被斬了！再這麼下去，還怎麼打仗？」

李克寧微微嘆了口氣：「如今情況岌岌可危，你們忍著點，等這陣子過去了，叔叔再去勸勸他。」

李存實不甘心道：「義父苦心經營許久，兄弟們血戰沙場多年，好不容易才有一點根基，難道放任亞子胡作非為，再這麼下去，總有一天他會把大家推入死地！」

李克寧沉沉嘆了口氣，不置可否，李存顥看出他其實也感到疲累不滿，趁機慫恿道：「兄終弟及一向是我北方部族的傳統，義父忽然暴斃，亞子又不得人心，這是上天賜下的機會，叔父為何不好好把握，取王位而代之？若是輕易錯過，將來必會後悔！」

李克寧長期聽命李克用，早就養成了唯大哥之命是從的習慣，壓根就沒想過自己當王，不由得又是沉沉一嘆：「我朱邪家世世代代都是父慈子孝，王兄既認定亞子接續他的基業，我也答應王兄要扶持他，又怎能存非份之想？」

李存顥打抱不平地道：「你明明是叔父長輩，見到侄子還要時時叩拜，這合理嘛？於理不合，又如何安人心？叔叔，你乾脆料理了他，自己帶領我們吧！」

李克寧見他竟敢挑唆自己殺侄奪位，既驚且怒：「你莫再胡說，否則我先殺了你！」

李存實勸解道：「叔父心慈，不願殺那無知小兒，我倒有一個法子，可以解決大家的難題。」

李克顒佯裝問道：「什麼法子？」

李存實道：「不如叔父先跟亞子要兵權，倘若他答應，便讓他當個傀儡王享享清福，也算對得起義父了；倘若他不知好歹，硬是要跟大家對著幹，那麼叔父又何必容情？」

李克寧蹙眉道：「前兩日我才親口將他拱上王位，轉個身就開口要軍權，這像話嗎？只怕惹人非議……」

李存實道：「軍中最有威望者，除了叔父，就屬周叔叔和大太保，周叔叔如今困在潞州，管不到晉陽的事；而大太保原本就需防守雁門，是因為義父去世才匆匆趕回來，明早就會回去，更何況這兩人都是外姓，誰會服氣他們？只有叔叔才真正具有身分！一旦叔叔掌權，大家又能恢復到從前歡樂的日子，高興都來不及，又會說什麼？」

李克寧心中想道：「亞子不懂事，鬧到軍心渙散，我是為了不辜負大哥的心血，才出來支撐大局，絕不是故意要奪他的產業。」遂答應了兩人的提議。

雪霧消融，晉陽漸漸回暖，隱藏在春日下的暗潮卻更加洶湧了。

李存勖見城內紛亂已然平息，心想該處理外敵了，便召集眾將領到主帥軍帳，想商討如何解決潞州之圍，等候許久，除了張承業和李存璋、李存進之外，其他將領都未出現，他不由得有些擔憂：「他們發生什麼事了，怎不見半個人影？」

「我去瞧瞧。」李存璋快步出帳，過了大半時辰，卻臉色鐵青地回來，拱手道：「啟稟大王，他們都聚到振武將軍府了。」

李存勖蹙眉道：「聚到叔父的府邸做什麼？難道不知本王召集他們嚒？」

李存璋正要回答，卻見眾將領簇擁著李克寧姍姍來遲，不等通報，逕自掀開氈帳，大搖大擺地進來。

李存勖心中雖不滿，但向來敬愛這個叔父，又想：「此刻團結要緊，我且忍一口氣，先解決潞州之圍，把二哥救出來再說。」遂硬生生壓下怒火，只神情肅然，不發一語。

張承業從前長居深宮，對宮中爭鬥再熟悉不過，見眾人態度倨傲，已嗅到一股不尋常的氣氛，便向李存璋使了個眼色，故意起身，朗聲道：「根據我大唐律令，子襲父爵乃是天經地義！新王初立，老奴還未以大唐監軍身分敬賀——」說著起身伏跪於地，道：「晉王在上，請受老奴之禮！」

李存璋、李存進見狀，也趕緊跟著伏跪，朗聲道：「臣叩見大王！」眾親衛也跟著跪拜，呼喊：「卑職叩見大王！」

河東至今仍奉大唐為正統，這也是李克用的心願，因此張承業搬出了「子襲父爵」的大唐律令壓制對方「兄終弟及」的傳統，確實名正言順，眾將領無可反駁，只得跟著跪拜，李克寧忽覺得不甘心：「我是他叔父，難道每回見了他，都要磕磕叩叩嚒？」

李存勖心中感激張承業，溫言道：「都監請起。」張承業起身後，李存勖又道：「你們也都起來吧！」

眾將領悻悻然站起，李存勖看在眼裡，也不說破，只朗聲道：「今日我讓大家過來，是要商討如何破解潞州之困？」

李存顥哼道：「情況艱難，弟兄們還互相殘殺，大夥兒心中都很不安，哪有心思打仗？」

李存勖微微蹙眉，沉聲道：「本王已讓八太保嚴整軍紀，若有逞凶犯罪者，都依法嚴懲，如今紀律清明，哪來的兄弟相殘？」

李存顥冷笑道：「倘若犯罪者正是八太保自己呢？」

李存勖、李存璋、張承業三人臉色同時一變，李存勖沉聲道：「八太保是奉了本王命令，這才整飭紀律，百姓們都高興得很，你卻說他犯了罪，究竟怎麼回事？倘若罪證確鑿，本王絕不偏袒，若是無憑無據，就先辦你誣陷之罪！」

李存顥絲毫不讓，大聲道：「八太保仗恃大王命令，憑著自己的恩怨喜惡，胡亂處死士兵，算不算犯了誣陷之罪？」

李存勖道：「八太保處治罪犯，樁樁件件，皆有實證，豈有誣陷之理？」

李存顥冷笑道：「找幾個小民誣告一番，便算有證據，那我河東軍兵再多，也不夠處死！今日八太保說這人有罪，明日又說那人有罪，兄弟們都害怕不知幾時會輪到自己，這樣整日不安寧，是沒法打仗的！」又大聲問眾將領：「你們說是不是？」

眾人顯然有備而來，你一言我一語地呼斥：「不錯！今日若不給大夥兒一個交代，我們就沒法打仗！」「不給個交代，就沒法打仗！」個個目光猙獰、舉臂揚拳，揮得呼呼作響，赤膊糾結的肌肉上噴發著勃勃怒氣，好像隨時就要鬧翻了天！

倘若是平時，李存勖絕不肯受威脅，會直接解了他們的軍職，教他們滾蛋，但此時非同往日，他再一次忍下心中怒火，握拳道：「你們究竟想怎麼樣？」

李存顥得到眾人支持，更大聲道：「很簡單，只要把罪魁禍首交出來！」

李存璋在接受命令時，早已知道會有這一天，低聲道：「大王不必為難，倘若用臣一命可換得河東團結……」

李存勖怒斥道：「你胡說什麼？倘若有人忠心勤懇地執行本王命令，百姓都感恩戴德，本王卻反而降他的罪、殺他的頭，今後還有人敢服從命令，為我河東百姓著想麼？倘若我連一個忠臣賢才都無法維護，還能勝任河東之主麼？」

李存顥冷哼道：「既然大王執意坦護一個殘殺兄弟的罪犯，咱們再待下去，還有什麼意思？兄弟們，大夥兒都走吧！」

眾將領齊聲附和：「不錯！與其等在這兒被殺頭，不如早早離去！」紛紛起身作勢要離開。

「慢著！」李克寧終於出聲，眾人立刻肅然靜立，李存顥恭敬問道：「叔父有何指示？」

李克寧緩緩道：「今日河東困難，你們怎能輕易離開，豈不愧對先王之恩？」

李存顥感慨道：「不是我們不念義父的恩情，是義父才去世，我們就變成落水狗，讓人喊打喊殺，好似我們是十惡不赦的罪人，兄弟們好寒心！」

李克寧溫言道：「倘若八太保真的循私舞弊，相信亞子絕不會輕縱，但查清此事需要一段時間，潞州之危卻是禍在眉睫，今日大家不妨先齊心合力，抵禦外侮。」

李存顥道：「叔父就是通情達理！潞州危急，我們不是不知道，要上戰場也可以，但此刻下面的人都惶恐不安，我們要如何帶兵？」頓了頓又道：「除非有戰陣經驗豐富、處事公道之人做主帥，大家才能相信，也才願意齊心抗敵。」

李存實趕緊附和：「叔父輩分最高，處事公道，如今也只有你還顧念我們曾血戰沙場的苦勞！兄弟們都服氣，請你統管兵權，帶領大家吧！」

其他將領有志一同，紛紛附和：「不錯！請叔父帶領我們打勝仗！」

李存勖心想：「既然他們願意聽從叔父調度，我便退讓一步吧！」道：「侄兒年少，初掌大權，許多事原需仰賴叔父定奪，但不知叔父願意分擔哪一樣重任？」

李克寧想不到李存勖輕易答應，意外欣喜之餘，不禁開始相信李存顥說的，自己真是天命所歸：「大夥兒不過鬧騰一下，亞子就膽怯了，看來他真扛不起重擔，既是上天授與，我為何不取？我也是為了河東安定，才挺身而出！」遂大聲道：「大王既然開了口，於公於私，我這個做叔父的都不宜推辭，應該盡力協助侄兒安定四方。這樣吧！我力所能及，除了現任內外蕃漢都知兵馬使、檢校太保、振武節度使外，可以再兼任大同節度使，就以蔚州、朔州、應州為巡屬，所有軍政事務，叔父都會盡心管理，你放心便是！」

李存勗想不到他一開口便要了核心重大軍權，心中雖不悅，但話已出口，又怎能收回？見眾將領得意揚揚，恍然明白：「他們想殺八哥不過是個餌，真正目的是逼我放手軍政大權！今日我若是不答應，他們肯定不會罷休！」又想：「前兩日，叔父才在眾軍面前力挺我登上王位，應該沒有貳心，我不妨大方一點，先爭取他的支持，等潞洲之圍解了，再索要回來。」遂道：「那便有勞叔父費心了！」

張承業哼哼冷笑：「原來如此！原來如此！」

李克寧微微蹙眉，道：「都監是什麼意思？」

張承業提高嗓音，冷哼道：「什麼意思？你心裡明白！但願你還記得先王臨終的囑托，莫辜負他對你的信任！」

李克寧聽張承業語含譏誚，不悅道：「今日我是為亞子排憂解難，卻遭人非議，難怪將士們寒心！」

李存勗心想雙方都是自己的至親，實不願他們再起紛爭，朗聲道：「事情既已決定，此後大家就該齊心抗敵，倘若還有人無端生事，本王絕不輕饒！」又道：「還請叔父盡快安排軍陣，出兵解救潞州。」

李克寧道：「放心吧！我會盡快調度兵馬，十日之內，必會出擊。」

李存勖道：「叔父如此承諾，本王就靜候佳音！」他心中煩躁，便讓眾人先行離開。

眾將領但覺自己打了一次勝仗，一離開後，立刻到城中酒坊大肆慶祝，直喝到深夜還不肯罷休，又隨著李克寧回到振武將軍府。李克寧在眾人的拱捧之下，也開始覺得自己並沒有對不起兄長，對李存顥、李存實更是稱讚有加，二人得到李克寧的信任，自是殷勤隨侍，寸步不離。

李克寧的妻子孟氏從內室出來，見到眾人滿面春風、群聲歡鬧，問起原由，李存顥笑道：「嬸嬸，告訴妳一個好消息，叔父已經統管軍政大權了！」便將事情詳述一番，豈料孟氏卻大發脾氣，咆哮道：「你們幹得什麼好事，想讓我們全家去死嚒？」

眾人想不到嬸嬸會大發雷霆，一時呆愣住，李存顥忝著臉想解釋什麼，卻聽孟氏斥責李克寧：「今日是那些太保都待在潞州，你才有機會逼小子放出軍權，但他從此記恨在心，來日等大局穩定，太保們回來了，他還不好好修理你？你、你、還有你們！」她一一指了眾人，又罵道：「誰都躲不過！」

眾將領突覺大難臨頭，紛紛問道：「那該怎麼辦？」

孟氏深知夫君打仗雖勇猛，胸中卻無大志，只一心跟隨李克用，怒道：「你若不能狠下殺手斬草除根，就別想奪什麼軍權！」

李克寧聽得妻子一通怒吼，口裡雖斥道：「妳胡說什麼斬草除根！」心中卻感到陣陣顫慄。

李存顥趁機道：「嬸嬸說得不錯！今日亞子放出軍權，實在太容易了，保不準他另有打算，或許想把我們一網打盡，咱們只能先下手為強！」

李克寧不由得退縮了：「再怎麼說，他終究是我的侄兒，是大哥的親骨肉，這段日子以來，他也算尊敬我，我這個做叔父的，怎能動手殺他？」

李存顥道：「叔叔難道沒有看見老宦官的嘴臉嚒？還有八太保咬牙切齒的模樣！如今亞子最信任的就是他二人，就算一開始他還尊敬叔父，但在兩個賊人慫恿下，時日一久，難保不起殺心？你瞧瞧他怎麼對付我們兄弟的，說殺就殺，幾時念過兄弟情份？」

孟氏見今日人多口雜，急得罵李克寧：「今天他們聚在這裡商議奪權，不用多久，定會傳得人盡皆知，那亞子就算一時忍下，心裡肯定有刺，等將來河東平定，絕對放不過咱們！你顧念叔侄之情，卻不管我們母子死活！」

眾人害怕李存勖日後報復，也慫恿道：「王位近在眼前，唾手可得，叔父不能再猶豫了！」「是亞子自己不得人心，叔父不過是順天而為！」「叔叔，大夥兒的命都在你手上，你再心軟，就只有死路一條！」

李克寧心意動搖，猶豫道：「倘若亞子真想對付我們，必定會有佈署，咱們起事，未必能成功……」

孟氏暗想：「倘若叛變能成，我夫君便是河東之王，我就是王妃，說不定將來還能稱帝、稱后！」便道：「那小子身邊不過一個瘦巴巴的老宦官，最多再加上一個沒打過幾次仗、又得罪人的八太保，你有大家力挺，還有我大哥支持，有什麼不能幹的？」

李克寧心中盤算：「我一旦動手，無論孟知祥答不答應，都只能跟著上船了，我二人軍力加起來，確實已佔上風！我若不答應他們，難道任由亞子將河東給毀了嚒？」他從前未起爭奪之心，一旦大權在手，又得到眾人擁護，心中也有些飄飄然，遂答應道：「潞州未解，大梁又虎視眈眈，河東已禁不起損傷，你們既然決定擁護我，就得擬一個萬全的法子，把傷害減至最低！」

李存顥露了一抹邪惡笑意，道：「如今梁軍快要壓境，咱們是敵不過的，大家都不想死，對吧？」眾將領紛紛點頭，李存顥又道：「叔父心慈，不想殺那小子，侄兒倒有一個兩全其美好法子，既可阻止梁軍，又不必叔父親自動手！」

孟氏道：「既有好法子，還不快快說來！」

李存顥道：「過兩天，小子要在宣光殿設宴，咱們可以趁機動手！」他早有準備，從懷裡拿出一張宮城地圖攤在桌上，道：「叔父已經掌握晉陽大部份的軍權，能輕易調動兵馬，便以調配潞州援軍之名，先把巡城將領、酒宴侍衛都換成自己人，再命一千兵馬駐紮在北營，等大家進入酒席，便悄悄出來包圍宮城，至於原來的守城將領，就將他們打散，阻隔在宮城外，讓他們無用武之地，如此一來，李存勖、張承業、李存璋全都插翅難飛！

大家入席酒宴後，亞子一定會請叔父坐在他旁邊，叔父就忽然出手制住他，無論殿中有多少軍士是聽命於他，都只能乖乖就範！如今眾太保盡在外地，亞子的武功又不及叔父，他唯一能依恃的就是老宦官和八太保，這兩人一副忠臣嘴臉，見到亞子被擒，一開始肯定不敢妄動，咱們趁機殺了他們，讓他們後悔都來不及，到那時，亞子孤身一人，就只能任由擺佈！」

眾人一聽，都大聲讚好：「簡單俐落、出其不意，果然是好計！」

李克寧思索一陣，道：「這計劃雖好，還有幾點顧慮……」

李存顥道：「叔父請說。」

李克寧道：「首先，這段時間我們必須隨時掌握亞子的動靜，得找一個王府的人暗通消息，事成之後，還需有人撰寫露布昭告天下，才算名正言順，那幫文臣都以張承業為首，哪有人願意參與？」

李存顥想了想道：「史敬熔！這人年輕時就待在義父帳下，不但精熟王府運作，還能寫文書，亞子應會將酒宴之事交由他處理。」

李克寧疑道：「史敬熔這人很忠心，能參與我們的事嚒？」

李存顥冷笑道：「一個文臣能忠心個屁？再忠心也抵不過『貪財』、『怕死』這兩件事，咱們一方面抓住他家人做要脅，另方面大大賞賜他，威逼利誘，雙管齊下，還怕他不就範？」

「就這麼辦吧！」李克寧想了想，又道：「掌管宮城偵察巡邏的都虞侯李存質侍奉王兄多年，一向忠心耿耿，我們調動兵馬包圍宮殿時，肯定會被他察覺。」

李存顥精光一湛，狠狠道：「那就一不做二不休，先要了他的命！」

李克寧猶豫道：「萬一亞子奮力反抗，人人都看見我這個做叔叔的出手欺侮一個孩子，這……只怕會落人口實……」

李存顥道：「叔父不必擔心，只要咱們事先將酒宴上的燈油都減成三分，讓它們在半個時辰後一起熄滅，那時眾人喝得興起，誰知道是不是亞子酒醉胡塗，先冒犯你這個叔父？他今日被逼著釋出兵權，心中肯定不滿，於是趁著酒宴向叔父動手，你是為了自保，才奮力反抗！」

眾將領道：「不錯！我們都可以做證，是做侄子的要殺叔叔，叔叔不得已才反抗！」

李克寧道：「萬一老宦官和八太保不顧亞子安危，豁命以博，我一邊要制伏亞子，一邊要對付兩人，只怕不易，需想個萬全之策！」

李存顥想了想，道：「那就把老宦官或八太保其中一人調離酒宴，這樣就容易對付了！我們以生擒亞子、控制全局為主，但萬一有人脫出掌握，衝到殿外，叔父就不能再心軟了，務必下令外邊的圍兵當場革殺！」

李克寧嘆了口氣，道：「我明白！但抓了亞子後，又該怎麼辦？」

李存顥陰森森道：「我們將亞子和存霸、存渥那幾個小子，連同曹太妃一起送往大梁當人質，定能換得河東平安！」

「這……」李克寧心中一驚，斥道：「怎可投降大梁？」

眾將領也紛紛反對：「咱們跟大梁有深仇大恨，怎能投降朱賊？」

「你們誰跟朱全忠有仇？」李存顥哈哈一笑，道：「戰場之上，本來就是你殺我、我殺你，怎能算仇恨呢？」

「但……」眾人長年與大梁誓不倆立，一時無法接受，李存顥一一指了眾人，問道：「朱全忠殺過你們的妻兒麼？」

眾人盡皆搖頭，李存顥大聲道：「沒有！一個都沒有！所以我們甚至是叔父，都跟朱全忠沒有半點仇怨！真正跟朱全忠有仇的，都不是你我，是先王嫉妒朱全忠比他還厲害，才恨得牙癢癢的！李存勖那麼想殺朱全忠，咱們就成全他，送他去大梁，讓他們雙方正面對決，為何要拖整個河東下水？」

「這……」眾將領想要反駁什麼，卻又說不出話來。

李存顥又道：「你們打得過梁軍、打得過朱全忠麼？既然打不過，為什麼不投降？為什麼要為了他們父子的恩怨，賠上大夥兒的性命？臭小子去了大梁，生死由天，能手刃仇人，是他的本事，就算死了，也是死在仇人的手上，可不是咱們殺他的！」

李克寧心想：「大哥一死，根本無人能抵擋朱全忠，偏偏亞子不知死活，還拿刀砍自家兄弟，這才激起眾怒，是他不義在先，實在不能怪大家造反！存顥說得不錯，早早投降，免得我河東生靈塗炭……」問道：「但朱全忠肯接受麼？」

李存顥道：「朱全忠見我們將李存勖送過去，便會知道我們一片誠心，他可以早早統一天下，不用繼續打仗，定然高興得很，哪裡還記仇？」

李克寧見眾將領目光灼灼地望著自己，嘆道：「既然大家都有此心，好吧！我會在酒宴上動手！」

李存顥拿起匕首割開手臂，用布帛擦血，再將血布放在碗中燒成灰燼，混入酒水喝下，發誓道：「我們跟從叔父一起推翻李存勖，願叔父帶領我們征戰四方、縱情享樂！」又把酒碗遞了過去，眾人跟著拔出匕首刺入手臂，頓時鮮血飛灑如雨，群情激昂沸騰，待輪流喝過盟誓血酒後，又伸出一雙雙大手相互交握，齊聲呼喊：「我們手臂交心，性命相連，一起推翻李存勖，擁護叔父為王！」

李克寧心知這一步走下去，再難回頭，不禁猶豫了起來，孟氏卻拉了他的手疊放在眾人的掌背上，李克寧見勢成騎虎，也只好道：「你們願意跟著本帥幹殺頭的事，將來一定保你們美女財寶享之不盡！」

眾人大聲叫好：「咱們只要繼續從前的日子，拋頭顱、灑熱血、喝烈酒、騎快馬、搶財寶、玩女人，一樣也不缺，就暢快了！」

眾人歡敘直到清晨，紛紛醉倒。李存顥、李存實卻悄悄起身，對李克寧夫婦道：「侄兒現在就去找史敬熔、處置李存質，請叔父、嬸嬸靜候好消息！」

烏雲沉沉，細雪旋飛，原本回暖的天候竟然又冷了，將白幡飄飄的晉陽城染得一片哀淒。

李存勖獨自待在晉王府的後花園，思想這幾日宮中變化，心裡不勝淒寒，昔日把酒交心的親長兄弟，為何貪得無厭、處處逼迫？即使自己一再忍讓，也喚不回他們的悔悟，難道真要對兄弟們下狠手？如今自己失去了軍權，又要如何處置對方？種種棘手的問題，都讓他陷入兩難，這樣困迫的處境，讓他不禁懷念起溫柔的簫聲：「今天她會出現嚒？」

那女子其實只出現過一次，六年前的一段偶遇，為他送來一封信、一個計謀，說：「我是來幫助你的。」最後計謀雖沒有成功，卻在他心裡烙下了痕跡。

當時女子曾說：「我心中的大英雄權掌天下、勢達地極，王公走卒、英雄梟雄，莫不為其折腰，你雖然好，卻還差了些！」李存勖一向自視甚高，並不相信有誰能勝過自己，所以從不把這些話放在心上，只不過女子的嬌聲笑語總會不經意地浮現。

女子還說只要聽見簫聲，就是她來了，可是自從六年前一別，他就不曾再聽見那麼動人的簫聲，直到父親離世，他痛苦得無法自拔，那簫聲忽然出現了，溫柔地陪伴自己一夜又一夜，度過最艱難的日子，但在他渴望相見一面，用畢篥一遍遍吹奏著悲曲呼應時，那謎樣的女子卻始終不現身，不肯給他一點安慰，反而送來一封語意決絕的信箋，說他若不是天下第一，就別想相見。

「真是狠心的女人啊！」對於一面之緣的小姑娘，他居然牽掛至今，實在是不可思議，不禁微微苦笑，卻還是忍不住又拿起長簫吹著女子送來的樂曲，希望能引得對方現身，但直到東方日出，佳人依舊杳無音訊。

他仰望漫漫長空，感到兩人的相逢宛如春夢一場，一旦清醒，便了無痕跡，不由得心生傷感，依著女子的樂譜長聲吟唱：「曾宴桃源深洞，一曲清歌舞鳳。長記欲別時，和淚出門相送。如夢！如夢！殘月落花煙重。」吟罷黯然放下長簫，收拾心情，準備回去休憩，誰知才一轉身，遠山處忽傳來熟悉的簫聲，他心中一驚，連忙循聲追了出去，追了一陣，那簫聲已然飄逝，他極目望去，遠處只餘山影幢幢、樹影搖曳。❶

「她真的來了嚒？還是我太想見她了……」李存勖不肯相信是自己的錯覺，仍怔望好半晌，卻依然不見半點人影，漸漸地，一股失望沖湧而起：「她這樣裝神弄鬼，到底是什麼意思？」想自己乃堂堂晉王，竟被一個小姑娘連番捉弄、連連拒絕，羞惱之下，他決定徹底忘記她：「待我振興河東，成為一代霸主，要什麼樣的美女沒有，還稀罕一個吹簫的小姑娘？」

李存勖緩緩走回書房，想靜心思考河東的未來，誰知一踏入房內，桌案上已放著一張信箋，依舊是娟秀的筆跡，他連忙打開來看，只見女子寫道：「君願效玄宗中興，妾卻慕太宗創業，君若是天下第一，妾自會相見。」

「又是天下第一！」李存勖心中又好氣又好笑：「這小姑娘心氣真高，我能不能渡過眼前這道難關，還不知道，她卻非要我成為天下第一，才肯相見……」他手執信箋，就這麼怔怔望著，「太宗創業」四個字映入眼底，忽然間靈光一現：「太宗創業起於玄武門之變，這意思莫非是……」

每當女子消失許久，他決定不再記掛她，就會忽然收到書信，裡面或有建言或有計謀，偶爾也有支持鼓勵，從前他以為女子距離自己很遙遠，這一剎那，他突然覺得她一直陪在身邊，否則怎能輕易進入他的書房？

晉陽城平靜無波的表面下，已經殺機四伏！

李克寧一掌握軍權，便以出征為名，迅速換掉城中守衛，眾將領也養精蓄銳，準備在酒宴之中，一舉功成。

李存勖頭戴銀冠，身穿雪白長袍，負手昂立在宣光殿前迎賓，這是他登位後第一次宴請群臣，因還在父喪期間，宴席一切從簡，只有二十名親兵立於廳殿四周，他神色雖有些凝重，眉宇間卻刻著與生俱來的傲氣，偉岸的英姿獨立於風雪中，宛如寒梅卓然不群。

待河東文臣武將都進入殿中，依規定各自就座，李存勖仍待在殿外，仰首望天，沉思許久，直到李存璋出來輕聲提醒，他才收回心神，緩步入殿，坐上主位。

張承業、李克寧分別坐在李存勖左右，李存璋坐於張承業旁邊，主桌尚有孟知祥、丁會、李存進、李存顥、盧質、盧汝弼，另外還有近十桌酒席，坐著其他文臣武將。

李存勖起身舉杯相敬眾臣：「先王驟逝，河東艱難，本王能夠在風雨中順利即位，全憑諸公鼎力相扶，今日宴請大家痛飲一杯，還望各位與我齊心協力，一起對抗敵寇！」眾臣紛紛稱謝，一飲而盡。

這一頓酒席眾人各懷心事，李存勖一方希望借這一場酒宴冰釋前嫌，使眾人真正團結，因此態度誠懇，李克寧一方卻是氣勢洶洶，暗暗數著燭火熄滅的時刻，準備大動干戈，對李存勖的示好反應冷淡。整場宴席的氣氛詭譎沉重，並沒有人歡聲高笑，不知情者，還以為李存勖、李克寧仍沉浸在親人逝世的悲傷中。

酒宴進行到一半，李存實依照事先計劃的時間，急匆匆地闖了進來，打破了寧靜的氣氛，李存勖見他臉色不善，微微蹙眉問道：「發生什麼事了？」

李存實神情悲憤，拱手道：「啟稟大王，剛才在壕溝中發現都虞侯李存質的屍身！」

「都虞侯死了？」眾臣齊聲嘩然，都想不到好好一場酒宴，竟會蒙上謀殺疑雲。

李存勖心中一沉，喝問：「誰幹的？」

李存實道：「李存質是遭人暗算，背後中箭，方才已緊急封閉各城門，並且派人搜索疑犯，但……」他微微一頓，目光一垂，不敢再說下去。

李存勖見他神色顧慮，斥道：「都虞侯被殺，宮中安危受到威脅，還有什麼比這事更嚴重？本王問話，有什麼不敢說的？」

「因為……」李存實一咬牙，道：「那箭桿上刻著『橫沖都』！」

「橫沖都？」眾人臉色大變，紛紛想道：「李存質能負責宮城安全，身手自然不弱，一般橫沖都士兵是奈何不了他，能讓他一箭斃命，只有橫沖軍首──大太保李嗣源！」

「大太保不是去了雁門麼？怎會回來殺人？」

「新王初立，位子尚未坐穩，便大刀闊斧地推動新律，誰受得了？遲早會出事！」

「就連最忠心的大太保也出手了，看來晉陽就要刮起大風暴了……」

眾人儘管心中忐忑至極，轉過無數想法，但見李存勖臉色鐵青，也不敢吭一聲，只等看他如何應變。

李存顥譏諷道：「如今罪證確鑿，八太保，你還是快快去捉人吧，免得凶手逃走，傷了大王的德政！」

李存勖沉吟道：「存質性情剛耿，大太保卻是心地寬厚，這當中只怕有什麼誤會？」

李存顥不服氣道：「大王不是說只要兄弟相殘，就要嚴加查辦，難道大太保犯了罪，大王卻想包庇？」

李存勖反駁道：「大哥為什麼要這麼做？」

李克寧忽然開口，說出了眾人心底不敢說出的話：「大太保本該防守雁門，此刻竟敢公然違抗命令，悄悄潛回晉陽，還殺了都虞侯，難道是想趁著新王初立，舉兵造反？」

李存勖怔怔望著李克寧，心中激動，不敢置信地問道：「叔父真覺得大哥想造反嚒？」

李克寧見他眼眶微紅，顯然痛心至極，一時不忍對視，不由得雙目一閉，沉嘆道：「大太保武功高強，八太保怎拿得下他？要知道此事真相，只能請都監出馬，去探探大太保的動靜！或許真是誤會一場……」

李存實道：「那就請都監快隨我去瞧瞧吧！若有誤會，也好還了大太保的清白！」

張承業正要起身，李存勖深吸一口氣，勉強壓下激蕩的心情，道：「本王今日設下酒宴，是為了答謝諸公相扶之情，莫要讓一些外事干擾大家的酒興，待酒宴過後，本王必會徹查此事！」

張承業聽了這話，又坐了下來，李克寧不由得微微蹙眉，沉聲道：「亞子，此事實在拖延不得！都虞侯是負責宮城安危，與大王最為貼近，殺了都虞侯等於是直接威脅大王的安危！萬一大太保真要造反，就太危險了，需盡早查清，還是讓都監走一趟吧！」

李存勖沉默片晌，問道：「叔父，倘若真是造反，應如何處置？」

李克寧心中一刺，肅容道：「倘若大太保真不顧先王恩德，想造反犯上，當誅全族！」

李存勖深深地凝望著他，道：「即使他是我至親至重之人，也該誅盡全族？」

李克寧一咬牙，道：「不錯！否則如何治軍？」

李存勖痛心道：「但我們是骨肉至親，不可相殘，我怎下得了手？」深吸一口氣，道：「我想退位讓賢，以保全河東。」

李克寧怕他真怯於李嗣源，當眾宣佈讓位，心中一急，衝口道：「你是先王任命，怎可輕易退位，讓給旁人？」

李存勖道：「叔父教訓得是！我若為顧念情份，讓了王位，便是辜負先王交託，是不忠之臣、不孝之子，所以本王是萬萬不能讓位的！父王曾說我有不懂之事，便向叔父請教……」

李克寧道：「有什麼事，你問吧！」

李存勖深吸一口氣，力圖平靜，仍掩不住聲音裡的震顫：「侄兒真的不明白，此刻我河東已陷入生死存亡的關頭，為什麼至親之人不能團結一致，竟要造反，難道全不顧念先王恩情，也不顧念沙陀全族、河東百姓的生死嚒？竟為了一己之私，要把幾十萬誓死效忠的兄弟鬧得自相殘殺，將大家都推入死地？」他越說越激動，說到後來，聲音已近哽咽。

曾經發過怨言的將領見李存勖說得慷慨激昂，不由得心中慚愧，都低下了頭。

李克寧聽著李存勖一聲聲質問，也不禁猶豫：「我這麼做，究竟是對是錯？我真對得起大哥嚒？」

李存顥、李存實卻更加著急：「難道亞子發現什麼了？」兩人頻頻向李克寧使眼色，希望他堅定意志，盡快動手。

李存勖對眾人朗聲道：「倘若有人想反叛，只要此刻放下，本王便既往不究！」說罷微微側首，深深望向李克寧。

李克寧見這個侄兒眼中燃燒著熊熊火焰，那種無畏無懼的少年英氣，彷彿能將一切阻礙都燒滅殆盡，頓時他心中掙扎、忐忑衝升至極點：「倘若他真發現什麼，我再不動手，大家都只有死路一條！我也沒有機會稱王了……」

「嗤！」忽然間，燈芯燃盡，火光一齊熄滅！

「碰！」整座殿室一片漆黑，伸手不見五指，卻傳來一道重大掌勁的撞擊聲和李存勖的低呼：「為什麼？」他想不到在河東危難、父親屍骨未寒之際，這個平日最仁善、最與世無爭的叔父竟無情至此，他甚至將一切兵權都讓了出去，只希望大家共體時艱，對方卻仍不滿足，還要取他的命！

黑暗中眾人不知發生何事，一時錯愕，紛紛問道：「怎麼回事？」

只有張承業在燈火熄滅前的剎那，忽然感應到李克寧的勁力波動，急得尖聲大叫：「大王！」偏偏他坐在另一側，來不及救援，只能眼睜睜地看著李存勖死於親叔的掌下，這一瞬間，時光彷彿靜止了般，又彷彿回到李曄被逆賊擊殺的場景，從此大唐榮光不再，就如眼前一般，天地只餘無盡的漆黑……

眾賓客目不能視，卻聽見激烈的打鬥聲，一時陷入驚慌恐懼中，武將們凝功自保，亂鬥一通，文臣害怕地躲入桌子底下，過了許久，眾人視力漸漸恢復些，隱約能看見一團光暈與一道黑影纏鬥不休，那光影越來越明亮，宛如瑩白玉玦染了大片紅墨，不斷飛噴出點點血雨，穿梭在道道黑影間，眾人見這情景十分詭異，不由得目瞪口呆，都停了手邊爭鬥，許久，才看出是張承業受了重傷，還拼命提高「軟玉綿掌」的功力，力抗李克寧的烏影寒鴉槍！

原來張承業在千鈞一髮間，撲飛過去，硬是以自己的身子擋住李克寧雄渾的一掌，冒死護衛住李存勖！

李存勖遭遇至親背叛，雖然痛心，但他畢竟是在殘酷戰場上長大的孩子，對生死險關有一種本能的感應，他應變奇速，連忙抱住張承業向後飛退一大步，希望把掌勁傷害減至最低，豈料李克寧為著今日刺殺，特別製作一柄可伸縮的短槍藏在袖中，掌擊失敗，「唰！」一聲，那短槍立刻變為長槍，有如靈蛇出洞般，直刺向張承業背心，想一口氣貫穿兩人！

生死瞬間，張承業將李存勖用力推飛出去，自己卻來不及回身抵擋，只能飽提功力，使出「軟玉綿掌」第六式「玄璜禮北」，雙臂如柔軟的白絲綢般，向後延伸反絞，緊緊圈勒住槍炳，那槍尖恰恰刺入他背後肩胛三分處，就被他的雙臂絞得無法再寸進！

李克寧忍心出手，已是奮力一博，想不到張承業竟會捨命相救李存勖，更想不到對方的雙臂柔軟似無骨，竟能像綢緞般繞到後方，以不可思議的角度纏捲住自己的長槍，以至功虧一簣！

如今眾人都看見自己一意要刺殺親侄兒，他已難回頭，只能盡快殺了張承業！他使盡全力要將長槍再往前推刺，李存勖卻已搶了一把長槍飛撲過來，李克寧不得不抽槍後退，張承業得到這空隙，立刻使出「軟玉綿掌」的第一式「蒼璧禮天」，反身回掌拍去，他掌影紛飛，宛如片片光影漫天灑下，李克寧雙目被玉光所眩，槍式竟微微頓滯，張承業抓住機會，雙臂宛如綢緞般，連滑帶繞，「唰唰唰！」地使出第三式「青圭禮東」，將他連人帶槍捲進臂圈內。

沙陀一向以悍猛、快速、強攻為主，尤其烏影寒鴉槍更是強中之強、快中之快，李克寧想不到自己鑽研數十年的精悍槍法，對上這軟綿綿、柔弱弱，好似女子的武功，居然佔不到上風，若不是張承業受傷在先，此刻他已然敗北！

這「軟玉綿掌」乃是大內宦官的獨門絕招，取自《周禮》的「以玉作六器，以禮天地四方」之意，共有「蒼璧禮天、黃琮禮地、青圭禮東、赤璋禮南、白琥禮西、玄璜禮北」六式，意謂著天子對天地四方進行祭祀時，會選用六種玉玦作為禮器，祈禱國家安定，社稷平安。而老宦官會挑選最忠誠的小宦官，教導他們自幼學習這門武功，也代表著他們必須身如潔玉，一心保護中央帝統，以天子為念。

張承業自從來到河東，受到李克用的禮遇，再加上為人謙謹機智，總能輕易化解糾紛，根本用不上武功，因此沒人知道他的深淺，今日迫不得已施展出來，眾人才驚覺這套大內絕技是何等厲害，尤其李克寧更是驚愧交加：「這老宦官平時像個老好人，真是深藏不露！我竟然輕忽了……」

不過一瞬之間，張承業雙臂已死命纏住槍桿，李克寧急想抽回長槍，張承業卻尖聲大喝：「快殺了他！」因為他知道只有李克寧死去，風暴才會平息。

兩人一剛猛、一個陰柔，陰陽相抵、以力拼力，誰也不讓誰，張承業感到自己的氣力一分分在消失，只能拼命提功，呼喝李存勖動手：「快！快殺了他！」但李存勖的家訓一向是父慈子孝，他與父母的關係也是十分親厚，根深蒂固的觀念教他對這僅餘的一位親長實在下不了手。

整個廳殿微微亮了起來，卻是張承業提盡功力，以至於整個人從頭到腳都泛著通透玉光，漸漸地，那瑩亮的身子渲染出一片血水，就像一塊紅玉，實是怵目驚心，誰都看出他正大耗元氣，再這麼下去，只怕要力竭而死，李克寧的長槍緩緩鬆動，情況越來越危急。

李存勖知道不能再心軟，一咬牙，提槍飛衝過去，李存顥卻已大喝一聲：「一起上！」廳殿裡的侍衛原是李克寧安排的人，聽得李存顥呼喝，李存實快速移到殿門口，擋住逃生路線，其餘人都抽出懷裡短槍，瞬間變成長槍，分從不同角度一齊刺向李存勖！

李存勖面對狂風暴雨毫不留情的攻擊，一股義憤衝升心頭：「父王從前何等恩待他們，我也對他們推心置腹，視若兄長，誰知人心險惡，他們見父王去世，便爭相欺辱我孤兒寡母！父王以信義待人，卻屢遭背叛，今後我必要萬分小心，莫再輕信所謂的兄弟！」當下掄起長槍，化作一道道黑芒，有如千百蛟龍翻騰，分從不同角度擋住四方攻擊。

「快點燈！」李存璋一邊呼喝，一邊和吳珙、李存進等忠心將領對戰反叛將領，長直軍首朱守殷繞過宮殿四周，匆促間只能點亮小半燈火，但眾人眼目已經清晰許多，瞬間打鬥得更加激烈。

遠處忽然傳來轟隆隆的聲音，眾人盡皆驚駭：「那是什麼聲音？」不多時，那聲音越來越響，竟是一片鐵蹄奔騰、金戈交擊、嘶殺吶喊聲！

眾人越聽越心驚，李存實守在殿門口，忍不住打開殿門向外探去，豈料才開了一道門縫，便有一名衛兵全身傷血摔跌進來，呻吟道：「大太保……帶著兵馬硬闖入城，見人就殺，已經與衛兵打起來了！」

李存顥等人誣陷李嗣源，只是為了引誘張承業離開酒宴，想不到張承業沒離開，李嗣源卻真的帶兵回來了，李存實嚇得大呼：「李嗣源帶兵殺來了！」

眾人臉色瞬間慘白：「大太保怎麼也造反了？我們該怎麼辦？」

李克寧和李存顥等叛軍首領心中更是著急：「這一來，他豈不是漁翁得利了？」

李存顥瞧情況不對，不管李克寧與張承業還僵持不下，竟大聲喊道：「撤退！」

叛軍早就如驚弓之鳥，聽到命令，再不顧一切地衝向門口，豈料才打開殿門，「咻咻咻！」竟是一陣箭雨急射進來！

「外邊不是我們的人嚒？怎麼是……」衝在最前面的幾人身中箭矢如刺蝟，倒臥在血泊中，至死也不能明白。

李存實驚見外邊是一排排黑色鴉軍，人人搭弓挽箭，團團包圍住宮殿，沙陀騎射原本勇冠天下，鴉軍更是萬裡挑一的好手，那箭矢在他們手中宛如神兵利器般，任何一箭都是直接穿碎敵人身骨，李存實嚇得連忙把殿門重新關上。

李存勖身子騰起，以大鵬展翅的威勢投往廳殿門口，槍尖如點點寒鴉般紛然刺去！李存實眼看他氣勢洶洶，不得不橫身向一旁躲了開去。李存勖瞬間搶到門口的位置，轉身回來，精光厲射地面對廳堂眾人，長槍一橫，威風凜凜地擋住叛軍的逃生路，彷彿從前那個縱橫沙場的李克用再度現世！

「這……」叛軍們原本還想往外衝，此刻忽然看懂了形勢，不由得渾身發顫：「這是一場鴻門宴！他將我們召集入殿，是想甕中抓鱉！」「我們胡裡胡塗參與造反，如今要人頭落地了！」

李克寧未料李存顥會自顧自地逃命，更想不到外邊的援軍竟換成鴉軍，眼看大勢已去，一時心神不寧，張承業原已筋疲力盡，全憑著一股忠摯熱忱苦苦撐持，見李克寧分心，拼著一口氣力貫雙臂，趁機纏上對方手臂，狠狠絞斷！

「喀喀！」李克寧猛然回過神來，心中驚駭，再想反擊，已來不及，長槍「噹！」一聲，直墮落地！

張承業放開雙臂，再使出「白琥禮西」，一道綿柔掌勁直打向李克寧胸口，怪異的掌勁震得他全身骨節似要寸寸裂開，蹬蹬蹬地倒退數步，跌坐在地，再也站不起來。

「殺了他！」李存顥眼看情況太糟，長槍指向門口的李存勖，大喝道：「大家齊心殺了他，衝出去，才有活路！」

李存勖長槍也指向李存顥、李存實，喝道：「本王今天只殺這兩個挑撥我河東分裂的小人！其餘人不想死，就退下！」

眾叛將原本驚惶失措，只等著被屠殺，聽李存勖願意饒下一命，都懊悔至極，齊聲道：「亞子……不！大王智勇雙全，英勇無比，我等豈敢造次？」便紛紛退到一旁。

場中所有人都停了下來，一雙雙眼睛只盯著殿門口的對戰，李存勖與李存顥、李存實三人都師承李克用，對彼此之間的攻防盡瞭然於心，能相比的：只有誰的力氣更大，可以一槍擊斃對方；或是誰的槍法更快，可以一招刺中對方要害。

李存顥、李存實眼看戰友皆投降，心知今日只有全力一博，才有活命機會，兩人再不得臉面，大喊一聲：「殺！」瞬間發動攻擊，一口氣刺出十數槍，槍槍快速無比，宛如滿天寒鴉般，將李存勖包圍個嚴嚴實實，教人幾乎看不見那雪白的身影。

「兩個打一個，還以大欺小，太欺侮人！」李存璋心想李存勖年少，內力不如兩位義兄深厚，急得想跳進戰圈相助一把，卻被張承業一把拉住，道：「亞子終究得長大，這是成為王者的一戰，誰都不能代替！」

李存璋點點頭，嘆了一口氣，心中明白張承業的意思：「我們看著他長大，總以為他還是個孩子，但他不能永遠是小亞子！」

李存勖年幼時，李克用便訓練他上戰場，後來年長些，李克用發覺他智勇雙全，決定由他繼承王位，反而不准他衝鋒陷陣，每每教他看守後方，以至於他少有表現機會。眾將領都以為他只是出出謀略的少年兒郎，並不確知他的武功造詣，更未佩服他的英勇，李存勖累積了一身戰力、滿身鬥志，卻無處發洩，早已心癢難搔，見眾將不服自己，因而造反，便決定趁著今日之戰，施展本領威壓四方，他沒有打開殿門，教鴉軍或李嗣源進來為自己除逆，選擇獨自挑戰兩位義兄，除了年少好鬥，更是為了樹立王威！

四周圍觀的軍兵都張大眼盯著李存勖，想看他如何突圍，他們渴望新的統帥是個強者，能帶領他們打勝仗，就如那一日李存勖登上王位的宣言：「我會帶領你們征服全天下！」所以他只有憑自己的實力勝出，才能脫去李克用的餘蔭，真正收服軍心！

李存顥兩人槍勁狠辣，臨敵經驗老到，憑著長年戰場相扶的默契，聯手齊出，實是威力無匹，剎那間，槍光閃爍，如狂風驟雨呼嘯而至，震撼得圍觀群眾都心驚膽顫，怕在這麼小的廳殿中，會無端遭殃，一顆心幾乎提到了頂點，就不知誰勝誰敗，但其實兩人亂中有序，每一槍都是直取李存勖的要害！

李存勖以一敵二，卻絲毫不懼，身影一晃，槍桿旋飛，將身周數十道疾光盡數震開，李存顥兩人的長槍被震得互相撞擊，險些脫手，趁這瞬間，李存勖已從戰圈抽身出來，冷哼道：「父王是這麼教你們的嚒?今日教你們見識真正的烏影寒鴉槍！」一挺長槍，反身撲殺過去，槍勁急快、槍尖紛飛，卻無聲無影，在昏暗之中如鬼似魅，難以捉摸。兩人不由得越打越驚駭：「明明是一模一樣的槍法，為什麼他刺出來的全然不同?不只雄渾博大，還變幻莫測……」

他們百思不得其解，實在是因為長年的驕橫，讓他們忽略了一件事：無論李克用多麼厚待義子，只有李存勖才是貨真價實、最受寵愛的嫡子，是任何人都比不上的！再加上李存勖天賦異稟、聰明過人，自是能夠領悟烏影寒鴉槍最深的精髓，只不過他還年少，內力火候皆不足以對抗朱全忠，但要對付李存顥兩人，卻已綽綽有餘！

兩人屢屢被剋制住招式，想到多年苦練竟不如一名年輕小子，實是怒火難遏，當下雙槍更加狂猛，不斷揮刺。李存勖知道他們心中疑惑，朗聲喝道：「烏影、寒鴉的精髓乃是黑暗無影，必須讓敵人捉摸不透！不是大肆招搖，似恨不得全天下都知曉你們的動作！」

圍觀群眾聽出李存勖一語雙關，明說武功，暗諷大家早就知道他們的叛變了，都忍不住笑出聲來。李存顥二人被這般羞辱，既憤怒又恐懼，心神不寧之下，頻頻露出破綻，李存勖逮到機會，看準兩人各自的弱點，一槍雙分，一刺李存顥的腰間，抽回後順勢掃向李存實的下盤，這兩下動作宛如一道閃電疾劃而過，斥道：「以後莫再說你們修習的是烏影寒鴉槍，免得丟了父王的臉！不過你們以後也沒機會說嘴了！」

李存顥腰脅中槍，痛得滾倒在地，李存實卻是雙膝一跪，再也站不起來。李存勖大喝一聲：「還不投降麼？」

李存顥雖受重傷，仍咬牙爬起，再度挺槍刺去，李存實也拼盡最後一口氣飛撲過來。兩人雖想豁命反擊，但李存勖的槍勁宛如狂風掃落葉，不等他們撲到自己，狂猛的槍氣已震入李存顥的肺腑，震得他筋骨俱碎，最後嚎叫一聲，癱軟倒地。李存勖長槍往後一掃李存實腰腹，李存實剎那間內腑盡碎，再也不起。

酒宴上每一個人都比李存勖年長，見他幾次想讓位予李克寧，都以為他武功不濟，年少軟弱，今日觀此一戰，方知他早已深得烏影寒鴉槍的精髓，他的退讓完全是顧念河東團結，一時間，眾人心中都五味雜陳，既慚愧自己的驕傲，又慶幸沒有參與叛變，同時也歡喜河東有個能支撐大局的新主。

李存璋心中想道：「從今以後，他是真正的大王！是最強悍的河東軍的統帥！是我們必須由衷拜服的王者！」從前他保護李存勖，是因為感念李克用，可今日他告訴自己，必須打從心底改變了，爾後，李存勖才是他應該效忠的王！

李存勖看著癱坐在地的李克寧，不勝感傷，他一心想挽回叔侄情份，挽救分裂的河東，仍遭遇無情的暗殺，忍不住紅了眼眶，哽咽問道：「亞子做錯什麼，讓叔父非造反不可？」

李克寧清守一生，最後竟因一時糊塗走向絕路，回想兩人對答，李存勖曾淚眼相問：「背叛者應如何處置？」當時他毅然答道：「當誅全族，否則如何治軍？」一時間，他心中驚顫，萬分痛悔，也忍不住浮了淚水，垂首無語。

李存勖又道：「我朱邪家族一向以慈孝傳家，前日我為免紛爭，曾說要將王位讓予叔父，當時叔父不肯接受，還說此生不負、天地為證，如今事情已定，為何還要圖謀造反？

你還記得父王臨終前的叮嚀囑？你怎忍心下此毒手，還要將我們母子送給仇人？」

李克寧慚愧不已，想要解釋什麼，又實在無語可辯，許久，才哽咽道：「我是受人挑撥，才誤入歧途，事到如今，又有什麼可說的？」

李存勖雙目一閉，沉痛道：「把他們都押下去！」

朱守殷、李存進等人連忙指揮親衛，將李克寧和其他受傷未死的叛將都押下去，並且清理屍身。

李存勖望向圍觀的人群，暗暗想道：「就連至親之人也可背叛，這裡面還有誰可以信任？」他目光深深，逐一掃過眾將領，忽然覺得他們再也不是從前的至親兄弟了，直到看見張承業和李存璋，心頭才升起些許溫暖：「從前我總覺得都監是朝廷派來監視我們，並不喜歡，如今在風雨之中，方識出誰才是真正的忠義親人！」

張承業卻是喃喃自語：「生疏了！生疏了！咱家真該死，過著安逸的日子，練功就疏懶了！這才讓賊人有機可趁……」話一說完，竟然「砰！」一聲，就地摔倒。

「都監！」張承業昏死瞬間，只聽得李存勖一聲大叫，就再也不醒人事。

（註❶：「曾宴桃源深洞……殘月落花煙重。」出自李存勖所創的詞牌「憶仙姿」，後經蘇軾改名為「如夢令」。）

九〇八・四

佐漢解鴻門・生唐為後身

初，晉王克用卒，周德威握重兵在外，國人皆疑之。晉王存勖召德威使引兵還。夏，四月，辛丑朔，德威至晉陽，留兵城外，獨徒步而入，伏先王柩，哭極哀。退，謁嗣王，禮甚恭。眾心由是釋然。

夾寨奏余吾晉兵已引去，帝以為援兵不能復來，潞州必可取，丙午，自澤州南還；壬子，至大梁。梁兵在夾寨者亦不復設備。晉王與諸將謀曰：「上黨，河東之藩蔽，無上黨，是無河東也。且朱溫所憚者獨先王耳，聞吾新立，以為童子未閒軍旅，必有驕怠之心。若簡精兵倍道趣之，出其不意，破之必矣。取威定霸，在此一舉，不可失也！」張承業亦勸之行。乃遣承業及判官王緘乞師於鳳翔，又遣使賂契丹王阿保機求騎兵。岐王衰老，兵弱財竭，竟不能應。《資治通鑑．卷二六六》

李存勖以迅雷不及掩耳的速度敉平親叔的叛變，這雷霆手段徹底震撼了河東將領，眾人都心中生畏，不敢再輕視這位年輕少主。而曹太妃聽說張承業為了保護兒子，受了重傷，心中十分感激，在事情落幕後，連忙帶著李存勖前往監軍府探視。

張承業仍躺於病榻上，不能起身相迎，三人相見，心中盡是劫後重逢的相惜之情。

曹太妃忍不住紅了眼眶，感激道：「這次四叔謀反，我原本只求都監護送我們離開，不要讓我們淪於大梁仇人之手，其他的事並不敢相連累，你卻當機立斷堅持剷除逆賊，又挑選出忠心將領佈置周詳，最後還捨身相護，亞子這才安然無恙。」

當時文官史敬熔被逼著參與造反，他假裝答應，一離開振武將軍府，便立刻向曹太妃稟報，他並不知道謀反細節，只知道李克寧等人這幾日就要動手。李存勖得到消息，著實吃了一驚，因為沙陀是少數部族，人人都知道只有團結抗敵才可能存活下來，絕少人會反叛，李克用因此對人特別信任，在遭遇盟友欺騙時，才更憤恨難消，他平生唯一遭遇的至親背叛，是他最愛的義子十三太保李存孝，但這其實是四太保李存信的挑撥，並非李存孝有心為之，最後李存孝也是屈服於義父母的恩情而就戮，所以李存勖怎麼也不相信這個事奉父親最恭謹、性子最仁懦的叔父，在自己拱手讓出兵權後，竟然還想造反，震驚之餘，他為了團結河東，又不忍弒殺親叔，原本打算再次讓位給李克寧，但史敬熔卻說李克寧想把他們母子送往大梁，曹太妃痛心之餘，決定向張承業求助。

張承業得知後，簡直是可忍、孰不能忍，他出身大內，對於逼宮奪權的爭鬥十分熟悉，當下主張要徹底剷除逆賊，絕不能留情！他是個通透之人，從李存勖決定整軍那一刻，便提高警覺戒備有人造反，透過細微的觀察，他早已分辨出誰是忠貞將領、誰有異心，於是建議李存勖挑選出吳珙、李存璋、李存進、朱守殷等人，讓他們率領鴉軍埋伏在酒宴四周，另外再暗中召回正前往雁門的李嗣源，讓他率軍回頭解決北營伏兵。

酒宴之前，李存勖雖已安排好一切，卻由衷希望李克寧取消行動，不要造成叔侄相殘，倘若這個親叔叔真的執迷不悟，又該如何處置？他心中煩悶至極，不知不覺懷念起溫柔的簫聲，於是到了後花園吹奏簫曲，希望吸引那神祕的吹簫女子前來談心，但她始終沒有出現，只送來一封：「妾慕太宗創業」的信箋，激勵他終於下定決心，仿效唐太宗的玄武門之變，在面對至親的逼殺時，絕不能心軟。只不過事情結束後，他依舊狠不下心誅盡李克寧家族，反而讓嬸嬸孟氏攜著兒子李瑰回到孟知祥身邊安居。

曹太妃知道能度過這場危機，全賴張承業的機敏與決斷，因此特別感激他：「都監的恩情，我母子永不相忘。」

張承業謙遜道：「太妃莫說此話，承業萬不敢當！」嘆了口氣，又道：「亞子是我大唐封賜的王位繼承人，咱家既奉皇命來到河東，自當維護正統。更何況，當年朱賊逼先皇下了除宦令，命各藩鎮誅殺監軍時，是先王不畏強權壓迫，以一個死囚代替，力保咱家性命。這份大恩，咱家一直記在心裡，當時我便立誓此生要竭盡所能輔佐河東，後來先王不幸薨逝，臨終前握著咱家的手交托了亞子，我怎能辜負他的囑托？就是拼死也要保護大王周全！」

曹太妃知道自己的兒子雖然智勇雙全，可以上戰場為統帥，但年輕剛硬，對政治角鬥卻十分生嫩，而張承業從前在大內服侍皇帝，面對複雜的鬥爭最是通透，品性又忠懇正直，這樣的人正好彌補李存勖的不足，便趁機提出：「亞子年輕，許多事不懂，需有個處事周到的兄長提點，我想讓他尊都監為七哥，不知你意下如何？」

張承業「唉喲」一聲，羞赧道：「大王雖然年輕，畢竟是千金貴冑，是我大唐皇帝親自賜予傳承的王爵，咱家只是個閹宦，怎配與他結義？」

曹太妃微笑道：「都監是嫌小兒不懂事，不值得你相扶持？還是要亞子禮尊你為亞父，你方肯接受？」

張承業脹紅了臉，急道：「不不不！咱家不是這意思！咱家只是一個閹人……唉喲！太妃這是折煞人了！」

曹太妃拉了李存勖的手放入張承業手中，笑道：「那便由我作主，咱們結為通家之好！」又吩咐李存勖：「七哥為人忠直，處事細膩，對政事尤其周到，以後亞子要尊敬他為兄長，有什麼事多跟七哥請教，明白麼？」

李存勖原本孝順，心中也感激張承業，歡喜道：「母妃放心，孩兒有什麼事都跟七哥請教，七哥有什麼建議，孩兒也會接納。」

張承業自是明白曹太妃的用意，心中感激對方的信任，忍不住紅了眼眶，道：「太妃抬愛，承業必用心打點後方，讓亞子征戰時，無後顧之憂，只盼有朝一日除虨逆賊，復我大唐國號，完成先王遺志。」

母子倆聽他提起李克用的遺志，也紅了眼眶，曹太妃以手絹輕輕拭淚，又叮嚀李存勖：「七哥是咱們母子的救命恩人，將來你什麼都可忘記，唯獨這一件事絕對不能忘！」

李存勖用力點頭：「母妃囑咐，孩兒會牢記在心。」

此後曹太妃便常帶著李存勖去探望張承業，雙方也更加親密，猶如一家人。

卻說大梁軍師李振已在朱全忠面前誇下海口，三個月內不費一兵一卒就要取下河東，想不到李克寧的叛變竟會失敗，為了彌補己過，他立刻再施詭計，大力散播謠言說李存勖為了鞏固王位，不只弒殺親叔，還有意剷除驕橫老將，另一方面，又說新王初立，周德威手握重兵，卻不回來參拜，顯然是有意自立為王，企圖引起雙方猜忌，好讓李存勖調回周德威，最好還能互相殘殺，如此一來，梁軍就能輕易征服河東！

李克寧叛變餘波好不容易平息，晉陽城中卻瀰漫一股不尋常的氣氛，人人慄慄自危，私底下謠言紛飛。李存勖可感到眾將領表面上服從自己，卻在背後竊竊私語，他讓李存璋去打聽情況，這才知道眾人聽了謠言，都擔心李存勖的雷霆手段會逼得周德威率兵叛變，若是雙方火拼，無論誰勝誰負，河東都只有滅亡一途。

李存勖也不禁起了疑心：「周叔叔為人忠直，又與父王肝膽相照，我實在不該懷疑他，但就連親叔都想置我於死地，這世上又有誰能相信呢？如今太保們都在他手下，就算他不想反叛，或許也會有人蠱惑他……」他思來想去，始終無法安心，最後下定決心要使出一個非比尋常的手段，徹底解決心頭疑慮。當他去探望張承業時，便提出要再次探訪無名禪房，請神祕老者為自己解惑。

張承業擔心自己若不在場，他二人自行碰面，會起什麼衝突，便強撐著傷體下床，道：「咱家的傷已經不礙事了，就陪大王走一趟。」

李存勖立刻準備馬車，自行載著張承業悄悄前往蒙山寨開化寺，一路穿過寺廟迴廊，來到懸崖邊的無名禪房。

神祕老者彷彿早就知道他們會來訪，又是一壺溫熱汾酒，配上兩只盛了酒水的小杯，中間仍以一扇屏風相隔。

李存勖道：「本王已完成先生說的『整軍』，今日前來，是想請教先生下一步？」

神祕老者沒有回答，只關切問道：「公公怎麼受傷了？傷得如何？嚴重麼？」

張承業道：「不妨事！就是李克寧叛變時受了點傷，晉王急著問你下一步，你快給他解答吧！」

李存勖心想：「七哥引薦此人時，曾說他們只是數面之緣，但今日看來，老先生十分關心七哥，七哥的口氣卻像在命令晚輩，他兩人的關係肯定非同一般！」想通了這點，不由得暗暗歡喜：「等潞州解決後，我就讓七哥出面，教老先生留下來助我大業！」

神祕老者聽張承業傷勢無礙，放下心來，道：「老道聽晉王呼吸微促，心跳微快，想必是心中有某些想法，不吐不快，又怕吐出之後，老道會反對？」

李存勖笑道：「先生果真是神人！本王確實想下一場豪賭！」

張承業才因為他們的任性妄為，經歷一場驚心動魄的內鬥，聞言不由得吃驚：「亞子又想下什麼豪賭？」

李存勖目光微微一沉，道：「軍中除了大哥、四叔之外，就屬周叔叔最有兵權，父王的喪禮、我的登位大典，周叔叔都未能參與，我想召他回來祭奠父王，成全他們的主臣之義、兄弟之情，不知先生以為如何？」

張承業驚呼：「萬萬不可！此刻朱全忠已知先王是真的去世，肯定會發動大軍強攻潞州，我們應該要盡快增援，怎能調回主將？這麼做，等於是拱手讓出潞州，接下來，就淪到晉陽不保了！」他怕神祕老者又亂出主意，警告道：「上回你說要整軍，已經引起一次內亂了，幸好晉王有勇有謀、福大命大，才渡過險關，這次你可不能再任性妄為了，必須好好回答！」

神祕老者哈哈一笑，道：「公公既怕老道亂出主意，又何必帶晉王過來？」

張承業氣惱道：「是晉王要見你，咱家才跟著來了！」

神祕老者溫言道：「公公受了傷，還是先安靜休養，莫要著急。」

張承業暗哼一聲：「說得好似多關心我，其實就是讓咱家閉嘴！這傢伙……我暫且忍忍，待事情過後，再好好修理他！」便不再出聲。

神祕老者轉對李存勖道：「新王初立，大將周德威卻屯兵在外，手下還有許多太保將領追隨，倘若真有異心，那將是一場比李克寧更大的風暴，以晉陽現有的兵力，是完全無法對抗。只有調回周德威，確認他並無反心，晉陽內部才能真正團結穩定，也才能對潞州展開全面攻擊！」

「不錯！本王正是這個想法！」李存勖道：「倘若周叔叔真有異心，晉陽就完了，更別說解救潞州！若是周叔叔肯支持我，河東便能真正地穩定，也才能團結一致地反攻！」

張承業忽然明白了李存勖心底的焦慮，經過親叔的背叛，此刻的他除了張承業和李存璋，對誰都不相信，他也知道貿然調回主帥會遭眾人反對，因此他來到這裡，是想得到神祕老者的支持。

張承業急道：「萬一周德威真有異心，召他回來，剛好給他率軍回攻晉陽的機會！」

「這是一招險之又險的棋，晉王敢下此招，真有天大的膽量——」神祕老者微微一笑：「但卻是一招絕妙好棋！」

李存勖想不到神祕老者真的贊同自己，歡喜道：「先生也認為這是一步好棋？」

張承業見兩人意氣相投，無法勸阻，心中實在憂急：「這兩個傢伙總是天不怕地不怕，說幹就幹，就不怕哪一日真捅破了天？鬧到無法收拾了！」

神祕老者道：「晉王的大膽作為，恰恰符合了我設想的第四步——示弱！」

張承業愕然道：「向誰示弱？」

神祕老者道：「調周德威回晉陽，不只可確認他的忠心，更可壓制其他人的蠢動，但最重要的是——能讓梁軍鬆懈！一旦敵人鬆懈，便有機可趁！」

張承業蹙眉道：「調走主將，梁軍不會大舉進攻，反而會鬆懈？這又是什麼道理，你好好給我答來！」

神祕老者道：「來晉陽之前，我曾去了一趟潞州，仔細觀察那裡的情況，敬翔為了安頓數十萬梁軍做長期抗戰，設計了一座夾寨。」

李存勖憤恨道：「我聽了探子回報，就是這座夾寨無堅不摧，梁軍可以在裡面以逸待勞，我們卻只能眼睜睜看著潞州一分分消耗，直到兵盡糧絕，卻拿它完全沒有辦法！」

神祕老者道：「凡事應順勢而為！河東軍之所以無法擊退敵人，最大的原因就在拼命想摧毀夾寨，這只是徒費力氣而已！」

「徒費力氣？」李存勖不解道：「這夾寨包圍住整個潞州通道，不摧毀它，如何援救？難道先生的意思是要放棄潞州？」

神祕老者道：「不摧毀夾寨，並不意謂著不能退敵，我原本已有破敵之招，但因為是劍走偏鋒，怕晉王不敢採行，今日晉王想調回主帥，正好與我的計策不謀而合。」

李存勖笑道：「自相識以來，先生哪一招不是劍走偏鋒？本王又有哪件事不敢了？」

神祕老者笑讚道：「晉王確實膽識過人！」拿起長杖從屏風後方指了地圖，道：「如果這夾寨堅不可摧，內部又萬事俱備，舒適到連家眷都可帶來，梁軍又怎會想戰鬥？他們只會想坐等潞州城門自動開啓！如此一來，軍心會漸漸怠惰，警戒也會漸漸鬆散，到那時，河東軍便能找到突破口，一舉攻下！」

李存勖道：「先生雖然言之成理，但潞州城實在等不了那麼久。」

神祕老者道：「所以河東必須示弱，讓梁軍盡快鬆懈。」

張承業仍是不放心，道：「你怎知調走周德威，是讓梁軍鬆懈，而不是朱全忠趁機大舉進攻拿下潞州？」

神祕老者微笑道：「所以我們必須設一個餌，將朱全忠調離潞州。」

張承業連忙問道：「什麼餌？」

「向鳳翔求援！」神祕老者道：「只要李茂貞肯出兵，朱全忠就不會發動大軍攻打潞州，甚至會率部份軍隊退守河中。」

李存勖精光一湛，道：「我明白了！調回周德威，可以讓朱全忠誤以為晉陽混亂不安，本王決定放棄潞州，如果再加上鳳翔出兵，朱全忠必會回去顧守河中，一旦沒有主帥盯著，梁軍更會加速怠惰了！」

神祕老者道：「不錯！這是一場速度的對決，看是梁軍先鬆垮，還是潞州先耗盡！」

李存勖欣喜道：「好！我這就遣人去鳳翔求援！」

張承業擔憂道：「此事關係重大，咱家還是親自走一趟吧！」

神祕老者關心道：「公公傷勢未好，怎能如此奔波？」

張承業揮揮手，道：「無妨！無妨！把事情辦妥了要緊！」

神祕老者道：「我知道推官王緘從前在盧龍時，曾奉命向李茂貞求援，熟悉鳳翔情況，後來他留在河東輔政，公公可以讓他陪同前去，好有個照應。」

兩人離開無名禪房後，李存勖立刻飛書傳予周德威，說先王謝世歸天，自己初登王位，叔叔卻偕同將領叛亂，事情雖已解決，但現在人心不穩，需要他回來相助穩定大局，並祭悼先王。

河東文臣武將想不到李存勖會忽然調回周德威，群聲反對，一方面自然是擔心潞州不保，梁軍直搗晉陽，另一方面更擔心周德威會率兵回來造反，李存勖卻一意孤行，決定將這場豪賭進行到底！

此時潞州被圍已一年多，城內糧草斷絕，又一直等不到契丹來援，實在快支撐不住了，周德威正愁無法突破，忽得到李存勖的書信，這才知道晉陽發生許多大事，震驚悲痛之餘，只能盡快召集諸將商量對策。

眾太保聽聞義父去世的惡耗，都痛哭失聲，更想不到最慈和的李克寧會叛變，心中不免猜疑，究竟是李克寧真有貳心，還是李存勖的嚴刑峻法逼得眾將造反，又或是他故意剷除握有重兵的老將，以鞏固王位，就連親叔也不放過？倘若是後者，那麼他們這幫老將就是下一批整肅的目標了！周德威更是頭號目標，一旦奉召回去，晉陽、潞州都將發生變化，眾人不知會面臨什麼景況，心中惶惶，盡出言勸阻。

周德威心知此刻是潞州生死存亡的關頭，自己身為統帥，絕不能離開，但想起李克用的主臣之義、兄弟之情，他實在想回去奔喪，再加上長期以來，都有謠言說他與李嗣昭不合，才不肯全力營救，如果新王初立，他還長期率軍在外，抗召不肯回去，恐怕更會引起猜疑，最後他決定趁著夜色悄悄起營拔寨，教大軍往西北方後退百里，暫時駐紮在「亂柳」待命，這地方剛好位於晉陽和潞州中間，無論哪一方出事，都來得及調動援救，他自己則簡裝輕騎，帶了二十名兵衛飛馬趕回晉陽，打算快去快回。

「大將軍回來了！」

初夏剛至，炎熱的驕陽就燒灼著河東人心，大家都在猜測周德威會不會叛亂，李存勖又能不能容下功高震主的老將，河東將會面臨什麼樣的災難？在謠言滿天飛的猜疑中，雙方終於碰面了！

周德威剛回到晉陽城外，就有探子飛快傳報入殿，李存勖正與一班文臣武將商討潞州之事，聽見消息，他再年少無畏，也不免有些忐忑，急問道：「周將軍一共帶了多少兵馬回來？」

眾臣全睜大了眼，盯著探子回答，不敢吭一氣。探子喜道：「啟稟大王，周大將軍原本帶了二十人隊，但到了晉陽城外，便將所有兵衛留在城外，只一人一馬孤身入城。」

「只有一人一馬？」李存勖一愕，不由得大大鬆了口氣，眾臣也放下心中大石，探子又道：「不只如此，周大將軍還卸下全身武備，這才徒步進城。」

「周叔叔乃真英雄！」李存勖心中歡喜，連忙起身出殿相迎，眾文臣武將也趕緊跟隨。

兩人在殿外廣場碰了面，周德威於眾目睽睽之下，二話不說，立刻拜伏於地，叩首道：「臣拜見大王。」

李存勖快步上前，雙手將他扶起：「將軍辛苦了！」周德威忍不住目光浮淚，哽咽道：「先王去世了，我卻來不及見他一面……」李存勖也紅了眼眶，與他大力相擁，道：「周叔叔隨我來。」遂領著周德威進入家廟祭拜。

周德威一見到李克用的靈位，回想起兩人一起征戰，相扶半生，實是英雄惜英雄，比親兄弟更親，不由得伏拜大哭，不能自已。李存勖觸景生情，也陪在一旁痛哭。過了許久，周德威激動之情稍緩，以大掌抹去滿臉淚水，才抬首問道：「先王有什麼遺言？」

李存勖也拭去淚水，誠懇道：「父王臨終前仍擔心潞州情況，他說二哥是最忠孝的義子，周叔叔是最忠義的兄弟，只有你們齊心破解潞州之圍，救二哥脫困，他才能瞑目！」

周德威心中萬分感傷，便當著李克用的靈位舉手立誓：「先王在上，德威必盡全力解救潞州，並且保護效忠大王，絕不辜負！」又對李存勖道：「將來無論是抗敵或平叛，我鐵林軍必以性命維護大王。」

李存勖知道他一言九鼎，感動地握住了周德威的手，道：「周叔叔，多謝你了！」眾臣想不到周德威平時黑臉沉肅、不苟言笑，就算泰山崩於前也不皺一下眉頭，對先王之死竟哀慟非常，足見情義之真，又見他當著靈位立下誓言，終於放下心中疑慮。

正當李存勖終於度過內亂風暴，真正團結上下時，潞州卻陷入了前所未有的苦況。

朱全忠親自住在澤州觀察十多天，心想潞州一戰，幾乎動員全國之力，每天劇量消耗，彷彿永遠沒有盡頭，大梁就算有再豐庶的人力、物力，也實在吃不消，他終於萌生撤軍的念頭，便派遣使者前去潞州詢問軍情。

康懷貞、符道昭等將領一致認為李克用死了，李存勖王位坐得不安穩，才會命周德威撤軍回晉陽相助自己，潞州已成了孤城，資用無補、援兵又撤，破城只在旦夕之間，梁軍只要多留十天半個月，必能成功。

朱全忠遂採納建議，一方面繼續增運糧草，另方面以李思安久戰無功，還損失四十多名將校，數以萬計的兵士，革除其全部官爵，改以匡國節度使劉知俊擔任潞州行營招討使，主持軍務大計。這劉知俊是後來才投降的將領，是個智勇雙全的人物，不只武藝高強不在五天王之下，也頗有謀略，投誠以來，屢立戰功，曾經打得李茂貞孤身逃亡，很快成了朱全忠最器重的戰將之一。

劉知俊知道每日軍耗極大，不能再無止盡地守株待兔，於是趁著周德威不在，分撥數萬精兵反過來攻打包圍在潞州附近的河東軍營，斬獲甚眾，雖然潞州城依舊堅固閉鎖，但梁軍信心大增，提振不少士氣。

援軍退去、敵軍猛攻、城中糧絕，李嗣昭陷入最艱苦的困境，只能憑著信念苦苦撐持。朱全忠趁機遣人向他招降，說李克用已死，李存勖不顧他們的死活，撤走周德威大軍是放棄潞州了！如此不仁不義的主上，不值得李嗣昭效忠，不如早早投降。

李嗣昭被圍在城中，不相信鋼鐵般的義父會輕易死去，只以為朱全忠為了動搖軍心，才胡說八道。他堅信李克用最顧念父子情義，一定會再派軍來營救。為迷惑敵方，也為了穩定軍心，他將前來勸降的大梁使者提上城樓，當眾斬殺，火燒勸降書，接著又在城樓上擺置一大桌酒菜，與部屬飲酒歡笑，表示潞州並不缺糧，河東軍必會頑抗到底。

梁軍見他斬殺使者，又設宴炫耀，氣得紛紛射發飛箭上城樓，李嗣昭在滿天箭雨下，竟然面不改色，繼續吃喝，就算腿上中箭，也絲毫不退避。

朱全忠得到軍情，也不禁大讚：「這小個子真是豪情干雲！」只可惜李嗣昭一番苦心全是白費，朱全忠何等老謀深算，見他登城宴飲，反而哈哈大笑：「但小傢伙的小心思豈騙得了朕？他故意炫耀，就表示潞州城真的糧盡了！既然他這麼賣力演出，咱們就成全他吧！」遂召集眾將領，正準備大舉攻城，卻忽然得到探子傳報，說李存勖雖調回周德威，卻派使者前往鳳翔求救！

朱全忠立刻明白李存勖的用意，小晉王無力正面反抗，於是想聯合老戰友李茂貞從背後插刀！

大梁已是動員全部主力打這一場戰役，如今關中空虛，倘若李茂貞趁機偷襲同州、華州就太危險了！朱全忠於是召來劉知俊商議。劉知俊稟報道：「潞州已成了孤城，我軍以絕對優勢包圍，相信不出半個月，便可攻破，聖上不如返京坐鎮，免得宵小趁虛而入。」

朱全忠聽劉知俊極有把握，很是欣慰，便決定先返回京師，另方面，他又擔心萬一鳳翔真的出兵，京城軍力不足以對抗，遂命令劉知俊率數萬精兵先在「長子縣」休息十天，之後便撤退到「晉州」駐紮。這晉州位於潞州、同州、華州的中心點，無論哪一方出了問題，都可以即時救援，等到五月之後，無論有沒有攻破潞州，劉知俊都必須率軍回歸藩鎮，若是潞州到那時還未攻破，應該也已奄奄一息，就讓康懷貞擔任總指揮、符道昭擔任副指揮，繼續圍城即可。朱全忠吩咐完畢後，便從澤州南下返回開封。

梁軍苦戰經年，終於看見晉軍主力撤退，都相信潞州指日可破，無不歡欣鼓舞，又見聖上返京，緊繃的精神漸漸鬆懈下來。

晉陽城中，李存勖召集眾將商討潞州軍情，周德威詳細解說夾寨情況，並列舉自己曾使用哪些方法攻寨，但都徒勞無功。眾將領你一言我一語，始終提不出破寨之法，到了深夜，李存勖只得讓眾人先回去歇息，明日再繼續商議。待眾將領離開後，李存勖走出軍府外，仰望無盡漆黑的蒼穹，忍不住輕聲喟嘆：「難道蒼天真要亡我河東？」

前方幽林深處，一條魁梧的身影緩緩走近，卻是周德威去而復返！

李存勖自從登上王位後，在眾將領面前始終保持著堅毅卓絕的姿態，絕不肯露出一絲軟弱，免得影響了自身威望與眾軍士氣，想不到一聲不經意的輕嘆，卻教周德威聽見了，他心中一凜，連忙收斂傷感的情緒，昂首問道：「將軍怎麼回來了？」

方才周德威見他雙眼微微血紅，雖然強打起精神，仍掩不住眼底的疲憊，想到李克用騾逝，河東生死存亡的重擔一瞬間全壓在他肩上，心中有些不安，遂決定折返回來繼續商議軍事，卻聽見李存勖的慨嘆，關切道：「大王還在愁煩軍事？」

李存勖微笑道：「放心吧！都監去了鳳翔，一定可以帶回援兵，我們就有希望與梁軍一拼。」

周德威沉吟半晌，忍不住道：「有一件事，臣不知該不該提起？」

李存勖知道周德威向來剛毅直烈，竟有事情讓他猶豫不語，便溫言道：「四下無人，周叔叔也不必拘禮，有什麼話就直說吧。」

周德威雖覺得有些不妥，想了想，仍婉轉問道：「大王難道沒有瞧見他嗎？」

李存勖不解道：「瞧見誰？」

周德威道：「姓馮的小子！」

李存勖一愣，微微蹙眉道：「他來晉陽了麼？」

馮道曾答應為周德威解釋誤會，但周德威聽見李克用臨終前仍擔心自己不肯全力營救李嗣昭，就知道馮道並沒有履行承諾：「那小子應是聽見先王騾逝，害怕河東滅亡，就逃走了，根本沒有來到晉陽！」

周德威怕李存勖在父喪期間，聽見馮道的名字會心情激動，因此一直沒有提起此事，畢竟李克用當年會遭朱全忠重創，與馮道脫不了干係，雖然馮道後來在契丹結盟上極力相助，李克用可以一笑泯恩仇，李存勖卻未必能釋懷。

這幾日李存勖殫精竭慮，一直想不出破解夾寨的方法，周德威實在忍不住，終於提起：「他曾經來到潞州，幫忙出了些主意，確實管用……」見李存勖雖然驚詫，怒眉微鎖，卻沒有太過激動，才繼續道：「那小子曾說大梁之所以能征服四方，最主要的原因是利用漕運快速運糧至各戰場，倘若我們能劫斷糧道，就不只能打勝潞州這一仗，還能拖垮大梁後勢，之後要反攻就容易多了。」

李存勖心中一震，道：「他也說漕運才是大梁最厲害的武器？」

周德威不解道：「還有誰也這麼說？」

李存勖沒有答話，只陷入深深思索，臉上神色越來越陰沉，似乎有一股極大的怒氣快要爆發，又似是一股歡快要沖出，周德威弄不清他的心思，正想開口詢問，門外卻是一聲傳報：「都監求見！」

「七哥回來了？」李存勖回過神來，想了想，忽然笑道：「周叔叔，我有一件事要你秘密執行。」

周德威道：「大王請吩咐。」

李存勖低聲道：「晚些時候，我會駕著馬車去開化寺會晤一個人，我要你黑衣蒙面悄悄尾隨在後，不能讓任何人知道，就連都監也不行！等我離開那個地方，發出訊號通知，你便衝進去把屋裡的人抓起來，但不可傷害他。」

周德威見李存勖臉上一掃先前的陰霾，取而代之是得意調皮之情，他不禁有些困惑，但想這件事連張承業都不能知道，那人肯定十分重要，或許還是個絕頂高手，他還想問清楚些，張承業已在僕衛的攙扶下顫巍巍地走進來，李存勖向周德威使個眼色，周德威連忙告辭離開。

李存勖大步迎上張承業，見他臉色有些蒼白，連忙扶他入廳就座，又命僕人備上滋補湯藥，慰問道：「七哥傷勢未癒，又長途奔波，怎不先回去歇息？明日再回報即可。」

張承業道：「咱家身子不打緊，多謝大王關心！只不過鳳翔情況有些糟糕，咱家不想讓太多人知曉，免得動搖軍心，是以連夜趕來！」

李存勖蹙眉問道：「鳳翔怎麼了？」

「咱家見了李茂貞，著實吃了一驚！」張承業深深嘆了口氣，道：「想當年他也是一方豪雄，兵臨京城，威逼先皇時，是何等意氣風發，豈料短短數年間，他連番敗戰，心境蒼涼，竟然垂垂老矣，咱家幾乎快識不出他來，他說鳳翔已經兵弱財盡，實在無法再出兵相助，唉！」

李存勖一直在等待鳳翔的援軍，想不到李茂貞竟衰老至此，不由得心中一沉，道：「看來我只能再去一趟無名禪房。」

張承業道：「咱家陪你去吧！」

李存勖微笑道：「我與那老者已經相熟，七哥不妨先回去歇息。」

張承業道：「不妨事！不妨事！我陪你去！」

李存勖心想：「七哥不放心我單獨與那個人見面，肯定有詭！」既拗不過張承業，遂親自駕了馬車載張承業悄悄前往開化寺，一路上只暗暗得意：「幸好我已安排周叔叔行動，這次還不拆穿他的把戲？」

兩人趁夜而來，這一回神祕老者並沒有料到，桌上只有一壺冷掉的茶水，連茶杯都未準備，那隔絕的屏風放得歪歪斜斜，顯然也是匆匆擺放。

李存勖越發篤定：「倘若我們根本不認識，他又何必擺放屏風，遮遮掩掩？可見他確實是那個人！」這麼一想，更留心老者的說話語氣。

神祕老者道：「晉王忽然前來，想必是有極重大的事。」

李存勖道：「鳳翔不肯出兵，先生可有料到？」

張承業略略補述了一番自己在鳳翔的見聞，神祕老者深深一嘆：「當年那一場圍城，真是耗盡李茂貞的家底了！即使過了多年，鳳翔的元氣也始終沒有恢復！」

李存勖道：「我河東軍寡不敵眾，還能出擊潞州嚒？」

神祕老者道：「無論梁晉兵力多麼懸殊，晉王都已決定要與朱全忠死戰到底，不是嚒？」

「不錯！」李存勖目光一沉，道：「但我沒料到李茂貞竟老到連仗都不會打了！」

神祕老者緩緩道：「鳳翔勢弱，就算李茂貞真的肯出兵，也起不了什麼作用，讓公公前往鳳翔，只是為了調朱全忠離開潞州，讓周德威可以回晉陽安頓軍心，同時讓梁軍漸漸怠惰，如今這目的已算達到了！」

李存勖道：「眼下這情況，我還可能翻轉局面嚒？」

神祕老者道：「晉王心中應該已經有了戰略。」

李存勖道：「正面對戰，我軍寡不敵眾，以沙陀騎兵之速，最好的方法是突襲，先生以為如何？」

神祕老者贊同道：「老道的第五步確實也是『突襲』！」

李存勖等了許久，終於等到渴望的答案，欣喜道：「先生也認為可以突襲？」

張承業插口問道：「潞州西方有夾寨，南方是大梁屬地，東方有大山，三面都是銅牆鐵壁，難以跨越，要從哪裡突襲？」

「唯一的突破口是——」神祕老者以長杖指向地圖上的晉陽城，再往下直直劃去，李存勖接口道：「三垂崗！」

「不錯！」神祕老者笑讚：「晉王果然是天生將才！」

李存勖微微一笑，道：「我與先生所見略同而已！但我思來想去，始終有兩點無法突破，才遲遲未行動！」

神祕老者道：「晉王請說。」

「首先，」李存勖緩緩分析：「鳳翔既無力牽制梁軍，一旦朱全忠得到我軍進攻的消息，定會立刻返回潞州，親身參與作戰，我軍實在無人可敵，沙陀兵將再勇猛，也會損傷慘重，我們已禁受不起巨大消耗了！

再者，我大軍可以隱藏在三垂崗，但三垂崗距離夾寨尚有十多里路，而梁軍集結在上黨盆地，居高臨下，一旦我大軍靠近，很容易被查覺，該如何掩藏行蹤？還盼先生指點迷津。」這兩點一直是他無法解開的難題，心中盤算如果老者真有答案，潞州危局就算解開了，已不需要再請教他了；如果老者沒有答案，那麼這一場請教也算到頭了，無論如何，周德威都可以動手抓人！

神祕老者道：「想要牽制朱全忠，老道自有辦法，就怕晉王不肯了！」

李存勗聽老者這麼一說，頓時有一種不妙的感覺直升心頭：「這傢伙又要出什麼難題給我？」一咬牙，又道：「只要能殺了朱全忠，報先父之仇，本王沒什麼做不到的！」

「這第六步便是──」神祕老者道：「忍辱！」

李存勗蹙眉道：「我是河東晉王，還要向誰忍辱？」

神祕老者道：「如今北方大半都掌握在朱全忠手中，鳳翔已無法出兵，幽州自己還打得稀哩嘩啦，能牽制梁軍的，只餘契丹──請晉王向契丹求援！」

李存勗一聽到契丹，頓時恨火沖燒，怒道：「你要本王去向耶律阿保機低頭？」

神祕老者道：「不只是低頭，而是以子侄身分尊奉他夫婦為叔父、姑母，請求出借騎兵，讓耶律阿保機以為你軟弱無力，不具威脅，如此一來他便會把目光轉向朱全忠！」

李存勗為了保住河東，可以衝鋒、可以拚命、可以孤身扛住眾將領的壓力，甚至可以向親長妥協讓位，卻萬萬不肯受辱，激動道：「若不是耶律阿保機背棄兄弟之義，父王也不會被活活氣死！我怎能向殺父仇人低頭，還稱他叔父？不！我絕不向契丹狗低頭！」

神祕老者道：「苟踐臥薪嘗膽、韓信忍胯下之辱，二太保至今仍苦苦堅守潞州，為了先王的遺志、二太保的情義，難道不值得晉王委屈隱忍嚒？」

「不行！」李存勖一咬牙，堅決道：「沙陀向來重信義，本王也是一諾千金，倘若我以子侄身分敬稱他，父王在九泉之下，如何安息？我日後又如何向耶律阿保機尋仇？無論多困難，我會自己相救二哥！救不成，我與他同死罷了！」

張承業急道：「亞子怎能意氣用事，說什麼與二太保同死？為了河東，你該保重自己才是！」

李存勖搖頭道：「我不是說意氣話，若不能達成父王遺願，我有什麼臉面苟活於世？若是潞州破了，河東也亡了，我又豈能身免？我自是要與全軍同生死！」

張承業嘆了口氣，轉向神祕老者道：「如今軍心剛剛安定，晉王必須親自坐鎮，怎能前往契丹，還深入狼穴？太危險了！不如咱家去一趟契丹吧！」

神祕老者擔憂道：「公公才奔波回來，身子又未康復，怎能再去契丹？」想了想，嘆道：「看來契丹那邊，老道只好親自走一趟了！」

李存勖一愣：「先生欲親自出使契丹？」

張承業乃是大唐遺臣，實在不願引借契丹勢力，插口道：「咱家還是不贊成，耶律阿保機野心極大、反覆無信，這樣很可能引狼入室，給契丹入侵中原的機會！」

神祕老者道：「公公不必擔心，依耶律阿保機精算的性子，我這一趟根本帶不回任何契丹兵。」

張承業和李存勖同時一愣，張承業啐道：「既然沒援兵，你還去契丹做什麼？」

李存勖不悅道：「難道先生方才一番忍辱勸說，只是戲弄本王？」

神祕老者道：「無論要與耶律阿保機結盟，或防備他背後插刀，都必須有人去一趟契丹，晉王不願紆尊降貴，這個屈辱，只好讓老道代你受了！只不過我有一個條件，晉王必須答應，否則在下就真的愛莫能助了！」

李存勖心知老者說得不錯，必須派使臣前往契丹周旋，如果眼前人真是馮道，那的確是最好的人選：「先生有什麼要求、要多少人馬、財寶，盡管開口，本王會全力配合。」

神祕老者道：「出使契丹，是需要配備一些禮物，晉王可隨自己的心意，請承業公公差人送來即可。老道另有條件，今日我為了晉王的大業，冒著生命危險去見耶律阿保機，所以事前晉王不能問我如何行事，事後晉王心裡若有任何不痛快，也要一笑泯恩仇！」

李存勖心想：「他要用什麼奇怪法子去對付耶律阿保機，竟擔心我會不痛快？罷了！只要不強迫我向仇人低頭就好了！」遂慨然應允：「本王不是心胸狹窄之人，先生肯走這一趟，我感謝都來不及，又怎會責怪？契丹之事，便交由先生全權處理，本王一言九鼎，都監可以為證。」

神祕老者微笑道：「既有晉王金口許下承諾，老道便可放手而行了！」

李存勖是聰明人，瞬間明白老者的用意，不由得暗罵：「這傢伙真是他媽的賊！」冷笑道：「先生一開始教本王忍辱，只是個幌子，其實早就打算自己去會晤耶律阿保機，真正的用意是想逼本王允諾，此後都不得追究前事！」

神祕老者讚道：「晉王聰慧過人，老道的一點小心思，輕易就被你捉摸透了，幸好晉王胸懷廣大，不與老道計較。」

張承業暗暗嘀咕：「這傢伙竟敢在亞子面前耍心眼，小心我擰斷他的耳根子！」他怕李存勖生氣，忍不住瞄了一眼這個年輕氣盛的小晉王。

李存勖雖好奇神祕老者究竟要如何與耶律阿保機周旋，但答允不能過問，只好道：「本王就等待先生圓滿歸來了！」他原本想教周德威抓人，這麼一來，計劃卻泡湯了，忍不住暗罵：「這傢伙，一招契丹行，就輕易逃脫本王的手掌心！」他心中不甘，暗想神祕老者即將前往契丹，今夜很可能是兩人最後一次會面，就算得罪對方，也要拆穿老者的真面目，他倏地站起，身影一閃，已推倒屏風，逼近神祕老者面前！

張承業吃了一驚，但身子孱弱，來不及阻止，不由得驚呼一聲：「亞子！」

李存勖看著眼前的景像，不由得一愕：「你……」

神祕老者白髮白鬚飄飄，瘦弱的身子裹在長長的被毯裡，臉色蒼白得沒有血色，似乎十分驚恐，又似天生體弱，雙眼細微得幾乎連成一條線，聽見面前的吵雜聲，緩緩昂起頭，睜開眼縫，卻是一雙翻白眼，沒有眼瞳！

李存勖將幾乎衝出口的話：「你怎麼是個瞎子？」硬生生吞入肚中，暗呼：「難道我全想錯了？他根本不是那個人！」

神祕老者以一雙白眼瞳瞪著李存勖，幽幽道：「不知這屏風怎麼得罪了晉王，你要大力推倒它？」

李存勖無論多麼驚疑，都不能對一個有恩於己的老瞎子動手，只好找了藉口：「我想當面拜謝先生，走得急了，才不小心撞倒屏風。」

神祕老者重新閉上雙眼，悻悻然道：「老道長得醜，怕嚇到晉王的貴眼，這才以屏風遮擋，想不到竟讓晉王心裡不痛快了！」

李存勖尷尬道：「是本王失禮了，我為先生扶好屏風。」

神祕老者譏諷道：「那屏風是粗鄙之物，倒便倒了，不值得晉王的貴手相扶。」

李存勖收了手，昂立在老者面前，一雙精眸仔細地打量著對方，忽然想起：「那小子最會裝神弄鬼，又擅易容，或許眼前這老瞎子就是他假裝，我且試他一試。」指勁悄悄聚力，欲再出手試探，神祕老者雙眼雖盲，卻似乎能洞燭入微，道：「晉王與其在這裡試探老道，浪費時間，不如把握時間盡快出擊！」

李存勖一愣，頓時收了指勁：「先生此話何意？難道我不需等先生從契丹回來？」

神祕老者道：「既是突襲，就必需把握良機，時機稍縱即逝，河東軍必須在六日內抵達戰地，趁朱全忠還沒有反應過來，一舉攻破城池，你可有把握？」

李存勖心中飛快默算一下，時間確實很緊迫，一刻也不能耽擱，恐怕今夜回去就要整軍出發了！他精光一湛，驕傲道：「倘若我沙陀鐵騎做不到，天下就沒什麼軍兵能做到！」頓了頓又道：「但我方才說過，一旦大軍靠近夾寨，就會被梁軍發現。」

神祕老者道：「老道有法子解決，只不過晉王切不可再魯莽了！」

李存勖想不到眾人百思不解的難題，對方真有答案，一咬牙，再度致歉：「本王無意冒犯，還盼先生賜教。」

神祕老者道：「這第七步也是最後一步，一旦功成，河東不只可站穩潞州，更可開始逆轉局面！」

李存勖驚喜道：「此話當真？」

神祕老者道：「太原地勢險勝，東倚太行山，西憑呂梁山和黃河，素有表裡山河之稱，當年太祖、太宗起兵於太原，最終建立了大唐盛世；而先王能對抗大梁如此之久，除了他自身的英勇外，也因為憑藉了太原形勢，這裡乃是真正的『龍興之地』！而潞州是太原的門戶，地勢高險，與天為黨，故又稱為『上黨』，古書上有云：『上黨為天下之脊，得上黨而望中原』，這意思是誰占據了上黨、太原，就可以囊括三晉、躍馬幽冀，揮戈齊魯，問鼎中原！」

李存勖聽到「龍興之地、問鼎中原」，不由得心口怦然：「龍興……龍興……這意思是太原會再出真龍天子嚒？那麼……」他感到胸口灼熱，似有什麼渴望要從內心深處竄了出來，但一時間還不清楚，又或者說礙於父親興復大唐的遺言，還有當前艱難的局面，讓他不敢將那隱諱的野心放縱出來。

神祕老者道：「曹植七步成詩，救自己一命；老道則是七步成王，助晉王成就功業！但在我說出最後一步之前，還盼晉王答應一件事。」

李存勖急欲得到解答，衝口道：「只要本王能扭轉乾坤，無論什麼事，我都可以答應！若有違背，便遭眾叛親離、亂箭穿心！」

張承業想不到他會立下毒誓，「唉喲」一聲，道：「亞子是信義之人，只要牢記於心就好，又何必發誓？」急問神祕老者：「你究竟想讓他做什麼事，還不快快說來！」

神祕老者也想不到李存勖會發下重誓，感動道：「我相信晉王的誠意，我的條件也不難，將來晉王若成為霸主，只盼你興復李唐，善待天下百姓！」

張承業聞言，歡喜得笑了出來：「哈！原來如此！是好事！天大的好事！」想起馮道曾說：「大唐龍氣積蘊在天龍山底，混亂而斷，復又生起。」忙對李存勖笑盈盈地解釋：「這『龍興之地』的意思就是時局再艱難，咱們也一定能打敗大梁，等殲滅逆賊後，咱們就迎回皇室子孫，讓大唐從晉陽這龍興之地再次復起啊！」

兩人的話語彷彿對著李存勖當頭潑了一桶冷水，將他內心深處那微微發熱的火苗狠狠澆熄，令他全身都冷靜下來，不禁有些後悔立下重誓，但話已出口，也無法收回，只好道：「七哥說得是！興復李唐是父王的遺願，善待百姓也合乎我的本心，這兩件事我都會盡力做到，先生放心吧，我必牢記誓言，永不忘卻。」

神祕老者笑道：「這亂世，梟雄很多，卻不見幾個真正為國為民的大英雄，晉王年輕志高，心地仁厚，老道便替千萬百姓先謝過了！」又將手中長杖點向屏風上的地圖背面、潞州之處，道：「只要晉王能準時抵達三垂崗，隱藏在山崗後，三日之內，老道必為你實現第七步——送霧！」

「送霧？」李存勖不解道：「這是什麼意思？」

神祕老者微微一笑，得意道：「三國有『孔明借東風』，今日有『老道送東霧』！」

李存勖難以置信，心中盤算：「天有不測風雲，倘若我傾盡全軍之力出發至三垂崗，卻沒有大霧掩護，萬一被梁軍發現，輕則逃亡回歸，好不容易激聚的士氣從此一洩千里，重則被梁軍殺敗而亡，這事究竟能不能相信？」想了想，道：「本王相信先生確有奇能，但天地風雲豈是人力可操控？更可況先生即將遠赴契丹，又如何操控潞州的雲霧？本王不能拿全軍性命押在虛無縹緲的天候上，除非先生敢與我下一個賭注！」

神祕老者有些意外，問道：「晉王想打什麼賭？」

李存勖道：「倘若我軍抵達三垂崗，三日之內不見大霧，先生必須至我父王靈前叩三個響頭，以示賠罪；若是先生真能召來大霧，助我攻破梁軍夾寨，我欲以高位酬賞先生，到時候，還望先生不要推辭，能與我一起反梁復唐！」

神祕老者心想：「他下這個賭注，是無論事情成敗與否，都要我回河東一趟。」說道：「老道原本敬仰先王，若有機緣，便在他靈前叩首也是應該，但此刻我趕著前往契丹，只能將這份心意暫時記掛心裡！至於賭約嘛，我得改一改……」想了想，道：「倘若因大霧未至，而打了敗仗，我不只到先王面前叩首，也向晉王及眾將士當面謝罪。倘若晉王打了勝仗，倒也不必酬賞老道，只盼晉王信守承諾，能心懸萬民、興復李唐，最重要的是──對老道從此一笑泯恩仇！」

李存勖聽他再次提及「化解恩仇」，深深地打量了他一眼，鄭重道：「先生多次助我，不求分文報酬，本王早已感激不盡，無論從前或契丹之行發生了什麼，本王都不會再計較，只盼此次功成，先生能回到晉陽，接受本王之邀！」

神祕老者微微一笑，不置可否，只道：「有緣自會重逢，晉王把握時間盡快出發吧！」

李存勖見他始終不肯成為入幕之賓，也只能無奈告辭，偕張承業盡快趕回晉陽。

最後一場會面結束，神祕老者走出屏風，大大喘了口氣，就動手開始剝除臉上的長鬍、白髮、黃泥，接著走到桌案邊，對著擺放在上面的水盆，伸入雙手掬捧起清水，將臉上殘餘的泥漿沖洗乾淨，又拍拍捏捏兩頰肌肉，讓臉頰也呼個氣，終於恢復成年輕的容貌。他走到臨著懸崖的窗牖，對著下方那片遼闊的山林大大伸個懶腰，做了深深呼吸，陶然自得地笑道：「『孔明借東風、老道送東霧』，虧你這小馮子想得出來！」

「吱——」一聲，房門輕輕開啓，後方傳來緩慢的腳步聲，馮道連忙回過身來，還來不及開口，便被來人擰了耳朵高高拉起，他忍不住驚呼：「唉喲！輕……輕點！公公饒命！」

「你這臭小子！」來人竟是去而復返的張承業，重重拍了他的腦袋一下，才放開他耳朵，罵道：「這段時間可得意了！裝高人，連咱家的話都不聽了！」

馮道摸了摸腦袋，揉了揉耳朵，嘻嘻一笑：「我再怎麼高人，永遠都是公公跟前的小馮子，怎敢有半點違逆？」趕緊扶了張承業坐下，到門外吩咐寺僧送兩碗熱粥進來，又回來恭敬坐好，笑道：「公公怎麼回來了？」見張承業仍舊氣呼呼，好聲哄道：「小馮子哪裡惹你不開心啦？」

張承業斥道：「從整軍開始，你這小子每一步都是險招，要不是咱家拼上老命，晉王就要死在李克寧手裏了！」

馮道歉疚道：「李克寧叛變，還連累公公受了傷，真是出乎我意料，這一切都怪我思慮不周！」

張承業道：「你這小子對人心變化的瞭解，還嫩得很！幸好咱家早有提防，時時觀察動靜，還有那個史敬熔，因為感念先王的恩德，冒著全家被殺的危險趕來報訊，這才沒釀成大禍！」

房門開啓，寺僧正好送來齋粥，打斷了張承業的話，馮道先將一碗熱騰騰的齋粥安放在張承業面前，道：「公公，你這麼奔波，可累得很了，先喝點粥，暖暖身子。」

張承業見他乖順，才稍稍收了怒氣，喝了口熱粥，又道：「但你不記取教訓，竟又讓周德威回來，萬一周德威真不安好心，再來一次叛變，豈不是要了咱家的命？」

馮道解釋道：「晉王因為親叔叔叛變，對誰都不信任，若是長久下去，會讓河東上下離心。召周德威回來，雖然是險招，但我有把握他絕不會叛變，不如就遂了晉王的意思，還可將計就計地鬆懈梁軍。」

張承業哼道：「人心複雜，誰能說得準？連李克寧都會叛變，周德威又如何不會？」

馮道說道：「先前我曾去潞州拜會周將軍，我見他實在是條忠義漢子。」

張承業贊同道：「你說得不錯，那黑炭頭確實很忠義！但這一關才過，你又讓晉王去突襲潞州！」說著又狠狠打了馮道一個腦袋，罵道：「你這小子出招前，都不跟咱家打聲招呼，自作主張！」

馮道知道他身子虛弱，手勁不重，就不閃避，任他打著出氣，只苦著臉道：「冤枉啊！公公，我可沒讓晉王親自去突襲，他可以派周德威去啊！」

張承業啐道：「晉王本來就血氣方剛，急想建功證明自己，你又說什麼『孔明借東風、老道送東霧』，他怎能不好奇？肯定要自己率兵前去！」罵道：「你以為公公老眼昏花、老耳聾聵，你那點小心思，還想騙誰？你明明就是刺激他親征，還好意思自比諸葛亮！」

馮道辯駁道：「潞州這一仗太難打，晉王必須親征才能激勵士氣，更能建立自己的威望，我可是用心良苦！」

張承業哼了一聲，問道：「你說三日之內必有大霧，真的嚒？」

馮道說道：「公公可知『霧』是什麼東西？」

張承業啐道：「小子就愛掉書袋！《黃帝內經》說：『地氣上為雲，天氣下為雨，雨出地氣，雲出天氣。』東漢王充在《論衡》中也說雲和雨是一樣的，都是由濕氣冷凝而成，只不過以兩種樣貌存在，飄在空中為雲，雲多了，便落成雨；而飄在地面上的，就凝成了霧氣。」

「公公果然學識淵博！」馮道微微一笑，指了屏風上的地形圖道：「來晉陽前，我曾到潞州，仔細研究那裡的地形、天候。古諺有云：『東風送濕西風乾，南風吹暖北風寒』，潞州群山環繞，東邊有太行山的大片森林，山區高冷，容易聚集濕氣、凝結成霧，一旦吹刮東風，便會將這大霧氣送往西邊的潞州城。再者，東北的夏季早晚冷暖相差極大，白天的熱空氣入夜以後，凝成霧氣，直至清晨才散去，就是所謂的夏季霧，如今已然入夏，便是晨霧、夜霧生成的好時機。《奇道・天象》篇中提及：夏風原本暖熱，遇到山坡時，熱氣會沿著山坡向上爬升，漸漸變濕冷，如果坡度不高，便容易形成『上坡霧』，也就是我們俗稱的『山嵐』，三垂崗是高坡，又逢夏風，正是上坡霧形成的地勢！由此可推算，這一時節，三垂崗至潞州夾寨這一大段路上常常會起大霧。他們埋伏在三垂崗下，根本不必等到三日，就有進攻良機！」

張承業愁眉稍舒，欣慰道：「當年我把你關入『青史如鏡』裏，確實做對了！小子真是學到本事了！」

馮道心中感激，由衷道：「公公提拔之恩，小馮子沒齒難忘。」

張承業擔憂道：「但還有一點，鳳翔如今不出兵了，誰去牽制朱全忠？咱家這身子是不能跟著去潞州了，萬一晉王遇上朱全忠，可怎麼辦，誰能救他？」

馮道苦笑道：「所以我才要去契丹啊！你與其擔心他，不如擔心我！我可是要去應付耶律阿保機那頭大凶狼！」

張承業啐道：「臭小子！自己想出的主意，還要咱家擔心你？既然搬不到救兵，還去契丹送死？你究竟想搞出什麼事情？」

馮道答道：「我去契丹，是去看住耶律阿保機，免得他趁晉王突襲潞州時，從背後插刀，來個梁晉之爭，漁翁得利。」

張承業哼道：「這話是說給晉王聽的！在咱家面前，裝什麼假？你教晉王不能責問，總該告訴咱家，要是有所隱瞞，我先擰斷你脖子！」

馮道悄悄在張承業耳畔說了計劃，張承業不由得瞪大了眼，指著他不知該誇該罵：「你……你……這小子，可真大膽！」

馮道嘻嘻一笑，道：「這就是我不能告訴晉王的原因了！我怕他舊仇新恨，會氣得拿寒鴉槍刺我十七、八個窟窿！」

張承業又好氣又好笑，啐道：「全天下就你想得出這鬼主意！」

馮道說道：「等我一出發，請公公立刻傳消息到大梁，說河東不只跟鳳翔聯兵，還要與契丹結盟！一旦朱全忠得到消息，就不敢把全部兵力調去對付潞州！」

張承業沉吟道：「朱全忠可不是嚇大的，他會相信嚒？」

馮道說道：「如果大張旗鼓地宣揚，朱全忠自然不會上當，但咱們城裏有個大梁細作——那個奸詐如鬼的落第士子李振，可是朱全忠的心腹軍師！咱們只要設法把消息悄悄透給他，既隱秘又能直達天聽！」

張承業心領神會，笑罵：「賊小子！十個落第士子都不如你賊！」又伸掌打去，馮道一個彎腰閃過，張承業呼斥：「公公打你，還敢躲！」

馮道笑道：「公公身子虛弱，還是不要勞神教訓賊小子了！」

張承業嘆道：「你一切都考慮周到了，可我還是擔心晉王會像先皇那樣，面對萬般艱難，空有雄心壯志，卻孤力難支……」

馮道溫言勸慰：「公公，我知道你疼愛他，但你不能再拿他當孩子，他是王！他必須是王！你可以輔佐他，卻必須放手讓他獨自承擔、面對一切，絕不能把一個王攬在懷裏保護。晉王聰明勇敢，絕不是你想的弱者，他有能力開創一番新局面，我們要做的只是盡力輔佐他。」

張承業長長嘆了口氣：「晉王是很剛強，並不像先皇，但就是這樣，我才更擔心！我看著他長大，很瞭解他的脾性，現在他滿心為父報仇，我怕他進退失據，有些人可以處太平，不能共患難；有些人則可以扛憂患，卻不能享安樂，亞子啊……」抬眼瞥了馮道一眼，又嘆：「唉！你還年輕，不懂人性複雜，我擔心接下來梁軍全面反撲，他要面對更艱難的戰役，又怕他一朝得勝，就剛愎自滿，像項羽那樣不可一世，你卻逼他立下重誓，萬一……萬一……唉！」

馮道恍然明白張承業擔心李存勖會毀了誓言，遭受惡罰，心想：「公公心思如此細膩，想得如此深遠，確實是我所不及。」事已至此，也只能好言安慰：「我也沒想到他會當場立下毒誓，但他願意恢復李唐，以天下百姓為先，總是好事。無論如何，我們總得先解決潞州之危，再想以後。」

張承業歡喜道：「你說得不錯！原先我還擔心亞子心氣高傲，不像先王那樣以朝廷為重，但今日他許了誓，大唐中興就有望了，只要咱們好好輔佐他，將來一定能從黴州迎回小皇子！」

「但還有一件事，」馮道憂慮道：「當日徐溫曾說我把小皇子的假死做得太逼真，將來沒有人會相信他的身分，這該怎麼辦？」

張承業呸道：「那徐溫就是個偽君子！兩隻眼睛長在頭頂上，看不見我們這幾個苟延殘喘的老東西！何太后心思細密，在小皇子身上蓋了玉璽印記，到時候我會聯合張居翰、清海程匡柔、西川魚全湮和嚴遵美，有我們這幾個老宦官作證印記是真的，誰還敢說是造假？」

馮道笑道：「徐溫千算萬算，怎及得上公公一算？」

張承業打量他兩眼，哼哼一笑：「但咱家還有個更好的主意！」

馮道見他這等笑容，便知他又有什麼難題要給自己，心中一毛，趕緊道：「契丹的事一結束，我就會直接回幽州……」

張承業伸手捂了他的口，不讓他往下說，啐道：「小子恁地多話！先聽我說！」

馮道心中一嘆，只得眨眨眼表示同意，張承業這才放開手，道：「這次你助亞子甚多，他已經放了話，說不再記恨你，等你從契丹回來後，咱家就拉下老臉幫你說說情，你也就順勢留下來輔佐他，不但你可晉升功名，他也多一個人規勸，就不怕往後的路走偏了！」

馮道這才明白張承業去而復返，說東問西，又繞了這麼一大圈，其實是想勸自己留在河東，嘆道：「我真不能留在這裏……」

張承業見他竟然拒絕自己，擰了他耳朵，斥道：「翅膀硬了，連咱家的面子也不給，是不是？」

馮道求饒道：「小馮子不敢！潞州得勝後，晉王接下來要全面對付朱全忠，他自己就是戰神，不需要我了！」

張承業放開他的耳朵，哼道：「不是晉王不需要你，而是你不想留在這裏，晉王已經依著你的意思整軍了，你還不滿意嚒？」

「那倒不是！」馮道說道：「正因為晉王願意整軍，我才願意給出後面的計策，助他反敗為勝。但我的爺娘還押在劉守光手裏，幽州百姓也在水深火熱之中，我怎能見死不救，只圖自己的功名利祿？」

張承業惋惜地望著他，道：「原來是這樣啊，那也不能勉強！可將來有一天，亞子會攻打幽州，你幫誰？」

馮道毅然道：「幫百姓！」頓了頓又道：「徐溫曾說一旦朱全忠稱帝，便要由盛而衰了！我觀朱全忠的氣運也的確如此，但河東恰恰相反，是否極泰來、漸漸上升之勢！河東不會斷絕，李存勖更能成就大事，但他恨極了劉仁恭，一旦他度過這次難關，壯大之後，一定會為父報仇，而劉氏兄弟實在擋不住他。我決定來這裡助他，就是希望他揮戈河北時，能念著我一點相助之情，放過幽燕百姓。」

張承業點了點頭，讚許道：「你為幽燕百姓設想得很遠、很周到，但幽燕百姓要幫，天下百姓也要幫，只有回復大唐正統，宣告藩鎮都是偽權，他們才沒有理由再吵吵鬧鬧！今日晉王許了誓，要恢復正統，我們就要全心全力幫助他，劉守光不是好東西，你莫在他身邊待太久了，早日過來吧，想辦法把家人也帶來！就算真有幽晉交戰的一天，你留在這裡，也可以設法讓戰爭盡快結束，將傷亡減至最低。至於幽燕，你放心吧，要是有破城那一日，咱家會勸說亞子不能亂開殺戒，我這張老臉皮，還是有幾許份量的。」

馮道感激地拱手行禮道：「我替幽燕鄉親先向公公謝過了！」

張承業拍拍他的肩，道：「我給你備了盤纏、乾糧，還有兩匹馬在寺外，一匹馱你、一匹馱行囊和贈禮，你要的東西都在裏面。」

馮道說道：「這一別，不知幾時能見面？我不在你身邊，公公千萬要保重身子。」

張承業道：「我在這裡，不會有事的，倒是耶律阿保機夫婦精明似鬼，不是好相與！你那些賊手段未必對付得了他們，不如我派人保護你去契丹。」

馮道搖搖頭道：「河東高手都去打仗了，如果有人可用，李存勖早就派人隨我前去；若不是高手，也對付不了耶律阿保機，真發生什麼事，徒然多死一些人罷了。」

張承業嘆道：「罷了！總之，小子若是瞧情況不對，什麼都別管，趕緊腳底抹油溜了，那兩匹馬是咱家千挑萬選，沙陀最快的馬，讓你逃命也俐落些，輪流騎，誰也追不上！你記住，保命最重要，給我平安回來，聽見了沒有！」

「我就知道公公最關心我！」馮道嘻嘻一笑道：「放心吧！我若回不來，公公沒腦袋可打，豈不無聊得緊？」

「呸呸呸！小子盡說些無用的話！」張承業一腳踢了馮道屁股，啐道：「快滾吧！免得擾人清靜！」

九〇八・五

英烈遺厥孫・百代神猶王

漳水風寒，潞城雲紫；浩氣橫飛，雄獅直指。
與諸君痛飲，血戰餘生；命樂部長歌，心驚不已。
灑神京之清淚，藩鎮無君；席部落之餘威，沙陀有子。
俯視六州三部，鬚眉更屬何人；懸知萬歲千秋，魂魄猶應戀此。
方李克用之克邢州也，大敵既破，我軍言旋；霓旌漸遠，露布紛傳。
雖賊滿中原，飲至之儀已廢；而師歸故里，凱歌之樂方宣。
更無圍驛連車，醉教水沃；除是臨江橫槊，著我鞭先。
有三垂崗者，一城孤倚，四戰無常；遠連夾寨，近接渠鄉。
於是敞瓊席，啟瑤觴。舉烽命釂，振衣遠望。
快馬健兒，是何意態！平沙落日，無限悲涼。
聽百年之歌曲，玩五歲之雛郎。
空憐報國無期，慕麒麟於漢代；未免譽兒有癖，傲豚犬於梁王。
座上酒龍，膝前人驥；磊塊勘澆，箕裘可寄。
目空十國群雄，心念廿年後事。
玉如意指揮倜儻，一座皆驚；金叵羅傾倒淋漓，千杯未醉。
無端長嘯，劉元海同此豐神；未敢明言，周文王已先位置。

勝地長留，厥言非偶。
問後日之墨縗，果當年之黃口。
壯猷乍展，誓掃欃槍；陳跡重尋，依然陵阜。
悵麻衣之如雪，木主來無；皎玉樹以臨風，山靈識否？
峰巒無恙，還當陟彼高岡；栖棬空存，豈忍宜言飲酒。
雛鳳音清，鼎龍髯去。
先君之願克償，佳兒之功益著。
臨風惆悵，何處魂招；大霧迷漫，定知神助。
生子當如是，孫仲謀尚有降書；殺人莫敢前，朱全忠聞而失箸。
三百年殘山賸水，留作少年角逐之場；五千人捲甲偃旗，重經老子婆娑之處。
世有好古幽人，耽吟健者；時載酒而題詩，試登高而望野。
雲霾沛郡，莫尋漢祖高臺；日照許都，空拾魏王片瓦。
回憶一門豪傑，韻事如新；劇憐五季干戈，憂懷欲寫。
茫茫百感，問英雄今安在哉。了了小時，豈帝王自有真也。❶

晉王大閱士卒，以前昭義節度使丁會為都招討使。甲子，帥周德威等發晉陽。己巳，晉王軍於黃碾，距上黨四十五里。五月，辛未朔，晉王伏兵三垂岡下。詰旦大霧，進兵直抵夾寨。梁兵大潰，南走，失亡將校士卒以萬計，委棄資糧、器械山積。

周德威等至城下，呼李嗣昭曰：「先王已薨，今王自來，破賊夾寨。賊已去矣，可開門！」嗣昭不信，曰：「此必為賊所得，使來誑我耳。」欲射之。左右止之，嗣昭曰：「王果來，可見乎？」王自往呼之。嗣昭見王白服，大慟幾絕，城中皆哭，遂開門。初，德威與嗣昭有隙，晉王克用臨終謂晉王存勖曰：「進通忠孝，吾愛之深。今不出重圍，豈德威不忘舊怨邪！汝為吾以此意諭之。若潞圍不解，吾死不瞑目。」進通，嗣昭小名也。晉王存勖以告德威，德威感泣，由是戰夾寨甚力；既與嗣昭相見，遂歡好如初。《資治通鑑．卷二六六》

初，唐龍紀元年，帝才五歲，從武皇校獵于三垂崗，崗上有明皇原廟在焉。武皇于祠前置酒，樂作，伶人奏《百年歌》者，陳其衰老之狀，聲調凄苦。武皇引滿，捋須指帝曰：「老夫壯心未已，二十年後，此子必戰于此。」及是役也，果符其言焉。《舊五代史．唐莊宗紀》

李存勖從神祕老者得到突襲潞州的時機，又得到周德威全力支持，大勢底定，一回到城中，連夜召集將領至晉王府。眾將領雖然奉命趕來，態度卻是意興闌珊，拯救潞州這件事，已成了眾人心中的痛，就好像一塊爛肉懸在心口，一旦動手挖除，可能立刻要命，不動手挖除，仍會慢慢要了命，進與退、取與捨，都是死路一條！

李存勖尚未開口，五太保李存進性急，已按捺不住，搶先道：「這幾日大家想破了頭，潞州都是無法可救！既然如此，不如早早放棄，趁著幽州內亂，先討伐劉守光那對狗父子！」

眾將領紛紛附和：「不錯！我們殺劉仁恭那反覆小人，殺他個片甲不留，替先王報仇！」

李存勖萬萬想不到他們竟想放棄潞州，道：「但潞州兄弟等著我們解救！」

眾將領又道：「潞州已不可挽救，不如大王帶領我們直搗開封，殺朱狗一個措手不及，替潞州兄弟報仇！」

李存勖看著眾人異口同聲，可見他們私底下已商量好了，就想一起逼自己放棄潞州，他一握拳，沉聲道：「潞州是河東的藩蔽，絕不可失，倘若它不重要，朱賊又何必傾盡全力奪回去？更何況救出二太保是先王的遺願，無論多困難，我都要完成它！」

眾將領聽李存勖口氣嚴峻，只得安靜下來，李存勖又道：「於此艱困之際，爾等仍願跟隨本王，足見我河東軍士最重情義，總是互相扶持、性命交托，方能以少勝多、生存至今，所以我們怎能拋棄還在苦苦等待救援的兄弟？倘若今日換成你們奉王命去攻城，被敵方圍困住，本王卻拋棄了你們，爾後還有誰願意接令，奮力殺敵？所以本王絕不會拋下任何一個河東軍士！本王要與所有將士生死與共、榮辱俱存！」

眾將領聽李存勖一番大義，心中既慚愧又感動，都激起心中意氣，道：「我們願追隨大王取回潞州，解救兄弟！」

李存進搔了搔頭，尷尬道：「大王，我們不是不願救人，卻實在不知如何行事？」

李存勖微笑道：「放心吧！本王已有對策，而且今夜就要出發！」

眾將領聞言，都驚訝地睜大了眼，興奮地豎耳恭聽：「請大王示下。」

李存勖道：「朱賊向來自大，聽見先王去世的消息，便以為世上再無對手，他認定我正在服喪，絕不會興師出征，見我年少可欺，以為我不諳軍事，更會生出驕惰之心。如今他已返回開封享樂，梁軍必會鬆懈，我們可以趁此機會輕裝簡行，出其不意地突襲，以悲憤之軍攻擊驕兵，如此一來，必能獲勝。」精光一湛，朗聲道：「揚威定霸，在此一役，機不可失！」

眾將領被激起與梁軍決一死戰的氣概，都大聲道：「我們願追隨大王，踏平仇敵，請大王吩咐軍令。」

李存勖朗聲道：「鐵林軍使周德威、橫沖軍使李嗣源聽令！」

「在！」周德威與李嗣源齊聲答應。

李存勖道：「你二人各率一萬兵馬作先鋒，兵分兩道，分從夾寨的西北、東北兩端率先攻入！」

周德威與李嗣源齊聲應答：「得令！」

李存勖道：「五太保聽令，你率一萬騎兵，聯合六太保、九太保、十太保率領亂柳大軍，跟隨在大太保橫沖都後方，發動包圍總攻，務必一舉滅掉梁軍！」

六太保李嗣本、九太保李存審、十太保李存賢這次沒有回來服喪，都待在亂柳監管大軍，李存進獨自答應：「得令！」

李存勖道：「梁師潰敗後必向南逃竄，八太保！你率軍五千，埋伏在通往澤州的道路上阻截敗軍，務必一網打盡，不准任何一隻梁狗活著回去！」

李存璋道：「得令！」

李存勖道：「丁會聽令！你擔任都招討使，領兵三萬，守在三垂岡下，阻截朱賊派來的援軍！」

丁會原是潞州昭義節度使，因為氣憤朱全忠欺負唐宗室，打開城門投降河東，自是最瞭解潞州情況。都招討使主管鎮壓地方起義及招降討叛，李存勖命他擔任這軍職，是向天下人昭告，大唐封賜的潞州藩帥來討伐朱梁逆賊了！

丁會自然明白李存勖的用心，也對兩代晉王的禮遇十分感激，心想朱全忠必定會親自率軍趕來，這一戰是兩人於黃巢分道揚鑣後，頭一回正面交鋒，如今的朱全忠天下無敵，自己恐怕是九死一生了，但他無畏無懼，反而充滿昂揚的鬥志，想與昔日兄弟一較高下，就算身死，也了無遺憾，宏聲道：「丁會必死守陣地，絕不辜負大王的信任，不讓敵人越雷池一步！」

「好！」李存勖朗聲道：「本王今日點兵出擊，就是要大敗梁軍，以慰先王在天之靈、保我河東百年太平！爾等都是我河東最精良的戰士、最忠義的將領，此戰只准勝、不准敗！你們回去之後，立即點兵整備，卯時閱軍，隨即出發，六日之內務必抵達『黃輾』，大軍先紮營，再聽我號令，埋伏於三垂崗等候突襲，若有貽誤軍機者，斬無赦！」

「得令！」眾將領心想距離卯時只餘一個時辰，連忙起身，以最快的速度回去點兵。

李存勖獨自一人走入家廟，打算將今日之戰上稟父親，張承業與劉太妃、曹太妃已在家廟裡等候，禮官也事先備好少牢之禮和三支金箭，供奉在李克用靈位前。

李存勖神情肅然地跪到父親靈前，禮官將點燃的香火送到他手中，李存勖低聲默禱：「父王，你歸天之後，叔父叛變、將領驕橫，母親和孩兒一度危急，幸得你保祐，一切化險為夷，孩兒也終於齊聚士氣，繼承了你的英雄志業。今日孩兒就要拔劍而起，征討潞州，掃蕩朱賊，救回受困的兄弟，我河東存亡在此一役，求你保祐孩兒及眾將士大破敵軍、凱旋而歸，此後一路披荊斬棘，掃平北地，直到完成你的遺志！」他恭敬磕首之後，將手中香火交給禮官。

禮官上香之後，請出第一支金箭，恭敬地遞了過去，李存勖接過金箭，仔細地收入精緻的絲套裡，揹在身後的箭袋上，仿佛父親隨身保護自己，又像帶著父親目睹自己的征戰。

曹太妃見他眼眶微紅、雙唇緊抿，顯然情緒激動，又強自壓抑，心中萬分不捨，擁住他低聲道：「亞子，你要堅強，母妃等你平安回來。」

李存勖望了母親一眼，見她滿是憂慮，堅定道：「母妃放心，我一定會為父王報仇，妳等我的好消息！」

曹太妃聽見這話，眉間的憂慮卻更深了，望向張承業一眼，無聲地向他求助。

張承業見李存勖眼中充滿憤懣戾氣，深怕他給自己太大壓力，以至臨到戰場，會堅死不退，溫言勸道：「亞子，大戰之前，務必穩住心緒，這一戰雖關係河東存亡，也毋須太過逞強，要記住，朱全忠也好，耶律阿保機也罷，此刻雖然春秋鼎盛，再過十年，卻會邁入老關、行將就木，就像李茂貞一樣。那時你正當盛年，環顧宇內，數風流人物，又有誰能與你相比？只要熬得住，他們都會比你先亡逝，他們的兒子都不是你的對手，你的盛世很快就會來臨，所以你務必要耐住性子、保住性命，平安歸來！」

李存勖原本滿懷恨怒、誓報血仇，聽了這番話，仿佛醍醐灌頂般，一腔怒火瞬間化成旺盛卻不急躁的鬥志，終於露出一抹微笑：「多謝七哥提點，亞子明白了！」又安慰曹太妃道：「母妃放心，我會保重自己。」曹太妃這才欣慰地點頭，感激地望了張承業一眼。

後梁開平二年甲子日，清晨卯時，日出東方，晌光灑照，遼闊的廣場上旌旗連綿如雲，數萬大軍排列整齊，人馬俱寂，無一點聲響，只有長長的號角聲迴蕩在晉陽城的上空，激發著將士們的熱血勇氣。

李存勖一身雪白軍裝，內著銀麟鎧，外罩白蟒袍，頭戴銀盔，坐在高頭長腿的碧驄馬上，領軍在前，更顯得他英氣明銳、神武不凡，身後是丁會、周德威、李嗣源、李存璋、李存進等將領策馬跟隨，各個面如熏棗、虎背熊腰，渾身散發著萬夫不擋之勇，他們身後是河東所能集結的全部軍士，人人精光如電、威武彪悍，千萬灰黑戰甲連成一片死志，如此傾盡所有，只因為不成功、便滅亡！

「出發！」李存勖大喝一聲，眾軍整齊地一扯轠繩，以最快的速度飛馳，宛如飛蛾撲火般，投向未知的命運，或許六日之後，生命就要終結，卻沒有一個人退縮膽怯，反而激發出誓死如歸的高昂戰意，成千上萬的戰馬一起奔躍嘶叫，震撼了天地，成千上萬的矛頭耀日生輝，炫亮了清曉最後一抹昏暗。

沙陀騎兵的速度天下無人能敵，僅僅六日時間，已趕至潞州西北方的「黃碾」，原本駐紮在亂柳的軍隊收到命令後，也趕來集合，這裡距離潞州夾寨尚有四十五里，李存勖命大軍紮營於此，暫歇一夜，養足精神。

五月辛未朔，河東軍往三垂岡推進，此地離潞州夾寨已不足二十里，李存勖傳令全軍止步埋伏於此，搭上簡易軍帳，靜靜等候時機，眾人不知要等候什麼，只全副武裝，緊繃精神，不敢有一絲鬆懈。

「第三天了，會起霧嚒？」時值盛夏，儘管白日襖熱，一旦夕陽西墜，東邊大片山林夾著漳水濕氣吹送至三垂崗，氣溫便急速下降，瀰漫一片蒼涼寒意。李存勖站在三垂崗頂，茫然四顧，見天清月冷、繁星點點，三里外的草木肉眼輕易可見，若是貿然進擊，梁軍怎麼可能不發現？他咬牙提醒自己，一步踏錯，滿軍皆亡，一定要鎮靜心神，耐性等候，絕不能貿然衝動。

他靜靜觀察三垂崗周圍的景致，不由得浮起往日回憶，二十年前，父親從晉陽千里奔襲，擊破河北孟方立，一舉奪下邢、磁、洺、潞、澤五州，大喜之餘，就在三垂崗紮營勞軍、鼓瑟飲酒。當時自己只是五歲稚童，坐在父親的懷抱中，就像坐在大山包圍中那般安穩，看著眾軍歡鬧、伶人唱曲，他雖然還懵懵懂懂，也感染了將士們的驕傲得意，心裡興奮極了。

伶人們在篝火中翩翩起舞，光影虛晃交錯，歌聲空靈幽揚，讓眼前的景象如夢如幻：

「一十時，顏如蕣華曄有輝，體如飄風行如飛，孌彼孺子相追隨，終朝出游薄暮歸，六情逸豫心無違，清酒將炙奈樂何……

二十時，膚體彩澤人理成，美目淑貌灼有榮，被服冠帶麗且清，光車駿馬游都城，高談雅步何盈盈，清酒將炙奈樂何……」

伶人們的聲音清脆婉轉，舉止優美朝氣，宛如瀟灑飛揚的五陵少年，唱到三、四十時，歌聲漸漸激昂雄壯、意氣盛烈：

「三十時，行成名立有令聞，力可扛鼎志干雲，食如漏卮氣如熏，辭家觀國綜典文，高冠素帶煥翩紛，清酒將炙奈樂何……

四十時，體力克壯志方剛，跨州越郡還帝鄉，出入承明擁大璫，清酒將炙奈樂何……

五十時，荷旄仗節鎮邦家，鼓鐘嘈囋趙女歌，羅衣綷粲金翠華，言笑雅舞相經過，清酒將炙奈樂何……

六十時，年亦耆艾業亦隆，驂駕四牡入紫宮，軒冕婀那翠雲中，子孫昌盛家道豐，清酒將炙奈樂何……」

河東軍剛打了勝仗，正是意興昂揚，好些人起身隨伶人們舞蹈，一邊歡舞一邊舉酒暢飲，酒水灑滿草地、酒香飄傳山崗。

小亞子第一次觀看戲曲，也是第一次看見軍士們在野地裡開懷高歌，大家因著酒醉，口齒含混不清，又不懂音律，唱得七零八落，可是歌裡竟有一股衝破千里雲、踏平萬重山的豪情壯志，令人無比動容，渾身都沸騰起來，他睜大了眼，一瞬也不瞬，恨不能自己也能快快長大，和他們一起百戰沙場。

「七十時，精爽頗損膂力愆，清水明鏡不欲觀，臨樂對酒轉無歡，攬形修發獨長嘆。

八十時，明已損目聰去耳，前言往行不復紀，辭官致祿歸桑梓，安車駟馬入舊里，樂事告終憂事始。」

可是好景不常，待伶人唱到七十時，曲韻卻漸漸悲涼，歌聲也變得滄桑沙啞，沉重的氣氛瀰漫在原本歡快的酒宴上，李克用不禁感慨：「想我十三歲起就跟隨父親平叛，先剿龐勛、後滅黃巢，哪一次不是身先士卒，帶領族人血戰，只為保住大唐江山……」他眉宇間流露一股壯志難酬的無奈，握著酒杯的手微微顫抖，激動道：「可朝中內有奸臣構陷、外有逆賊攻殺，天下幾時能夠太平？我沙陀族民何處可以安生？」

將士們想到了長年血戰，似乎永遠沒有盡頭，這難道就是沙陀的命運？即使剛剛得到一場大勝，也不能沖淡這股悲愁；就連百戰百勝、萬人呼擁、鋼鐵般的李克用也無法釋懷，他長長舒了一口氣，想把胸口抑鬱盡情吐出，愁思卻又隨著樂曲纏繞回來，他忍不住問道：「這是什麼曲子？竟如此斷人心腸！」

僕衛恭敬答道：「稟報大王，此曲是西晉陸機做的《百年歌》，以十歲為一曲，從少年唱到老年，感嘆人生苦短。」

李克用聽見「人生苦短」，變得更沉默了，神情甚至有一絲蕭索，驕傲的神采漸漸黯淡下來，炯炯精光也變得飄忽迷離，甚至浮上了惆悵。小亞子怔怔地看著父親，他不明白眾人為何感傷，只知道一定要為父親解愁。

「九十時，日告耽瘁月告衰，形體雖是志意非，言多謬誤心多悲，子孫朝拜或問誰，指景玩日慮安危，感念平生泪交揮。

百歲時，盈數已登肌內單，四支百節還相患，目若濁鏡口垂涎，呼吸嚬蹙反側難，茵褥滋味不復安……」

伶人唱到了九十歲，舉手投足盡是疲憊和無奈，彷彿生命衰逝，讓人不忍卒睹，悲淒的聲音更牽動著每一個將士的心魂，李克用一舉拿起酒罈，暢飲而盡，待放下酒罈後，竟已淚流滿面，身邊的參軍見這幫伶人竟然動搖軍心，悄悄向李克用請示要不要殺了他們，李克用卻是揮了揮手，感慨道：「殺什麼？沒得壞了興致！人生百年不過一眨眼，他們早一日死，晚一日死，又有什麼區別？」

參軍不敢再說，默默退下，李克用卻忽然站起，對著蒼天大聲喝問：「本王已經三十有餘，征戰半生，即將老矣，卻還未完成心中志業，二十年後，又有誰能接替本王的志業？」

這片大地上，多的是驍勇不怕死的戰士、智謀百出的參軍，有人年華正盛、有人久經沙場，無論老的、少的、聰明的、勇猛的，聽著李克用的悲愴喝問，竟無一人答得出來，想到戰場上禍患難料，生命朝不保夕，今日一時勝利，明日或許就人頭落地，都忍不住眼眶泛紅、鼻頭酸楚，天地間一片沉重，原本歡快的樂曲只餘低低的噎泣聲。

「我！還有我！」一聲稚嫩的童音打破了低靡惆悵，眾人抬眼望去，只見小亞子跳下父親的懷抱，小小的手臂拼命扛起比他個兒還高的烏影寒鴉槍，昂首挺胸地站到大家面前，大聲道：「父王不用擔心，我會替你征戰！」

李克用一愣，但見愛兒個子小小，滿臉青嫩稚氣，一雙機靈銅眼卻睜得大大的，神色間透出一股悍勇無畏、志比天高的傲氣，不由得哈哈大笑：「好！好兒郎！」胸中愁鬱瞬間融化了，只餘滿滿的愛寵驕傲，他將小亞子抱起，拋向空中，又接住，放在自己的肩上，歡呼道：「此子類我！我飛虎子後繼有人了！哈哈！哈哈！你們聽著，二十年後，就是他代我在三垂崗征戰了！」說罷大笑不已。

頓時間，眾將士都從剛才的神傷中恢復過來，哈哈大笑，方才瀰漫的憂鬱氣氛一掃而空，小亞子的勇氣竟然激發起哀傷的大軍們的士氣，成為河東的一則傳奇，也成為李克用最驕傲的傳人！

李存勖從此愛上了戲曲，因為只要聽到昂揚的樂曲聲，就仿佛回到這溫馨光榮的時刻，父親仍陪伴著自己，一起征戰、同享勝利，永敘天倫之情。

二十年後，故地重遊，李存勖心中不勝感慨：「已經第三夜了，天色還這麼清朗，倘若一直不起霧，該怎麼辦？我若不戰而返，好不容易凝聚的士氣就會潰散，梁軍轉眼就會併吞河東；但我若是冒險發動突襲，只是把兄弟們送入虎口，白白犧牲罷了……」

他仰觀天色，感到自己陷入了進退兩難的絕地，不由得懷疑神祕老者的建言，望著下方隱沒在蒼夜中染成墨色的層層營帳，那是千千萬萬河東子弟的性命，全掌握在自己手裡，只要一個失策，就要盡數化成灰燼，他越想越是激動：「父王，今日我帶上全部河東子弟兵，押盡所有，你在天之靈，務要保祐孩兒一舉成功……」

李嗣源見李存勖催著大軍急行至三垂崗，卻不發動攻擊，心想：「再等下去，恐怕會士氣消洩。」又想：「亞子從未親自督戰，忽然面對了浩大梁軍，難免有些膽怯，我這個做大哥的，總要盡力為他周全……」便悄然來到他身邊，拱手道：「大王若要發動攻擊，臣願為先鋒，若真遇到朱全忠，我縱然不敵，也會拼盡全力保護大王安危。」

每過一刻，不見大霧，李存勖肩上的壓力就越大，心中就越焦急，忽然聽見李嗣源願意拼死保護自己，語氣誠懇，仍是從前那個愛護自己的大哥，心中甚是感動：「我能把實話告訴大哥，跟他商量嚒？」雖然朝廷也有司天台會為帝王觀測天象、占卜吉凶，但神祕老者並不是天文博士，若是說出自己因為聽信外人虛言，就不顧群將反對，孤注一擲，會不會讓下屬覺得自己盲目昏瞶？

儘管他懷念從前和幾位大哥一起分享喜樂、同擔苦愁的時光，但此刻他已是晉王，絕不能在將領面前顯露驚慌不安，即使這個大哥素來疼愛自己，也不可以！他把口中的話吞了回去，轉了話題道：「大哥可還記得，這裡就是父王置酒犒軍的地方，父王曾說我要代他在三垂崗征戰，想不到一語成讖！」

李嗣源悵然道：「我怎可能忘記？當年父王率領我們攻下昭義五鎮，何等興盛！他老人家還發下豪語，說要北上雲州滅赫連鐸、幽州殺李匡威，再揮師南下力剿朱賊，怎知……」聲音一哽，再說不下去。

「我們只有十二萬軍馬，要面對三十萬梁軍，還可能遇上朱全忠率大軍前來，或許大家都回不去了……」李存勖語氣堅定道：「可不管如何，我都要完成父王的遺志！」

李嗣源毅然道：「你放心，大哥會為你打先鋒，咱們兄弟一條心，誓死相隨，一定能打贏這場仗！」

「大哥說得不錯！」不知何時，眾太保都出來了，排列在後方，齊聲道：「我們一班兄弟都會支持大王！管他朱賊多猖狂，他不來便罷，要敢來，咱們再用那六花陣合力刺他十七、八個窟窿，教他來得去不得！」

李存勖見眾兄弟願意陪自己赴死，這份情義已不是任何字語可以形容，他心中萬分感動，舉起腰間酒袋，道：「來！咱們兄弟再痛飲一番！」他席地坐下，眾太保也跟著坐下來，他舉起酒袋喝了一大口酒，遞給李嗣源，李嗣源也大喝一口酒，又將酒袋遞給五太保李存進，眾太保一人一口，喝光了李存勖的酒袋，接著李嗣源拿出自己的酒袋讓大家輪流喝，之後李存進等人也相繼拿出酒袋，一個接一個用酒水和熱淚輪番痛飲。

這一刻他們沒有主臣之分，只是生死與共，要一起為父報仇、保護家園的好兄弟，幾口酒水下肚，整個身子都熱烘烘的，李存勖忍不住放聲高歌：「三十時，行成名立有令聞，力可扛鼎志干雲，食如漏卮氣如熏，辭家觀國綜典文，高冠素帶煥翩紛，清酒將炙奈樂何……」他只反覆唱著三十到六十的榮光，此刻的他，年少淩雲志，但覺七十以後的衰弱距離自己還很遙遠，也或許，他們明日就要戰死在這裡，並沒有機會感受衰老的悲涼。

「力可扛鼎志干雲，清酒將炙奈樂何……」眾太保跟著引吭高歌，歌聲響徹山頂，似有無盡豪情沖天升起，雖然東風漸狂，草木嘶吼，漳水波濤亂捲，送來陣陣寒意，但眾人熱血沸騰，一點也不覺得冷，只感到酒醉迷茫，豪情澎湃。

李存勖揉了揉眼睛，喃喃道：「怎麼瞧不清楚了？才這麼一點酒，就想灌醉本王……」揉著揉著，但覺眼前兄弟的臉越來越模糊，神思卻漸漸清醒過來，忽然間，他驚跳而起，大喊一聲：「起霧了！」

眾太保驚詫之餘，也趕忙站起，道：「大王怎麼了？」

李存勖將手中酒水灑擲在地，激憤道：「殺父之仇不共戴天，朱賊，今夜本王就要你血債血償！」

眾太保也跟著指天怒喊：「朱賊，十三太保誓取你項上人頭，祭我父王在天之靈！」

「起兵！」

白茫茫的大霧瀰漫整座三垂崗，蒼濛深處，一隊隊黑騎宛如利箭般疾疾穿行，誓要破開這風雲詭譎的形勢。

河東軍口銜枚、馬摘鈴，馬蹄用厚布包裹，借著大霧掩護，急馳無聲，不到半個時辰，已齊聚在潞州城夾寨下。李嗣源與周德威作為前鋒，各自率領手下精兵，分別潛行到夾寨東西兩側的懸壁下方，「咻咻咻」數聲，眾兵甩出數十條長鈎爪，勾住石壁頂邊，再緊抓繩索、沿著崖壁，宛如蜘蛛般一個接一個攀爬而上。

李嗣源率領的橫沖都最先搶上山坡頂，人人像貓跳般輕巧翻過城牆，進入夾寨，打算與梁軍豁命相拚，好為河東軍開出一條血路，豈料四周一片靜悄悄，非但沒有半個巡守的梁軍，就連守望的崗哨也沒有！

「這是怎麼回事？難道梁軍故意躲了起來，打算攻我們一個措手不及？」

「還是朱全忠已來到梁營，坐鎮指揮？」

眾人心中雖不安，但事情至此，已無退路，李嗣源與副將安重誨交換一個眼神，已有默契，安重誨小心翼翼地往前打探軍情，李嗣源對麾下士兵低聲道：「今日是我們回報先王恩德的時候了！就算一死，也要守護大王，為我河東萬民開出一條生路！」

眾軍士不敢出聲宣誓，只目光炯炯，用力點頭，手中緊握刀槍，提著心口，耐心等候。

過了半刻，安重誨迫不及待地趕了回來，臉上滿是難以置信的驚喜，向李嗣源報告情況：「沒有埋伏！不知怎地，梁軍都睡死了，連個巡哨的也沒有！」

李嗣源想不到事情如此順利，大喜道：「我明白了！這夾寨建於高坡，梁軍認定我們的騎兵無法上來，前日又見我軍主力撤退，就鬆懈怠惰，不只撤了崗哨，連巡視的斥候都免了！」立刻下令：「從審，你率中軍焚燒柵欄、推倒圍牆；重誨，你率右軍砍掉梁軍布置的鹿角陣；從珂，你率左軍以柴草填平壕溝。等號角一響，就三路並進，直殺入寨！」

李從審是李嗣源的長子，打仗驍勇善衝，性情秉厚謙遜，能謹飭自身，作下屬表率，深有乃父之風。

李從珂雖不是李嗣源親生，乃是魏氏嫁予李嗣源時帶來的孩子，但李嗣源也視如己出，見他長得身高體壯、相貌雄偉，就親自教他武功打仗。李從珂深知自己的身分，行事為人不敢逾矩，總是沉默寡言、端謹穩重，對養父也十分尊敬，打仗時特別拼命，漸漸地，也成了李嗣源重要的左右手。

三人立刻率軍前去，待一切準備就緒，李嗣源拿起號角，鼓起內勁，猛力吹響，沉沉的號角聲驟然響遍梁營上空，宛如催命的急奏曲，「殺——」李嗣源大喊一聲，一馬當先地沖入敵軍大營，橫沖都也緊隨而上，人人奮勇爭先，競相殺敵。

李存勖見前軍已深入，遂張弓搭箭，朝天空射出一枚鳴鏑，尖利的嘯聲衝入雲霄，閃亮了夜空，瞬間金鼓齊鳴、震破百嶽，河東軍在夜霧中現身，有如天兵降世般掀起驚天動地的一戰，這一刻，他們不只從瀕死邊緣扭轉了自己的命運，也改變了歷史長河的軌跡！

梁軍懶散許久，在睡夢中乍聽到喊殺聲，只嚇得驚跳而起：「什麼事？發生什麼事了？」眾人慌張四望，見不遠處火光滔天、敵軍深入，當真是魂飛魄散！

「快逃啊！」不知是誰喊了第一聲，梁兵連盔甲都來不及穿，刀槍都忘了拿，只像無頭蒼蠅般在濃煙瀰漫中亂竄，卻正好落入橫沖都的大肆屠殺中，熊熊烈火逐漸吞噬整個夾寨，遍地都是廝殺哭喊聲，原本安逸享樂的夾寨，竟在一夜之間成了人間煉獄！

梁軍總指揮康懷貞很快判斷出形勢，大呼：「敵人在東北方，全軍向西北撤退！」梁兵聽到將軍喊話，連忙轉向另一頭，卻見周德威正率鐵林軍從西北角攻入！

「不好！西北通道也有敵人！」梁軍想要逃命，卻被兩邊的夾牆給限制住，東西兩端的出口也被河東軍堵住。康懷貞眼看情勢太過惡劣，急呼：「快！向南突圍！」梁軍立刻湧到他身邊，試圖越過重重已被破壞的木柵，一起往南方衝殺。

副招討使符道昭見大勢不妙，再不顧一切，搶了一匹快馬，抱了自己的愛妻侯冰月一起坐上馬背，奪路狂奔。

「哪裡走？」李存勖率領鴉軍衝了進來，施展輕功，縱身一躍，威風凜凜地站上高台，眼看康懷貞和符道昭要逃，他有意在眾軍士面前斬殺敵方大將，以振軍心，便挽弓搭箭，「咻咻咻！」一口氣射出十多箭，箭箭對準康懷貞和符道昭。

火煙迷漫、兩軍激戰，那利箭帶著為父報仇的意氣，一道道如光如電，誓取梁將性命！

康懷貞的親兵以肉身包圍住他，結成一團鐵球般，拼死擋下飛天利箭和四周的刀槍，這才護他衝出重圍。

符道昭卻沒那麼好運氣，他眼看就要衝出夾寨，想不到一道厲箭從天而降，正中額心，「碰！」一聲，他連唉哼都來不及，就從馬背上摔落，其餘梁軍被這等氣勢驚呆了，更是瘋狂逃竄。

那馬兒受到驚嚇，人立起來，美豔柔弱的侯冰月被這麼一震，高高飛起、遠遠拋落，一襲紅衫在空中飛揚，宛如一瓣殘紅隨風飄零，下一剎那就要落入人馬踐踏之下，化為塵泥。

李存勖一雙精眸俯瞰下方逃命如螻蟻的梁軍，滿腔悲鬱終得大肆渲洩，實是說不盡的痛快，看到己軍佩服、敵軍驚畏的眼神，他知道經此一戰，自己將名動天下，從此再沒有人敢小看他這個小晉王，心中更是年少得意，充滿凌雲壯志之情。

正當他初嚐一戰功成、萬軍欽服的絕妙滋味，忽然間，在滿堆醜惡的血腥之中，竟有一道人間絕色從天墜落，就要香消玉隕於無情的戰火中，剎那間，他心中陡生起英雄救美的浪漫情懷：「這一刻，除了我，誰能救她？」

他感到下方千千萬萬的生命都掌握在自己手裡，若不出手，這朵絕色就要沒於泥塵了，他怎能不挺身護花？於是他不顧一切飛身而下，在侯冰月落地前，輕輕巧巧地接抱住美人。

侯冰月見丈夫瞬間斃命，太過震驚，嚇得一動也不敢動，眼前卻忽然出現一位年輕俊美、神采不凡的英雄拯救了自己，她不禁淚水盈眸，瑟瑟地縮在他懷裡。

李存勖望著懷中美人，露出一抹得意迷人的微笑：「想不到梁營之中，竟藏了一位這麼美麗的夾寨夫人？」❷

符道昭眼睜睜看著自己連打仗都捨不得分離的愛妻居然落入敵將手中，痛恨得雙目圓睜，幾乎要暴凸出來，可無論他如何掙扎，依舊無力回天，只悲憤地發出一聲怒吼，那吼聲還哽在喉間，就生生斷了氣！

康懷貞率軍逃出夾寨，剛鬆了口氣，就見到敵影幢幢、擂鼓轟轟，彷彿滿山滿谷都是河東軍，正是五太保李存進聯合六太保李嗣本、九太保李存審、十太保李存賢率領亂柳大軍等候在外，虎視眈眈，準備大開殺戒。

梁軍嚇得魂飛天外，連反抗都來不及，只能繼續奪路而逃，好不容易逃到山下，苦等不到朱全忠決鬥的丁會已經磨刀霍霍，正好拿漏網的梁軍出氣！

河東軍數路並進，如狂風暴雨般全面掩殺，殺得昏天暗地、血流成河，康懷貞帶著殘軍一路丟盔棄甲、狼狽奔竄，想逃往最近的邊境要塞「澤州」，途中又遇八太保李存璋的阻殺，他最後在親兵浴血掩護下，終於從「天井關」逃了出去！

李存勖孤注一擲的行動，押上河東全副身家，實是承受著莫大壓力，此刻終於有了回報，他心中歡喜、激動，不由得雙拳緊握，眼中浮了淚水，仰首對天道：「父王，你看見了嚒？孩兒真的做到了，真的代替你在三垂崗戰勝敵軍了！」他感到父親也在天上微笑地看著自己：「亞子，你真是我的驕傲！」

河東軍以雷霆萬鈞之勢，閃電夜襲，大獲全勝，李嗣本等人興奮奔來向李存勖稟報戰果：「啟稟大王，我方俘獲梁軍將官三百人，士兵數萬人，朱賊的軍資糧餉、旗鼓器械都拋棄在城外，堆積如山，已被我軍繳獲了！」

李存勖大聲道：「好！幹得好！快通知二太保，讓他打開城門。」周德威連忙到潞州城下，鼓起內力傳聲呼喚：「二太保，先王已經去世，現在嗣王親自前來，已經攻破夾寨，殺盡梁賊了，請開城門迎接！」

李嗣昭聽那聲音十分熟悉，但他困苦太久，心想河東軍力遠不如梁軍，怎可能一夜之間出現奇蹟？再加上之前朱全忠常傳聲說李克用已去世，要他投降，他總以為是謊言，此刻又聽見城下呼喊，不由得氣憤：「梁狗真是賊心不改，又來誆騙我！來人！給我狠狠射箭！」

潞州軍趕到城頭，要往下射箭，卻見到周德威等一干將領，連忙奔回去通報，李嗣昭不敢置信，急奔至城樓，激動喊道：「真是嗣王來了，可以相見嚒？」

城下河東軍分開兩道，讓出中間一路，李存勖大步走近前來。李嗣昭遠遠見到他一身雪白軍裝，襟前戴孝，雙眼微紅，心知義父真的去世了，不由得全身顫抖，放聲大哭，悲痛欲絕，城中軍兵聽見惡耗，又看見援軍終於來了，忍不住也跟著嚎啕大哭。

城門打開，李嗣昭一跛一跛地走出來，李存勖見到原本矮小的他如今更瘦得皮包骨，腿上還因中了箭傷，久不醫治，微微跛瘸，連忙上前扶抱住他，哽咽道：「二哥辛苦了！幸好我不辱父王遺命，終於把二哥救出來了！」

李嗣昭終與眾兄弟團聚，又聽到義父臨終前還記掛自己，心中激動，忍不住與李存勖相擁而泣，眾太保也圍了過來，想到艱苦一戰終於功成，可告慰父王在天之靈，大家抱成一團且哭且笑，歡呼不已。

李存勖又拉了周德威一起，將他的手與李嗣昭的手疊握，道：「二哥，這次全憑周叔叔堅持許久，才能一舉功成，父王臨終前，只盼我們永遠團結一心，絕不要因為一些小事生出嫌隙，讓敵人有機可趁。」

李嗣昭、周德威明白李克用的苦心，心中激動，都道：「我倆必謹遵先王遺命，互相扶持，齊心輔佐大王！」

李存勖見手下兩位大將終於和好，心中十分寬慰，笑道：「只要大家同心協力，本王必能率領河東兄弟直搗開封，殺盡朱賊！」眾將領對這位新晉王佩服得五體投地，聽到他許下宏圖大志，一時歡聲雷動。

李存勖率軍進入潞州城，見滿目蕭條，不由得心生悽愴，嘆道：「真是苦了大家！」

李嗣昭請求道：「潞州軍民為保守大王的基業，都苦苦堅持，這一年多來，冷死餓死超過大半，還盼大王能獎勵耕織、減租寬刑，好讓潞州百姓休養生息。」

李存勖想起神祕老者叮囑要善待百姓，遂朗聲道：「本王即刻下令，封賞李嗣昭為潞州節度史，對其提議，一一應允！」

李嗣昭和隨軍聽到晉王宣佈德政，都大聲歡呼：「多謝大王仁政，體恤我潞州城民！」城上守軍聽見，也歡呼相應，潞州軍死守城池年餘，終於撥雲見日，城上城下，一片歡天喜地。

周德威與李嗣昭重歸於好，心中戰意高昂，便主動請命：「大王，臣也有一事奏報，如今康懷貞率殘孽逃往澤州，據探子所報，澤州刺史王班一向不得人心，只要我們快馬追擊，不只可將康懷貞一網打盡，還有機會拿下澤州！」

「好！」李存勖下令道：「本王命周德威擔任主將、李存璋為副將，即刻啟程，追擊梁軍殘孽，取下澤州！」

兩人領命後，率軍一路南追，澤州軍民因為厭惡王班的苛政，聽聞河東軍快來，竟然大放煙火慶祝，想要歸服晉王。王班見情況艱險，連忙關閉城門自守，將康懷貞等殘軍拒之城外，不顧他們的死活。

洛陽龍虎軍統領牛存節聽到康懷貞部隊陷入進退兩難的困境，連忙召集兵馬要前往救援，但河東軍銳氣正盛，梁軍士氣低落，人人都畏懼退縮，不願前往，牛存節只好對士兵說：「見到危難不救，是不義；害怕敵人強大逃避，是不勇，萬一你們落難，難道不希望有人援救嚒？」這才鼓動軍士隨他日夜兼程，奔赴澤州。

王班見援軍來了，終於開啟城門，迎牛存節、康懷貞等軍隊進入，搶先穩定了澤州的形勢。

周德威、李存璋晚到一步，只能挖掘地道攻城，與牛存節日夜作戰十三天，之後劉知俊又從晉州率大軍過來救援，周德威只能燒毀攻城器具，撤退至「高平」，守住邊境，這一場千古奇襲戰役，至此終於告一段落。

李存勖安頓了潞州事宜，又交給李嗣昭管治後，便率部份軍隊返回晉陽。沿路上，他坐在高馬上，眺望四周漫漫綿延的高坡，微笑道：「大哥，你瞧，這地方之所以稱為三垂崗，是因為有大崗山、二崗山、三崗山三座高坡相連，我們來時匆匆，心中掛念戰事，並無暇欣賞風景，如今打了勝仗，才知道原來前途一片寬廣！」

李嗣源笑道：「大王的心情不同，看的風景自然也不同了！」指了前方道：「二崗山上有座明皇廟，從前父王打完仗回來，只要經過三垂崗，必會去祭拜玄宗神像，傾吐恢復大唐的宏願，大王如有興致，我可以領路。」

李存勖愕然道：「這裡千里草坡，幾無人煙，竟有明皇廟？」

李嗣源道：「當年玄宗皇帝還是臨淄王時，曾在這裡擔任三年別駕，他大宴孤老、免徵賦稅，潞州百姓因此十分愛戴他，為他立了廟宇，只不過後來狼煙四起，許多百姓出逃，這地方才荒廢了！」

李存勖此刻特別懷念父親，便想尋訪遺跡，道：「大哥，你帶我過去瞧瞧吧！」遂命大軍留在原地，只讓李嗣源隨侍。

兩人一路行去，登上二崗山頭，但見滿山蒼翠松柏，鬱鬱葱葱，林木掩映處，佇立一座森森廟宇，李存勖走近前去，推開廟門，邁步而入，李嗣源緊跟在側，只見庭院北方的高臺上有一座巍峨獻殿，兩側有東西配殿，獻殿中供奉一尊高大的玄宗塑像，李存勖仰而觀之，見那神像威武莊嚴、眉目炯炯，雖是木雕泥塑，年代久遠，仍保留著王者氣勢。

李存勖從前也見過唐昭宗，幾時有這等神采？心中頓時沖湧起一股難以言喻的感動，但覺大丈夫當如是，方不枉此生：「這才是帝王氣概！」

他心中悠然神往，不勝意氣，對著李隆基的塑像暗道：「當年你中興大唐，開創盛世，善待百姓，才有了這座廟宇供後人瞻仰，你做得到，我李存勖如何做不到？」但見這塑像雖然宏偉，廟宇卻荒涼破敗，只留玄宗一人孤伶伶地佇守於此，早已無人參拜，又不禁感慨：「可也是因為你，沉迷楊貴妃的美色，才引發安史之亂，導致大唐衰敗，而我……」他心中浮現侯冰月翩翩落下那美豔嬌柔的身影，瞬間全身都被激發了歡愉活力：「難怪符道昭連打仗都要帶著她！」

他又想起年少結髮的妻妾韓氏、伊氏，兩人都美貌賢淑、善解人意，讓他每每在戰後的疲憊裡，都能得到溫柔慰藉，徹底放鬆歇息，他身邊實在不乏美人相伴，可不知為何，他內心深處總有一個空落，似乎有個虛無的影子隱隱約約地烙印在那裡，又像是一縷誘人的妖魅，時不時浮現出來，魅惑著他：「你來尋我啊！向我證明你是天下第一……」

「天下第一」成了一句魔咒，牽動著少年英雄的心，不知不覺中，他為了這個目標時刻努力著，直到今日這一戰，他終於將原本是天下第一的梁軍殺得落荒而逃，他感到自己已是天下第一了，心中不禁問道：「今天，妳會出現嚒？」

李嗣源見李存勖若有所思，唇角噙笑，臉上滿是得意之情，知道他還沉浸在勝戰的愉悅中，便笑問：「大王先前命我們日夜趕路，可是一到三垂崗下，反而要我們靜靜等待，卻恰好等來一場大霧，足以掩護行動，才使得奇襲成功，難道大王已學會預卜天象？」

李存勖打了勝仗，心中歡喜，幾乎要衝口說出天霧的祕密，話到口邊，忽然想道：「神祕老者不只能預測天候，還告訴我七步成王，如今每一步都實現了，足見他真是個奇人！但他究竟是不是馮道呢？」望了李嗣源一眼，又想：「馮道幾次前來河東，都惹怒父王，大哥總是在不經意間想為他出頭，他二人看似不常來往，其實一定交情匪淺！」

儘管李嗣源由始至終都全力支持自己，在李克寧反叛時，也毫不猶豫地率兵救援；在攻打潞州時，更是不顧危險地衝鋒在前；儘管這個大哥性情忠厚，一向愛護自己，但防人之心不可無，他望著前方宏偉的塑像，想像著李隆基會怎麼回答這個問題，終於，他決定不說出神祕老者暗中相助一事：「無論那老道是誰，都只能為我所用！」遂淡淡一笑，道：「我哪裡會卜算天候？當時軍士們已經趕了六天路程，我因此讓他們在三垂崗下先歇息一陣，養足精神才好作戰。」

李嗣源笑道：「大王考慮得周到，只不過這場大霧來得太巧了！」

李存勖目光凝望著李隆基，道：「或許是玄宗不願讓竄唐的逆賊得逞，才送來大霧，保祐我軍獲勝吧！」

李嗣源又道：「朱全忠居然也沒有出現，真是太不可思議了！」

朱全忠為何沒有出現，李存勖也不完全明白，只知道應該與無名老者有關，笑嘆道：「是啊！一切都太不可思議了！」

李嗣源道：「這一定是大王鴻福齊天，玄宗和父王都在保祐著我們！」說罷便恭敬下拜，誠心祝禱：「盼玄宗祐我河東上下一心，扶助大王剷除逆賊，完成父王遺志。」

李存勖也跟著跪下，心中卻是說道：「今日我一戰功成，來日必是我李存勖的天下，這世上除了我之外，無人可滅朱氏大梁，你若祐我橫掃四海，一路旗開得勝，我便為大唐復仇，消滅朱賊！」

兩兄弟叩拜之後，對視一笑，便相偕回去與大軍會合。

晉陽城一掃過去的陰霾，人人臉上掛著歡喜笑容，準備迎接歸來的英雄。

李存勖率軍入城時，城中大放煙花，街頭巷尾擠得水洩不通，百姓們都爭相目睹新晉王的風采，李存勖騎在高高的馬背上，顧盼生風，向眾人微笑示意，百姓們歡呼連連，一路追隨，不肯離去，直到李存勖進入家廟祭祀，才不得不散去。

張承業與劉太妃、曹太妃在家廟裡等候，禮官也已經備好了少牢之禮，等著讓新大王上香祭祀。

李存勖神情肅然地跪到李克用靈位前，接過禮官點燃的香火，將潞州戰果上稟父親，並取下隨身攜帶的金箭，連同香火一起交還禮官，重新安放到靈檀上。

靈檀上供奉的三支金箭是李克用的三道遺命，代表著討伐幽燕劉仁恭、契丹和消滅世敵朱全忠。李存勖此次大勝而歸，感到父親真是在保祐著自己，此後每回出征，他必會到家廟請出金箭隨身攜帶，待勝利歸來後，再將金箭供奉回去，以告慰父親在天之靈。

接著李存勖對功臣大肆封賞，當時許多藩鎮任用官吏都不向唐廷奏報，李克用十分不屑他們的行為，即使唐昭宗准許他可以直接任命官吏，他仍會向皇帝奏報，如今唐室已沒，李存勖因此開啟了河東制書任命官吏的先例。

潞州一戰，李存勖認為除了李嗣昭之外，屬周德威功勞最大，便讓他擔任振武軍節度使、同平章事，加授檢校太保，又封賞一批有功戰士，眾將領得到賞賜，都十分歡喜。

李存勖樹立威望後，又大刀闊斧地整頓軍紀，張承業為他肅清貪官污吏，選賢與能，減輕賦稅，勸課農桑、開鋪利市、經營鹽鐵、蓄積谷糧，招兵買馬，以備大戰所需。

李存璋也弭平境內流寇盜匪、撫恤孤寡、平反冤獄。一時之間，河東綱紀振興、海晏河清、人心歸向，李存勖也擁有一支紀律嚴明，足以橫掃天下的鐵甲雄兵！

（註❶：「漳水風寒，潞城雲紫；浩氣橫飛，雄獅直指……」此詩出自《清・劉翰・李克用置酒三垂岡賦》，正是描寫李克用、李存勖父子在三垂崗的事蹟。）

（註❷：李存勖大破夾寨，得到「夾寨夫人」侯冰月，後人幾度轉述，便成了「壓寨夫人」一詞。）

九〇八・六

秦皇掃六合・虎視何雄哉

那日馮道告別張承業後，即啟程前往契丹。他騎上沙陀最快的駿馬，奔馳在遼闊無垠的漠原上，風沙夾著耳畔呼嘯而過，前方景致總是綿延不斷的丘稜，讓他有種錯覺，彷彿只奔馳了一刻間，又像已經奔馳了一輩子，卻永遠看不到盡頭。

直到夕陽沉落，青色草原黯淡成大片墨綠，與蒼穹連成一體，再也分不出天與地，他才不得不停馬歇息，在山壁間搭了簡易帳篷，升火野炊。他從來沒有到過契丹，望著蒼茫無盡的夜色，四周萬籟俱寂，恍惚迷濛之間，竟有種脫出凡塵，不知身在何處的空虛感。

他不禁回想起從前在幽州的日子，白天與韓延徽極力拯救流離失所的百姓，到了夜晚，兩人總會煮茶談心，互相打氣：「藏明走了大半年，卻一點消息也沒有，他究竟出什麼事了？難道契丹真是吞人的地方？」

天才濛濛亮，馮道就起身趕路，為免引人注目，他總是沿著人煙稀少的地方行走，這樣馬不停蹄、日夜兼程，數天之後，終於進入契丹領域。

契丹位於潢水與老哈河兩大流域的交會處，而耶律阿保機所屬的迭剌部發源地「葦甸城」，如今已成了契丹京城，自從耶律阿保機登上大可汗後，就在葦甸大興宮廟，除了原本被稱為「西樓」的「龍眉宮」，還陸續興建了「明王樓」、「天雄寺」和「開皇殿」。

馮道沿著橫水河畔往前行，直到進入葦甸邊境，他心想很快就會見到耶律阿保機：「這裡是契丹重地，我得做好準備，不能有一絲疏忽。」為了養足精神備戰，他不再趕路，只找了瀕臨潢水河畔的偏僻處，搭了帳篷歇息，又將全身行頭都改換過。

旭日初升，晌光灑映，潢水粼波蕩漾，在碧綠草原上織成一條蜿蜒銀帶。

遠方傳來一陣馬蹄聲，不多時，十幾名騎兵策馬奔近河畔，團團圍住一座帳篷，在四周奔跑踢躂。他們個個身材魁梧，頂上頭髮全部剃光，有人兩鬢留下稀疏餘髮，有人前額留了一排短髮，也有人耳邊披散鬢髮，他們拿著長槍不斷戳刺帳簾，領頭的斡魯朵副使（契丹的禁軍副使）喝問：「裡面什麼人？滾出來！」

帳簾緩緩掀起，走出一位英氣逼人的白袍將軍，左手擎著一柄玄黑色的長槍，右手拿出一只令牌，沖著契丹軍士們傲然一笑。

那斡魯朵副使看見牌面上的字，不由得一愣，驚詫道：「你……你是……」一雙銅鈴大眼瞪朝白袍將軍打量一次又一次，仍感到驚顫：「你真是……」

少年將軍微笑道：「本王已經與你們可汗約好，要商議結盟之事，請將軍帶路吧！」

契丹軍士見他精光爍爍、氣宇軒昂，似乎真是傳說中的那個人，但他為何孤身前來，竟沒有帶半個隨從？一時間，不知該不該相信他。

少年將軍看出他們的疑惑，悠然一笑：「我自個兒前來，就是想偷閒片晌，欣賞一下潢河風光，想不到你們可汗真是心急，我昨夜剛剛抵達這裡，他就派你們來迎接！」

斡魯朵副使聽他這麼一說，心中雖有懷疑，也不敢貽誤軍機，道：「可汗不在龍眉宮，去光頭山王爺馬場狩獵了，請晉王請隨我前去！」❶

遼闊的草原上，鼓角聲震如天雷，眾騎倏忽來去，迅若驚鴻、奔若飛狼，絲絲金光從雲層縫隙間灑射下來，將人馬追逐的飛影，幻化成令人心旌搖曳的奇景。

這競技場的前方是一座大氈廬，廬旁豎立一支繡著白馬青牛的擎天大旗，兩旁排列數十頂營帳，帳幕前方擺設著歡樂的酒宴：兩名粗壯的髡首庖人蹲跪在巨大的三足炭火銅鍋旁，一人手持長爐鉤調和鼎鼐，將鍋中熟透的羊頭、雁頭、肘蹄等豐厚的獸肉一一鉤起，放入橢圓木盆裡；另一位庖人用長刀割下肉片，放入木盤中。幾名年輕侍女將切好的肉盤端到賓客的桌案上，半跪半立，細心侍候酒宴，還有一群少女捧著花籃、揮動衣袖，在悠揚的樂曲中盡情歡舞，展現出熱烈活潑的朝氣。❷

耶律曷魯等王公將臣分成兩列，坐在帳幕前左右兩方，大聲談笑，滿心沉浸在歡宴之中，最末端還坐了幾個漢人文臣，他們身穿右衽漢服，頭戴幞帽，神態恭謹、行止端莊，雖然面帶微笑，與君同樂，卻不敢太過放肆。

大可汗耶律阿保機將左右兩綹頭髮修剪整理成麻捲，下垂至肩，身穿左衽錦繡長袍，神態悠閒地坐在豪華地毯上觀賞表演，他興致很高，一邊擊掌歡笑，一邊拿起長頸酒瓶狂飲，與他在中原以劉億身分出現的嚴肅模樣全然不同，或許是心中宏願逐一實現，比起當年的沉厚穩重，更多了幾分意氣風發，誰都看得出這是一位成功壯盛的豪雄，在最好的年華裡享受自己最豐碩的戰果。

但最吸引人目光的，永遠是他身旁的天之驕女述律平！

這些年，她一直扶持著耶律阿保機，為了剷除異己，歷經無數殘酷爭鬥，濃艷的臉上依舊蛾眉飛揚、英氣強悍，身上卻穿著與她心思氣質全然不符合的右衽漢服，那漢服雖然華麗大器，彰顯了她身為可敦的尊貴，卻也束縛了她的野性魅力。或許是多讀漢書之故，她收斂了些許驕傲跋扈，卻因此散發著深沉氣息，令人望之生畏。

斡魯朵副使恭敬地走近耶律阿保機身邊，低聲稟報有貴客來訪，想密會大可汗。

耶律阿保機與述律平聞言，都感到詫異，不由得互望一眼。耶律阿保機對副使道：「既然來了，便帶他進來吧！」又吩咐身邊同歡的眾臣屬：「除了韓參軍和庖人，其餘全退下！」

眾人興致正高昂，忽然聽見大可汗的命令，頗是奇怪：「發生什麼事了？可汗竟要我們都出去，只留下那個新來的漢人參軍？」心中雖不悅，卻也不敢造次，紛紛起身行禮告辭。

那位漢人參軍也不敢安坐，連忙來到耶律阿保機身前，恭敬問道：「可汗有何吩咐？」

耶律阿保機道：「待會兒有貴客到來，他若是滔滔雄辯，你便直言回應，萬一他不懂禮數，與本汗打鬥起來，你便趕緊退下，免得遭殃。」

韓參軍隨即明白，訪客是個文武雙全之人，不但武功了得，口舌也伶俐，或許還飽讀漢書，耶律阿保機特意留下他，是要借重他的漢學知識對付來人，便恭敬道：「臣謹遵可汗命令。」

不多時，一位年輕白袍將軍被帶進來，拱手道：「侄兒拜見叔父、姑母。」

耶律阿保機打量著眼前之人，確實是李存勖，只不過比起雲州結盟時，他體態輕瘦了些，目光微染滄桑，神情慘淡，想必這段時間，李克用去世、晉陽內亂、潞州戰況危急，都將這位天之驕子重重打落泥塵裡。

述律平見李存勖滿面風沙，往日的倨傲神采已不見，暗思：「他剛逢喪父之痛，就千里趕路，冒著生命危險深入我地，還低聲下氣地敬稱我夫妻為叔父、姑母，看來河東真是走到盡頭了！」兩夫妻心同此念，默契十足地互望一眼，眼底泛出微微笑意，卻不知這李存勖其實是馮道假扮！

當初馮道要求無論他如何與契丹周旋，李存勖都不能記恨，就是因為他要假冒對方去向耶律阿保機求情，他怕李存勖得知實情後，會怒火沖燒，才事先提出條件，李存勖怎猜得到他會用這怪招？急切之下，自是一口答允。

馮道面對著耶律阿保機和述律平，只要稍有不慎，就會命喪當場，他自是戰戰兢兢，不敢疏忽，但他的目光卻忍不住落在那位韓參軍身上：「這是怎麼回事？藏明一直沒有消息，竟是投靠了契丹？」震驚之餘，他仍努力說服自己：「不會的！絕對不會！藏明最恨契丹打草穀，或許他是被耶律阿保機脅迫才留下來，又或是……」看著韓延徽臉上神情肅穆，不見笑意，卻也沒有憂鬱焦怒之情，即使馮道想為昔日好友找一個藉口，卻實在解釋不了眼前的情景。

耶律阿保機微笑道：「賢侄前來，怎不事先打聲招呼？」

馮道深吸一口氣，握拳咬牙，強自鎮定，表面上看起來，就像是拼命壓抑滿腔悲憤：「侄兒有大事想與叔父共謀，但怕軍機洩露，因此單獨前來，希望叔父看在當年與我父王歃血為盟，結為兄弟的情誼上，能夠相借騎兵，助我抗擊梁軍。」

耶律阿保機還來不及回答，述律平已微笑道：「賢侄千里奔波，想必很累了，我們身為叔父、姑母，應該要好好招待。」便吩咐庖人端一盤剛切好的羊肉給他，又道：「你先坐下，一起吃個炭火銅鍋，有什麼事，慢慢說吧！」

馮道依言坐下，心中盤算該怎麼應付眼前局面，又悄悄瞄了韓延徽一眼：「耶律阿保機遣走所有人，卻特意將藏明留下來，為什麼？」

耶律阿保機感嘆道：「你父王去世，一個大好英雄就這麼隕落，我實在很難過。但如今梁晉交戰，本汗若去祭拜，說不定要引起什麼誤會，生出更大的亂子，我也只好在心裡遙祭飛虎子了！」

此時若是李存勖親自過來，恐怕就要破口大罵耶律阿保機虛情假義，但馮道卻能沉得住氣，只點點頭，感傷道：「叔父的難處，侄兒明白，所以只盼叔父借我幾隊騎兵，殺梁軍一個片甲不留，就不枉父王與您的兄弟情義。」

耶律阿保機懷疑道：「你真想攻打粱軍？以河東現在的處境，那是用雞蛋打石頭……」轉問韓延徽：「你們漢人那句話怎麼說？」韓延徽低聲回答：「以卵擊石。」耶律阿保機笑道：「不錯！就是以卵擊石！」

馮道昂然道：「擊敗粱軍是我父王的遺願，就算是以卵擊石，我也要拚命完成！」指了自己帶來的駿馬，又道：「那馬背上馱負著我準備的厚禮，珍珠、太原玉雕，都是我晉陽宮城中最好的寶物，事成之後，侄兒另有酬謝。」

耶律阿保機心想自己確實背叛了李克用，不如借他幾隊騎兵，也算還了這段兄弟情，便想答應，述律平卻插口道：「如果契丹派兵助你，就是與大粱結仇了！關中富庶，珍寶取之不盡，粱皇的賞賜，件件價值不菲；相反地，河東地處邊陲，連年敗仗，府庫已然空虛，你帶來的那一點珍寶已是傾盡所有，卻連大粱的一點皮毛也比不上，實在不能打動我們冒險！」

馮道暗罵：「這女人真貪心，竟想獅子大開口！」肅容道：「我父王常說他平生最得意之事有三件，叔父可知是什麼？」

耶律阿保機道：「是討龐勛、平黃巢和三垂崗連取五州？」

馮道說道：「叔父只說對了一件事，父王平定黃巢，得到大唐皇帝的信任，使我沙陀有立足之地，確實是他平生最驕傲的事！但另外兩件事都與戰功無關。」

耶律阿保機「哦」了一聲，好奇道：「飛虎子最驕傲的竟然不是戰功，那又是什麼？」

馮道說道：「其中一件，是一箭雙鴉折服周德威，得到一位生死不渝的好兄弟，另一件是在雲州與叔父結交！他曾說數算當世英雄，只有叔父才配與他相提並論，因此雲州結盟那天，他特別歡喜，回到晉陽後，曾連喝三天烈酒慶祝，想不到在叔父眼中，兄弟情義竟比不上大梁的一點財寶！」

耶律阿保機頓感尷尬，不悅道：「侄兒既然快人快語，本汗也不繞彎子，我心中景仰你父王，因此與他結義，倘若今日是他前來，我二話不說，立刻派兵拯救河東，奈何他英年早逝，這份情義也只好隨他長埋黃土！我並不是與你結義，就算我不出兵，也沒有虧負你！」

倘若今日來的是李存勖，只怕會氣得當場離去，馮道卻是早有準備，冷笑道：「叔父向來崇尚漢文化，而漢人至聖孔夫子曾說：『民無信不立』，中原皇帝也是一言九鼎，絕不能背信。叔父想學漢禮，卻左右搖擺，見利忘義，這樣怎能習得漢禮的精髓？與其做著皮毛功夫，兩邊不討好，還不如乾脆放棄漢制，回去遵循各族輪流做汗王的傳統，才不會得罪小可汗們！」

耶律阿保機、述律平兩人頓時無言以對，臉色極為難看，韓延徽知道自己該出聲了，道：「晉王既熟讀漢書，當知君王一言一行都牽涉天下蒼生，信守兄弟之義，乃是小信，可汗顧念契丹百姓安危，不願得罪大梁，引來戰禍，才是天下大義。古來君王爭戰，為了天下蒼生而背棄兄弟之盟，遠者有劉邦背信項羽，換取了大漢百年太平，近者是我朝太宗，與兄弟相爭，才有了大唐盛世！」

耶律阿保機微笑點頭，意示嘉許，述律平更是撫掌笑讚：「韓參軍說得好！」

馮道望著韓延徽，簡直不敢相信這是從他口中吐出，但這一番話，又的的確確像是他拯救蒼生理念的慷慨之談，心中頓升起一股矛盾複雜的情緒，不知該為好友終於得到器重，能一抒抱負感到歡喜，還是該為這情景感到悲憤：「藏明遇見耶律阿保機，是千里馬遇見伯樂的幸事，但這個伯樂卻想藉漢臣染指我中原！都是劉守光太過殘暴，又輕賤文人，才逼得藏明遠赴異邦，使我中原痛失棟樑！藏明啊藏明，你我曾情同兄弟，卻被時勢逼得反目相向，我能勸你回轉嚒？」他心中起伏，目光感傷地望向韓延徽，道：「韓參軍真認為兄弟情義不重要嚒？」

韓延徽肅容道：「平時為人，自該重情義、守諾言，但遇到大局，個人的情義便顯得微不足道了！」

馮道不由得心中一嘆：「幽州內戰時，藏明雖服侍劉守光，卻希望劉守文能打贏，可見他原本就輕看小我私情，只在乎大局，我又何必強人所難？」遂收斂心神，不再思及兩人的情誼，轉對耶律阿保機道：「有一句話說：『人無遠慮，必有近憂』，朱全忠野心極大，想要一統天下，難道叔父不擔心他併吞河東之後，會兵指契丹嚒？」

耶律阿保機聞言，不禁微然蹙眉，韓延徽卻不疾不徐，侃侃說道：「晉王讀過漢書

《左傳》嚒？其中有一句話：『越國以鄙遠，君知其難也，焉用亡鄭以陪鄰』，對契丹來說，大梁距離遙遠，沒有什麼威脅，而河東近在咫尺，若是壯大，可就後患無窮！」又對耶律阿保機道：「漢人歷史上，秦始皇能立於不敗之地，憑的正是遠交近攻，我契丹也該學習此道，與遠方的大梁結交，小心防患身邊的河東。如果河東強大起來，近扼雁門三關，遠控太行八陘，盡據咽喉之地，更易向契丹發兵！」

耶律阿保機沉沉地點了頭，道：「不錯！河東近在咫尺，是比大梁更具威脅。」

馮道說道：「恕侄兒直言，若以戰國之勢相比今日，叔父絕非秦始皇，因為契丹並不是最強大的，只有朱全忠才是站在秦始皇的位置，契丹倘若認不清自己的位置，走錯了路，將來必會後悔莫及。當初戰國六雄就是採用合縱之勢，團結一致，才能與強大的秦國僵持許久，我們若不聯合起來，勢必會被各個擊破。」

韓延徽朗聲道：「為何只有朱全忠可比擬為秦始皇？我大可汗雄才偉略，只要予民休養生息，重視農牧，使漢人多多來歸，將來胡漢融合，契丹未必不能強盛壯大。」

這番話深得述律平的心，笑道：「韓參軍說得甚是！我大可汗雄才偉略，有朝一日必能勝過大梁。」

馮道嘆道：「叔父雄才偉略，想召漢人來歸，小侄也是萬分景仰，但小侄擔心的是時間來不及！河東若是亡了，大梁下一個目標，必是兵指契丹，叔父又要如何實行以漢治漢的遠大理想？我河東雖然衰弱，只要不亡，就可以成為契丹的屏障，為你們擋住浩大梁軍，爭取休養生息的時間，這樣才有可能逐步施行韓參軍的計劃！」

耶律阿保機心想：「小晉王說得不錯，萬一河東現在就滅亡，我就沒有屏障了……」但表面上仍不置可否，只對韓延徽說道：「賢侄不瞭解我們契丹軍有多勇猛，我要讓他瞧一瞧！你今日建言十分有理，本汗會盡數採納，先下去歇息吧！」

韓延徽剛入了契丹，原本還戰戰兢兢，經此一事，心中甚覺安慰：「可汗如此器重我，看來是真心想施行漢制，我得好好輔佐他才是。」便恭敬地行了一禮，才告辭離去。

耶律阿保機指了前方的飛騎，道：「他們都是我契丹最勇猛的武士，正分成兩隊，演練互相攻殺，右邊是我大弟剌葛率領，左邊是我族弟曷魯為首，獲勝的一方可以去圍獵，得到獵物當獎賞，輸的一方就要留下來繼續訓練。當年我和你父王在雲州相會，他總誇耀自己有個好兒子，不但像他一樣勇猛，還聰明至極，懂得運用戰略，今日我瞧你口才伶俐，確實有些小聰明，但不知行軍的本事如何？你幫叔父瞧瞧，他們兩邊哪一方會勝出？」

契丹兵分成兩邊在遠方打成一團，乍見之下，似乎難分軒輊。馮道心想：「若是李存勖，一定能看出來，我可不能答錯，免得露出馬腳！」遂運起「明鑒」玄功遙遙望去，見契丹兵十分剽悍，即使只是訓練，面對自己人也爭鬥凶狠，下手毫不留情，他心中頓感憂慮：「耶律阿保機這般訓練士兵，足見野心不小，有朝一日，他若是命契丹大軍南下，勢必會引起瀰天烽火，中原大地又要多添一樁苦難……」他從前與耶律曷魯交往過，知道此人有勇有謀，仔細觀察一陣，果然左方軍隊進退有據，恭敬道：「侄兒以為不到一個時辰，曷魯將軍的部隊就能勝出。」

耶律阿保機心想：「他沒有因為想討好我，就選擇我親弟剌葛那一方，而是選了曷魯，可見他是真有眼光，能分辨出軍機。」又想：「既然他真是有勇有謀，我不妨助他一把，讓他去抵擋朱全忠……」微微一笑，道：「他們分出勝負之後，本汗要帶獲勝的一方去松樹山狩獵，待會兒你就隨我們一起去玩玩吧！」

馮道心中唉嘆：「他是想試探我的本事，但我根本不會騎射！畫虎畫皮難畫骨，李存勖的容貌易學，本事卻不是一時半刻學得來的！」不由得愁染眉間，肅容道：「河東兄弟還身陷水深火熱之中，侄兒實在無心遊獵，還請叔父見諒，待河東解危後，我一定陪叔父策馬草原，一縱豪情！」

述律平微笑道：「若有貴客來訪，可汗定要陪同他們出獵數日，賓主盡歡後，大夥兒才好商議政事，這是咱們契丹的待客之道，賢侄不會不知道吧？」

耶律阿保機也道：「我已經承諾勝出的勇士一起去打獵，你方才不是說，做為一個君王必須言而有信，我可不能壞了大家的興致！」

馮道萬萬想不到契丹有此習俗，正想說些什麼，卻見述律平一雙精眸灼灼地盯著自己，豔紅的唇角微微上揚，似微笑似冷笑地說道：「狩獵時，我契丹勇士會大肆呼鹿，只要賢侄不嚇得逃跑，就有機會商量借兵之事。」

「呼鹿？」馮道不知那是什麼玩意，但想李存勖出身北方民族，肯定知道，自己不能開口詢問，免得露出破綻，見述律平的笑容不懷好意，心中更是不安。

就在這時，耶律曷魯的部隊已經大舉越過中線，節節進取，耶律阿保機站起身，拍手朗笑道：「好啦！勝負已分，今日到此為止了，勝出一方，準備出發！」

獲勝的軍士聽到大可汗的判決，都歡喜地大聲呼吼，十分囂張；戰敗的一方卻是垂頭喪氣，領隊的刺葛更是緊握雙拳、滿臉激憤，似乎並不甘心。

耶律曷魯很快整好隊伍，開拔出發，耶律阿保機夫婦策馬在後，馮道小心翼翼地陪在他們身邊。眾人一陣快意奔馳，迅速來到一座高坡上，前方樹林繁茂、綠浪潮湧，林間深處傳來陣陣低吼，此起彼落、若有似無，似風洞呼嘯又似野獸喘息。馮道感到樹林裡隱藏著巨大的危險，心中實在害怕，萬一不小心露出膽小的樣子，更會被耶律阿保機夫婦識破身分，實是戒慎恐懼，冷汗直冒。

士兵們卻是興高采烈，人人熟練地散開來，分別躲入巨石矮樹後方，再拿起特製的號角低低吹了起來，彷彿在引誘什麼東西。

述律平微笑道：「這松樹山常有老虎盤據，傷害畜牧，我們在山林裡吹號角學鹿鳴，一旦老虎以為有獵物衝了出來，軍士們就可以射殺老虎做為獎賞。」

「原來呼鹿是學鹿叫，好讓老虎出來……」馮道一想到幾頭大老虎撲衝出來咬人的可怕景象，不由得喉頭咕嚕一聲。

述律平見他眼神閃過一絲驚惶，微笑道：「惡虎凶猛，難免有人亡命虎口，待會兒，賢侄可要好好大顯身手，讓我契丹勇士一睹小晉王的風采，莫要墜了你父王的威名！」

馮道心中暗罵：「這老妖婆不安好心，我得想個辦法避掉此事，絕不能出糗。」想了想，道：「侄兒非但不能顯露身手，更不能開弓射箭。」

述律平譏諷道：「難道你害怕射不中老虎，讓我契丹勇士看笑話？」

馮道肅容道：「先父名號飛虎子，倘若我在守孝期間開弓射虎，豈非不孝至極？」

述律平聞言，倒不好勉強了，馮道又道：「我是客人，如果和契丹勇士爭搶獵物，豈不是太失禮了？這樣吧，看誰最先奪魁，本王就贈他十兩黃金！」

耶律阿保機笑道：「小晉王出手闊綽，真有乃父之風！」

三人談笑間，前方忽然「轟隆！」一聲，一隻龐然巨虎從樹叢裡衝奔出來，那猛烈的氣勢宛如平地衝炸出暴風驚雷，直撲向躲在草叢裡的士兵，那幾名士兵想不到老虎潛藏在附近，來得如此之快，驚駭得四散而逃，卻有一名士兵逃得慢了，後背被虎爪狠狠巴了一掌，撲倒在地，躲在附近的契丹勇士都驚呆了，待想起應該挽弓搭箭，已經來不及，只眼睜睜地看著老虎血口大張，露出銳利如刀的長牙，對著那士兵的頭顱猛力咬下！

馮道驚得臉色慘白，身子一抖，這樣的顫慄，完全出於本能，想掩飾也掩飾不了，他知道此刻自己一點也不像李存勖，若是被耶律阿保機夫婦查覺，就太糟糕了，可是他顧不得了，他必需逃，因為除了老虎之外，還有更可怕的東西，正在以一種比老虎更快的速度奔向自己：「他……來了！」一個念頭尚未轉完，一條驚世駭俗的魁梧大漢已威立在眼前，「轟！」搶在虎牙插入契丹士兵的頭顱之前，一手拽住虎尾，往後猛力一扯，讓那士兵逃離虎口，那老虎受到劇痛，大吼一聲，反身來咬，那人仍不放開老虎，另一手瞬間連出七、八拳，「碰碰碰碰！」每一拳都重重擊在老虎的鼻樑上，將它的臉面砸得血爛！

契丹勇士的利箭才剛搭上弓弦，還來不及射出，就見到猛虎倒斃，一時驚得目瞪口呆，不能動彈。

天底下擁有這等神功者，只有威震天下的大梁皇帝，也是馮道平生最害怕的死敵——朱全忠一見到李存勖在場，豈容他活命？當是殺之而後快！

「碰！」剎那間，朱全忠甩脫老虎，功聚拳眼，對準李存勖全力轟出！

馮道驚駭之餘，急扯韁繩，拉著馬兒轉身就跑，那馬兒卻因為受了驚嚇，人立起來，馮道被馬兒扭身的力道飛甩出去，跌落在地，朱全忠的一拳正中馬腹，馬兒尖嘶一聲，軟軟倒落，這幾下變故只在眨眼之間，馮道還來不及起身，朱全忠的殺機再度逼至！

馮道但覺自己萬死無疑，眼前卻是黑影一閃，耶律阿保機已飛身搶進兩人中間，硬是擋下朱全忠的重拳！

耶律阿保機目光幽深，與朱全忠霸氣如刀的精眸對視，並無畏懼，他心中暗暗打量：「這就是中原第一高手，率先統一北方的大梁皇帝朱全忠？」多年征戰，除了李克用之外，最想一較高下之人已經站在面前，自己究竟該如何應對？他臉上不禁露出一抹玩味神情，微笑道：「今天是什麼日子？中原兩大巨頭竟然連招呼也不打，就一起闖入我契丹地界！」

朱全忠雖貴為中原皇帝，但這樣貿然闖入契丹，也是有失禮數，便道：「朕今日前來，只為收拾小賊，你退下吧。」

耶律阿保機心想：「我若是任他打死李存勖，河東一亡，契丹就真的沒有屏障了，今後還怎麼與他較量？」說道：「小晉王是契丹的客人，還請梁皇看在本汗的面子，手下留情！」

馮道出發前，教張承業將李存勖前往契丹的消息傳給朱全忠，為的就是調虎離山，引誘朱全忠前來契丹，遠離潞州戰場，好為李存勖爭取多一分勝機，但再怎麼說，他也不想跟朱全忠正面硬碰，拿自己的小命開玩笑，眼下這情形，無論他的身分是李存勖還是馮道，都是難逃一死，如今只能祈盼耶律阿保機保得住自己了！

朱全忠得知消息後，覺得潞州已勝券在握，並不需要親臨指揮，不如前往契丹除掉李存勖，如此一來，河東失了潞州門戶，主帥又身亡，當可輕易收入囊中。於是他放下戰事，不顧一切趕來這裡，此刻獵物在前，又如何肯收手？

當世兩大絕頂高手舉掌相對，內力相抗，一時之間，難分勝負。趺坐在後方的馮道嚇得心口怦怦跳，急急轉思究竟該立刻逃跑還是冒險留下？卻看到站在耶律阿保機左後方的述律平全神戒備，右手姆指與中指輕輕捏出一個指訣，指尖悄悄對準朱全忠！

手！」

「氣根！」馮道歡喜得從地上跳起身來，心中不停吶喊：「快！快！老妖婆快動手！」

述律平卻想：「這氣根一旦射出，僅有半個時辰的功效，我絕不能貿然行動，得看準時機出手。」她一雙美眸盯著耶律阿保機英偉嚴峻的臉龐，只等著他的眼神暗號。

耶律阿保機見現場有述律平、李存勖、耶律曷魯可助拳，還有一大批契丹武士，己方實是佔了極大優勢，何不趁兩人比拼內力，朱全忠勢孤力單，呼召眾部屬聯手殺了他，好一勞永逸！

朱全忠感應到對方的氣息隱隱潛伏著殺機，心想若只有兩人對決，憑著不老神功源源不絕的內力，絕對有把握最後勝出，但此刻首要任務是攻破河東，並不宜與契丹翻臉，他沉定心思，誠懇道：「朕今日不是來打架的，是為了相助可汗坐穩契丹共主，我數到三，你我一起收掌！」

耶律阿保機聞言，又想：「我今日殺他，固然容易，但我剛登上大位，八部還不服氣，若是貿然與整個大梁為敵，只怕會落入內外交攻的險境！」他心中猶豫，手上的勁力不禁鬆動了些。

馮道一邊退得稍遠，一邊大聲道：「叔父小心！一旦你收退掌力，他就會順勢轟殺你！」

朱全忠蹙眉道：「不久前，朕才與可汗聯盟，怎會妄下殺手？小子不斷挑撥，是想破壞你我結盟，可汗莫要中了他的詭計！」

馮道哼道：「當初我父王率兵千里救他，這狗賊一脫險境，就忘恩負義，反手相殺！」

耶律阿保機才稍稍鬆懈，就感到朱全忠的內力磅礡，實在強悍，一聽此言，只怕自己一後退，對方真會像洪水海嘯般強壓過來，說什麼也不敢收手。

馮道見挑撥之計奏效，又道：「那日叔父在雲州草場上，打敗我父王和周叔叔，我父王非但沒有生氣，還笑讚當今天下，唯有叔父是他生平僅見的真英雄，是憑真正實力打敗他的，不像朱賊，只會挾持我阿兄做為人質，偷襲我父王。」

當年蒲縣高坡一戰，朱全忠使盡詭計才重創李克用，想不到耶律阿保機竟然輕易勝過河東兩大高手，他心中頓感到不是滋味：「這蠻子竟如此厲害，我可是小瞧他了，我絕不能讓契丹壯大！」又暗暗盤算：「比拼時間越久，對不老神功越有利，我先拖延一段時間，等他氣力耗盡，再一舉重創他！」遂沉聲道：「當年朕與李克用乃是生死之爭，誰是誰非，難說得很，但今日朕已是中原皇帝，君無戲言，豈能失信於你？」

馮道呸道：「他這個皇帝就是巧取豪奪來的，他說的話能相信麼？」

朱全忠最忌諱旁人非議他得位不正，對耶律阿保機氣憤道：「天下人都瞧著朕的行止，難道能騙你？」

馮道激動道：「你先騙大唐皇帝，又騙我父王，再騙盡天下百姓，還哄騙趙匡凝、王師範投降，事後卻狠下殺手，滅他們全族！你朱全忠有誰不騙？再多騙一個契丹可汗又算什麼？」

「你……」朱全忠心神這麼一分，耶律阿保機的內力立刻回抵幾分，朱全忠心中一驚，連忙專心對付，不敢輕易發作。

馮道又對耶律阿保機道：「叔父，你千萬別上當！狡兔死、走狗烹，他併吞河東之後，一定會直取契丹！」

朱全忠要對付耶律阿保機已不容易，偏偏馮道不斷挑撥，每一句都戳中他內心深處，倘若出言反駁，便會分了心力，若是不辯解，又怕耶律阿保機會動搖心意，他越來越煩躁，忍不住怒喝：「你快快讓開！朕只要殺了這小子，非但不追究你犯上之罪，還重重有賞！」

馮道聽到朱全忠祭出重賞，連忙說道：「當年我父王與叔父在雲州結拜，一見如故，談的都是如何聯手討伐大梁逆賊，歡聚十多天後，才灑淚道別，這是何等情義？叔父豈會貪你一點賞賜，就任由敵人殺了義兄之子？你說這話實在瞧不起人！」

朱全忠漸漸佔了上風，耶律阿保機只能全力抵抗，並不敢隨意開口說話，幸好他夫妻二人心意相通，述律平微笑道：「我夫君是個大英雄，不屑貪財，但我只是個無知婦人，貪財無妨，不知梁皇可以賞我什麼？」

朱全忠道：「名馬、貂裘、朝霞錦，可敦想要什麼，朕都可以多加封賞！」

馮道聽出迭律平想讓雙方比拼條件，心中暗暗焦急：「大梁富庶遠勝河東，無論我怎麼奉禮，都比不過，這該如何是好？」

迭律平微然搖首，笑道：「當年雲州結義，河東送予我們數萬金銀緞匹，契丹也回贈三千駿馬，萬隻牛羊，我聽說關中富庶遠勝河東，中原皇帝的封賞怎能小於河東藩鎮的手筆？」

朱全忠暗罵：「這妖婦野心真大，竟想趁機抬高價碼！」道：「只要你我雙方永結同好，我大梁珍寶就會源源不斷地送入契丹，相反的，河東吃了幾次敗仗，已近空亡，不日之間，朕就可以拿下他，妳休想從河東撈到什麼好處了！」

馮道插口道：「此言差矣！叔父已統一八部，手中驍勇弓士不下百萬，鐵騎也近三十萬，只要你肯助我，我河東必能存活，到那時，侄兒一定派軍助你穩定契丹。」

朱全忠聽到契丹竟如此強大，實在吃驚：「這耶律阿保機就是一頭凶狼，一邊兩頭討好，一邊加緊壯大自己，等到有朝一日成了氣候，就會吞吃所有人。今日我若不除去他，必會養虎為患！」口中斥道：「這是什麼傻話？大可汗要當契丹共主，要依靠一個垂死的河東，不如依恃強大的中原帝王！」

迭律平問道：「梁皇說要相助我們，有什麼保障？」

朱全忠沉聲道：「朕可仿照大漢與南匈奴的盟約，讓雙方世世代代永結『甥舅之國』，契丹為甥、中原為舅，如若契丹出什麼亂子，朕身為舅舅，難道還能袖手旁觀，不理睬嚒？」

耶律阿保機聽到「大漢與南匈奴的世代盟約」，十分心動，馮道見機不妙，趕緊哈哈大笑：「『甥舅之國』？狗賊，你真是面子、裡子都要佔人便宜！」又對耶律阿保機道：「叔父，我父王與你兄弟相稱，這狗賊卻讓你稱呼他舅舅，誰是真心誠意，立刻分出高下！」

朱全忠怒道：「朕足足長你二十歲，讓你喚一聲舅舅，如何使不得？」

馮道大聲道：「我父王也長可汗十六歲，卻不佔輩分便宜，我更是執晚輩之禮相待！」

朱全忠只得再壓下怒氣，對耶律阿保機道：「朕知道你仰慕漢禮，另外允你遣送三百王公貴族子弟至開封學習禮制，並擔任御前侍衛守護宮廷，這樣你總可放心了吧？」

耶律阿保機在契丹立足未穩，急需獲得中原的承認與加持，聽到條件後，心中盤算：「他願意讓我派三百名契丹子弟進入宮中，宿衛宮廷，日夜監視大梁皇族的一舉一動，也算十分誠心了……」誠懇道：「梁皇願意讓我契丹子弟學習中原禮制，不只有教化之恩，也是對我極大的信任。」

馮道見耶律阿保機心意動搖，暗想：「我一定得毀了他們的結盟，否則就算潞州勝了，也前功盡棄，我更會小命不保！」心念一轉，冷笑道：「叔父，你可又上他的當啦！這三百名貴族子弟一到開封，還沒學會禮儀，監視到大梁動靜，就先成為人質！只要叔父稍稍違背朱賊的指示，他立刻就能拿人質威脅你！這些貴族子弟都是從契丹各部遴選出來的，倘若你不顧念他們的生死，各部肯定會聯合起來反對你，此後叔父非但處處受制於這位好舅舅，契丹更會鬧得四分五裂！」

耶律阿保機心中一驚：「好一招毒計，我險些就上當了！」

述律平更是連聲暗罵：「這朱全忠果然比狐狸還狡猾！竟想一箭雙雕，既侵吞河東，又分裂我契丹！」

耶律阿保機微笑道：「梁皇的心意，本汗領受了，但要送三百名貴族子弟遠赴開封，只怕各部族長不會同意，我初登大可汗之位，還需尊重各族長的意思，這事暫且擱下吧！」

朱全忠見耶律阿保機不肯答應，心中怒極，沉聲道：「既然可汗顧忌各部族長，那此事容後再議，朕仍願意扶你坐上契丹世襲可汗的位子，只要這小子……」

馮道急插口道：「你又弄錯了！」轉對耶律阿保機說：「叔父心中最想要什麼，侄兒不但瞭解，也願助一臂之力。」

耶律阿保機心中一動，忍不住問道：「你知道我最想要什麼？」

馮道大聲道：「叔父並不想當契丹世襲可汗，而是想學中原當世襲皇帝！契丹各族一定不會甘心，稍有不慎，就會引發連串內戰，只要你派騎兵助我站穩潞州，還怕沒有後援？」

朱全忠自從當了皇帝後，最怕有人竄位，聽見耶律阿保機竟也想稱帝，心中一驚，臉色瞬間變得十分難看，手上勁道不由得加重過去。

馮道心中大喜，繼續加把勁對朱全忠笑道：「叔父是契丹皇帝，你又是中原皇帝，但不知日後相見，誰要跪拜誰？倘若契丹皇帝武功高偉，震撼了中原皇帝，你能睡得心安嚒？」又對述律平道：「姑母，妳也讀了漢書，漢人是不是有一句話叫『功高震主』？」

朱全忠聽到這裡，哪裡還忍得住？心中越是憤恨：「這耶律阿保機前日才收我大梁厚禮，今日就密謀李存勖，其狡猾猶勝劉仁恭，我絕不能容他……」手上再不容情，內力一波波強湧過去。

耶律阿保機見李存勖竟當著朱全忠的面，拆破他想稱帝的意圖，忽覺得事情有些蹊蹺：「這小子表面好似來借騎兵，卻一直東拉西扯……難道是故意拖延時間，想借朱全忠的手殺我，為他父王報仇？」

他一開始與朱全忠比拼內力，就已經落入不老神功的泥淖裡，雖然他耳聞過這神功的厲害，但想那是世人誇大傳說，並不完全相信，他曾重創武功天下第一的李克用，便存了要與朱全忠一較高下的心思，但直到這一刻，才驚覺大事不妙，想要退縮，已經來不及，因為只要他稍有鬆懈，朱全忠的掌力立刻會大舉攻入，將自己轟個粉碎！他也不能當著眾武士的面向對方開口求饒，漸漸地，他陷入進退兩難的局面，時間拖得越久，越是泥足深陷，無法脫身，而這苦況只有他自己知道。

馮道感到耶律阿保機氣息微促，急喊道：「叔父危險了，姑母，妳快出手相助！」

述律平也看出有些不對勁，連忙射出氣根，此時朱全忠正要趁勝追擊，大大回吸散諸四周的內力，那氣根順勢被吸入體內，他絲毫沒有感覺，反而是耶律阿保機的神色越來越沉重，一張臉漸漸脹成黑紫色！

述律平微一思索，已然明白，氣根雖能追尋對手體內的氣勁弱隙，但那是在兩人交手過招時，才最有用，像這樣純然的比拼內力，朱全忠的內力正往前衝，最大的弱處是在後背，就算耶律阿保機真感應到朱全忠的弱點在背心大穴，也空不出手來，更無法繞到朱全忠身後去突襲。

述律平救夫心切，嬌喝道：「大家一起上！」足下一蹬，全力衝飛過去，五指成尖，如利箭般疾射向朱全忠後心！契丹勇士聽到命令，也拿著武器沖湧過來！

此刻朱全忠與耶律阿保機的比拼已到了關鍵，實在空不出手來應付四方強敵，更不可能轉身去抵擋背後的致命殺機，剎那間，他竟從勝利的一方淪入萬般死劫裡！

述律平的指尖距離朱全忠的後心近在咫尺，眼看下一剎那，這位剛登基的大梁皇帝就要斃命當場，忽然間，「噹噹噹噹！」一陣金屬交擊響聲，叢林裡突竄出十數道銀光，有如銀龍飛騰般甩掃四方，「碰碰碰碰！」瞬間契丹勇士倒下一片，述律平的指尖更險些被掃斷，幸而她反應極快，嬌軀猛力一扭，往下急墜，才避去這一伏殺！

只見樹林中衝湧出百名彪形大漢，乃是大梁的伏兵，領頭一人清瘦剛毅，手中飛甩著九節銀色短棍相連的「銀槍效節棍」，以石破天驚之勢重重甩打向落在地面的迭律平，正是大梁頭號戰將楊師厚，朗聲道：「陛下恕罪，臣來遲了！」

朱全忠笑道：「來得正好！快收拾他們！」

迭律平還來不及起身，眼看銀槍效節棍如銀龍撲來，只能極力向旁一滾，拼命躲開，楊師厚豈容她緩過氣來？一道道銀光追擊而至，打得泥塵蓬蓬飛揚，迭律平左滾右閃，始終起不了身，也還不出一招，只要稍有疏失，立刻就會頭破身碎！

耶律阿保機眼看愛妻危急，心神一分，更被對方內力趁虛攻入，他不由得連退數步。朱全忠趁機節節推進，冷笑道：「膽敢對上國皇帝不敬，真是敬酒不吃吃罰酒！」

幸好耶律曷魯及時揮甩出「無法無鞭」，勾纏住楊師厚的銀槍效節棍，這才給迭律平飛身而起的機會，她一脫離險境，立刻與耶律曷魯聯手對抗楊師厚！而大梁、契丹雙方軍士也已經打得不可開交！

耶律阿保機憑著詭秘的氣根大法能洞悉對手所有弱點，而朱全忠的不老神功卻能源源不絕地耗盡敵人內力，一個沉著冷靜、異軍突起；一個勇者無敵、未嚐敗績，這一戰不只是兩大高手的生死血戰，更關係著河東存亡，馮道實在比對戰的兩人更緊張，但再怎麼樣，也不能拿自己的小命開玩笑，他顧不得觀看最後結果，趁著一片混亂，趕緊閃入人群中，想要悄悄逃走。

「那裡走？」朱全忠眼看李存勖要逃，大喝一聲，正要加重力道轟出，一舉擊敗內力已消耗大半的耶律阿保機，再去追殺李存勖，卻在這時，耶律剌葛從遠方策馬衝了過來，見到前方一片混戰，吃了一驚，連忙宏聲喊道：「大消息！潞州城破了！」

眾人大吃一驚，耶律阿保機更是臉如死灰：「潞州城破、河東滅亡，這回我真是押錯邊了……」他感到自己的力氣漸漸耗盡，朱全忠的內力卻有如狂濤巨浪般不斷湧入，不禁萬分後悔沒有在第一時間收手，竟去聽信李存勖的鬼話連篇：「我歷經千辛萬苦，好不容易才統一契丹，難道竟要這樣結束？」想到自己步步為營，只差一步就要登上頂峰，為什麼老天忽然將他推落萬丈深淵？僅僅是一念之差，就落到耗力而亡的下場？

一旦耶律阿保機斃命，在場所有契丹人都會被朱全忠殺盡，述律平和耶律曷魯知道情況糟糕至極，但心中再焦急，也抽不出手來相助他們的大可汗。

潞州城破，早在朱全忠意料之中，只是沒想到好消息來得這麼快，他歡喜得哈哈大笑：「潞州一破，河東就跟著滅亡了，你真是愚蠢至極！竟以為能與朕對抗？」笑罷再發去一波橫強內力，就像怒海狂嘯般，要將耶律阿保機直接斃於掌勁之下。

「潞州城破，梁軍敗逃，梁皇為何還如此高興？」耶律剌葛一邊喊話，一邊策馬衝奔過去，槍尖狠狠對準朱全忠的背心！

「你說什麼？」耶律剌葛的話震驚了所有人，朱全忠更是全身一顫，卻不得不抽出一手，反掌拍向身後耶律剌葛的刺槍！

耶律阿保機原本已陷入死地，忽然絕處逢生，自是抓緊機會向後一掠，以最快的速度退出險地。

「不可能！」朱全忠不相信梁軍會敗逃，心想一定是耶律剌葛為救兄弟，故意說謊攪亂他的心思，眼看耶律阿保機已脫出內力對決，連忙要再追擊，耶律阿保機卻已經快速重整內力，並以氣根大法去感應對方的內息，剎那間，朱全忠那深厚如大山的氣牆在他心中形化成一張密密交織的氣脈網，強弱分佈清清楚楚地呈現，宛如一張精緻圖畫，他唇角不禁露出一抹冷笑：「原來最虛弱的一點就在左胸處！」指尖化如電光，順著氣根的指引，穿入層層狂拳暴勁的縫隙，直搗黃龍！

朱全忠以為勝券在握，一股腦地往前衝，正打算發動一波猛烈攻擊，渾不知對方已掌握了自己的弱點，這一出手，正好撞向對方的指勁，同時間，耶律剌葛又大喊道：「李存勖親自領軍，大破夾寨，梁軍只剩百餘人逃出去！」

「碰！」一聲，朱全忠震駭之際，已被耶律阿保機的厲指狠狠點中胸口弱處！那破口瞬間向四面八方漫延出去，令他全身都似要破裂，身心俱創之下，他忍不住退後數丈，吐出一大篷鮮血！

朱全忠怎麼也不相信耶律阿保機會忽然逆襲，更也不相信梁軍會打敗仗，但他識人無數，見耶律剌葛的神情實在不像說謊，一陣恐懼沖湧上心頭，他不敢再恃強而攻，只氣吼道：「你說河東領軍是誰？」

耶律阿保機方才專注對抗朱全忠，此刻也忽然想起，急問道：「究竟是誰領軍？」

耶律剌葛大聲道：「是小晉王李存勗，他親自領軍！」

朱全忠擦拭了嘴角殘血，與耶律阿保機遙遙對望，兩人眼中都浮現懷疑，又轉頭尋找「李存勗」的身影。同時間，耶律阿保機大喝一聲：「都住手！」朱全忠也喝道：「住手！」眾武士都停下手來。

朱全忠搶先發現李存勗正悄悄退出戰圈，想要逃走，他立刻飛身急追，耶律阿保機也緊隨而上。

馮道見牛皮被拆穿，再不顧一切拔腿飛奔，兩人終於認出這熟悉的身影步伐，恍然明白是上了馮道的當，想到自己一世豪雄，竟被一個鄉下小子玩弄於股掌間，兩人氣得幾乎分毫不差地同出一掌！

朱全忠見到此生最恨的敵人，二話不說，一掌轟向馮道背心，誓要將他斃於掌勁之下；耶律阿保機卻是一掌衝撞他的掌力，不讓他殺害馮道！

朱全忠惱怒至極，氣吼道：「他不是李存勗，你也要維護嚒？」說罷再不理耶律阿保機，急追而上。

馮道身法再奇妙，也比不上兩大絕頂高手的速度，他帶來的駿馬又被朱全忠轟死了一匹，另一匹還留在葦甸城，為今之計，只有冒死衝入森林中。

此時兩幫人馬都追了過來，朱全忠一邊急追，一邊大聲傳令，格殺無論；耶律阿保機卻是下令務要活捉。

馮道見兩幫人馬追得越來越緊，心中焦急如焚，不得不狠下一場豪賭：「看來我只好使出大絕招了！只盼這山林裡真有很多老虎……」當下運起「謗言」玄功不斷學著鹿鳴。

他的鹿鳴比起契丹的呼鹿號角聲更加相似，不多時，一群老虎從森林各角落衝出來，眾武士再勇猛，乍見到這麼多老虎，也不敢相敵，只嚇得轉身就逃，朱全忠和耶律阿保機儘管武功高強，也要受到阻擾，而馮道早就悄悄飛上樹梢，在幾個轉折後，消失了蹤影。

（註❶：耶律阿保機成為契丹于越王後，為鞏固領袖地位，將故居迭剌部選作遼的上京，上京臨潢府城原稱「葦甸」，耶律阿保機在此加建「龍眉宮」，稱為「西樓」，也成為契丹部落聯盟的決策中心之一。）

（註❷：契丹的炭火銅鍋即是現在火鍋的起源。）

九〇八・七

遺我綠玉杯・兼之紫瓊琴

潞州一戰，大粱派出十多萬軍兵，最後康懷貞只帶回不足百騎，朱全忠回到京城後，見到如此慘況，就算他生性再強悍，也不禁渾身顫慄：「我和李克用鬥了一輩子，好不容易鬥得他倒下，誰知他竟生出這樣一個兒子，英勇明睿還勝過他！難道老天真容不得我？李克用有子傳襲，當真是英魂不滅，雖死猶生，而我……」思及早逝的長子朱友裕，再看看大殿下方，朝臣為了各自支持皇子，拿著潞州戰敗做藉口吵成一團，不由得勃然大怒：「生子當如李亞子，而我這些兒子就是一群猪狗！」❶

反觀李存勖，自從勝戰歸來後，就成了河東軍民最愛戴的英雄，而他得到夾寨夫人侯冰月，更是歡欣滿意，寵愛非常，兩人總是形影不離。這一日，他帶著侯冰月巡視軍營，見諸事井井有條，心中得意，到了夜晚，便抽出片刻空閒，在晉王府的後花園與她調情作樂。

兩人坐於院中涼亭，共賞花好月圓的美景，侯冰月懂得察言觀色，知道李存勖喜愛戲曲，便事先讓人備好琵琶、長簫、幾碟小菜、幾壺汾酒，只待李存勖興致一來，便可雙雙吟詩唱曲，共度良宵。她舉起龍耳白瓷酒瓶，在兩只牡丹鴛鴦金樽中緩緩斟了酒水，一杯留給李存勖，一杯舉酒相敬，柔聲道：「妾恭喜大王！」

「哦？」李存勖拿起羽觴一口喝盡，笑道：「妳說說，喜從何來？」

侯冰月微笑道：「河東康泰、兵甲壯盛，豈不是大王之喜？」

李存勖見她膚白勝雪、明眸如波，一顰一笑俱清媚秀雅，宛如晶瑩月色裡幽然綻放的夜百合，性情更溫婉如解語花，心中頗為得意：「冰月待我柔順體貼，既不會裝神弄鬼，也不會故作姿態，實在是比『那個人』好多了！」這念頭一轉完，他忽然發覺自己竟是如此掛念「那個人」，即使有絕色佳儷陪在身邊，仍要兩相比較，那纏綿綺惻的簫聲更是時時縈繞耳畔，揮之不去！他甩甩頭，想把惱人的簫聲甩開：「我才不掛念她！我怎會掛念一個狠心的女人？我只是生氣罷了！」他一口喝盡手中酒，大聲道：「本王最大的喜事，就是得到妳長相左右！」

侯冰月柔聲道：「妾能託付予大王，更是一生之幸。」她替李存勖斟滿了酒，兩人連乾三杯，李存勖瞧她粉頰漸漸泛上一抹霞暈，嬌美無比，伸指輕彈她的嫩頰，笑道：「即使當年的貴妃醉酒，也比不上我的侯美人！」

侯冰月嫣然一笑，道：「當時大王都未出生呢！怎知妾和貴妃相比，誰更美些？」

李存勖笑道：「不如妳來跳一段『霓裳羽衣曲』，本王就知道誰更美了！」

侯冰月微笑道：「霓裳羽衣曲已經表演過幾回，妾怕大王膩了，便練了『綠腰舞』，想請大王指教。」

每隔一小段日子，侯冰月總有新花樣，有時是新學的戲曲，有時是未曾見過的舞姿，李存勖充滿了期待，歡喜道：「綠腰舞是什麼樣兒？本王確實沒見過！良辰美景，莫要辜負，快！給本王欣賞欣賞！」

侯冰月羞赧一笑道：「人家新練不久，初次獻醜，大王可不能嫌棄！」

「肯定不嫌棄！」李存勖笑問：「但本王給妳伴奏什麼曲子好？」

侯冰月微笑道：「大王喜歡什麼曲子，就唱什麼曲子，妾都會緊緊跟隨著大王。」這句話乃是一語雙關，既表明心意，又展現對自己舞技的自信。

「好！」李存勖哈哈一笑，道：「本王就自創個新曲，來搭配妳的新舞，如何？」

侯冰月美眸流露仰慕之意，含情脈脈地凝望著李存勖，柔聲道：「大王真是好才情，妾何其有幸能得大王賞曲？」說罷起身走到百花叢中，在李存勖的簫聲中翩然起舞。

她身段軟柔、體態婀娜，跳起綠腰舞，細腰似春柳蕩漾，飛袂如浮雲舒卷，旋影如鴻雁展翅，舞至忘情處，衣裙在百花中飄飄如煙，猶如凌天仙女飄飛在雲海天闕間。

李存勖欣賞著曼妙舞姿，有時吹簫、有時飲酒，幾杯黃湯下肚，實是心魂俱醉，一時靈思湧動，詩興大發，便高聲吟唱：「薄羅衫子金泥鳳，困纖腰怯銖衣重。笑迎移步小蘭叢，嚲金翹玉鳳。嬌多情脈脈，羞把同心撚弄。楚天雲雨卻相和，又入陽臺夢。」

李存勖臨時起意，創作了這首名為「陽臺夢、薄羅衫子金泥鳳」的情曲，侯冰月知道他一旦唱得迷醉，就會抱起自己回到寢殿翻雲覆雨，心中不勝嬌羞，更賣力旋舞，嫵弄風情。

正當兩人曲舞和諧、意亂情迷之際，後山忽然傳來隱隱簫聲，由遠而近，生生打亂了這般情趣！

「是……她麼？」李存勖微微一愕，停下口中歌曲，豎耳聆聽了一會兒，興奮道：「是她！一定是她！」但看著眼前美人賣力旋舞，討自己歡心，不由得乍喜還怒：「以前我盼她來，她不來，如今我有了侯美人，她又來做什麼？」

那簫聲越來越近，李存勖聽清了對方吹的竟是「長恨歌」，不由得勃然大怒：「漢皇重色思傾國……她分明是藉玄宗寵愛楊貴妃，來諷刺我寵愛侯美人，以至荒唐誤事！」遂拿起長簫用力吹起剛剛創作的曲子。

侯冰月見李存勖吹得激動，便盡力配合，快速旋舞，豈料遠方的簫曲越催越急，步步緊逼，直吹奏到了「楊貴妃馬嵬坡下死」的段子，李存勖怒氣更熾：「我豈能輸給了她？」遂加重力道，兩人就這麼較上了勁，誰也不讓誰，侯冰月身處其中，越跳越快，不由得亂了分寸，一聲驚呼：「唉喲！」，她足尖忽然一絆，整個人已跌坐在地！

李存勖吃了一驚，瞬間清醒過來，連忙放下長簫，奔過去扶她，關切道：「妳如何了？」

侯冰月一手撫揉著自己的足踝，一手握住他的手，低聲道：「大王，妾扭了腳，沒法走了。」

李存勖將她打橫抱起，卻沒有回入寢殿，而是走至涼亭中，將她放在石椅上，自己卻是雙手叉腰站著，目光望向簫聲來處，似蘊含怒意，又似夾雜著一絲曖昧不清的歡喜。

侯冰月心中頓感失落，見李存勖英眉微鎖，專注遠方，並無心理會自己的傷勢，暗想：「大王怎麼了？」又注意到李存勖一停止吹簫，遠方的簫聲也跟著停了，忽覺得事情有些蹊蹺：「難道那個吹簫人是針對我而來？」便輕輕抓了李存勖的衣袖，柔聲說道：「大王是世間難得的大英雄，妾能倚靠你，真是莫大的福氣，但我心裡總是很害怕……」

李存勖這才回過神來，溫言問道：「妳怕什麼？」

侯冰月低聲道：「別人總說我貪慕榮華，才會依附大王，又說我是梁軍派來的細作，要為……」她原本要說「為夫報仇」，但此話不能說出，只美眸浮了淚水，哽咽道：「他們說我留在這裡，是要為梁人報仇！我怕大王聽多了謠言，就生了懷疑，不相信冰月的真心，但冰月真是因為欽慕大王的風采，才苟活下來，這世間豪雄雖多，卻沒有一個比得上您……」

戰爭亂世，擄獲敵方女子據為己有，原是稀鬆平常之事，於沙陀更是天經地義，但侯冰月乃是梁將符道昭的遺孀，又受到李存勖特別寵愛，難免惹人嫉妒，引來閒言閒語。她見李存勖未回應自己，忍不住淚水一滴滴落下，楚楚可憐道：「這裡誰都恨我，連太妃也不喜歡我，冰月能倚靠的，只有大王了！大王天生英雄，日後必有千百美人環繞身邊，冰月只盼……大王不要輕易厭棄人家……」

李存勖見美人哭得梨花帶雨，心生憐惜，大聲道：「本王要對誰好，哪裡怕人言？誰敢再說什麼？我便斬了他！」

「小晉王好大的威風啊！不過打了一場勝仗，就目空天下了！」屋簷上忽傳來一聲冷笑。

「誰？」侯冰月想不到竟有人輕易接近晉王府的後花園，一時蒼白了臉，緊緊抓了李存勖的手臂，顫聲道：「大王，有賊人！」

李存勖極目望去，見屋簷上有一道小小人影如驚鴻飛去，便想追去，侯冰月更緊抓住他的手臂，嬌呼道：「太危險了！別去！」

李存勖見那人影就要消失，用力甩脫侯冰月的手，喝道：「我去捉賊人！」便施展輕功，飛上屋簷，趕步追去，再不管侯冰月的聲聲呼喚：「大王！別留下我，大王……」

那人影落到了王府外，一路往山林飛奔，李存勖實在不甘心，一路提氣疾追，漸漸拉近距離，只見那人頭戴帷帽，身穿青翠上衣，外套一件黃花半袖衫，下身是淡黃色條紋長褲，足穿尖頭鞋，似胡人男子的裝扮，李存勖心中生疑：「難道不是她？而是這個胡人在吹簫麼？」大喝：「站住！你跑不過我，你膽敢夜闖晉王府，再不站住，休怪本王下手無情！」說話間，他幾個飛奔，又拉近幾許距離，眼看下一刻，就會抓住對方，忽然間，那人一個飛身，騎上藏在樹林中的一匹斑紋黃馬，回首道：「你追上再說吧！」手中長鞭狠狠一甩，策馬疾奔。

李存勖冷笑道：「騎馬就逃得掉麼？本王可是在馬堆裡長大的！」隨手撿起地上一顆石子，對準馬腿狠狠擲去，那馬兒吃痛，一個顛扭，就把背上的人兒給拋甩下來。

那人想不到李存勖來這一招，驚呼一聲，身子直往後拋墜，帷帽飛起，露出一頭飄逸長髮，李存勖見來人果然是女扮男裝，心中大喜：「這小姑娘就愛弄虛作假！」但怕她受傷，連忙將全身力氣運至雙足，猛力一個飛撲，雙臂大展，抱住了她，接著兩人一起從空中墜落，李存勖將對方全然護在懷裏，在草坡上滾了幾滾，才停了下來。

李存勖雄強的手臂緊緊圈抱住女子，歡暢大笑：「我抓到妳了！」

女子掙脫不開他的擁抱，嬌嗔道：「大王已經抓了夾寨夫人，又來抓我這個弱女子做什麼？」

李存勖熱烈的精光肆無忌憚地欣賞著懷中女子的絕美嬌顏，心中驚喜萬分：「多年不見，她竟出落得如此美麗！這小姑娘越來越有趣了！」歡喜道：「妳總是躲著我，今日怎麼來了？」

女子促狹一笑，膩白的臉頰泛上兩個迷人的小酒窩，顯得十分爛漫可愛：「我今日是來恭喜大王的！」

李存勖唇角勾起一抹得意微笑：「妳確實應該恭喜我！像我這樣超卓不凡的大英雄，放眼當今天下，已找不出第二個了！」這意思是如今的他已經是天下第一，達到女子當初的要求了。

女子哼道：「我說過，我心中的大英雄權掌天下、勢達地極，王公走卒、英雄梟雄，莫不為其折腰，你雖然打敗了梁軍，卻還差了些！」

「妳是什麼意思？」李存勖英眉一挑，道：「從前世人稱朱全忠是天下第一，如今我將十萬梁軍殺得落花流水，難道還算不上天下第一？」

女子微笑道：「潞州只是第一仗，將來與朱全忠全面對戰，誰勝誰負，猶未可知。」

兩人臉面相對，相距不過寸許，李存勖只要稍一貼近，就能吻上她的唇，女子在這樣強大氣勢的壓迫下，幾乎動彈不得，卻絲毫不肯退讓，還連連反駁，李存勖越覺有趣，驕傲道：「經此一戰，朱賊已是坐立難安，江山代有人才出，今後將是我李存勖的天下！」

女子道：「所以妾來恭喜大王離『天下第一』更近一步了！」

李存勖聽出女子的諷刺之意，哼道：「妳既不承認我是天下第一，又何必來見我？」

「我來恭喜大王——」女子俳皮地眨眨眼，認真道：「抱回一位美麗的夾寨夫人！」

李存勖「哦」了一聲，笑問：「妳怎麼知道的？」

女子哼道：「晉王寵愛夾寨夫人，寵得人盡皆知，誰不知道了？」烏黑的瞳眸滴溜溜一轉，眉目間有著說不盡的任性嬌氣。

李存勖以指尖挑起她尖削的下頷，笑道：「妳吃醋了？」

女子嬌哼道：「我才不吃醋！亂世豪雄，自有美人爭相獻媚，但我劉玉娘只願獻予天下第一的英雄，才不會像其他女人一樣隨便。」

「原來姑娘芳名劉玉娘啊？」李存勖但覺這名字十分熟悉，不知在哪裡聽過，細想數回，卻實在想不起來，問道：「我和侯美人彈琴唱曲，好不快活，偏偏教妳的簫聲壞了雅興，妳說該怎麼賠我？」

劉玉娘嬌哼道：「我賠你一首曲子好了！」

李存勖見她一雙閃亮亮的眸子如夜星璀璨，即使如此相近，滑嫩的肌膚仍不見半分瑕疵，反而映照出月色的晶瑩，因羞赧而紅暈的雙頰就像粉嫩蜜桃，鮮甜得讓人想親吻細啜，李存勖一時心神蕩漾，忍不住低了頭就要一親芳澤，劉玉娘卻伸了纖指阻住他的唇。

李存勖好不容易美人在抱，豈肯就此罷休？一邊細吻她的纖指，一邊露出迷人壞笑：「我與侯美人不只彈琴唱曲，還要恩愛歡好，妳又要怎麼作賠？」

對這個步步進逼的俊美英雄，劉玉娘不禁玉頰霞燒、芳心怦然，但她是個心志堅定之人，一抿唇，又驕傲道：「誰想娶我，當以江山為聘、蒼生為媒，晉王以為自己夠資格了麼？」

「江山為聘、蒼生為媒？」李存勖一愣，不禁停了動作，想了想，終於明白她先前所謂的「天下第一」並不是指什麼天下第一的英雄，或是什麼大藩鎮主，而是指「皇帝」！「江山為聘」的意思更是指她要當皇后，這樣大膽的想法，令他內心竄起一陣激靈：「她想當皇后，又為何要與我糾纏？」口中卻以取笑掩飾心中的尷尬與失落：「妳這個小姑娘，心志可不小啊！但妳憑什麼？」

「我知道我值得！真正的英雄也會明白我值得！」劉玉娘美眸一瞬也不瞬地凝望著他，傲然道：「燕雀安知鴻鵠之志？只有同樣心志的人，才能走到一塊兒！」

李存勖原本意氣風發，聽她言下之意，竟把自己比做了毫無志氣的燕雀，一時間如被潑了一大桶冷水，慾念消滅了大半，悻悻然道：「我心中自有鴻鵠志，卻不用跟妳一個小姑娘解釋！」

劉玉娘撥了撥被他弄亂的瀏海，淡淡道：「你不說，我也知道，晉王是想消滅大梁，迎回唐室！」

「不錯！」李存勖傲然道：「但這些爭霸之事，說了妳也不明白！」

「這樣你便心滿意足了嗎？」劉玉娘狠狠推開他，哼道：「我以為你是個英雄，原來我看錯了！」

李存勖聽到她想當皇后，一時意興闌珊，被她一推，就順勢滾了半圈，仰躺在草地上，望著漆黑夜幕、滿天星斗，倔強道：「復興大唐，迎回李氏王儲是我父王的遺志，我一定會做到的！」

劉玉娘想到自己在千百英雄裡挑中了他，費盡心思地接近他，就是要扶持他當上皇帝，想不到竟因一句「父命難違」，就要粉碎多年的夢想，她實在不甘心，忍不住道：「唐室已被朱全忠屠盡了，你去哪裡找他們的後人？倘若你一輩子找不到，難道要天下永遠無主？」

李存勖道：「皇子們雖被朱全忠屠盡，但總有一些流落在外的王親宗室，七哥說等時機成熟，自有法子找他們回來。」

劉玉娘心中暗哼：「那老宦官還真多事！」她知道李存勖十分孝順，只要箍著李克用的遺命，就很難勸得動他，兩人併肩躺在草地上，仰望蒼蒼雲天，一時間心潮起伏，誰也沒開口。

過了一會兒，劉玉娘忍不住又道：「你為什麼要聽那個老宦官的話？」

李存勖道：「七哥拼死救了我性命，又明白許多事理，我是聽他的諫言，才一關一關走了過來，他待我很好的！」

劉玉娘不服氣道：「他待你好，你多多賞賜他便是，為什麼要受制於他？你是統率千軍萬馬的大王，難道一輩子都要聽從一個老閹人的話？倘若你能完成先王三箭之願，打敗幽燕、契丹和大梁，天下就都在你掌握之中，到那時，萬藩歸順，九五之尊捨你其誰？你和先王拼死打下的江山，為何要白白送給旁人？」

李存勖翻過身子，兩人四目相對，李存勖凝望著眼前的美眸，明淨之中透著一股慧黠，彷彿看透了自己內心深處的渴望，從來沒有一個人如此瞭解他，也沒人敢這麼對他說，許久許久，他不由得深深一嘆：「我一直想開創沙陀盛世，但父王不允，他只要我迎回李唐王儲！」

劉玉娘伸出纖膩的指尖輕撫他的髮鬢，柔聲道：「不要愁煩，我會幫助你的！」

李存勖感受著她溫柔的撫觸，心中一陣感動，忍不住低了首，想再一親芳澤，劉玉娘卻是機靈一閃，李存勖被她一再閃躲的舉動惹得有些羞惱，正想鬧意氣，劉玉娘卻是拍手歡笑道：「你自己不就姓李嚒？」

李存勖一愣，內心深處那個強烈欲望再度被勾引出來，令他連聲音都發顫：「妳說什麼？」

劉玉娘眨了眨眼，俛皮道：「先王只要你扶持李氏，又沒說是哪個李氏？你自己姓李，又是堂堂晉王，難道不算李氏王儲？」

原本唐帝只會把「王位」分封給有血緣的宗親，但後來為了安撫手握重兵的藩鎮主和獎勵平叛的將軍，唐帝開始把王位封賜給外姓人，意謂著他們的地位也相當於宗親了。

李存勖聽了劉玉娘的話，彷彿在漫漫黑暗中看見一線曙光，心中大喜，歡笑道：「小娘子好一招偷天換日！」

劉玉娘對自己的點子也頗為得意，傲然道：「我說過我值得！」

李存勖輕點她額頭，笑道：「妳總是念念不忘皇后之位！」想了想，又嘆道：「但事情哪有這麼容易？就算我打敗全天下，就算我不管父命，但我終究是個沙陀人，我這個『李』又不是真的『李』，中原民心不會歸附的！」

劉玉娘哼道：「沙陀又如何？英雄不問出身！太宗也有胡人血統，還不是逐鹿中原，一統九州？」

李存勗生平最崇敬的就是唐太宗，悠然神往道：「太宗英明神武，威震四海，就連外邦也心生崇敬，尊之為天可汗，那是曠世難逢的！」

「你怎知自己不是另一個天可汗？」劉玉娘以一種崇慕的目光凝望著他，微笑道：

「當初你身懷殺父之仇，在眾悍將虎視眈眈之下，仍將梁軍打得落花流水，硬生生地逆轉局面，做到連先王都做不到的事，這是何等英明神武？你的功業也是威震四海、曠世難逢的，你怎可妄自菲薄？」

李存勖心口怦怦而跳，認真問道：「妳真覺得我可以？」

劉玉娘用力點了點頭：「你若不行，這世上也沒有另一個人可以了！」

李存勖心中激動，瞬間胸中充滿豪情壯志，歡喜地擁抱了她，在她嬌嫩的小臉蛋上直接一吻，笑道：「你夫君未必及得上太宗，卻不會輸給玄宗，我定會幹出一番大事業，不會讓妳失望的！」

劉玉娘俏臉飛紅，羞嗔道：「你幾時是我夫君了？你若是胸無大志，成天跟一個擄掠來的夾寨夫人廝混，我才瞧不上你呢！就算你像玄宗一樣，有本事興復大業，難保不會像他，為了一個妻妾丟失大好江山？你若能學太宗，開創屬於自己的基業，我才歡喜！」

李存勖原本的妻妾韓氏、伊氏皆出身名門，只一味溫柔婉順，侯冰月雖有些情趣，仍少不了奉承服侍的味道，只有眼前這個小姑娘，敢與他針鋒相對，對他促狹捉弄，吵嘴鬥氣之後，還能一起仰躺草原，大談遙不可及的夢想，鼓舞激動他。

李存勖深深覺得只有與她在一起，才感受到相思熱戀的美妙滋味，才是志同道合的伴侶，一時情生意動，低了頭，想進一步親吻芳唇，劉玉娘仍是伸出纖指阻止了他，李存勖低聲嘆道：「妳心中若沒有我，又何必來助我？既然我們兩情相悅，為何不能親近？」

劉玉娘柔聲道：「玉娘雖然出身低微，卻不想低矮自己，你若是真心對我，便要明媒正娶，我要堂堂正正進入晉王府！」

李存勖聞言，也息了念頭，不再勉強她，他希望憑自己的真本事征服這個驕傲的小姑娘，微笑道：「妳總是忽然來去，教本王如何迎娶？」

劉玉娘也不回答他，只甜甜一笑：「我要走了！」便伸手輕輕推開他的擁抱，瀟灑地飛身上馬，目光前視，彷彿前方有著遠大的夢想在等著她：「但願你言而有信，不會忘了今日的承諾。」

李存勖見她纖瘦的身子騎在高大的紅斑紋黃馬上，神氣驕傲，散發著一種無拘無束的自由氣息，心中忽然生了感動：「她雖然身分低微，卻沒有一絲自卑，還妄想皇后之位，我身為堂堂晉王，手擁千兵萬馬，又為何要拘泥於沙陀身分，而不敢奪取天下？」朗聲道：「我會證明給妳看的！但妳幾時再回來？」

劉玉娘仍然沒有回答，只提韁策馬，瀟灑奔去！

李存勖望著佳人漸漸遠去的身影，心中掙扎猶豫：「我為何不留下她？這一別，幾時才能再見？」

「明日——」劉玉娘奔了幾許路，忽又回頭喊道：「明日看你如何選擇？」

李存勖不明白她的「做出選擇」是什麼意思，但聽到明日便能相見，不禁充滿了期待，直到佳人消失在山林盡頭，才忽然想起：「糟了！明晚母妃舉辦家宴，我不能缺席！

如果我不來赴約，她會不會一氣之下，再也不出現了？」他左思右想，實在為難，又不禁好笑，自己運籌帷幄、戰場殺敵，何等果斷，今日竟被一個小姑娘攪得左右難決，還擔心她從此不見蹤影。

翌日傍晚，李存勖懷著忐忑興奮的心情，依約來到後山林，心中反覆猜想劉玉娘究竟要考驗自己什麼問題，等了許久，始終不見伊人芳蹤，想到昨日還兩情繾綣，今日她又翻臉無情耍弄自己，頓時惱羞成怒：「罷了！母妃還在等著我，我還是快快回去吧！」

曹太妃為了慶祝兒子勝利歸來，特意在晉王府中擺設家宴，邀請劉太妃、張承業和幾位太保同樂，眾人都已就座，唯獨不見李存勖的人影，等了好一會兒，曹太妃不便讓劉太妃再等下去，遂命人開席，笑道：「今日這家宴是母妃給大家慶功的，不必拘禮，儘管歡歡喜喜地吃喝。」

眾太保齊聲稱「是」，又舉酒向劉太妃、曹太妃致意，之後便開始喝酒笑鬧，正當大家歡聚一堂時，李存勖忽然出現了，他擁著侯冰月大大方方地走進來，一時間，廳堂鴉雀無聲，眾人都停了動作，笑容僵凝，只瞪大眼睛盯著他們倆。

眾太保原本就不喜歡侯冰月，都想：「大王為了這個大粱女子，竟連太妃的家宴都遲到了。」心中更加不喜，但礙於李存勖王威正盛，沒有人敢出言相勸。曹太妃將一切看在眼底，實在擔心這大梁女子會影響河東團結，但想兒子歷經艱苦卓絕，好不容易打了勝仗回來，如果連他喜歡的女子都要反對，似乎不近人情，一時間，勸不勸說，很是為難，不禁望向劉太妃和張承業，三人交換幾個眼神，始終沒有好主意來規勸李存勖。

李存勖原本就不在意旁人的眼光，此刻故意展現兩人親密情誼，除了想當眾宣告對侯冰月的重視，更想抒發被劉玉娘拒絕的怒氣，撫平內心的挫敗感，遂歡聲呼喝：「本王來遲了，先自罰三杯！」他擁著侯冰月入座，一口氣連乾三杯，又指著眾人笑道：「今日誰都躲不過，每個兄弟都要喝個十鐔，不醉不歸！」

眾太保看他如此高興，實在不能破壞氣氛，只得舉酒回敬，之後，李存勖雖偶爾會與眾太保談笑，但更多時候只與侯冰月輕聲調笑，對這場宴會全然心不在焉，眾太保心中不舒坦，漸漸地，臉色沉淡下來，氣氛也不再歡樂，曹太妃看在眼裡，暗暗愁在心裡。

「太妃不必憂慮，婢子能勸解大王。」角落深處的一個侍女悄悄走近前來，附在曹太妃耳畔低聲說道。

曹太妃一愣，望了望這個貼身小婢，問道：「妳真有法子？」

小婢恭敬回道：「婢子需要一壺茶葉，幾個茶杯，才好行事。」

這小婢平日處事機靈，服侍周到，曹太妃頗喜歡她，心想不如就讓她試試，又怕她惹惱李存勖，受到重罰，叮囑道：「妳想做什麼，盡可以去做，但記得蒙上面巾，別讓大王瞧見妳的真面目。」心想若是李存勖認不出人，就無從罰起，到時自己再勸說幾句，事情便會過去。

小婢心知主子的善意，微笑道：「多謝太妃提醒。」

曹太妃道：「妳去準備吧，只要能勸得住大王，又不惹他生氣，妳要什麼賞賜，我都允妳。」

小婢恭敬道：「多謝太妃應允，婢子必盡心為太妃解憂。」便回入內堂準備。

酒過三巡，曹太妃見氣氛沉悶，便依照先前與小婢的約定，朗聲道：「看來你們的酒已喝得差不多了，咱們改喝茶水，醒醒酒！」

眾太保一愣，不明白曹太妃是什麼意思，都想：「慶功喝酒才痛快，又不是文人，喝什麼茶！」

曹太妃微微一笑，又道：「聽說閩北武夷山一帶，最近流行一種玩意兒，叫『茶百戲』，今日我特意安排一場表演，讓大家欣賞這新把戲！」

眾太保恍然明白是觀賞茶藝表演，這才歡聲道：「多謝母妃！」

過了一會兒，悠揚的絲竹聲輕輕響起，幾個翠衣粉帶的少女手中捧著茶盤，踩著玲瓏碎步翩翩而入，她們進入廳殿正中，面向賓客圍坐一圈，膝上端放著十只茶盤，盤上各放置一只玉杯和一支竹筅。

排在最末的女子緩緩走進圓圈中心，她身形窈窕、姿態嬝娜，但最特別的是臉上戴著一張大花臉面具，李存勖的目光一下子就被吸引了，因為那面具的圖案與自己的花臉面具幾乎一模一樣！當他還是三太保時，總喜歡戴著唱戲的花臉面具，率領鴉軍到邊境射殺梁軍，這張面具令他回想起年少時的瀟灑快意……

花臉面具少女向眾人微微福了一禮，便開始表演茶百戲，她柔軟的玉臂曼妙揚起，將磨好的茶粉灑向空中，紛紛飄落，形成一幅綠雨紛飛的美景，身子再一個巧妙旋轉，從圍坐的一名少女的盤中拿起一只青玉杯盞，精準地將落下的茶粉收入盞中，眾人不禁發出一聲驚嘆。

她將茶盞飛送回那名少女盤中，接著高高執起玉白金壺，一道細小的水柱飛噴出來，均勻有力地直沏入那玉盞之中，落點精準，力道巧妙，宛如清泉流入山澗，接茶的少女立刻以竹筅擊拂茶盞，不停攪拌其中的茶粉。

花臉少女再度將綠茶粉飄灑空中，以玉杯接收，再將玉杯飛送至第二個少女的盤中，以細瀑沏水，讓對方攪拌茶膏，如此反覆灑粉、注水，輕盈旋動在幾名捧茶盤的少女之間，形成一道道綠粉水瀑交錯的奇景。

她十指靈動，如柳絲細蕩，飛袖幻化，如蝶衣翩飛，一身翠綠的舞裙飄揚，就像沐浴在綠雨新葉中曼妙輕舞的仙子，怡然享受著春意盎然的美景。眾太保從未見過如此巧妙的江南技藝，都驚詫得目不轉睛，嘆呼連連。

經過一陣竹筅擊茶，十名少女的茶盞表面都激起朵朵白色雲花，花臉少女立刻又變了花樣，身子旋轉飛移在眾少女之間，指尖輕撚茶勺，在每一杯白沫茶面上，時而勾動，時而點畫，就像變戲法般，每一杯茶湯表面，從原本的白雲堆積，漸漸幻化成一幅幅瑰麗多變的水墨畫。

八位少女起身，將手中茶盞分別送到眾賓客手中，劉太妃第一個拿到茶盞，不由得驚呼出聲：「這……這……」

曹太妃見劉太妃眼眶一下子紅了，聲音微微哽咽，忙探頭去看她手中的茶盞，原來那茶面竟是李克用的簡筆畫像，她心中也激動起來，待第二名少女將茶盞遞到面前，她連忙低眼看去，卻是一幅李存勖與自己相依相伴的簡筆畫，她心頭一下子又暖了起來，笑嘆：「這茶百戲真令人嘆為觀止！」

周德威、李存進、李嗣本、李嗣恩、李存璋、李存審、李存賢六人陸續拿到茶盞，那水丹青各自呈現了他們的武戰英姿，有人騎馬、有人射箭，有人舞槍，每個人都歡喜感動、笑嘆連連。

花臉少女親自端起最後的兩杯茶，走到李存勖面前，呈獻道：「當今世上兩大名窯，北方盛產的是邢窯白瓷，南方則是越窯青瓷……」

熟悉的聲音赫然傳入李存勖的耳中，令他心中一震：「是她！可她怎麼會認識母妃？」他直盯盯地瞪著眼前的花臉少女，回憶一下子在心底翻騰，將「劉玉娘」這個名字沖湧出來——

七年前，當他還是三太保時，曾戴著花臉面具到邊境射殺梁軍，並出手救了一名小少女。少女因為弟弟死於梁賊之手，傷心過度，在兵危馬亂中幽幽唱著「百年歌」，令他感到驚奇，於是問了少女姓名，接著便將她帶回王府交給母親處理。當時少女披頭散髮，全身髒亂，他自是不會放在心上，此後便忘了劉玉娘這號人物。

那一日，也是馮道前來向李克用討救兵的日子，李存勖苦無法子勸阻父親，卻有一神祕少女忽然出現在後花園裡，說自己是來幫助他的，他被少女的俳皮精靈吸引，從此魂縈夢繫，但他全然沒把那個髒亂的劉玉娘與少女聯結，想到自己一直苦苦追尋佳人，而她竟然就藏身在王府裡，心中不由得激動起來：「她明明有些本事，卻假裝孤苦少女唱百年歌，潛伏到我身邊，我時常來拜見母妃，卻從未發現，一定是她刻意迴避，這女子太有趣了……」

劉玉娘笑問道：「茶聖陸羽曾說：『邢瓷類冰、越瓷類玉』，意思是邢窯白瓷形圓似月、冷如冰魄，而越窯青瓷就明徹如水、晶瑩如玉，不知大王更喜歡哪一杯？」

李存勖明白她話中之意，北方白瓷暗指北方女子侯冰月，而南方越瓷則是指她劉玉娘，這兩杯茶自是借問他要選擇誰，他拿起越窯青瓷，微笑道：「這杯盞色澤青中帶綠，更能呈現茶湯清新幽雅的味道！」

他站起身，一手托起擺放茶杯的玉盤，一手執起劉玉娘的手，帶著她來到曹太妃面前，不顧所有人的驚訝和侯冰月的難堪，請求道：「母妃，我喜歡她，我要納她為妾！」

曹太妃原本還擔心李存勖生氣，想不到他竟要求親，實在是驚愕到不及反應，只支吾道：「你……你連她的面都沒見過，就要娶她？」

「是！」李存勖說得斬釘截鐵。

曹太妃但覺不妥，低聲勸道：「前幾年她剛進府，只做些洗衣打水的粗活，後來我身邊的嫣娘走了，你父王又離世，我心中煩苦，見她能說笑解愁，才讓她陪在身邊。她雖然聰明伶俐，終究是身分低下的小婢，當王府管家可以，但要納為妾室，你須好生想想！咱們雖是沙陀出身，卻也是皇帝親自封賜的王爵，如今你身為晉王，婚娶更是關係到我整個河東的興衰，絕不可兒戲！」

李存勖微笑道：「母妃請看看她畫給孩兒的水丹青。」他將玉盤恭敬地呈到曹太妃面前，只見盤中兩杯茶盞各畫了一幅水丹青，白瓷茶盞表面是一幅美女與大王嬉戲圖；而青瓷茶盞上卻是一幅英雄美人雙騎出征圖。

曹太妃冰雪聰明，立刻明白其中含意：白瓷水丹青暗指侯冰月將使李存勖沉迷美色，不思振作，而青瓷水丹青則代表劉玉娘將會助李存勖大展鴻圖。

花臉少女拿下面具，輕輕福了一禮，低聲道：「太妃曾答允賞賜奴婢任一要求，還請太妃成全。」

曹太妃話已出口，實在不能反悔，又見兒子眼神火熱，深知他的倔脾氣，一旦認定的人事，就算魚死網破也不會放棄，只得鬆口道：「只要她是清清白白的女子，母妃便答應你，只不過她須懂得分寸，必須敬重兩位夫人。」

李存勖歡喜道：「多謝母妃！」

沙陀作風直爽明快，一遇到心怡女子，往往便直接娶回家，若是有權有勢之人，強納女子更是常有的事。李存勖貴為河東之主，要納個小妾，實在是小事一樁，眾太保收到表現自己英勇的水丹青，已對劉玉娘產生好感，又見她轉移了李存勖對侯冰月的寵愛，更是歡喜，頓時爆出如雷喝采：「好啊！恭喜大王、賀喜大王抱得美人歸！」

這場宴席在皆大歡喜下落幕，只有侯冰月一人在剎那間莫名失去所有寵愛，從此鬱鬱寡歡。

（註❶：此話原出自《吳歷》曹操嘲笑劉景：「生子當如孫仲謀，若劉景升兒子，豚犬耳！」朱全忠敗戰之後，借用了曹操的話：「生子當如李亞子，克用為不亡矣！至如吾兒，豚犬耳！」大約平常就覺得自己是曹操那樣的亂世豪雄，才會心生感慨，脫口而出。）

九〇八・八

相見不得親·不如不相見

天荒地闊、莽莽蒼蒼，黑沉沉的烏雲綿延無盡，彷彿要將漠北的草原都染得黑了。

潢水河畔，兩道削瘦人影並肩而立。

「河東真勝了？」

「勝了！」

「梁軍敗得慘不忍睹，接下來又會如何？」

「這一仗，李存勖打出風雲奇兒的威名，不只站穩潞州，還大大鼓舞了士氣，為他問鼎中原奠定了堅實的基礎，從此再無人敢小覷這位河東新主！」

「朱全忠不會甘心的！大梁雖然受到重挫，依然實力雄厚，接下來他一定會全面反撲，從此河東與大梁隔黃河相望，形成雙雄對峙的形勢，戰爭將無休無止！」

「李存勖一旦佔領潞州，就控制住太行山西面關隘，向東可進攻幽燕，吞下整個河北；向南可直取開封、洛陽，覆滅大梁，如今能與之抗衡者，寥寥無幾，就連耶律阿保機，也要被阻隔在關外！」

「這就是你謀劃的傑作？」

「梁晉之間已經成了死局，不到一方覆滅，絕不會罷休，我只是選擇了一方，順勢而為罷了！」馮道回頭過來，望著身邊的摯友，當他逃離朱全忠和耶律阿保機的追殺後，並沒有立刻返回中原，反而潛回契丹，尋到了韓延徽，他一定要弄清楚在這個好友身上，究竟發生什麼事了韓延徽道：「耶律阿保機原已決定歸服大梁，如果你不出手相助李存勖，朱全忠早就可以一統天下，蒼生就不用多受苦難！」語氣中隱隱流露一絲不滿。

馮道想到當年張惠也曾這般勸過自己，感慨道：「朱全忠就算統一天下，會是好皇帝嚒？耶律阿保機是真心臣服朱全忠，還是權宜之計？這個答案，你比我更清楚！如果我不出手，一旦大梁、契丹雙方聯手，河東還有活路嚒？大梁若是戰勝，河東百姓就會被屠殺殆盡，我不能眼睜睜看著慘劇發生！」

韓延徽質問道：「天下蒼生與河東百姓，究竟孰輕孰重，你難道分不清嚒？你護了少數人，卻讓戰火延燒，禍及更多人，豈不是造成更大的傷害？」

馮道毅然道：「天下蒼生是命，河東百姓也是命，我不想為了多數人就去犧牲少數人！這中間一定有其他生路！」

韓延徽激動道：「那麼河北百姓呢？你也不在乎他們嚒？若是李存勖強大起來，第一個就是兵指河北，可憐我河北鄉親又要多受苦難！」

馮道想起孫鶴也曾問過同樣問題，深吸一口氣，緩緩道：「如果真有那麼一天，我也會勸李存勖善待河北百姓！」

韓延徽冷笑道：「可道啊！原來你已經想著投靠李存勖了！你今日做的這一切，都是為了你自己將來的前途鋪路！」

「你呢？你又為什麼留在契丹？」馮道在挽救河東百姓的同時，想鋪的是河北百姓未來的活路，並不是自己的前途，但他並未爭辯，只感傷道：「從前在滄州時，天災戰禍，讓人幾乎活不下去，我們仍併肩努力，從來沒有放棄希望，每一夜促膝長談時，雖然感到夢想遙不可及，仍願意相信有朝一日，天下一定能出一位明主，讓我們實現經世濟民的理想……」

「我找到那個人了！」韓延徽毅然截斷他的話，自從兩人重逢，他的內心就一直忐忑不安，他不知道如何面對這位曾經一起秉燭夜談，暢談理想抱負的摯友，總覺得馮道會輕視自己，如今直面這雙清澈堅定的眼神，他實在有些狼狽，同時又感到憤怒：「我知道你不諒解我，可是我有自己的選擇！」

馮道深深地望著韓延徽，感慨道：「這就是你留在契丹的理由？」

韓延徽聽他問出口了，微微鬆了口氣，他希望這位摯友給自己一個解釋的機會，而不是因著誤解，從此走向對立。他定了定心神，朗聲道：「從前我以為耶律阿保機是蠻子，可是我錯了！可道，我們都錯了！」

馮道再度問道：「為什麼你認定是耶律阿保機？」

韓延徽道：「我剛到契丹時，可汗讓我下拜，我因為不願屈服而得罪他，他就讓我去邊荒牧羊，我待在空無一人的曠野，對著一群不知所云的山羊空談理想，日復一日、日復一日……那絕望像是永遠沒有盡頭……」

馮道不由得想起自家老牛也聽了許多《帝範》，他總是笑看自己的不得志，但他知道韓延徽年少時就受到劉仁恭的賞識，是不會甘於寂寞的，果然韓延徽道：「我想起西漢郎中蘇武被扣在匈奴，整整牧羊十九年！我心想難道我也要在羊群中度過餘生，老死在邊荒？我滿腹學問，滿懷抱負真要付諸流水？我太不甘心了！我祈求老天給我一個機會，只要一個機會，我願意付出任何代價離開那個鬼地方……我想不到老天真聽見我的祈求！」

馮道認識的韓延徽雖常為百姓仗義，但個性堅毅沉穩，並非焦慮之人，聽到這一番真誠傾吐，他不禁感慨：「這世道的艱難，把一個儒雅的人傑折磨透了！」心中一軟，溫言問道：「你究竟是怎麼離開的？」

韓延徽聽他口氣和暖，沒有責怪的意思，感激地看了他一眼，終於真正靜下心氣，娓娓說道：「耶律阿保機想將大漢禮制運用在契丹，述律平因此一直在研究漢書，但他們畢竟不是漢人，總有不明白的地方。有一天她在鑽研蕭何的《九章律》，有些疑惑，卻無人可解，便想起了我，她遣耶律曷魯來問我，我把答案告訴他，述律平歡喜之餘，便勸耶律阿保機要善用人才，耶律阿保機於是召我回去，又問了我一個問題，我便折服了！」

馮道愕然道：「一個問題就把你折服了？」

「是！」韓延徽昂起頭，理直氣壯地道：「可道，我從來不是貪生怕死！我是真心被可汗折服了，他比劉守光好太多了！」

馮道也曾被耶律阿保機的風采吸引，他深深瞭解韓延徽的感受，尤其在邊荒牧羊的絕望之中，更容易被這位草原豪雄的見解與誠意所打動：「只可惜他不是漢人，中原沒有這個福氣！」

韓延徽聽到馮道也讚賞耶律阿保機，心中大石全然放下，眼中煥發著光采，侃侃說道：「可汗帶我去邊境巡遊，他說大量的漢人難民逃到了契丹邊境，於是他建了一座城池，想用漢人漢禮來管治，讓難民安定下來，但雙方生活習俗、文化背景不同，問我怎麼實行才好？」

他目光眺望遠方山河，道：「當我看到那麼多幽州百姓不堪暴虐，逃到契丹，寧願在所謂蠻人的土地上艱難求存，也不想回到幽州那漢人統治的地方，我實在震撼！如果故鄉有活路，誰願意翻山越嶺，漂流遠方？我站在邊界上，南望中原、北望契丹，兩邊都有無辜的漢人百姓，無論我相助哪一邊征戰，受苦的都有我的鄉親，我一次次問自己：我能背棄自己的故鄉嚒？但劉氏兄弟真值得我效忠嚒？我究竟該怎麼做？我思索了無數個日夜晨昏，最後終於找到了答案！」

馮道已猜到了：「你的答案是留在契丹？」

「不錯！」韓延徽道：「我決定為留在契丹的漢人建立一塊安生地！於是我告訴耶律阿保機：晉末十六國施行的『胡漢分治』可做為參考，先設置南北兩院，北院用契丹制度，管理原本的遊牧民族；南院則仿中原文官制度，治理農耕漢族，一旦漢人待得好，自然會吸引更多漢人前來墾荒，不但胡漢能漸漸融合，也能增加契丹稅收，大汗還可利用糧食來掌控八部。耶律阿保機聽得很高興，還讓我主持規劃！」

馮道插口道：「胡漢融合，好為將來契丹統一中原做準備嚒？這是你曾說過的話！」

韓延徽激動了起來：「如果故鄉有英主，誰不希望留下來貢獻所長？我又何必離鄉背井，一邊思念故鄉親人，一邊艱難地周旋在異族臣子之間？這許多年，我一心報效劉氏父子，可是我得到什麼下場？耶律阿保機是個雄才偉略的大豪傑，又器重我的才識，讓我盡情施展抱負，你說，我該如何選擇？我想留在這裡，為流落契丹的可憐人做一些事，這裡有許多幽州百姓，也是我的鄉親！」

馮道說道：「我們不只是幽州參軍，也是大唐臣民……」

韓延徽感傷道：「我們確實是大唐臣民，可大唐到哪裡去了？有一天他會不會回來？如果大唐就是消失了，我們的中心思想、苦苦保留的氣節又該何去何從？為了生存，我們必須選擇一個地方藩鎮待著時，究竟要選擇誰？

選擇那個你從小聽到是極權暴政的敵方，但如今卻是英明君王主政；還是那個你從小生長眷戀，卻變得瘋狂腐敗的地方？如果選擇前者，就會被罵叛國降敵、貪求富貴，沒有志節。如果選擇後者，那是與豺狼為伍，總有一天會被生吞活剝，而它也終會走向滅亡！就如你說的，我們心中所擁護的原本是唐室，根本不是殘暴腐敗的劉守光，這降敵叛國之罪，又從何說起？」

馮道痛心說道：「藏明，你說得都不錯，無論我們多麼不願意，大唐或許永遠都不會回來了！但中原還有千千萬萬的百姓，耶律阿保機曾親口對我說，率領契丹大軍直抵開封，是他畢生的夢想，一旦契丹壯盛起來，必會血染中原，塗炭生靈！你知道契丹愛打草穀，他們絕不會顧惜敵方百姓！從僖宗以後，這塊大地已經承受太多苦難了，我們從前努力的，不只是為了重豎大唐的旗幟，更多的是天下太平，讓百姓安居，這才是你我心中的宏願，不是嚒？」

韓延徽道：「這亂世，塗炭生靈的，又豈止是契丹？劉守光的倒行逆施還不夠嚒？他幾時放過幽燕百姓？有一件事，你或許還不知道……」

馮道見他欲言又止，連忙問道：「什麼事？」

韓延徽望了他一眼，一咬牙，還是決定說出口：「前些時候，世子在盧台被劉守光打敗，玉田交戰又敗，先生無奈之下，傳信過來，讓我勸可汗出兵相助，可汗同意了我的請求，派親弟舍利素、夷離堇蕭敵魯率軍前往滄州相助。」❶

馮道這段時間一直待在潞州，不知道幽、滄兩地發生這麼多事，更未想到耶律阿保機表面與梁晉周旋，暗地裡卻趁著劉氏兄弟不合，派大軍深入幽燕了，心中如被大捶重重一擊，顫聲道：「你們怎能讓契丹兵深入幽燕？驅狼引虎，史有明鑑，你們怎能這麼做？」

韓延徽激動道：「一旦劉守光勝利，不只世子和先生活不了，整個幽燕都會陷入水深火熱之中，我和先生也是迫於無奈！」頓了頓又道：「如今世子率領契丹、吐谷渾四萬援軍已經反敗為勝，在『雞蘇』打退劉守光，相信再過不久，就能收復失土，解救幽州百姓，可道，你聽到這消息，應該高興才是！」

馮道恍然想起孫鶴曾說一旦天下蒼生與河北百姓的利益起衝突，他永遠會以河北百姓為先：「原來向契丹借兵，一直是先生心中的考慮……」不由得悵然道：「當我們所有人都擔心朱全忠的侵略時，你的目光已經洞析耶律阿保機的野心，藏明，你比誰都清楚，幫助契丹強大，就是為中原帶來威脅，甚至可能造成無法彌補的傷害！」

韓延徽反駁道：「太宗也有胡人血統，可汗心儀華漢禮制，你怎知他不會像太宗一樣，成為一代明主？我們都不是神人，都不知道未來如何，或許……」他一咬牙，鼓起勇氣道：「或許他正是中原的真命天子！」

馮道再次深深地望著韓延徽，良久良久，才長嘆一聲：「我以為自己是來見一位摯友，想不到是來見耶律阿保機的說客！」頓了頓，問道：「是他讓你來的吧？」

這一句詰問令韓延徽吃了一驚，又實在難堪，沉默許久，才無力地解釋：「可道，你聽我說……」

馮道悵然道：「我只想問，他會讓我活著離開嚒？」

韓延徽心中一震，臉色倏然蒼白：「是我欠思慮了……」

當時耶律阿保機因為失去馮道的蹤影，懊惱非常，而韓延徽忽然聽見馮道前來的消息，驚喜之餘，一方面希望為君解憂，二方面也希望兩人能再一次併肩奮鬥，因此向耶律阿保機自薦，如果能找到馮道，他有自信能說服對方留下來。耶律阿保機想不到韓延徽與馮道竟是知交，自是歡喜應允。

韓延徽憑著對馮道的瞭解，猜想他絕對會來尋找自己，問明原由，又判斷他可能行走的路線，便獨自來到潢水河畔的草坡上相候，等了一天一夜，果然等到昔日摯友。但相見的剎那，韓延徽心中卻充滿了矛盾，尤其當馮道問到自己是否能活著離開，瞬間一陣羞愧沖湧上心頭，他忍不住握緊拳頭，顫聲道：「可道，我只是想留你下來，我絕不想置你於死地，如果……如果可汗真有什麼念頭，我拼了命也會救你出去。」

馮道說道：「我相信你。」

這一句相信，讓韓延徽微然釋懷，又感到無盡的悲傷與無奈：「你真的相信我？」

馮道點點頭，又道：「但你放我走，或許會受到耶律阿保機的責罰，你真的不跟我回去麼？」

萬般愁思沖湧上韓延徽的心頭，最終只化為一句：「我已經決定了！」

馮道毅然道：「那就轉告耶律阿保機，無論如何，我都會盡力阻止契丹南侵！」

韓延徽知道這一聲宣告，是代表著兩人從此對面而立了！在戰爭的殘酷下，再多的解釋都蒼白無力，再深的情誼都會摧毀殆盡，他心中實在感傷，一時無語，只問：「你不怪我麼？」

馮道誠懇說道：「我只盼你好好珍重自己，在耶律阿保機面前做個重臣！」

韓延徽聽他譏諷自己貪圖榮華，心中不悅，但兩人分別在即，他實在不想破壞最後的情誼，仍萬分懇切地說道：「可道，你相信我，我留在這裡，不是只為自己活命，更不是為了什麼榮華……」

馮道打斷他道：「你要不就現在隨我回去，要不就在契丹權傾朝野，成為耶律阿保機夫婦的重臣！」

韓延徽怒道：「可道，你太輕視我了！枉費我們一番情誼，我以為你能諒解……」

馮道微然搖首，道：「藏明，你錯了！我從不曾輕視你，亂世之中，誰都有百般艱難，我有什麼資格批判你？我們只是用著不同的方式在實現自己的理想！我們想以一己之力扭轉整個世局，無異螳臂擋車，也只能明知不可仍為之。我這麼說，是希望你能影響耶律阿保機，將來他若想侵略中原，你能勸他善待天下百姓！」

這一剎那，韓延徽恍然明白馮道相助李存勖的苦心，不由得心生欽佩，感慨道：「你想得真遠！」

馮道見韓延徽已明白自己的用意，微笑道：「雖然我們各分天涯，不再併肩奮鬥，但如今天下最強的三位霸主——朱全忠、李存勖、耶律阿保機，我們已經選擇其二，就有機會勸諫他們，有能力保護更多的百姓，所以你一定要在契丹出人頭地，登至高位！至於我對你的承諾——」微微一笑，道：「照顧韓大娘，永遠不變！」

韓延徽心中萬分感激，道：「我一定會力勸耶律阿保機不要隨意興兵，更不要劫掠中原百姓。」一想了想，又懇切叮嚀：「如果有一天，劉守光逼得你走投無路，切莫逞強，只要你願意前來契丹，我必掃榻以待，或許到那時候，你我心中都能夠放下萬般紛擾，再次品茗煮酒，笑談這一世的起伏波瀾。」

兩人相視一笑，心中雖有萬般不捨，終須一別，韓延徽道：「我送你出境吧！」說罷便噘唇吹哨。

兩匹健馬聽到哨聲，從後方矮叢中奔了出來，馮道見其中一匹正是自己帶來的千里快騎，心知只要奔出數里，再沒人追得上，韓延徽對這件事已是費了心思，微笑道：「多謝你了！」翻身上馬，又道：「這一別，不知明日天涯……」語聲一哽，再說不下去，只笑了笑，便用力一扯韁繩，讓馬兒揚塵而去，將所有的感傷遺憾都留在蒼蒼大漠裡。

「可道，你一定要相信我……」望著馮道消失的身影，韓延徽對自己立下誓願，絕不辜負這位知己的期許。

此刻兩人都不知道這一分別，恍如隔世，再相逢時，已是鬢髮霜白。

馮道擔心幽燕局勢變化，又怕耶律阿保機派人追捕，一告別韓延徽，便馬不停蹄地向南直奔，數日之後，終於進入幽燕邊界，但覺可以稍稍喘口氣，見前方有座茶棚，便落了地，牽著馬兒走過去，找了一角落坐下，呼喝：「店老大，麻煩給碗茶水，有什麼饃饃、胡餅的，便來幾份，外邊的牲口也替我餵飽了！」正想好好歇個腿，吃個飽飯，忽然間，感到身後傳來一絲古怪氣息：「難道耶律阿保機真派人追來了燕？」他連忙站起，回首望去，只見前方是一片隨風搖曳的樹叢，並沒有半點異樣。

店老大端了熱騰騰的茶水和饃饃過來，見他似要離去，連忙堆起滿臉笑容，搓著手道：「客倌，咱們小本生意，不賒帳，還請您先付了。」

馮道奔波數日，都未好好進食休息，實是又餓又累，一見到熱騰騰的食物在眼前，真是垂涎欲滴，心想：「罷了！罷了！就算朱全忠要來索命，我也得先吃飽飯，不能當餓死鬼！」便給了幾文銅錢，又重新坐下，大快朵頤起來。

他吃了一會兒，陸陸續續進來幾位過路的旅客，整個茶棚便熱鬧起來，有一青年談起幽燕的變故，連連慼嘆：「日子原本就難熬，他劉氏父子竟然自起內鬨，還讓不讓人活了？」

他身旁的婦人連忙「噓！」了一聲，道：「咱們還沒出幽燕，你說話當心點！」

那青年卻道：「怕什麼？咱們一旦越過這草原，便進入契丹了！劉守光如今忙著與他大哥對戰，顧不到北邊來！」

另一桌壯漢聞言，便呼喊道：「老兄，你們也要逃到契丹嚒？咱們也是要過去的，聽說很多人都過去了，但不知真實情況如何？心裡總有些不踏實，您若是知曉，不妨給咱們說說！」

那青年道：「我也是聽先過去的朋友說的，契丹的大可汗耶律阿保機原本就仰慕漢文化，後來收留了幾位漢人官吏，便聽從他們的建議，特意劃了一塊土地準備給漢人居住，還大肆召募大家過去開墾荒地，並且答應用漢人官吏來管理，說什麼……對了！『以漢治漢』！這劉守光太過殘暴，他手下好多文官都先逃過去了，其中有一位就是韓延徽韓參軍！他從前對咱們挺好的，現在過去，應該也是由他管理，那就沒什麼差別了！總比留在這裡，遲早被抓去當糧食好！」

馮道心想：「藏明的動作好快啊！已經開始召募漢人過去了！」

那店老大為眾人倒茶添水，一邊附和道：「這位兄台說得不錯，老漢在這裡開茶棚，來來往往的人見得多了，這半年，逃到契丹的人多得跟螞蟻一樣！以前咱們都說契丹人茹毛飲血，可人家出了一個雄才偉略的大可汗，就不一樣了！」

那壯漢道：「從前咱們聽到契丹來打家劫舍，便害怕得發抖，痛恨得咬牙切齒，現在風水輪流轉，漢軍倒比契丹狗更可怕！」

馮道心中咀嚼那一句「漢軍倒比契丹狗更可怕」，不勝唏噓：「想不到幽燕百姓都逃往契丹，寧可給蠻夷統治，也不願留在中原土地上，大概只有我一人是拼命逃回來的……」望了望四周，但覺都是平常百姓，又想：「這茶棚沒什麼古怪，看來是我多心了！」

正當他漸漸放鬆心情時，忽然間，那一股異樣的肅殺氣氛再度逼近，他連忙回頭望去，卻見一位戴著垂紗帷帽的窈窕女子來到茶棚，向店老大打聽消息。

馮道悄無聲息地起身，從後方繞到女子身邊，貼近她耳畔，笑嘻嘻問道：「妹妹可是想我了，所以四處在找我？」

褚寒依乍見到一顆大腦袋竄了出來，嚇得連退兩步，嬌呼：「唉喲！你這人怎麼……」待看清是追尋已久的馮道，不由得杏眼圓瞪，氣得直接拔出匕首指向他胸口，怒道：「我警告你，以後不准再鬼鬼祟祟地靠近我，否則我立刻殺了你！」

馮道連忙退了一步，冤枉道：「明明是妳向店老大打聽我的消息，我不忍姑娘尋尋覓覓，這才現身告知，怎麼說是我纏著妳？」

幾個月前，褚寒依得知馮道被派往河東，擔心他的安危，便想暗中隨行，誰知馮道一出幽州，便易容成無名老者，躲入蒙山開化寺，以至褚寒依從一開始就失去他的蹤跡。

劉守光、劉守文雙方大戰，都想爭取契丹援軍，孫鶴透過韓延徽極力周旋，搶先引契丹兵入境，這使得契丹、河東、幽燕三方形勢出現微妙的變化，褚寒依擔心契丹軍入境，會帶來不可預知的後果，再加上潞州一戰，河東險勝，她猜測這是馮道相助河東的結果，心想馮道遲早會從邊境回返，於是流連在契丹、幽燕和河東的交界，一方面留意邊境情況，順道也打聽馮道的消息，卻想不到會被馮道撞個正著，她懊惱至極，刀尖唰唰劃了兩道厲光，怒道：「我是來警告你，以後不准跟著我，不准離我十步之內！」

馮道連忙向後兩個跳躍，退開十步之遠：「這樣行了吧？」

褚寒依哼道：「知道害怕就好，本姑娘今天心情好，不想殺人，你快快滾遠一點！」說罷轉身大步離去。

馮道忽然與心上人重逢，又意外得知她這麼關心自己，如何捨得離去？褚寒依往前一步，他便在後跟上一步，褚寒依停，他也跟著停了下來，兩人就這麼一前一後，保持十步之距，走了一小段路。

褚寒依心中有鬼，見他一直跟隨在後，但覺他就是嘲笑自己，不由得惱羞成怒，忽然轉過身，斥罵道：「你一直跟著我做什麼？」

馮道笑道：「大路朝天，各走一邊，這路也不是姑娘開的，怎麼不准人家走呢？我也沒有在十步之內，妳能奈我何？」

褚寒依氣得射去一支銀針，飛刺向馮道胸口，見他不閃不躲，只閉了眼等死，褚寒依不由得吃了一驚，連忙又射去另一支更快速的銀針，將原本那支打掉，怒道：「你怎麼不躲呢？」

馮道一副捨身成仁的姿態，慨然說道：「我捨不得姑娘生氣，倘若妳殺我會痛快些，就殺吧！」

「你……」褚寒依下不去手，馮道睜開眼，大膽地往前走了兩、三步，道：「我已經走近妳十步之內了，妳動手吧！」

褚寒依不得不退了兩、三步，馮道笑嘻嘻道：「姑娘可是捨不得我死？」

褚寒依簡直快氣炸了，但她怒到極至，臉上反而露出一抹甜蜜微笑，道：「是！我是捨不得你……」忽然臉色一變，勁指疾出，戳中馮道的穴道，咬牙道：「死得太快！」

「唉喲！」馮道冷不防著了她的道，驚呼道：「妳要做什麼？」

褚寒依恨聲道：「是你自己找死，怨不得我！」便將他一把提起，馮道大叫道：「光天化日之下，妳竟強搶民男、調戲郎君、霸王硬上弓……喂！喂！」

褚寒依見他這麼大呼小叫，引得四周人群指指點點，索性扛著他丟到自己的馬背上，再騎著馮道的寶馬，同時驅策兩匹馬兒，直奔入山林深處。

褚寒依見前方有一個大山洞，便跳下馬兒，提起馮道走進洞穴，將他狠狠丟在地上，哼道：「你這小子太可惡，我得好好想想，怎麼殺你才過癮！你千萬得頂住，別死得太快！」又笑道：「你的馬兒挺好的，像風一樣快！殺了你之後，正好接收那馬兒，也算不錯！」

馮道見四下無人，苦笑道：「妳不是真想殺我吧？」

「你說對了！」褚寒依哼道：「今日你落在我手裡，是絕沒有活路的，我才不讓你留在世上再禍害別的女子……」說罷又拿出匕首在他面前狠狠劃了兩下。

「慢……慢著！」馮道被點了穴道，無法移動閃躲，身子忍不住縮了一縮，顫聲道：「妳想做什麼？」

褚寒依哼了一聲，輕蔑道：「瞧你這膽小窩囊的樣子！你不是說只要我殺你，會覺得痛快些，就隨我殺、任我剮嚒？」說罷拿起匕首狠狠刺向他眼珠，馮道連忙緊閉了眼，褚寒依刀勢一變，以刀背在他眼皮上輕輕一劃，馮道不由得寒毛直豎，口裡直呼：「小心！小心！」

褚寒依壞笑道：「你一雙賊兮兮的眼最愛亂看，不如剜了它吧？」

馮道剛睜開眼，就見到褚寒依手持匕首，高高對著自己，急呼：「姑娘千萬別衝動！我自幼心正人直、目不斜視，幾時賊兮兮了？」拼命睜大了眼，道：「妳瞧！目光清透，純淨得不能再純淨了，妳說是不是？」說罷又趕緊閉了眼。

褚寒依冷笑道：「現在不肯讓我剮了？我就知道你最會騙人了！不如割下你那騙人的舌頭？」

「我……」馮道原本還想爭辯，感受到刀尖的冷氣在自己唇邊晃來晃去，連忙緊緊抿了嘴。

褚寒依見他五官憋得像包子一樣滑稽，忍不住噗哧一笑，忽又覺得自己不該假以辭色，隨即板了臉，哼道：「割不到你的舌，切你的手指也是可以的！誰讓你的手隨便胡來……」

「我的手幾時胡來了？」一句話剛說完，馮道忽感到方才那股異樣的殺氣又逼近了！心中一驚：「我方才誤以為是妹妹帶著殺氣來找我，因此鬆懈了戒備，如今看來妹妹只是怒氣，她根本捨不得殺我，那殺氣是另有其人了……這人不只殺氣騰騰，還是絕頂高手！」連忙求饒道：「姑奶奶，我為保性命，再也不敢喜歡妳了，只要妳肯放了我，我立刻走，有多遠滾多遠，再也不敢糾纏了！」

褚寒依好不容易找到他，想不到他為了保命，竟然說走就走，不由得更加生氣，刀光又是一閃，怒道：「你敢離開一步，我現在就殺了你！」

馮道心中納悶，無奈道：「妳方才恨我糾纏，現在又不讓我走，難道真看上我了？」

褚寒依臉上一紅，呸道：「誰看上你了？方才讓你滾，你不滾，此刻姑娘殺心已起，來不及了！」

馮道眼看那殺氣越逼越近，再不逃走，才真的來不及，急道：「姑娘若只是想讓我死，現在有仇人來殺我，妳大可不必親自動手，還是快快離去吧！但離去前，記得先解開我穴道！」

褚寒依見他臉色凝重，不似說笑，哼道：「你休想藉機溜走，你先說出仇人是誰？我再決定要不要解開你的穴道。」

「聽這腳步聲，應該是楊師厚！」馮道輕輕一嘆，道：「他既跟蹤到這裡，便不會輕易離去，只怕把整座山頭都翻過來，也要找到我！到時會拖累妳，所以，咱們必須分開走！」

褚寒依聽到是楊師厚，不由得微微蹙眉，道：「要走一起走！咱們有兩匹馬兒，一起離開便是！」說話間，隨手解了馮道的穴道，外邊卻傳來幾聲淒厲長嘶，竟是楊師厚不知用了什麼方法，制伏了馬兒。

馮道驚呼：「來不及了！」

褚寒依也急了，問道：「那怎麼辦？」

馮道說道：「我引離開他，妳盡快逃走！」說罷足下一點，就要施展輕功飛奔出去，褚寒依卻更快扯住他衣衫，道：「他要殺的是你，我幹嘛要逃？」

馮道認真道：「我怕妳捨不得我死，忍不住出來抵擋，他便連妳也殺了。」

「誰捨不得你了？」褚寒依道：「你既是我的人，就只能死在我手裡，不能死在別人手中！」

馮道笑咪咪道：「原來『我是妳的人』？聽到這句話，老公真是死了也甘心！」

褚寒依哼道：「你別自作多情了！我是說敢搶我手中拽著的人命，真是瞧不起我了，非要好好敲打他一頓不可！」

馮道連忙道：「別開玩笑了！他可是楊師厚！十倍的咱倆，再加一隊軍兵都不是他的對手！好漢不吃眼前虧，妳快走吧！」

褚寒依哼道：「我又不是好漢！我好不容易找到你，還沒殺個幾刀，是絕不會離開的！」

「這樣吧，」馮道好言勸道：「我先抵擋他一陣子，最多讓他砍個三十刀就逃走，一定留著最後一刀讓妳砍，這樣就算是死在妳手裡了，妳說好不好呢？」

褚寒依愕然道：「讓他砍三十刀，你還能活嚒？」

馮道安慰道：「放心吧！我一定留著最後一口氣讓妳砍，好完成妳殺我的心願，這樣妳可安心走了吧。」

褚寒依想了想，還是搖頭：「不行！」

馮道簡直急得快要跳腳：「這樣還不行？」

為什麼不行？褚寒依實在編不出理由，只強硬道：「總之不行！」

馮道心知她想留下來陪自己禦敵，嘴上卻不肯相饒，再不管她，叮嚀道：「楊師厚是鐵了心要殺我，妳不走，咱倆都得死！妳乖乖聽話。」見褚寒依神情堅決，怕她留下來真會拼命，心想：「我實在打不過她，必須想個萬全之策，既讓她自動離去，又能徹底擺脫楊師厚的追殺，最好事情結束後，還能與妹妹繼續相依相伴……」便走到山洞口，運用「明鑒」玄功左右張望，又以「聞達」靈耳仔細聆聽，想了想，道：「我有法子對付他了！」

褚寒依驚喜道：「你真有法子對付他？」

「不錯！」馮道說道：「但需要妳配合。」

褚寒依用力點頭，道：「你快快說來！」

「我想來想去，只能遁河逃走！」馮道說道：「楊師厚此刻人在西北方，而東北方有一條桑乾河，正是相反方向！妳只要悄悄溜出洞去，直奔桑乾河，在岸邊用銀針佈置陷阱，然後躲起來，我再把他引到那裡，此時天色昏暗，他急著追我，並不會注意地上的利針！」

褚寒依興奮道：「一旦他雙足被刺了，就追不上咱們了！」

「不錯！」馮道說道：「到時咱們便跳河逃走。」

褚寒依道：「天色這麼黑，咱們又潛到黑漆漆的水底，他的確不容易再跟上了。」想了想，又問：「但你奔來時，怎麼知道哪裡有針、哪裡沒針？萬一你也被刺中了，該如何是好？」

馮道原本可運用「明鑒」玄功來辨明細針位置，但遇到楊師厚這樣的高手，實在需要把所有內力聚於雙腿，才有可能逃得掉，這樣一來，眼目的鑒別力便削弱了，想了想，拿了褚寒依手中的銀針在地上畫了一個九宮圖，道：「桑乾河岸有一片樹林，妳在這九個位置佈下銀針，我奔去時，會特別留心，不會去踩這些地方。」

褚寒依道：「好！我這就過去設置陷阱！」

馮道叮嚀道：「設好陷阱後，妳要走要留都可以，唯獨有一件事，就是倘若妳留下來，一定要躲藏起來顧好自己的安全，無論見到什麼，絕對、絕對不可以出手，更不可現身。」

「你……」褚寒依聽他慎重叮囑，顯然是擔心自己出手相助，會招致危險，微一抿唇，又不放心地問道：「咱們的馬兒都沒了，你真能跑贏楊師厚，安全來到河邊麼？」

馮道笑道：「妳再這麼磨蹭下去，我可真跑不過他了！這樣吧，咱們打個賭，要是我真能活著到河岸去見妳，妳便要隨我回家拜見父母！」

褚寒依一愣，嬌嗔道：「我和你又不是……不是……未婚夫妻，怎能隨你拜見父母？」說到後來，羞臊得聲音低了下去，宛如蚊鳴。

馮道笑道：「原來姑娘想得那麼遠，我只說收妳當奴婢，回鄉拜見父母好服侍他們，幾時說過要娶妳為妻？」

「你……」褚寒依氣得跺腳道：「你一定要活著滾過來，讓本姑娘多砍幾刀消氣，否則我便追你到天涯海角，也不放過你！」話一出口，方覺得不妥，好似自己非要追著他不可，但說出的話如潑出的水，也無法收回，只能氣呼呼地奔了出去，再也不敢回頭看他一眼，後方卻傳來馮道的哈哈笑聲。

馮道心中歡喜，頓覺得勇氣百倍，楊師厚也沒什麼可怕了：「馬兒沒了，妹妹奔到河邊就需要多一點時間，我必須盡可能拖住楊師厚，讓妹妹安心佈置銀針，如果能唬得楊師厚自動離去，就再好不過了……」

他小心翼翼走出山洞，仔細豎耳聆聽，辨明楊師厚正在不遠處徘徊，心想：「我此刻若奔跑，定會引起他的注意……」便到外邊的樹叢裡，用幾個石頭堆成一高一矮兩個人形，接著點亮了火熠，將兩個石人的影子藉著火光映在山洞的石壁上，待他佈置好一切，楊師厚已近在數丈之內。

楊師厚左右張望，忽然發現前方石壁有兩道長長身影，心想：「倘若這其中有一個是臭小子，他應該就躲在附近的樹叢裡，但另一個人是誰？」

馮道其實是躲在石壁後方，見楊師厚已看到黑影，立刻運用「謗言」玄功，假裝耶律阿保機的聲音道：「潞州之戰，梁軍原本勝券在握，馮小兄一出手，便教他們大敗，本汗定要好好向你討教一番！」

楊師厚心中一凜：「耶律阿保機也追來了？」衡量自己若是出手，與耶律阿保機必有一番糾纏，馮道就會趁機逃走，便止了腳步，不敢過分逼近，以免被對方發現。

馮道又變回自己的聲音，微笑道：「大汗言重了！在下只不過憑了一點運氣，才僥倖令河東取勝，豈敢說什麼指教？大汗說這話，實在是折煞小人了！」

接著又以耶律阿保機的聲音說道：「吔！馮小兄，咱們的交情也不是一、兩天，本汗知道你確實有一些奇能，那日為了保護你，我不惜得罪梁帝，今夜還特意趕來這裡請你喝酒，難道你連一點信息也不肯透露？」

馮道嘆道：「天機原本不可洩露！不過瞧在大汗出手相救的份上，我便透露個一、二！但不知大汗想知道什麼？」

楊師厚聽見兩人談論天機，暗想：「我先等一會兒，興許能聽見什麼機密大事。」便站在原地不動，只運功於耳目，觀察情況。

馮道就這麼一人分飾兩角，又以耶律阿保機的聲音問道：「你說這當世英雄，誰最有可能爭得天下？」

馮道笑道：「如今梁帝已佔大半江山，眾人皆知，大汗卻來考問在下這個問題，莫不是你心中另有想法？」

耶律阿保機笑道：「馮小兄，明人不說暗話！我原先也以為梁帝一統中原，只是遲早的事，因此極力討好他，又是送禮又是上貢，可前日我瞧你一個手無縛雞之力的書生，竟能倒轉乾坤，令梁帝氣得吐血，似乎這天下第一也不是扳不倒，我便想知道，本汗有沒有能力入主中原，與梁帝一爭高下？」

楊師厚聽到此，心中暗哼：「這耶律阿保機真是狼子野心、暗藏禍胎！回去之後，我定要稟報給陛下！」更用心聆聽兩人商談的機密。

馮道問道：「大汗以為征服天下，最重要的是什麼？」

耶律阿保機想了想，道：「雖然許多文士總愛誇誇其談，說什麼『民心所向』最重要，但本汗以為武力才是最根本的，沒有高明的武功，一切都是空談！在這亂世，主帥沒有高明的武功，一下子就被宰了，還談什麼民心所向？」

馮道贊同道：「大汗說得很對！」

耶律阿保機笑道：「我就說馮小兄不同於一般文士，總能看得透徹！」又問：「那麼當今天下，誰的武功最高，本汗又排第幾？」

馮道答道：「天下奇人多不勝數，在下也難一一答覆，今日不妨只以手握軍權的藩帥來做比較，李克用去世之後，這武功第一當屬朱全忠，可汗夫婦聯手，排得上第二，大太保第三、周德威第四，至於晉王，此刻雖然排在七名之外，他輸在經歷和內力，但他天資聽穎遠勝所有人，因此進步最快，三年之後，便能坐三望二，八年之後，便是坐二望一。」

耶律阿保機道：「你這排名似乎有些問題，誰都知道周德威才是河東頭號戰將，你卻將他排在李嗣源後面？」

馮道說道：「周德威的紅火陌刀固然驚人，但每次最危險的衝鋒都是李嗣源出馬，而且從不辱命，由此可見他功力深不可測，只不過周德威的輩分較高，戰陣經驗又豐富，而李嗣源為人低調至極，這才讓人低估了他的實力。」

耶律阿保機道：「這話說得有幾分道理，日後我當多多提防大太保！」

楊師厚心中暗哼：「難道我大梁名將就沒一個排得上前五？這小子分明心存偏見，故意貶低我軍！這樣的排名不聽也罷！」

卻聽耶律阿保機也提出相同疑問：「你似乎高舉河東，卻小瞧了大梁名將，那楊師厚難道比不上李嗣源、周德威？他又排在第幾？」

楊師厚聽到兩人談論自己，忍不住豎耳聆聽，想知道他們會說出什麼，只聽馮道輕聲一嘆：「楊師厚論武功，原本可與大太保、周德威排在伯仲之間，偏偏他氣運太差，只好墊底！」

「運氣太差，所以墊底？」耶律阿保機哈哈一笑道：「馮小兄，楊師厚從未打過敗仗，不只本事高強，還鴻運當頭，你這話，本汗不同意！」

馮道說道：「大汗，您只是看到表象而已，我告訴你一個秘密，楊師厚曾經歷兩道死劫，若非有一位女高人為他化解，他早就一命嗚呼了！」

楊師厚心中一凜：「他怎知道我曾經歷過兩道死關，還知道是夫人為我化解？難道這小子真有通天本事？」他並不知道當年朱友貞想要捕捉大唐小皇子，到伏牛山腳的木屋向他請教計策時，曾說出關於他死劫的秘密，卻被躲在小木屋外邊的馮道聽見了。

耶律阿保機驚嘆道：「想不到楊師厚竟有這等秘密！」想了想，仍是不以為然：「但本汗還是認為，咱們武人最重要的就是武功本事，氣運只是相輔而已，沒有太大關係！」

「誰說沒有關係？」馮道說道：「武將過的是刀口舔血的日子，雖然武藝高強的人會多占些便宜，但說到底，時機運氣還是最重要的，老天爺不給你活，就是半日也多不得，否則潞州之戰又怎會說敗就敗？還敗於一場莫明其妙的大霧？我舉個例子，假設你和朱全忠正生死相搏，因為他武功天下第一，原本他一拳打來，你怎麼都閃躲不掉，眼看就要嗚乎哀哉，可地上卻有一塊香蕉皮，朱全忠飛撲過來時，腳下剛好踩中了，因此滑了一跤，跌得慘不溜丟，你是不是就趁機一指點向他的死穴，換他嗚呼哀哉了？」

耶律阿保機哈哈一笑道：「馮小兄，你這比喻有趣得緊！只不過，不太恰當，一個絕頂高手不會因為一塊香蕉皮就跌得慘不溜丟的。」

馮道笑道：「我只是比喻而已！就算朱全忠不會跌個慘不溜丟，肯定也分了心，你便有機會逃命了！所以氣運還是最重要的，您說是不是？」

「這話倒也不錯！」耶律阿保機又問：「那天下英雄氣運又如何？誰最得天之助，可以得到中原這頭大鹿？」

馮道說道：「眼下來說，晉王武功雖是七名之外，氣運卻排得上第二，大汗武功第二，氣運也不差，能排得上第三，至於朱全忠，武功天下第一、氣運卻是倒數第二……」

耶律阿保機問道：「你把當世最厲害的人物都排上名，卻未說誰是氣運第一，究竟還有誰的氣運能勝過本汗和晉王？」

「自然是……」馮道哈哈一笑，道：「區區不才在下我了！」

耶律阿保機聞言一愣，也跟著哈哈笑道：「馮小兄當真有趣！」

馮道笑道：「我武功最差，卻同時受到大汗和晉王當世兩大豪雄的青睞，豈不是氣運天下第一？」

耶律阿保機又是哈哈一笑：「這話說得是！」又問：「但李克用已死，河東處境艱難，李存勖不過剛打勝潞州，為何說他氣運勝過了本汗？」

馮道微笑道：「小晉王原本處境艱難，但有天下氣運第一的小馮子相助，已經否極泰來了，否則潞州一戰為何會逆轉乾坤？所以現在他氣運天下第二。至於可汗嘛，我雖不肯去契丹，與大汗也算有交情，不會無故相害，偶爾還可以合作合作，所以大汗氣運可排上第三！」

耶律阿保機笑道：「倘若你來幫我，再加上本汗的武功，豈不是天下無敵了？」

馮道說道：「可汗武功第二，氣運也只稍差李存勖一點點，已經很不錯了，我們中原有一句話叫做：『亢龍有悔，盈不可久』，意思是任何事物過了巔峰，皆無可避免地走向衰敗，所以做人不可太貪心！」

耶律阿保機笑問：「那梁帝呢？他正當旺盛，你卻說他氣運倒數第二，這話實在……」

馮道接口道：「狗屁不通！」

耶律阿保機笑道：「不錯！正是狗屁不通！」

馮道說道：「朱全忠武功所向披靡，本該氣運旺盛，偏偏他妄想殺了氣運天下第一的小馮子，又一直殺不到，氣也氣死他了，你說他是不是氣運倒數第二？」

耶律阿保機哈哈一笑道：「那麼楊師厚呢，他又為何墊底？」

馮道搖頭晃腦地解釋道：「楊師厚武功幾乎可算得上天下第三，戰功又最多，明明一身本事，可以自立一番功業，偏偏被一道死劫困住，永遠只能屈居朱全忠之下，是不是氣運最差？這也罷了！他今天還是差中之差！」

耶律阿保機好奇道：「你方才不是說楊師厚有貴人相輔，已化險為夷，安然渡過兩道死劫，這不正表示他既有本事又有運勢，為什麼說他被死劫困住，還說他今天氣運最差？」

馮道說道：「我告訴你一個秘密，楊師厚一生其實會有三道死劫，前兩道確實已經過了，這第三道死關囈，就在今天！但他自己卻不知道，倘若他心存善念，安坐家中，唸上一百零八遍經文，或許還能消除殺劫，化解災厄，惹是起了惡心，想要動手殺人，肯定就大禍臨頭了！偏偏他還被氣運倒數第二的派來追殺氣運第一，豈不是倒霉透頂？這氣運最差的寶座不給他，還給誰？」哈哈一笑，又慫恿道：「大汗武功第二，在下氣運第一，咱們兩個加起來，真該去找楊師厚的晦氣，打他一個落花流水！楊師厚武功雖然厲害，一旦交上了霉運，也只能唏哩嘩啦！」

楊師厚聽兩人這般嘲笑自己，當真是可忍、孰不可忍，但生氣歸生氣，他並非衝動之人，相反地，他能在萬般亂世中存活下來，憑的不只是高強的本領，更是豪氣中見縝密的那一份細心！

初時，他乍見到耶律阿保機也在當場，確實有些吃驚，為免打草驚蛇，不敢冒進，後來又聽到兩人談論天機，更是心生好奇，但聽了一陣，已漸漸生疑：「這耶律阿保機的聲音、語氣雖十足像，但遣詞用字並不像胡蠻，而像漢人書生，就算耶律阿保機十分仰慕漢文化，也不至於這麼精通……」便悄悄提氣，躡足靠近石洞，再運功仔細感應，果然發現四下裡除了他自己，就只有一個生人氣息，而且那氣息並非出自樹叢，而是石洞後方傳來的！

楊師厚暗罵：「好小子！竟敢耍弄本帥！」幾個兔起鶻落，就奔到石洞後方，同時間，長長的節棍甩出，對準藏於石壁後方的身影狠狠掃去，務要教這臭小子筋折骨裂！

楊師厚的腳步聲再輕，馮道也能聽見，知道他正向自己飛奔過來，心中早有防備，連忙將內力灌入雙腿，向後騰躍好幾丈！「碰！」銀槍效節棍重重擊打在石壁上，打得岩壁破裂，土沙飛揚！

馮道雖避過一劫，但面對楊師厚這雷霆一掃，仍是不寒而慄，一顆心幾乎要跳了出來！

楊師厚見他露了行蹤，冷笑一聲，二話不說，再度飛身而上，銀槍效節棍已如破天驚雷，「唰唰唰！」連掃出四、五道銀光！馮道只要被任一道閃光餘勁掃中，就算不死，也要半身殘廢！

馮道心知自己絕不是對手，但楊師厚並未下死手，顯然有些顧忌，暗思：「難道朱全忠下了活捉令，要楊師厚不得殺死我，只要押回大梁，讓朱賊親自動手，以祭亡妻……」一邊向後退掠，一邊呼喝道：「慢著！慢著！楊將軍，有話好說！」

楊師厚果然停下了攻勢，嘲諷道：「你這運勢天下第一的，遇上本帥這倒數第一的，怎麼反而求饒了？」

馮道拱手道：「楊大將軍的本事，在下仰慕已久，早就佩服得五體投地，咱倆也不用較量了，在下自動認輸便是。倘若潞州之戰由您主持，在下縱有百般巧計，也無濟於事，只不過，你聽我一句勸，你今天真不宜動武……」

楊師厚未等他說完，即冷笑道：「你有沒有問問老天，自己今日運氣如何？為何會落到我手裡？」

馮道微笑道：「若沒問過，我怎敢出現在你面前？問是問過了，只不過你不愛聽。」

楊師厚冷笑道：「你又想說我今日運氣極差，你自己卻是大吉大利？」

馮道說道：「原來你都聽到了，那也不必我多費唇舌！只要那道死劫不化，你就是大衰大慘了！」

楊師厚冷聲道：「本帥早知你最愛胡說八道，能把死物吹成活的，你說我會不會相信你的鬼話？」

馮道微笑道：「你怎麼不問問我如何得知第三道死劫的事？倘若你對我和和氣氣的，永遠不動刀動槍，我便告訴你第三道死劫的答案！」

楊師厚冷哼道：「你想用一道死劫來困住我，也把本帥看得輕了！我這一生戎馬沙場，哪一日不是提著腦袋在生死邊緣上度過？怕死的人，就別上戰場！既想揚名立萬，就要將生死置之度外，痛快來去！」

馮道想不到他竟不在意那道死劫，腦中急轉，又道：「你不信也罷！不如咱們打個賭，你武功比我高強不知幾倍，倘若你今天殺了我，那沒什麼稀奇，若是你今日殺不了我，那便證明我的運氣還是不錯的！」

楊師厚精光一湛，似能穿透人心，沉聲道：「小子詭計多端，想騙我與你對賭，好放你一條生路？本帥偏不會上當！我不妨實話告訴你，陛下命我活捉你，他要親手將你大卸八塊，才能解氣，但你這小子太過狡猾，為免你中途逃脫，陛下也說了，若真活捉不得，便當場格殺，以保江山永固！」

「以保江山永固？」馮道一愣，笑道：「我馮道何德何能？竟能撼動大梁江山，朱全忠倒真是瞧得起我了！」

楊師厚道：「陛下是做大事的，江山和私仇，他還是分得清的！就你那點小心思，就別耍弄了！」話聲甫畢，一道銀光再度如銀龍般，向馮道腰間捲去，其勢能捲起千層浪、萬重雪，倘若馮道真被掃中，立刻就會破碎成紅色血粉！

馮道心知絕不能再待下去了，一個縱身躍起，凌空轉向，投往東北方，落地時，以全部內力灌入雙腿，拼命奔往桑乾河畔，足尖快得幾乎沒有著地，心中只不斷祈禱褚寒依已將銀針陷阱佈置好，也已經藏好身，不會貿然出現：「倘若我奔到桑乾河畔，才避開九宮方位，以楊師厚的細心，一定會查覺不對勁，所以我必須從一開始就東奔西走，讓他以為我的身法原本就如此古怪。」

馮道利用「節義」步伐的特性，盡量左飄右移、東突西竄，拼命逃往銀針地。楊師厚緊追在後，一開始有些摸不著頭緒，被拉開了些許距離，但他並非泛泛之輩，憑著深厚的內力和謹敏的心思，很快地便越追越近。

馮道拼了命往前衝刺，奔得一顆心都快從胸口衝出，連呼吸都來不及，眼看陷阱就在前方不遠處，仍感覺這距離竟有千里之遙，怎麼都跑不到，因為楊師厚巨大的身影越逼越近、越逼越近，「唰！」楊師厚氣貫銀槍效節棍，狠狠甩出，毫不留情地重擊向馮道後背，一旦擊中，馮道輕則脊骨斷折，重則當場身亡，他忍不住驚呼出聲：「啊！」

「叮叮叮！」草叢深處忽然暴射出數道銀針，射向楊師厚背心，楊師厚連忙側身避過，手上的節棍自然而然也向右微微一偏，馮道趁機向左前方一撲，滾跌在地，以避開棍擊。

楊師厚心中一凜：「想不到暗處還有同夥接應，我需小心應付！」眼看銀針再度激射而至，他健腕微微一轉，原本打向馮道的節棍瞬間一個迴掃，將銀針掃得反射回去！

「糟了！」馮道趕緊爬起身，心想：「妹妹將我的叮囑全拋諸腦後，竟不顧危險地出針相救！」但他也知道方才若寒依若不出手，自己就要嗚乎哀哉了。

銀槍效節棍和銀針交擊時，碰撞出幾許火花，只這麼一點光亮，再加上微微星光映射，就足以讓眼目精厲、心思謹敏的楊師厚留了心：「銀針？」他快速地掃視一下四周環境，果然發現地上有點點銀光！

這麼一來，好不容易隱藏的銀針陷阱瞬間曝了光！

馮道趁楊師厚觀察的瞬間，將全身力道貫於足下，用力一縱，飛向遠方，幾個起落，已脫出銀槍效節棍掃打的範圍。

楊師厚見獵物逃脫，但不知地上哪裡有針、哪裡無針？索性縱身上樹，在樹梢間飛奔，追逐馮道。

馮道雖知道銀針佈置在何處，但他武功原本不如楊師厚，還得顧忌腳下陷阱，速度就受了影響，不禁暗罵自己真是自作孽不可活。正當他拼命狂奔時，楊師厚忽然一個轉身，飛撲向褚寒依的藏身處，銀槍效節棍重重地打向銀針發射的長草叢！

「妹妹危險！」馮道大吃一驚，連忙回身，飛撲向楊師厚背心，同時間，被節棍氣勁激得滿天飛揚的草粉泥塵之中，沖飛出一道窈窕身影，斜射向後方，正是褚寒依！

「轟！」銀槍效節棍落下時，那草叢連同地面被擊打得碎如齏粉！只差一點，褚寒依就要命喪當場，馮道不禁嚇出一身冷汗，他身子正飛撲向楊師厚，口中不斷呼喝：「妹妹快走！」

楊師厚卻是誘敵之計，長節棍忽然一個迴掃，重重打向馮道面門，馮道凌空一個側扭，向旁滾跌出去，雖避開正面重擊，卻被強大的氣流餘勁掃中，吐出一口血來！

楊師厚冷笑一聲，銀槍效節棍再次捲向跌在地上還爬不起身的馮道，準備抓他回去獻給朱全忠！

褚寒依連忙飛身過來，激射出銀針，楊師厚為避去銀針，手腕一偏，銀槍效節棍也被帶得上升尺許，馮道趁機在地上一滾，快速脫離節棍的威脅範圍，那節棍距離他背心不到兩尺，雄強的氣勁在馮道後背衣服震出一道破口，幸好馮道以「交結」之氣強行抵抗，脊骨才未受重傷。

褚寒依連連灑去銀針，為馮道爭取逃命時間，楊師厚將節棍揮成道道銀龍，將針雨盡數震散開來，馮道東奔西竄，避開地上的九宮銀針，盡力奔向褚寒依，喊道：「快退！」褚寒依明白他的意思，一邊灑射銀針，一邊轉身飛奔向河畔。

楊師厚從方才這一小段交手，已試探出兩人的武功其實都不高，只要破除地上銀針陷阱，要收拾他們，簡直是輕而易舉！他揚起銀槍效節棍，在地面猛力一個橫掃，剎那間，土石盡碎、塵沙飛揚，地面上的銀針也隨之飛起，又掉落地面，全然破解了銀針陷阱！

馮道心中一涼：「我早知楊師厚沒這麼好對付了，當初就該叫妹妹盡快逃走，我卻因為捨不得與她分離，才想設陷阱……」下一剎那，楊師厚已飛身追來，再度以節棍往地面一掃，捲起點點碎石暗器般灑射向馮道和褚寒依！

兩人已奔近河邊，卻還來不及跳入水中，就被飛石勁力打中，雙雙滾跌在地。楊師厚飛奔過來，揚起節棍對著褚寒依狠狠打下，褚寒依未及起身，感到一股排山倒海的氣勁轟壓過來，速度之快，讓她只能眼睜睜看著自己被重擊成血肉模糊的碎片！

馮道但覺惡夢再現，心中沖湧起當年在淮南被徐知誥追殺的情景：「我發過誓要保護她，絕不再讓她受到傷害……」這思考只是電光火石間，他再不顧得危險，奮起全身之力撲向褚寒依，以自己的血肉之軀將她全然包裹在懷裡，向河畔方向猛力滾了出去，將她帶離危地。

「碰！」楊師厚的銀槍效節棍轟然落下時，激起一片飛沙噴石，地面也裂開一道大縫，兩人被這情景震撼得魂飛魄散，還來不及回神，楊師厚的節棍卻已再次打來！

馮道只能緊緊抱住褚寒依，將全身「交結」之力聚在後背，以背相擋，褚寒依見他臉色蒼白，渾身發抖，知道他是在用性命保護自己，一時間，萬分震撼：「今日我們是逃不出去了，他……如此待我，就算一起死在這裡，我也無憾無悔……」她已準備閉目就死，卻聽馮道低聲急呼：「跳河走！」說話間，他拔出匕首狠狠刺向自己的心口，另一手卻用力一推褚寒依，將她推入河裡！

「你做什麼？」褚寒依想不到他竟要自殺，大吃一驚，一句話尚未呼喝完，身子已飛了出去，同時間，她一手射出銀針，另一手卻拼命扯住馮道腰帶的尾端，說什麼也不肯放手，馮道滿心只想著如何抵擋楊師厚，未料她會使這一招，兩人瞬間一起跌入河裡。

楊師厚為躲避迎面射來的針雨，微微側了身子，要再下殺手時，「嗤！」只見一道七彩光芒從馮道背上炸射而出，楊師厚吃了一驚：「那是什麼？」原本打算跟著跳進河裡，繼續追殺兩人，卻見那道七彩光芒有如追魂之刃正面衝刺過來，他感到自己是不是眼花了，再顧不得兩人要遁水逃走，身子硬生生一頓，足尖微點，改為全力向後飛掠，同時將銀槍效節棍甩成群龍飛舞，企圖阻殺眼前怪物！

七彩神仙鳥見這人武功厲害，不甘示弱，衝向高空昂首大叫，避開節棍的掃殺，接著以迅雷不及掩耳之速，從另一個角度凌空下擊，眨眼之間，如此上下往返十多次！

楊師厚看清這是一隻前所未見的怪禽，滿身彩羽、雙頭四腳、神情猙獰，速度之快、攻勢之厲，不下於絕頂高手，心中震駭，不斷舞動銀槍效節棍，將氣勁化成一個環形球體，牢牢圍護在自己四周，再思對策。

七彩神仙鳥屢屢被強大的棍勁逼退，氣得不斷淒厲大叫，且一再尋找空隙處嘗試突襲。縱使楊師厚武功絕頂，膽大鎮定，面對這鬼魅奇異的怪鳥，也感到心裡發毛，不敢輕忽，心想這麼不停揮舞下去，時間一久，終會耗盡體力：「這怪物不知有什麼弱點？為何會從那小子身上飛出？他既有這東西守護，又何必逃跑？」

他原本已勝券在握，想不到一霎之間，局面就翻轉，變成凶險萬分，心中不禁想起馮道的預言：「你今日是第三道死關，倒楣透頂……」這麼一想，心思更加浮躁，立刻就被七彩神仙鳥的利爪抓中肩頭，幸得他功力深厚，迅速提功震去，才只被抓下一塊牛皮護肩，又想：「我須集中精神，盡快找到這怪物的弱點才是……」

正當楊師厚和怪鳥僵持不下時，馮道和褚寒依已經互相扶持游過一段河道，七彩神仙鳥感應到宿主離得遠了，不再與楊師厚糾纏，連忙沖飛上天，向蒼茫茫的河面追飛而去，剎那間，就消失了蹤影。

楊師厚極目眺去，見河面一片黑黝黝，既無鳥影，也無半點人跡，回想方才激戰，不過短短片刻，竟似經歷了一場極短又極險的惡夢，他爭戰數十年，難得心生後怕：「幸好這怪物走了，否則再僵持下去，也不知它還會出什麼怪招？」他功聚雙目，凝望河面許久，確認再也找不到馮道的下落，才憾然離去。

當時馮道實在是沒有辦法了，只好使出最後的殺手鐧——以自殺逼出七彩神仙鳥！因為神仙鳥只有在真正感受到宿主將亡的威脅，才可能破身而出。

「就算逼不出神仙鳥，只要我死了，楊師厚也不會再追殺她了！」他抱著這樣的念頭打算殉身相救褚寒依，因為死意堅決，果然刺激出七彩神仙鳥，也因為褚寒依堅持不肯放手，用力一扯，他一刀刺偏了，只入胸口三分，沒刺中心臟，兩人同時跌入河中，逃過一劫。

馮道自殺的一刀雖無大礙，但受了楊師厚的幾道棍勁，著實傷得不輕，再加上拉著褚寒依拼命游河，漸漸地耗盡了氣力，到最後反而變成褚寒依扶抱著他游河。

馮道全身乏力，軟軟地依靠在褚寒依身上，感受著馨香暖意，忽然覺得人生幸福，莫此為甚，只盼這河道永遠游不完。

褚寒依本來認真游河，眼角餘光忽然瞥見他笑嘻嘻地盯著自己，嗔道：「你瞧著我做什麼？快轉過去！」

馮道無奈道：「我全身都沒力氣，只能貼著妳，連頸子都動不了，怎麼轉過去？更何況……」笑嘻嘻道：「有天仙姿容在眼前，我若不用力欣賞，豈不白生了這對眼睛？」

褚寒依這才注意到臉上扮醜的人皮面具因為被河水浸泡過久，已經脫落了，冷哼道：「你給我閉上眼，否則我用銀針刺瞎你雙眼！」口裡雖是責怪，但聽見有人稱讚自己美貌，心裡仍是歡喜甜蜜。

馮道見芳頰近在咫尺，忍不住嘟起嘴唇親了一下，褚寒依一愣，又羞又惱，嗔罵道：「你這個登徒子！我讓你閉眼，你竟敢……竟敢……」一時暈紅雙頰，卻不知該怎麼說下去。

馮道笑道：「妳老說我是登徒子，我便好好做個登徒子給妳瞧瞧！」說罷又親她一下。

褚寒依怕他身子往下沉，一手挾抱著他的肩膊，一手正奮力游水，竟沒有多餘的手來阻擋他，氣得急呼：「你……你……你別碰我！」

「來而不往，非禮也！」馮道笑道：「先前妳在山洞裡揍我好多下，我當然得還給妳，只不過我從來不打女人，這樣吧，妳打我幾下，我便親妳幾下，君子不動手，只動口！」

褚寒依怒道：「你就快死了，還敢貧嘴？」

馮道笑道：「無三不成禮，這第三下肯定是要的！」

褚寒依怒道：「你敢再胡來，我便讓你沉屍河中！」

馮道笑嘻嘻道：「妳說我胡來，我便胡來！我知道妳捨不得我死……」說罷真親了她第三下。

褚寒依又羞又怒，斥罵道：「一旦我放開手，你就會溺死……」一句話未說完，馮道忽然頭頸一垂，已然暈了過去，褚寒依吃了一驚，知道他情況不妙，連忙拼命游向岸邊，但覺身邊人越來越冰冷，她心中也越來越恐懼，卻無計可施，只能拼命祈求老天不要取他性命，河水既黑又冷，她感到自己似乎也漸漸失去力氣，卻只能咬緊牙關，不斷鼓勵自己絕不能放棄，好不容易抵達岸邊，她又費了好些力氣，才終於把馮道拖上岸去。

寒風凜冽，河野空曠，褚寒依蜷抱著瑟瑟發抖的身子坐在河畔的大石上，望著躺在地上依舊昏迷的馮道，心中一片空茫，她感到不只是身子濕透，才發寒顫，更是因為內心受到極大的震撼：「他為了救我，寧可自殺？還有……那道虹光究竟是什麼東西？似乎攔阻了楊師厚的追殺？」當時她只瞥見一道七彩虹光忽然射出，便墜入河裡，並沒有看清那是一隻怪鳥，又被馮道的身子遮擋了視線，也沒看見那怪鳥是從他後背直接射出的。

她見馮道臉色蒼白、氣息微弱，便強迫自己必須鎮定心神，振作起來：「我得升個火，免得兩人都抵受不住濕寒。」她不敢走太遠，只在附近撿了乾柴，升起火堆，好讓兩人取暖，見馮道全身打顫，似乎還是很冷，她忍不住將馮道抱在懷裡，剎那間，似有一些回憶片段浮現腦海，兩人從前似乎也曾這樣互相扶持，這熟悉的感覺令她既害怕又感動，忍不住浮了淚水。

馮道雖無法起身，卻有知覺，他知道褚寒依抱著自己，但他氣息不順，無法開口，無法動作，只能閉目調息，他一邊以「解厄」玄功修補創傷，一邊回想起兩人初相識時，被氏叔琮追殺，也是這般情景，當時自己少年心性，還故意捉弄她，此時兩人歷經滄海，好不容易重逢，卻對面不識，他心中感傷，身子又無力，已經沒有當年的淘氣。

褚寒依伸掌按向他背心的「命門穴」，想為他輸入內力，卻見他背後衣衫破了一個大洞，心中奇怪：「這是被楊師厚給擊破的？」她輸了一陣內力，見馮道脈息順暢了些，身子也漸漸回暖，便將他放下。

她不想馮道發現自己曾抱著他，便起身坐到火堆的另一邊，只不過美眸依然盯著馮道的臉色，不敢稍有鬆懈，又過了片刻，馮道才緩緩睜開眼睛，對褚寒依慘然一笑：「咱們總算脫險了！」

兩人一時沉默無語，褚寒依但覺有些尷尬，冷聲道：「我餓了，去找點東西吃。」說罷便起身走到河邊，從懷中拿出一根銀針、一條絲線，以線穿針，然後兩指夾著銀針，美眸直盯河裡的游魚，一瞬也不瞬。

忽然間，「嗤！」一聲，銀針射出，正中一尾黃魚，她歡喜地收回了絲線，將銀針上的黃魚拔出，歡喜想道：「看來這河裡的游魚還不少，那傻子身體虛弱，需要好好補補才行！」接著重施故技，又射中一尾黃魚，轉念又想：「我這麼一條一條慢慢射，那傻子等久了，只怕沒病死也要餓死了！」便一口氣拿出五根銀針，綁了五條絲線，一出手便射中五條魚，連射個數回，不一會兒，便裝滿一袋生鮮活魚，她心中得意：「那傻子看到我捉了這麼多魚，一定樂翻了天，會好好誇我一頓！我呢，就故意不讓他吃，要好好捉弄他一下，以報復他方才在河裡……」想到這裡，羞赧得不敢再往下想去，卻忍不住滿臉緋紅、眉眼含笑地捧著滿袋收獲回去。

褚寒依離開時，七彩神仙鳥正好回來，一看見馮道，就興奮得嗤嗤大叫，馮道原本還躺在地上，見到它回來，趕緊翻過身子，露出後背，神仙鳥二話不說，立刻疾衝下來，貼附在他背上，瞬間形成一幅美麗的七彩紋身。

馮道笑道：「鳥爺爺，這次多虧了你！否則小馮子肯定一命嗚呼！只不過……」想了想又苦笑道：「你好歹也是吸我的氣血而活，咱們打個商量，下次遇到強敵時，你能不能早一點出來，別每一次都讓我昏死去，才肯出來？我死了，對你也沒好處是吧？」七彩神仙鳥卻是一句也不吭。

正當馮道嘀嘀咕咕時，褚寒依已走了回來，臨近火堆時，見馮道睜著大眼遠遠盯望著自己，立刻扳起臉孔，不假辭色地坐到了火堆另一邊，將一條條活魚串在木架上，認真烤火，忙得不亦樂乎，偏就是不理睬他。

馮道還全身乏力，只能以手臂支撐，再以背部貼靠著後方的大石慢慢坐起身，見褚寒依神情依舊冷淡，忍不住輕輕一嘆：「我真傻！」

褚寒依雖不願理會他，卻情不自禁地心生好奇：「這傢伙向來愛作弄人，竟也會覺得自己傻？」

只聽馮道有氣無力地繼續說道：「當年我們被迫分開，我以為妳毀了容貌，便一直流浪在外，到處尋找臉上有刀疤的姑娘，找了許多年，卻想不到妳的臉已經完全恢復，還回到了家鄉。」

兩人隔著搖曳的火光相望，身影忽明忽滅，似看不清對方的真面目，卻又被籠罩在同一圈溫暖光明裡。褚寒依心想：「他發現我的真面目，一點兒也不驚訝，好似早就看穿了，難道我真是……」忍不住問道：「無論我是美是醜，你都當我是……『那個人』？為什麼？」

馮道見她終於願意聽自己細說從頭，心中激動，卻因為氣虛體弱，忍不住喘起氣來，見褚寒依柳眉微蹙，他連忙告誡自己一定要慢慢細說，切莫嚇著她，便努力穩定心緒、調和內息，才緩緩說道：「因為妳的聲音、氣息、身形、脾性都與她一模一樣！在我心中，她是獨一無二的，是世上最好的女子！人世間，怎麼可能有第二個人與她相似？」

褚寒依見他字字句句都把未婚妻誇成仙女，心中不悅，冷哼道：「我一直用人皮面具遮掩容貌，你未婚妻難道也是醜的？」

馮道微微一笑，道：「我未婚妻就與妳現在一模一樣，是舉世無雙的大美人！」

褚寒依哼道：「既然如此，以前我那麼醜，你還能錯認成她？」

馮道目光飄向河面蒼茫處，思緒也隨之回到了數年前，輕聲說道：「咱倆從小就訂了娃娃親，後來妳與褚老爹因為戰亂而走失，被煙雨樓主帶走，培養成殺手，而我奉了張承業公公的命令，入宮解救皇帝，但我們是姻緣天注定，最終還是在宮裡相遇了，爾後我們恩愛情深，正打算成親，卻因為煙雨樓少樓主徐知誥的追殺，再度失散！那徐知誥便是妳在德州水畔遇見的徐郎君，他是個極度危險的人物，以後妳若遇見他，須萬分留意，能避則避，若不能避，也絕不能讓他知曉妳的身分！」

褚寒依將這番提醒暗暗牢記於心：「原來德州水畔的徐郎君就是煙雨樓少樓主，我以後可得多加小心……」

馮道續道：「當年我們逃不出徐知誥的追殺，命在頃刻，妳為了救我脫險，不惜自毀容貌，還用煙雨樓的絕技『情牽三世』刺殺他，卻失敗了，被他打落懸崖。我不肯放棄，這些年一直四處流浪，尋找著妳的蹤影……」

褚寒依透過火光望著他，但覺他平時嘻皮笑臉的，此時眼神深邃幽遠，格外誠懇，似要將隱埋多年的深情緩緩傾吐而出，她心中既感動又害怕：「他說的是真的嚒？如果是真的，我該怎麼辦？」

馮道輕輕一嘆，又道：「後來我們在三笑齋重逢，又到了大安山道觀，我見妳用煙雨樓的獨門絕技刺殺劉仁恭，便更加確信妳就是我尋了好久的未婚妻。只不過妳始終以帷帽、面具遮掩，我以為妳是因為毀了容貌，才不願以真面目示人，所以不管妳是美是醜，我都認定妳就是我的未婚妻，只不過我看不見妳的真容，沒法做最後的確認，妳又氣恨我們這班士子，也不記得我，我實在不知該怎麼跟妳說才好。」

褚寒依靜靜聽著兩人的故事，心中卻感到不是滋味：「原來他們經歷過生死患難，那個姑娘還為了救他，毀容而死，難怪他會拼死為我抵擋楊師厚的攻擊！他這一生是不會忘記她了……可是這麼刻骨銘心的事，我卻一點兒也想不起來！如果我是他說的未婚妻，那夢中的銀面公子又是誰？是他麼？可是兩人的身形並不像……他分明是騙我的！又或者……他對那位姑娘太癡心，就自己騙了自己……」

漸漸地，她心中升起一股難以言喻的苦澀：「無論我是不是那個人，過去的事對我來說都太蒼白……」掙扎許久，她終於下定決心，緊握粉拳低聲道：「你喜歡的是你的未婚妻，不是我！你只不過是把我當成了替身，才……才……」想到馮道對自己所有的癡戀輕薄，都緣於思念別的女子，她心中難過，一句話哽在喉間，再說不下去，索性起身，氣惱道：「你有你的未婚妻，我也有我的銀面公子，以後誰也別來招惹誰！那些魚，你自己烤吧！我要走了！倘若你敢再糾纏我，我便一刀殺了你！」說罷便施展輕功，飛奔而去，只丟下一串話：「我永遠、永遠都不要再理你了！此生永不相見！」

馮道急得起身，拔腿疾追，卻因為受傷，不過奔了兩步就撲跌在地，氣喘得嘔出血來，卻仍是聲聲喊道：「不是！妳怎麼跑了？我說的娘子就是妳啊！還有那個銀面公子，我可以解釋的……」他一個人被孤零零地丟在曠野中，望著漸漸遠去消沒的人影，實是丈二金剛摸不著腦袋：「明明說得好好的，這女人怎麼說翻臉就翻臉呢？唉！女人心、海底針，更何況是用針的女人？」

（註❶：夷离菫是契丹各部族首領，突厥語是「智慧」之意。）

九〇九・一　燕臣昔慟哭·五月飛秋霜

上疑趙王鎔貳於晉，且欲因鄭王紹威卒除移鎮、定。會燕王守光發兵屯淶水，欲侵定州，上遣供奉官杜廷隱、丁延徽監魏博兵三千分屯深、冀，聲言恐燕兵南寇，助趙守禦；又云分兵就食。趙將石公立戍深州，白趙王鎔，請拒之。鎔遽命開門，移公立於外以避之。公立出門指城而泣曰：「朱氏滅唐社稷，三尺童子知其為人。而我王猶恃姻好，以長者期之，此所謂開門揖盜者也。惜乎，此城之人今為虜矣！」

梁人有亡奔真定，以其謀告鎔者，鎔大懼，又不敢先自絕；但遣使詣洛陽，訴稱「燕兵已還，與定州講和如故，深、冀民見魏博兵入，奔走驚駭，乞召兵還。」上遣使詣真定慰諭之。未幾，廷隱等閉門盡殺趙戍兵，乘城拒守。鎔始命石公立攻之，不克，乃遣使求援於燕、晉退。《資治通鑑・卷二百六十七・後梁紀二》

馮道見褚寒依說走就走，不禁長長一嘆：「妹妹這一離開，不知會去哪裡？我又要到哪裡尋找她？」卻也無可奈何，只能先養兩天傷，待行動方便些，再走到附近市集買匹老馬，慢慢晃回幽州。

他身上有傷，不宜顛簸，心中鬱悶，也提不起勁趕路，想到現今幽燕內亂，兵戰凶危，為免路上遭遇流兵強匪，便盡量揀人煙稀少的小徑行走，直到出了「嬀州」，要進入幽州地界，才轉到郊野大道上，卻發覺四周異常寧靜：「劉守文不是率契丹大軍前來，怎麼沒有半點動靜？這地方看起來並不像被兵馬掃掠過……」正感到納悶，忽聽見草叢深處傳來微弱的喘息聲：「小心！小心！」似乎是一老一少在互相提醒安全。

馮道凝功細聽，更遠處又傳來鐵蹄錚錚和男子呼喝聲：「快！快追！」他心想：「這聲音好似李小喜，他不對抗契丹兵，在這裡追什麼人？」念頭剛轉完，就見到一名中年文士揹著一名少年從草叢裡奔了出來，少年受了嚴重腿傷，無法行走，沿路還不斷滴血；中年文士腳步踉蹌，顯然已揹著少年奔了一大段路，疲累至極。

這一老一少正在躲避追兵，忽然見到馮道，著實嚇了一大跳。中年男子認出馮道是劉守光的參軍，驚呼：「糟！這裡也有追兵！」

少年縮在中年男子背後，原本蒼白的臉色更加淒慘，眼眶卻瞬間紅了，低聲道：「玉叔，他們要的是我，你放下我，自己逃吧！」中年男子卻沒有放棄少年的意思，反而握緊拳頭，睜大眼瞪望著馮道，一副準備拼命的樣子。

馮道原以為兩人是父子，聽這對話，才知道中年文士其實是捨命保護一個沒有血緣的少年，對他的俠義頗是敬佩，便躍下馬來，道：「老丈，請問有什麼需要在下幫忙的？」忽然發覺那少年十分眼熟，問道：「你是呂兗呂判官的小公子吧？」

兩人見馮道識破少年身分，臉色更加難看，中年人左手繞到背後去托住少年，以防他摔落，右手卻掄起拳頭，大喊一聲：「我跟你拼了！」便一股勁地衝向馮道！

馮道一個側身閃過對方攻擊，同時伸手去抓少年的手臂。少年驚呼：「你放開我！」中年人怕他摔下去，腳步不由得蹬蹬蹬往後連退，呼喝道：「你做什麼？想抓我們去領賞嚒？」

「不是！您誤會了！」馮道放開少年，指了另一邊又高又密的樹叢，道：「你們這樣是逃不掉的，先到那裡躲躲，其餘事便交給我吧。」

中年男子脹紅了臉，心知他說得沒錯，再這麼下去，兩人都得死，但他也不敢相信馮道，只瞪大眼喝道：「你是劉守光的走狗，我怎麼相信你？」

馮道拱手誠懇道：「在下曾經受過呂兗先生的恩惠，在呂府借住幾日躲避風聲，因此認出小公子。這亂世之中，誰都可能發生急難，這一次換我回報呂判官了。」

中年人猶豫不決，馮道又道：「你們反正逃不掉，要不賭一賭呢？」

中年人尚未答話，少年已道：「好！我賭！」又對中年人道：「玉叔，如果這一回賭錯了，我就自己出來面對追兵，你趁機走了吧，別再受我拖累！」

馮道聽李小喜的呼喝聲越來越近，催促道：「快進去吧！否則我也救不了你們！」

中年人見闖不過去，只好依著馮道指示，趕緊揹了少年躲入樹叢裡。

馮道見他們已經藏好身，地上卻有血跡，心想：「這可瞞不過去，該怎麼辦？」心一橫，拿出匕首在自己臂上、腿上割了幾道傷口，又把血跡塗抹到衣服上，再扯掉幞頭巾子，讓長髮披散。躲在樹叢後的兩人看見這一幕，心中既驚嚇又感激，對自己方才的魯莽頗是歉疚。

馮道才佈置好一切，大批追兵已然奔近，領隊果然是舊相識李小喜，他遠遠瞧見馮道垂頭散髮、腳步蹣跚地走在大路中央，奇道：「咦？這不是馮掾屬嚒？」

馮道抬眼望去，高舉雙手大力揮舞，歡喜叫道：「小喜兄，是我！是我！」

李小喜一見馮道，高興得跳下馬兒，抓住他雙臂，笑道：「馮兄弟，你可回來了！真想煞老哥哥我了！」

馮道問道：「你怎麼在這裡？不用幫大王打仗嚒？」

李小喜哈哈笑道：「不用！不用！仗打完了！現在我奉命追人呢！」

馮道驚詫道：「仗打完了？什麼意思？我奉命去河東找李存勖幫忙，好不容易助他打贏了潞州之戰，誰知那小子竟翻臉不認，不肯出兵相助。後來我聽說世子向契丹借兵，心中著急得不得了，就想趕回來報告大王，讓他小心防範，誰知路上遇見流匪，弄得我渾身是傷，真是倒楣透了！」

李小喜呸道：「大王有天神保祐，哪裡需要李存勖幫忙？咱們已經大獲全勝了！」

馮道知道韓延徽滿心期待經由契丹相助，劉守文能獲勝，對這結果實在太驚訝，連聲問道：「你說咱們勝了？可世子不是借來契丹和吐谷渾大軍嚒？咱們怎可能輕易獲勝？契丹兵呢？」

李小喜眉飛色舞地說道：「這事說來當真好笑！那一天世子率領契丹、吐谷渾四萬大軍，在『鷄蘇』把我們打得落花流水，大夥兒都以為死定了，大王也準備逃命了，誰知世子見得勝了，竟然自個兒奔到陣前，假惺惺地哭喊說：『不要殺我弟弟！』」

馮道心想：「劉守文原本就有些仁懦，他這麼做，該是由衷而發，倒也不是假裝。」

李小喜興奮道：「元行欽真是要得！他見機不可失，便單槍匹馬地飛躍過戰陣，直奔到敵軍面前，一把活抓住世子，帶回來獻給大王！那義昌軍見主子都被抓了，還打個屁？自是紛紛逃命去也！契丹、吐谷渾也只是來幫忙，主人都不打了，客軍還瞎忙什麼勁？自然也就退了。」

馮道聞言，心中萬般滋味，不知該喜該愁，只覺得世間荒謬事盡在幽燕發生：「先生為了助劉守文勝出，不惜冒著契丹深入中原的危險，也要向耶律阿保機借兵，藏明還說劉守文已經在雞蘇勝出，誰知……誰知人算竟不如天算！這劉守文……」他心中長嘆，卻怎麼也抒不盡鬱結之氣，只能問道：「後來呢？」

李小喜得意道：「世子被抓後，孫鶴和呂兗還不死心，又擁立劉延祚繼續對抗。」

馮道知道劉延祚是劉守文的長子，從小養尊處優，又怎能扛得起這硬仗？嘆道：「然後呢？」

李小喜續道：「大王為了打擊劉延祚的士氣，就把世子抓到陣前去示眾，他們卻還不肯投降。大王便派軍包圍，直到滄州城糧食耗盡，每斛米豆都漲到三萬多錢哪！百姓吃不起東西，只好互相殘殺，吃點人肉或是黏土來充飢，就連戰馬也餓到吃掉彼此的鬃尾巴！

呂兗還設立了『宰殺務』，專司屠宰城內饑民來充作軍糧！」

「呂兗竟然設了宰殺務……」馮道心中一震，回想當初朱全忠攻打滄州時，滄州百姓已歷經一次饑荒苦難，他好不容易從朱全忠手中訛詐了糧食，解決了糧荒，想不到這次明明沒有外敵來攻，這一對荒唐的劉氏兄弟還能把滄州百姓整至人吃人的慘狀，他心中實在震撼、悲痛至極，忍不住全身戰慄、雙拳緊握。

李小喜見他臉色蒼白、眼眶微紅，以為他嚇呆了，笑道：「瞧你膽子小的！放心吧！劉延祚那小子撐沒多久就投降了，連帶滄州的部將也只好降了！咱們大王可真是福將，一個稀里呼嚕，糊裡糊塗地就逆轉了局面，順帶咱們當下屬的也沾了光，可吃香喝辣的，不必人吃人！」

馮道心想劉守光既然全勝，以他的暴虐，只怕要大肆屠殺，方能解心頭之恨，忙問：「先生呢？」

李小喜不解道：「哪個先生？」

馮道恍然醒悟，連忙改口道：「我是說孫鶴呢？」

李小喜道：「那老頭命好！這些年累積了一點聲望，有許多人為他求情，說現在是用人之際，不宜殺害我幽燕最厲害的謀士，大王問他願不願意效忠，他倒懂得討主上歡心，說他生為幽燕人、死為幽燕鬼，絕無貳心，大王很歡喜，便留他一條狗命！」

馮道微微鬆了口氣，暗笑：「『生為幽燕人、死為幽燕鬼』，只說明他效忠幽燕，可沒說他效忠劉守光，先生跟我一樣玩文字遊戲，劉守光那二愣子卻總是聽不出來！」

李小喜續道：「其他人可沒這麼好運了！就說那個節度判官呂兗，竟敢跟大王一直作對，自是不得好死！他全家都被誅殺了，後來查點人數，發現居然有個小兒子不見了，原來是他的老友趙玉帶著他逃了，這才累得老哥哥我四處追捕！」

馮道憤恨道：「那呂兗如此可惡，竟設立『宰殺務』殘害我幽燕百姓，實在是罪孽滔天，死有餘辜，要不是我遇上劫匪受了傷，怎麼也要跟著小喜兄去抓捕逃犯！」

李小喜向四周望望，疑道：「奇怪！我明明瞧見他爺倆往這裡逃了，怎麼不見了？」

馮道問道：「你說的趙玉和呂家小公子，是不是一個中年書生揹著一個跛腿少年？」

李小喜驚喜道：「不錯！不錯！你看見他們了？」

馮道說道：「看見了！」

躲在樹叢後的兩人原本相信馮道會解救他們，待看到他與李小喜稱兄道弟，已是擔心，又見到李小喜說呂兗設立「宰殺務」，馮道氣憤難平，呂琦頓覺得惱恨羞怒一起湧上心頭，趙玉見他激動得滿臉通紅，心中緊張不已，緊緊抱住呂琦，摀住他的口，深怕他會一時衝動而發出聲音。

馮道舉臂指向南方，道：「我剛剛瞧他們往南方去了，想是要去投靠淮南！早知是小喜兄追捕的犯人，我就算受了傷，也要拼命攔住他們！」

李小喜見地上鮮血點點，微微蹙了眉，道：「可這血跡……」

馮道咒罵道：「這天殺的賊兵，害老子流那麼多血！」

李小喜見他臉色蒼白，身子微微顫抖，拍了拍他的肩，道：「你受傷不輕，快回去歇息吧，大王可是常常叨念著你呢！」

馮道笑道：「難得我回來了，不如咱們去喝兩杯？」

李小喜嘆道：「老哥哥哪有這等閒功夫，大王有令，我還忙著抓人呢！」說罷一招手，大喝一聲：「走了！」便飛身上馬，帶著軍兵揚塵而去。

趙玉見他們離得遠了，才揹著呂琦走出來，兩人心中忐忑，都不知該怎麼面對馮道。趙玉畢竟老於世故，雖覺得尷尬，仍誠懇致謝：「馮參軍救命大恩，我二人銘記在心，只不知將來是否有機會回報？」

呂琦年紀輕輕，驟逢家變，又長途逃難，心中早已累積太多悲鬱，待聽得馮道痛斥父親惡行，再忍不住委屈，忽然爆出一串痛呼：「我阿爺不是壞人！他一輩子都在守護滄州，豈輪得到劉守光的走狗來批判？他是堂堂正正的漢子，是守護滄州的英雄，他是逼不得已才設立……設立……」他無法將「宰殺務」三個字說出口，頓時滿腔憤慨哽在喉間，化成兩行淚水湧了出來，他倔強地伸袖抹淚，淚水卻怎麼也止不住，一時間又哭又說，一句句含混不清地為父伸冤：「他不是壞人！不是壞人！你是劉守光的走狗，你才是壞人！你什麼也不知道……嗚……你不知道滄州有多慘……滄州的百姓是劉守光害的……不是我阿爺……不是他……」

馮道見呂琦心神不寧，也不跟他計較，嘆了口氣道：「呂判官收留我時，並未問我發生何事，今日我救你，既是還報昔日恩情，也是路見不平，因此無論他做過什麼，我都會替你們掩護，今日之後，你呂家與我算是兩清了！我還呂判官的人情，並不代表我認同他的作為，同樣地，父是父、子是子，他做了何事，也與你並不相干，你莫再自責。我瞧你神清目秀，是個人才，只盼你經過滄州之禍，真能體恤百姓之苦，日後你發奮圖強，得了高官厚祿，要孝順趙公，更要多為百姓著想，如此，才不枉今日這一番苦難。」

呂琦想不到馮道會對自己說這一番話，一時呆愣，終於停了淚水，脹紅了臉，怔怔望著馮道，一句話也答不出來。

馮道不再理他，從懷中拿出紙筆，快速寫了一封信，連同一些銀兩一起交給趙玉，叮囑道：「你們在幽燕是無處容身了，趙公不妨拿這一封書信去晉陽找河東監軍張承業，承業公公見到我的信，會好好安頓你們的。」

趙玉心中感動，連聲稱謝，便趕緊揹著呂琦離開，兩人隱姓埋名，一路到了太原，呂琦因為不肯再受馮道恩惠，堅持不去找張承業，到山窮水盡時，兩人只能隱姓埋名的在太原行乞，苦熬一段極艱苦的歲月後，趙玉憑著自身學問，終於謀得一職，使兩人在太原漸漸安定下來。呂琦雖然對馮道心存芥蒂，但也因為牢記馮道的訓言，始終勤奮向學，侍奉趙玉如親父，這是後話。

後梁開平三年，劉守光在眾士子的勸說下，饒了孫鶴性命，孫鶴原本還心存感激，但幾個月後，劉守光殘忍地處決了劉守文、劉延祚父子，這讓孫鶴心中充滿了憤慨，逼得他暗暗做下一個決定。

馮道回到幽州之後，先去拜見劉守光，報告潞州戰況，以及李存勖的動向，然而劉守光正沉浸在一統幽燕的喜悅中，身旁圍繞一群奉承小人，對於馮道的歸來，他雖然歡喜，卻不在意，對李存勖的崛起，更是毫不在乎，也瞧不進眼底！

馮道樂得清淨，休息一陣後，便悄悄找了機會去拜見孫鶴，以往孫府門口總是擠著一堆求見的士子，更有一排排侍衛阻擋，以保護孫鶴的安全，馮道原本還擔心自己見不到人，豈料到了門口，卻是屋舍破落、門庭淒涼，連個守衛也沒有，只有一名忠心老僕在庭院灑掃落葉，一見到有訪客前來，滿臉都是驚喜笑意：「有人來探望孫公，他可高興了！快快請進吧！」便直接帶馮道入內。

孫鶴自從敗戰歸降之後，雖不像從前意興風發，仍懷有大志，只可恨無人與他一起奮鬥。他忽然見到馮道，頗為驚詫，又似乎在意料之中，嘆道：「這時候，也只有你還肯踏入我的府邸了！」

馮道想到孫鶴曾向契丹借兵，又放縱呂兗設立「宰殺務」，雖說是為了保全滄州免受劉守光荼毒，但說到底還是為了保全劉守文，因為他的愚忠，滄州百姓一直陷於水深火熱之中，馮道不免有些埋怨，待見到他滿身蕭索、憔悴不堪，不過短短時間，就蒼老許多，堆積在肚裡的怨言也吐不出來了。

孫鶴領著馮道進入書房，關上房門，便率先打開了話匣：「我知道你為什麼來，在所有人當中，我最盼的是你來，但最不想見到的也是你！」

馮道微微一愣，不知他是什麼意思，反倒是孫鶴態度輕鬆地喝了口茶，微笑道：「因為你知道我活不長久，你怕我一死，那秘密會隨著我長埋塵土，所以趕著來見我了！」

馮道內心深處的確擔憂《星象篇》會忽然不見，他想過無數次該怎麼套問秘密，卻也知道只要孫鶴不肯開口，就無計可施，不想今日他竟然自己提起，難道他真的感到命在旦夕了？馮道想說幾句安慰的話，又覺得這些虛言對孫鶴實在無用，只好道：「我來，是因為關心先生的狀況，也擔心幽燕的未來！朱全忠輸掉潞州，李存勖崛起，雙方衝突勢必加劇，我幽燕首當其衝，乃是他們下一步必爭之地。老節帥狡獪圓滑，聽從先生的智謀，還能依違在兩者之間，在夾縫中求生存。如今劉守光成為唯一的盧龍節度使，全盤控制著幽、滄兩藩，他狂妄庸昧，既不信任先生，也聽不進諫言，我只怕幽燕會面對無盡的災禍，所以我想與先生商量下一步該怎麼辦？如果先生願意告訴我那個秘密，或許我們可以一起努力，不只拯救幽燕百姓，也挽救先生的性命！」

孫鶴嘆道：「我一直是劉守光的眼中釘，如今他得勢，就算一時不殺我，將來也放不過我！呂兗全族被誅，殷鑑不遠，我之所以還能活到現在，只不過是因為劉守光擔心梁軍攻來，無人幫他謀劃，如今你回來，他已經不需要我了！」

馮道想不到自己的回歸會為孫鶴帶來災禍，心中頓生不祥之感，道：「這就是先生不想見到我的原因？但我的本事怎及得上先生？劉守光如果這麼想，就太不清楚局勢了！」

孫鶴苦笑道：「他幾時能看清時局？」又喝了口茶道：「不過，這一次，他倒是沒看錯，你確實有本事接替我的位置！這或許是他做得最對的一次了！」

馮道無奈問道：「難道先生希望我離開幽燕，另謀他途？」

孫鶴搖搖手，道：「我不是讓你走，相反地，我要你幫助我！」

馮道感到自己漸漸走入孫鶴所佈的迷渦之中，但不知對方意欲何為，只聽孫鶴又道：「滄州戰敗，我未能維護世子父子，本該自戕殉主，我之所以向劉守光屈膝下敗，在這裡忍辱偷生，只因我還有心願未了。」

馮道連忙道：「先生有什麼心願，只要我力所能及，必全力相幫。」

孫鶴充滿迷意地一笑：「你真願意相幫嚒？」

馮道暗嘆：「他是拿著《星象篇》要脅我了！」明知如此，還是只能用力點頭。

孫鶴道：「節帥如今被劉守光關在地牢裡，不見天日，我身為人臣，怎能眼睜睜看著主上受苦卻不管不顧？我冒著生命危險待在這裡，就是希望能救出節帥，但劉守光事事防著我，我實在做不了事情，而其他人怕引起劉守光猜疑，又遠遠避開我，不敢靠近，只有你，才可能幫我。」

馮道暗暗吃驚：「原來他想救出劉仁恭！」又想那些才子全是他一手提拔，如今見他大樹一倒，便避而遠之，這人情冷暖，實在令人唏噓。

孫鶴看出他為自己感嘆，道：「他們一開始願意為我開口求情，已是冒著殺頭的危險了，我就算從前對他們有什麼提拔之恩，也已經兩清了！你也不用看輕他們，每個人有每個人的難處，就算他們初始有骨鯁氣概，但總得顧念家人朋友的安危，長久下來，也變成軟骨頭了。」

馮道點點頭，道：「是，晚生該學習先生的氣度。」

孫鶴道：「將來你到了我這個位置，就會明白，越是高處越是寂寞，施恩不必望回報！若他們不在你成功時，想方設法地拉你下來，不在你落難時狠狠踩你一腳，你都要心存感激，感激老天爺待你還不薄！」

馮道笑道：「晚生此刻位子太低，還沒能體會先生的苦惱，也還沒養成您的豁達，多謝先生提點。」

孫鶴微微苦笑，又道：「我最在意的只有一件事──劉守光一直倒行逆施，節帥好不容易累積的家業，早晚會敗光在他的手裡！我們不只要救出節帥，還要助他奪回軍權，驅逐逆賊！」

馮道心中頗不是滋味：「劉守光倒行逆施，劉仁恭又好到哪裡去？」他不置可否，只從懷中拿出兩顆河北特產的金絲小棗，道：「這是晚生在路上採摘的金絲棗，原本想用來孝敬先生，不想棗子已經壞了，先生看在我一片誠意上，選一顆吃吧！」

孫鶴不明白他為何忽然轉了話題，但既是他的一番好意，便拿起兩顆棗子仔細瞧了瞧，忍不住蹙眉道：「這兩顆棗子都壞得厲害，不能再吃了，吃了要腹痛，老夫只能謝過你的好意，如果你想吃棗子，我讓老僕人去採一籃新鮮的棗子過來。」

馮道說道：「先生尚知壞棗子不能吃，難道我幽燕百姓只能在兩顆爛棗子裡挑一顆比較不爛的？壞棗子吃了只是腹痛，一個壞主君卻會為百姓帶來無窮無盡的痛苦，先生不喜歡壞棗子，尚能差僕人重新買一籃新棗子，我幽燕百姓卻連換一個英主的機會都沒有？」

他語氣溫和，只是誠懇勸說，孫鶴卻已經滿臉通紅，許久說不出話來，好半晌，才沉沉一嘆：「你這比喻確實厲害，但我若是不能救出節帥，生不安心、死不瞑目，而你只有幫助我完成這件事，才可能得到想要的秘密！」

馮道肅容道：「我固然想知道那秘密，但我更想知道救出節帥後，你打算如何？」

孫鶴明白他的意思，長長嘆了口氣，道：「節帥功體已破，不能再胡作非為了，我只想救他出來，讓他安享餘生，這是我為人臣子所能盡的一點心意。你或許不知道，他早就對爭鬥感到厭倦，他滿心想的都是修仙享福。所以一旦他被放出來，大可在大安山靜心修道，我會扛起治理幽燕的責任，如果你願意留下來，那就再好不過，我們聯手振興幽燕，安頓民生。」

這一番蒼涼苦心令馮道想起當年自己對昭宗李曄也是一般，明知君已不可扶，仍想盡一己之力救他出牢籠，不由得嘆道：「先生，你有一身本事，卻困在這愚忠裡了！」

孫鶴凜然道：「別人說我是愚忠，但食君之祿、忠君之事，方是大丈夫本色！我這一生若有什麼榮華，能施展一點抱負，全是節帥所賜，士者，當為知己而死！」

馮道說道：「食君之祿、忠君之事，固然不錯，但這君祿卻是百萬蒼生的血淚膏脂！」

孫鶴明白他一心掛念蒼生疾苦，勸道：「就算我們有心好好安治幽燕，單憑我們是文臣之身，也沒辦法統領那幫悍將，只有救出節帥，才能號召眾將領回歸，一起驅逐劉守光，守護幽燕百姓。」

馮道嘆道：「我答應你了！但先生需保證救出老節帥後，管束著他的行為。」

孫鶴微笑道：「我也答應你了！」

歷經多番波折，孫鶴終於鬆口，馮道眼看《星象篇》有了希望，便來了幹勁，興沖沖問道：「我們要如何進行？先生應該已經有全盤計劃了？」

孫鶴道：「這段時間我觀察許久，猜想節帥是被囚在大安山宮殿的地牢中！劉守光為防備我不軌，派人監督著我，以致我無法行動，但你不一樣，他信任你。我聽說你曾經上大安山監工，對那裡的地形十分熟悉，只要花點功夫，憑你的才智，一定能接近地牢。」

馮道終於知道孫鶴為什麼最盼望自己前來了：「他連我在大安山監工都知道，因此選定我救援劉仁恭，但他知不知道我曾經改過石碑陣？」道：「既然大安山上關著老節帥，劉守光必會派重兵把守。」

孫鶴微笑道：「這就要憑你的本事了！鳳翔、河東、淮南，哪一座牢籠你沒蹲過？區區一個大安山地牢怎難得倒你？」

馮道不由得起了一陣寒慄，苦笑道：「先生真是把我的經歷都給琢磨透了！」

孫鶴輕輕一嘆，道：「我是琢磨了一些，但有些事也還摸不透！」

馮道尷尬一笑，不知如何相應，孫鶴拿出預先備好的地圖攤開在桌上，道：「我們一定要計劃周詳，行事隱秘，不能操之過急，救出節帥後，再以最快的速度給劉守光一個痛擊！」

馮道說道：「這談何容易？就算我們真能救出老節帥，如今大軍都掌握在劉守光手裡，他只要一聲令下，就能殺了我們！」

孫鶴微笑道：「你沒聽過一句話嚒？重賞之下必有勇夫！」

馮道更是不解：「如今幽燕的財銀也都掌握在劉守光手裡，我們是一窮二白，又如何重賞勇夫？」

孫鶴神祕一笑，道：「只要你能把節帥帶出來，我就有把握讓那些將領倒戈！」

接下來的日子，兩人一邊為劉守光出謀劃策，抵禦外敵、治理幽燕，一邊觀察大安山形勢，準備救出劉仁恭。

劉守光原本昏庸暴躁，攻克滄州之後，自認得到上天庇佑，更是淫虐殘暴，動不動就處罰人，而且一定祭出火鐵籠或是鐵刷子，讓犯錯者受盡痛苦而死，幽燕的文臣武將為保性命，紛紛逃走。馮道和孫鶴只能苦苦忍耐，小心翼翼地侍奉劉守光，不敢露出半點破綻，卻不想一道突然的消息，打亂了所有計劃！

自從河東軍佔領潞州之後，就彷彿有一把利劍隨時懸在大梁的東、西都之上，令朱全忠如坐針氈。敬翔為解主君煩惱，提議可將京都遷至西都洛陽，將原本的東都開封交由博王朱友文管治，如此兩都皆有人坐鎮，就可連成犄角，防備潞州軍南下。

博王朱友文本名康勤，字德明，不僅博學多才、能言善道，還生得優雅俊逸、風采非凡。自朱全忠掌管宣武藩鎮起，他就一直跟隨在側，負責糧草的供應調配，從未延誤。朱全忠欣賞他的聰穎勤勉、孝順忠心，將其收為養子，他於是成為唯一以文士身分入選「八家將」之人。大梁立朝後，朱全忠賜他宣武節度副使、封博王，還設立「建昌宮」讓他擔任宮使，這建昌宮乃是掌管宣武、宣義、天平、護國這中央四大藩鎮的錢糧稅賦，是最肥油也最受忌妒的位子，朱友文卻依然能讓易怒的朱全忠滿意，也能讓群臣無法攻擊。

朱全忠對敬翔的提議欣然贊同，便下令遷都洛陽，讓朱友文擔任開封尹兼東都留守。

敬翔眼看晉軍氣勢如虹，己軍卻士氣頹喪，逃兵漸多，擔心長此以往，形勢會越加不利，於是提議比照大唐律例，發給百官全額俸祿，以安人心。

朱全忠原本猶豫，覺得滄州一戰已損失不少糧食，潞州之戰更是損耗過巨，如今河東正自崛起，接下來還有許多地方需平定，若是發給百官全額俸祿，只怕國庫承擔不起。

敬翔勸說前戰損耗雖大，但大梁位於豐庶之地，只要稍事休息，民生軍糧就會漸漸充足，如今凝聚人心乃是首要之務。朱全忠深思之後，決定依從他的建言，於新都洛陽頒發詔書，為百官加發俸祿，之後又加封嶺南靜海節度使劉隱為南平王，以示籠絡南方眾藩。

北方三大勢力——幽燕內亂已平定，大梁熱熱鬧鬧地在新都展開新風貌，河東自然也不會閒著，李存勖趁著自己威名遠揚，軍兵氣勢旺盛，開始發動一連串反攻，第一步便先派周德威率軍南下直取「晉州」，這地方也處於梁晉交界上，其重要性不亞於潞州，朱全忠不敢大意，連忙調派大將楊師厚北上救援。

周德威對上楊師厚，雙方最沉練的老將在「蒙坑」險隘短兵相接，「阡陌刀法」對上「銀槍效節棍」，兩人比武功、比謀略，楊師厚憑著梁軍人數優勢，險險勝出，總算保住晉州，河東軍損失一員大將肖萬通，無功而返，這一戰雙方都死傷慘重。

李存勖未取下晉州，雖有遺憾，但兵貴神速，他無暇喟嘆，也不容對方喘息，又展開下一波攻擊，他教河東兵分兩路：一路由張承業、李存璋率領步兵攻打邢州，李存勖自己親率大軍跟隨在後，同時傳送檄文給河北各州縣，說明出兵原由，是為了保護河北不受偽朝大梁所併吞。

河北幾個藩鎮如鎮州武顧節度使王鎔、定州義武節度使王處直等，聽聞李存勖大勝潞州，已是萬分震驚，待收到檄書，見他言辭懇切，師出有名，對比朱全忠的猜疑霸道，不禁心意動搖。

而梁軍原本要度過黃河去保護邢州，一聽到晉王親自出馬，連交戰也不敢，就嚇得棄船逃跑。

另一路由周德威、史建瑭率領數千騎兵，一路奪取夏津、高唐、東武、朝城、臨河、淇門、新鄉等城池，逼得朱全忠不得不親自率軍駐紮在「白司馬阪」，防備晉軍南下。

梁軍人心惶惶，朱全忠的疑心也越來越重，他聽聞李存勖在河北廣發檄書煽動各藩鎮，內心更是不安，思來想去，覺得需盡快拿下幽燕才安全，但礙於其中有孫鶴、馮道支撐，一時難以攻掠，便召來敬翔、李振等心腹謀士到內殿商量對策：「朕要以最快的速度取下幽燕，你們有何良策？」

眾臣知道幽燕是朱全忠心裡的一根刺，無不絞盡腦汁想要突破，卻始終想不出好法子，今日又被召來相問，個個皆垂頭喪氣，不知如何回答。

眼看朱全忠又要暴怒，眾人不由得渾身顫慄，忽然間，李振抬起頭，朗聲道：「臣以為最好的戰術還是賢妃從前最常用的計策！」

朱全忠一聽到張惠的法子，怒氣頓時消了一半，道：「賢妃有許多妙計，你說的是哪一個？」

李振陰惻惻一笑：「自然是『地方包圍中央』！」

「地方包圍中央？」朱全忠一愣，道：「河北三大藩鎮除了劉守光之外，王鎔、王處直都已歸順，也算是包圍住幽燕了，還怎麼『地方包圍中央』？」

李振道：「他們只是名義上歸順，實際上還掌握著軍政大權，陛下想要教他們做什麼，總是有些隔靴搔癢，搔不到癢處，不如調動咱們自己的軍隊來得方便。」

敬翔已然明白李振心中打算，但覺不妥，肅容道：「陛下金口冊封王鎔為趙王，王處直為北平郡王，還和他們結了姻親，兩人並沒有犯什麼過錯，如果貿然奪取他們的領地，只怕會引起其他藩鎮不安。」

李振道：「此言差矣！普天之下，莫非王土，既然他們歸順了，那鎮、定兩州就是陛下的土地，陛下想怎麼用，就怎麼用！想怎麼取，就可以怎麼取！」

朱全忠但覺李振真是深得己心，立刻轉怒為喜，大力一拍扶案，笑道：「不錯！他們既然歸順了，所有領地就該由朕親自統管。」

敬翔心中憂慮，又道：「師出有名，則眾望所歸，名不正、言不順，則諸事不成。」

李振嘴角陰斜一笑，道：「敬公實在多慮了！那王鎔非但自立為趙國，他母親祭日當天，陛下體恤臣子，派使者前去祭奠，想不到還遇見河東使者！哼哼！你怎知他們沒有暗通款曲，背叛我大梁？」

朱全忠原本並不知道這些事，忽聽李振道出，一時勃然大怒：「這王鎔簡直就是逆臣賊子，罪該誅殺！」

敬翔連忙道：「陛下明鑑，倘若我軍進攻鎮州，王鎔必會激烈反抗！王處直感到唇寒齒亡，必會與他聯手。如今河東步步進逼，我們還要分兵力去征討原本已歸順的藩鎮，這實非良策！」

李振森森一笑，緩緩說道：「劉守光統一幽燕後，是更狂妄自大了，他亟想擴張領地，最直接的目標就是相鄰的王處直領地，接著就是王鎔，陛下不取鎮、定兩州，難道要便宜劉守光，放任他坐大？」

朱全忠沉吟道：「你說得不錯，但子振擔憂得也有道理。」

李振微笑道：「臣既提出此案，自然已經想到辦法，能以最小的兵力謀取鎮州！」

朱全忠知道李振總有奇思妙想，喜道：「快說來聽聽！」

李振道：「王鎔看到劉守光如此蠻橫，必會為自己的處境感到擔憂，陛下就以相助防備盧龍軍為由，說要派三千魏博兵進入趙國的深、冀兩地。請神容易送神難！到那時候，我們的軍隊都已經在趙國紮根了，王鎔還能怎麼辦？」

朱全忠哈哈大笑，讚道：「好！傳令下去，教供奉官杜廷隱、丁延徽、夏諲整備三千兵馬，進駐深、冀兩州！這三千人不多也不少，既不會打草驚蛇，在出其不意之下，也有能力殺掉深、冀守兵。」

敬翔暗自憂慮，卻不知該如何勸說，他看重的是大梁千秋大業的維繫，必須是人心所望，但君上只貪圖眼前之利，李振於是投其所好，想出「先奪鎮、定，再取幽燕」這巧取豪奪的點子，雖可能收短時之效，但長遠來說，卻會讓降將更加不安，使搖搖欲墜的人心更加背離。

開平四年冬，梁軍準備妥當，朱全忠便傳詔書給王鎔說：三千魏博兵要借道深、冀，駐紮在幽燕邊境，一邊監視劉守光的動靜，一邊幫助他守城。

王鎔歡喜之餘，欣然答允朱全忠的要求，但深州守將石公立卻心生警惕，不肯開放城門讓梁軍進入。梁軍領隊杜廷隱想不到石公立如此警覺，立刻拿出王鎔已經答允的手諭加以逼迫。石公立見梁軍態度強悍，決定親自出城，連夜帶了數千兵馬趕回趙州，向王鎔稟告說梁軍恐怕另有圖謀。

王鎔卻不相信，只笑著說：「放心吧！梁軍才三千人馬，分成深、冀兩州，每州也才一千五百人，咱們每座城中至少有四、五千人，他們能成什麼事呢？」石公立還想爭辯，王鎔見他執拗，乾脆命他待在城外，避於一旁，免得與城內的梁軍起衝突。

身為深州守將，卻無法入城，石公立氣得將長刀投擲向深州城門，深深插入門樑上，痛哭道：「朱全忠不顧先帝栽培之恩，就滅了大唐，就連三尺孩童都知道其人狠毒狡詐，大王卻依仗著聯姻，開門揖盜，以為這樣就能長保安康，可憐我滿城數萬生靈都要成為俘虜了！我空有一身武功，卻只能眼睜睜看著！」

直到有梁兵實在看不下去，悄悄通知王鎔的親信，說梁軍根本是來佔據深、冀兩州，王鎔才驚覺大事不妙，可又不敢拒絕朱全忠，只能誠懇地恭請梁軍退師，未料杜廷隱竟然關起城門，命梁軍大開殺戒，將深冀兩州的守軍屠戮殆盡，據城不去。

王鎔萬萬想不到自己已經歸降，與朱全忠結成姻親，對方還狠下殺手，連忙命石公立率兵回攻，可惜城門已閉，根本無法進入。王鎔憂懼憤恨之下，毅然決定叛出大梁，並派出兩撥使者，分別向劉守光和李存勖求救。

劉守光得到消息後，立刻召集眾謀臣前來商討對策：「那王鎔曾與我結盟，後來卻背叛，現在遇上急難，又想來求我，你們說，到底該不該救？」

眾人見劉守光說到王鎔時，咬牙切齒，便知他的心意，遂異口同聲道：「那種背信棄義之徒，當然不該援救！」

劉守光聽眾臣支持自己的意見，歡喜道：「你們說說看，為什麼不該救？」他自己不學無術，卻喜歡考問臣子，好顯示自己的聰明大度，而眾臣也七嘴八舌，看似說出許多意見，其實都是阿諛奉承之詞，因為他們早已摸清劉守光的喜好，自是不想得罪主上，以免惹來殺禍，只有孫鶴挺身而出，錚錚直言：「趙國未犯過錯，大梁卻無端征伐，諸藩中誰敢挺身救趙者，必會受到眾藩愛戴，成為新霸主！」又望了望馮道，希望他能幫忙贊聲，馮道卻假裝沒有看見暗示，只冷眼旁觀，既未出言勸諫，也未歌頌奉承。

劉守光冷笑道：「本王早已是河北霸主了，還需要搶什麼霸主？你力主救趙，是不是王鎔私下給了你什麼好處？」

孫鶴雖然不喜歡劉守光，對幽燕卻是一片赤忱，聽劉守光故意羞辱自己，肅容道：「臣自擔任幽燕謀士以來，一向潔身自愛、束身自修，絕不敢收受半點不義之財，貽羞門楣，更不敢以小利害大義！這一點，乃是眾所皆知的。」頓了一頓又繼續勸道：「臣所思所想，都是以振興幽燕為考量，如果大王遲遲不肯出兵，一旦晉王率先攻破梁軍，我們將錯失良機，倘若大王還想稱霸天下，就請盡快出兵援趙！」

劉守光哼道：「孫老頭，你只會說一堆廢話，算什麼謀士？讓本王教教你，現在他們雙方爭個你死我活，咱們須懂得觀察形勢，再伺機而動。」他露出一抹莫測高深的笑容，朗聲問道：「本王有一高深計謀，你們猜猜是什麼？」

眾臣想破了腦袋，也猜不出劉守光能有什麼高深計謀？劉守光點了幾人，被點到的文臣競相撲跪在地，叩首道：「臣愚蠢，請求大王指點迷津！」

劉守光深深覺得自己比這幫謀士聰明多了，喜孜孜地大聲宣佈：「本王要等他們鬥到兩敗俱傷時，再施出烏蚌……嗯……那個什麼……什麼的妙計！」他一時想不出該如何形容，便以「什麼、什麼」代替，希望臣子們能接應自己的話語。

「烏蚌？」眾文臣不明白他說什麼，一時面面相覷，無法接上。

劉守光見眾人一頭霧水，彷彿自己說錯了什麼，忍不住提高聲音，更篤定地說道：「就是那個烏蚌妙計啊！」

「烏蚌……烏蚌……」眾文臣見主上不悅，急得想拍他馬屁，偏偏絞盡腦汁也想不出

「鳥蚌」究竟是哪一種鳥？

劉守光見自己想出這絕妙的主意，竟無人奉承，一把火沖了上來，斥道：「本王這鳥蚌妙計，難道你們不贊成？」

判官齊涉小心翼翼道：「大王英明神武，想出的妙計必是石破天驚，臣怎敢反對？只不過我等資質駑鈍，實在不明白這鳥蚌究竟是什麼，還請大王教導。」

劉守光見眾文臣承認比不上自己，笑斥道：「你們這些人就是不讀書，連個鳥蚌妙計都不知道，還妄想當人家的謀臣！小喜，你給他們解釋解釋！」

李小喜吃了一驚，急想：「鳥蚌……鳥蚌……我哪知是什麼鳥？」連忙望向馮道，擠眉弄眼，希望他出來解圍，馮道也是一臉茫然，對這位天縱英才的主子的奇思妙想，根本無法理解。

李小喜見劉守光虎目圓睜地盯著自己，其他人數十道目光也投了過來，急得額上冒汗，可怎麼就是吐不出一個字。

劉守光見他支支吾吾，不耐煩道：「看來本王太高明了，你們程度相差太遠，我就再給一個提示！這妙計裡還有一個捕魚的，你再說不出來，瞧本王怎麼處罰你！」

李小喜急得大汗淋漓，心中連連轉思：「鳥蚌……鳥蚌……老蚌……有了！」歡喜道：「此妙計乃是『老蚌生珠』！意思是老蚌……嗯……還有漁夫……生了一顆珍珠……」

眾臣子「啊」了一聲：「老蚌和漁夫都能生出珍珠來？這可是天下奇聞了！」但覺太過荒唐，都憋笑憋得辛苦，有人實在忍俊不住，噗哧一聲笑了出來，這一下可不得了，便連成噗哧、噗哧一片此起彼落的笑聲。

孫鶴冷嘲道：「『老蚌生珠』都成妙計了！」

李小喜脹紅了臉，大聲道：「怎麼不是妙計？王鎔就是顆硬老蚌，『朱』全忠就是那個顆『珠』，他二人爭鬥，就是『老蚌生珠』！」

孫鶴冷笑道：「此『朱』非彼『珠』也！而且這是王鎔與朱全忠的爭鬥，跟大王的妙計又有何干係了？」

「這……這……」李小喜實在圓不下去，一時語無倫次：「總之……就是王鎔那個硬老蚌為了趙國，想和朱全忠那顆珠死摃！」

孫鶴呸道：「簡直一塌糊塗！」

李小喜瞧眾文臣嘴上不說，臉上盡是竊笑之意，心中氣恨，搶在劉守光處罰自己之前，指著一干文臣罵道：「你們這班文臣，平時不讀書，連大王說的話都聽不明白，要你們有何用處？」

眾文臣見李小喜輕易一句話，就把過錯全推到文臣身上，嚇得連忙跪下求饒：「大王高深莫測，臣讀書太少，能力不足，無法好好輔佐大王，請罰我們回去抄寫書文吧！」

劉守光見滿堂文武，沒有一個知心人，而李小喜更是胡謅一通，把自己好好的妙計弄成「老蚌生珠」的鬧劇，氣得正想大發雷霆，把朝上所有人都用鐵刷子刷一層屁股，馮道心知大事不妙，連忙站出來，向劉守光拱手示禮，又對眾人朗聲道：「大王和小喜將軍的意思是——」

眾臣都知道劉守光胸無點墨，李小喜更是胡謅一通，都好奇馮道要怎麼圓下去，只見他一本正經地解釋：「王鎔這顆老蚌和朱全忠這隻鷸鳥勾結，生了趙國這顆珍珠，後來兩人鬧翻了，王鎔為了保護珍珠，就和朱全忠死損，成了鷸蚌相爭。大王的妙計乃是要等在一旁當漁夫，等他們鬧個兩敗俱傷，再來個漁翁得利！」又對劉守光恭敬道：「此計果然高明，臣等望塵莫及！」

劉守光見終於有人明白自己的妙計，而孫鶴向來只瞧得上馮道，如今連馮道也佩服自己，那孫鶴便再無話可說，頓時轉怒為喜，哈哈大笑道：「馮卿，唯你是本王的真知己！」

眾臣心中暗罵：「原來是鷸蚌相爭啊！什麼鳥蚌？差點為了這隻鳥掉了腦袋！」

也有人想：「看來以後還是多讀點白字，才跟得上大王的目不識丁！」

劉守光劍眉一挑，露出一抹奸惡又得意的笑容：「但本王的高明遠不只這樣，我還要舉兵攻取王處直的定州，那麼本王就不只是搶鳥蚌的漁夫，還是一劍刺殺雙虎的卞莊子！」❶

眾人趕緊齊聲高呼：「大王真是高瞻遠矚，既有卞莊子的勇猛，又有周瑜的謀略，乃是智勇雙全的真英雄，蒼天特選之俊才！」「像大王這樣的天人，豈是李存勖那班凡夫俗子可比？」「有大王帶領我們攻打定州，必能旗開得勝，馬到成功！」

只有李小喜心中暗罵：「好你個馮道，剛才讓你幫忙解圍，你就讓我出糗，卻給自己搶功！」又想：「幸好最後你還是幫我圓了一把，否則瞧我不弄死你！」

劉守光聽著一片歌功頌德，心中飄飄然，很是滿意。孫鶴卻感到一陣寒慄，因為他知道劉守光的任性妄為，將為幽燕投下不可知的變數，甚至是帶來滅亡的命運，心中對馮道的附和甚感失望。

馮道口中說得頭頭是道，內心其實也同感憂慮，因為梁晉兩大藩鎮的衝突越來越激烈，幽燕夾在其中，成為雙方爭鬥的棋子，必是災禍連連、風雲瞬變，如果還有一個愚蠢的統帥全然不顧百姓安危，滿心想建立自己的功業，那麼幽燕的滅亡將是必然，但在消亡的折磨中，他不知道自己是否真有本事帶領幽燕百姓安然走過這一切風暴？如果有朝一日，河東真要攻打幽燕，李存勖是否還會記得當初的誓言，願意放過幽燕百姓？

劉守光見自己誇了馮道，他卻沉默不語，沒有大力謝恩，遂點他的名，道：「馮掾屬，你怎麼啦？難道你對本王有什麼意見嚒？」

馮道恭敬道：「臣何德何能，能夠成為大王的知己？道心中敬畏惶恐，連話都答不出了！」

劉守光哈哈一笑，道：「也算你有自知之明！」

馮道又道：「臣還擔心河東的舉動，會影響大王攻打定州的計劃。」

劉守光笑道：「這還不簡單？你不是最熟悉河東了，你就去盯著李存勖，那小子有什麼動靜，你都一五一十地回報過來！」

這一道命令打斷了馮道救援劉仁恭的計劃，孫鶴心中著急，卻也無可奈何。馮道領了命令便即出發，一刻也不耽擱地直奔河東，但這一次，他不打算介入其中，他只會待在張承業身邊靜靜觀察，因為他想知道李存勖是否有足夠的本事應付這混亂局面？是否有仁義的胸懷能成為未來英主？

（註❶：卞莊子刺虎，出於《史記張儀列傳》，卞莊子是魯國勇士，想刺殺老虎，館豎子建議他：「先等兩虎相鬥完，到時候，大的必傷，小的必亡，再刺殺受傷的老虎，就可以一舉拿下雙虎。」）

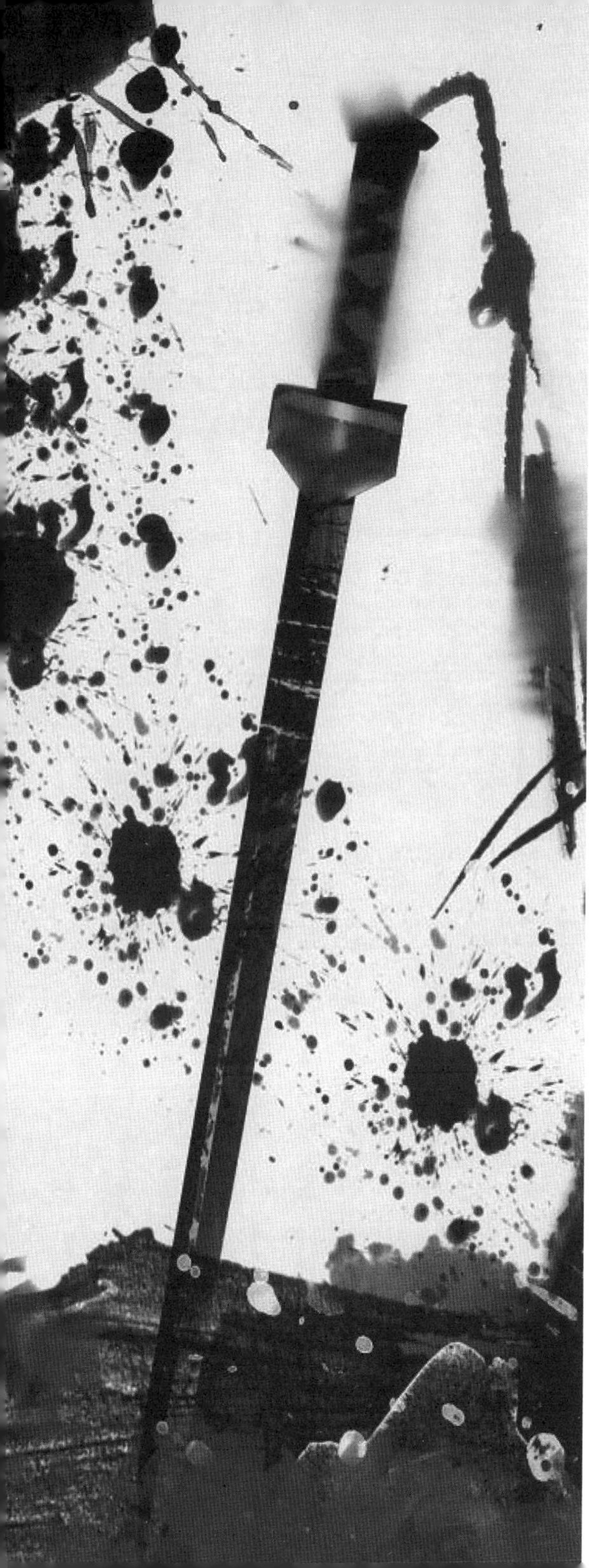

九二一・一　旄頭四光芒・爭戰若蜂攢

十二月，帝親征，二十五日，進薄汴營，距柏鄉五里，營于野河上。汴將韓勍率精兵三萬，鎧甲皆被繒綺，金銀炫曜，望之森然，我軍懼形于色。德威謂李存璋曰：「賊結陣而來，觀其形勢，志不在戰，欲以兵甲耀威耳。我軍人乍見其來，謂其鋒不可當，此時不挫其銳，吾軍不振矣！」乃遣存璋諭諸軍曰：「爾見此賊軍否？是汴州天武健兒，皆屠沽傭販，虛有表耳，縱被精甲，十不當一，擒獲足以為資。」德威自率精騎擊其兩偏，左馳右決，出沒數四。是日，獲賊百餘人，賊渡河而退。

德威謂莊宗曰：「賊驕氣充盛，宜按兵以待其衰。」莊宗曰：「我提孤軍，救難解紛，三鎮烏合之眾，利在速戰，卿欲持重，吾懼其不可使也。」德威曰：「鎮、定之士，長於守城，列陣野戰，素非便習。我師破賊，惟恃騎軍，平田廣野，易為施功。今壓賊營，令彼見我虛實，則勝負未可必也。」莊宗不悅，退臥帳中。德威患之，謂監軍張承業曰：「王欲速戰，將烏合之徒，欲當劇賊，所謂不量力也。去賊咫尺，限此一渠水，彼若早夜以略彴渡之，吾族其為俘矣。若退軍鄗邑，引賊離營，彼出則歸，複以輕騎掠其芻餉，不逾月，敗賊必矣。」承業入言，莊宗乃釋然。德威得降人問之，曰「景仁下令造浮橋數日」，果如德威所料。二十七日，乃退軍保鄗邑。《舊五代史．列傳八》

趙王王鎔眼看深、冀被佔，趙地越來越危險，連忙遣使向劉守光求援，等得望眼欲穿，卻等來劉守光的嘲諷與拒絕，他不得不親自帶了豐厚的財寶到晉陽，向李存勖表達合作誠意。

李存勖是個性情中人，聽到衛士通報王鎔親自帶禮過來，想起他是父親的故交好友，內心油然生出對叔伯長輩的敬意，便想親自出去迎接，其他太保卻忿忿不平：「他一早就投靠了朱賊，還來這裡做什麼？」

周德威也阻止道：「大王今日身分已然不同，凡事需特別小心。」

李存璋道：「不如讓我先去會會他，看他有什麼意圖？」

李存勖知道八太保謹慎內斂、處事有度，便應允讓他去接待。過不久，李存璋回來稟報：「趙王說朱全忠已派兵進入深、冀，還想侵吞鎮州，他心中擔憂，因此厚顏請求與大王結盟。」

周德威不以為然道：「朱賊最是狡猾，這很可能是他們聯手設下的圈套！」

其他太保也道：「不錯！如今我們連戰皆捷，何必倚靠外人？更何況這人還是朱全忠的姻親，大王萬萬不能上當！我們去打發他走！」

「慢著！」李存勖亟需外援，實在不想錯過任何機會，眾太保只得安靜下來，李存勖續道：「我們雖然兵悍將猛，但兵數與梁軍實在太過懸殊，如果戰事一直打下去，就必定要廣結盟友，爭取各方支持！如果一直心懷舊恨，只會把可能的盟友都推向朱全忠，如果因為懷疑對方而不救，豈不正中朱賊下懷？只要我們救下趙國，在河北就多一份力量！」

張承業也贊成道：「大王說得不錯！如今大梁無端征伐趙國，眾藩必然心中不平，只要我們能救下趙國，不只可得一盟友，大王還能得到眾藩敬佩，成為新霸主！」

眾太保雖覺得兩人言之有理，但心中對王鎔仍是存了懷疑，正當雙方決議不下時，殿外又傳來一聲通報：「定州使者求見！」

李存勖「咦」了一聲，道：「王處直也派使者來了？河北兩大藩鎮同時到來，必非偶然，我還是去見見！」說罷再不管眾太保反對，逕自走了出去，眾人也只好趕緊跟隨。

李存勖教人在氈帳中擺設簡單宴席接見王鎔和定州使者，王鎔等候許久，好不容易見到李存勖，心中激動，正想開口寒暄，定州使者卻已搶先行禮：「小人王都，奉了北平郡王之命，請求與晉王結盟。」此人雖是武將，卻一身書卷氣，乃是王處直最寵愛的義子。

李存勖笑道：「北平郡王忽然想起本王了？」

王都微笑道：「晉王英名廣傳天下，誰人不稱頌？郡王特別惜重英雄，又看到晉王傳發的檄文，心中十分感動，因此想與晉王結交。」

周德威黑臉一沉，喝問道：「王處直究竟有什麼意圖，你便直說，不用兜兜轉轉！」

王都被他的氣勢一嚇，連忙吐出實言：「劉守光派兵攻打定州，郡王很擔心，想請晉王出兵相援！」

王鎔聞言，吃驚道：「定州受到劉守光攻擊？」他原先想著如果與李存勖談不攏，便找王處直聯盟，定州軍雖弱小，總聊勝於無，想不到定州也出事了。

王都黯然地點點頭，拱手行禮，懇求道：「我們確實情況危急，還請晉王救命。」

六太保李嗣本譏諷道：「你們都是皇親國戚，怎麼不找那個賊皇帝救援，卻跑到這裡？難道就不怕朱賊轟破你們的腦袋嚒？」

王鎔長長嘆了口氣，道：「當初我們投靠朱全忠，實在是因為害怕他，想不到他竟背信棄義，派兵侵佔我深冀兩地，還想圖謀鎮州，找他救援，豈不是找閻王吊命？」

李存勖見王鎔老臉滄桑、憂心忡忡，瞬間湧出一股英雄救危的俠氣豪情，朗聲道：「朱賊罪惡滔天，老天已容不下他，即使有楊師厚、王景仁這樣的猛將也救不了他！倘若他膽敢侵犯鎮州，本王一定會親自征討他，叔父不要為這事擔憂！」

王鎔見李存勖心胸寬大，非但不念舊隙，還尊稱自己為叔父，內心既感動又感慨，但他絕不敢倚老賣老，連忙捧起桌上的瑤巵，誠懇敬酒道：「晉王是真正的少年英豪，我和北平郡王都已經老了，我們的世代已經過去，如今是你們年輕一輩崛起的時候了！放眼當今天下，沒有一個年輕豪傑比得上晉王，朱賊的兒子不行，劉守光也不行。至於朱賊，他和我們是同一輩人，就算他再橫強，也敵不過歲月之刀，都會漸漸衰老，還有多少前途可言？我就以這杯酒水恭祝晉王旗開得勝、長命百歲，從此尊稱晉王為四十六舅！」

王都也趕緊舉杯，道：「義父早已吩咐，只要晉王肯相助退去盧龍軍，從此只以晉王馬首是瞻！」

李存勖得到兩藩傾誠相助，心中歡喜，哈哈大笑道：「有兩位叔父支持，本王定能將朱賊與燕狗打得落花流水，為你們討回一口惡氣！」也捧起瑤卮敬酒回禮。

三方喝罷，王鎔又提議道：「既然我們義氣相投，不如結盟立誓，以蒼天為證，教誰都不能違反了誓言！」

亂世之中，人情翻覆似波瀾，戰場更是瞬息萬變，父子相殘、兄弟互殺都是尋常之事，更何況是異軍結盟。但也因為人心的不可靠，眾人便更加敬畏鬼神，許多藩主都沉迷於修仙求道，不獨劉仁恭倚重王若訥，王處直也是同道之人，這義子王都便是王處直所信任的道士李應之送給他的，就連李克用那樣的大豪雄，也難免會請術士周玄豹來評斷手下義子們的前途如何，所以王鎔提出以蒼天為誓，意思是違反盟誓者，將受天罰，如此一來，三藩的團結將牢不可破。

王都歡喜附和：「若能與晉、趙結盟，北平從此長有依靠，義父定然萬分欣喜！」

李存勖立刻命人焚香祭天，與王鎔、王都一起立誓，締結盟約：「今日不論輩分長幼，共推晉王為反梁復唐的盟主，從此三藩齊心，除滅偽朝大梁和外敵。」

李存勖以大唐天祐作為年號，銘記此誓，王鎔也拋棄了大梁賜的「武順軍」名號，回復大唐所賜的「成德軍」，又對身旁的養子王德明說：「晉王是最厲害的戰神，從此你就率領三十七都的軍隊隨他征戰，聽命於他！」

這王德明本名張文禮，原是幽燕人，曾在劉守文底下，頗具野心，曾經發動叛變，卻兵敗而逃往鎮州，王鎔收留了他，改名為王德明，從此十分倚重他。

李存勖見王鎔誠意十足，竟把最得力的手下軍隊都交予自己，又見王鎔的小兒子王昭誨跟在父親旁邊，長得眉清目秀，性情乖巧，想到自己小時候也常這麼跟在父親身邊，東奔西跑地拜會大人物，指了王昭誨笑道：「等這小子長大後，咱們就結成兒女親家，我把女兒嫁給他！」說罷便撕斷衣衿與王鎔立約，表示自己的誠意。

王鎔見李存勖性情坦率豪爽，實比狡猾多疑、反覆無常的朱全忠可靠多了，心中大石總算落了地。

李存勖原本戰意高昂，如今得到河北兩藩的支持，心中更加篤定，立刻派周德威擔任總管，率領先鋒軍屯駐趙州，打探梁軍情況。

朱全忠想不到圖謀鎮州的結果，竟引來晉、鎮、定三藩結盟，還推舉李存勖為盟主。他暴怒之下，決定精銳盡出，等消滅河北諸鎮後，就順勢直搗河東！

這一戰至關重要，朱全忠從眾將領之中，特意挑選了新投奔的大將王景仁擔任北面行營招討使，並且把隨著羅紹威前來投誠、諸軍聞之色變的四萬魏博軍撥至王景仁旗下，做為主力軍，又命禁軍統領韓勍擔任招討副使，率領三萬龍驤禁軍相助；踏白飛槊李思安率四萬神威軍做先鋒，就連戰功彪炳的老將閻寶和鐵槍王王彥章的部屬，也全劃歸入王景仁麾下，志在一舉殲滅宿敵，絕不能讓河東死灰復燃。

周德威軍隊一抵達趙州，立刻派心腹騎將安金全去打探敵情，安金全因輕功卓絕、騎術精湛，行如鬼影，因此有「安五道」之稱，這「五道」二字乃是取自道家的五道輪迴，意思是他來無影、去無蹤，每次俘虜敵人，就像地獄鬼將忽然拘人性命一般。不到一日，安金全已飛馳回來，急入軍帳拜見周德威，臉色卻比真鬼還難看！

周德威深知安金全性情驍勇果毅，此刻眼中竟會流露一絲懼色，已知情況十分險惡，沉聲問道：「梁軍來了多少人？」

安金全語氣微微激動：「啟稟總管，這一次梁軍傾巢而出，將近二十萬！大梁最精銳的部隊——龍驤、神捷、神威、拱辰，甚至連魏博軍都出動了！」

周德威性情沉穩，一生從戎，大大小小的戰役不知歷經多少次，聽到梁軍傾巢而出的消息，也不禁感到震顫。

安金全又道：「不只如此，大梁幾位名將——踏白飛槊李思安、禁衛龍虎軍首韓勍都來了！」

周德威一拍桌案，怒道：「梁軍擺下這陣仗，不只是衝著王鎔，根本是想順勢把我河東連根拔起！」

「末將也是這麼想的！」安金全道：「他們強佔深冀之後，又往前推進，如今大軍已屯駐在柏鄉。」

周德威微然蹙眉，冷哼道：「梁軍的野心真是清清楚楚！」又問：「主帥是李思安還是韓勍？」

「都不是！」安金全道：「是我們不熟悉的王景仁！」

「王景仁？」周德威不由得一握刀柄，心頭更沉重了，道：「知己知彼，方能百戰百勝，朱全忠選用王景仁為主帥，是刻意思量過的，這情況確實有些棘手……」濃眉微蹙，又道：「形勢太過險惡，我們必須盡快回報大王，非但不能接戰，還要全力防備邊境，以防梁軍強勢入侵。」

「是！」安金全領令後，立刻飛馬趕回晉陽，向李存勖稟報情況，又呈上一封周德威的親筆信：「總管建議應該暫避鋒芒，莫直接對戰。」

李存勖得知戰情緊迫，並不聽勸，反而十分興奮，他感到機會來了！他要像潞州之戰那樣，再次上演以小破大的奇蹟！笑道：「告訴總管，本王要親征，教他先率軍至野河北岸等候！」

安金全心中雖憂慮，但不敢違抗李存勖的命令，只能以最快的速度回去稟報周德威：「大王非但不聽總管的勸告，還說要親征，萬一輸了，只怕梁軍就會直搗晉陽了！」

周德威一握刀柄，沉聲道：「無論如何，我都會將梁軍阻截在外，絕不讓他們踏入河東一步！」

安金全嘆道：「真是難為總管了！」

周德威拍拍他的肩，道：「沒有一場仗是容易的，既然大王有令，而我又身為總管，就不該畏懼艱難，必須挑起重責大任，我河東軍更應該上下一心，服從王命。」

安金全還想再說什麼，周德威揮揮手道：「下去吧！」安金全只得退下。

周德威心知李存勖要親自領兵前來，是少年驕盛，不肯服輸，心中不由得沉沉一嘆：「大王太過好強，不懂得攻守相輔、進退得宜，總有一天，要吃大虧。」又想：「我定要為先王好好守護河東基業，莫讓亞子的勇毅反而變成遺憾……」他日思夜想，希望找出一條可行的戰略，卻始終不得，瞬間白了許多鬚髮。

李存勖把軍情分傳給王鎔、王處直，兩人一得到消息，立刻調兵遣將，前往野河北岸與周德威會合。李存勖也以最快的速度整備兵馬，領軍出發，張承業伴行於側，已經抵達河東監軍府的馮道便打扮成隨侍僕人，跟著張承業前往柏鄉，一睹梁晉的正面大戰。

河東軍士氣高昂地奔赴戰場，途經太行、贊皇、趙州，直逼至距柏鄉五里處，大軍才停下來，在河岸邊豎立了統帥氈帳，取名為「承天軍」，乃是「承天命討伐逆賊」之意，與梁軍夾野河北岸對峙。

李存勖先至主帥營帳中，召來自家將領瞭解情況，太保們、張承業也齊聚一堂。李存勖居中而坐，問道：「眼下情況如何？」

周德威稟報道：「賊兵驕氣正盛，此刻實不宜正面對戰。」

李存勖亟想一展神威，聞言頓感不悅，但礙於周德威的輩分，不好直接衝撞，只臉色一沉，道：「敵我雙方軍力懸殊，總管怕我軍折損，因此想採取保守戰略？」周德威微然點頭，正想解釋，李存勖又道：「今日三鎮聯兵好似湊足了五萬，但鎮定兩軍多是烏合之眾，不能長期合作，真正能作戰者只有我們！戰事若拖延太久，必會節外生枝，依本王之見，我孤軍遠來，後勤難補，最好能速戰速決！」

周德威知道他既然來了，就不會輕易退兵，也不再勸說，只道：「恭請大王移步，隨我至壘丘上一探敵情」

眾將領登上壘丘，舉目眺望，只見大雪紛飛的夜幕下，梁營在對岸山頭壘壘如雲，綿延無盡，旌旗在風中獵獵飛揚，層層疊疊有如雲海波濤，燈火點點連成大片銀流，漫至天際，竟將幽沉的河岸和夜空照亮得有如白晝！梁軍個個頭戴鳳翅盔、身披重裝鎧甲，背繫長弓、腰掛環首大刀，鋒利的刀刃與滿天夜星交映成一片肅寒殺光！

原本應該隱沒在黑暗中的城寨營壘、人馬武器，都因梁營燈火輝煌，映照得清清楚楚，甚至連梁軍臉上的驕傲都隱約可見，馮道心中不由得驚嘆：「梁軍絲毫不在乎被敵人窺見軍營裡的情況，這是何等自信才能做到！」

長年的戰爭使得各藩鎮日漸貧窮，甚至軍餉都成了問題，唯獨大梁還能充足地供應軍需，這也是他們屢屢勝戰的關鍵之一。但這一次，梁軍不只軍糧豐富、武器精良，人人還全副鎧甲，甚至鎧甲還分成不同顏色，以區別各支隊伍：龍驤軍裡的「白馬都」就持白

旗、穿白鎧；「赤馬都」就持紅旗、穿紅鎧，鎧仗上還以金銀組繡做裝飾，其餘部隊也是如此，其富裕程度可見一斑。❶

反觀河東，部將才能穿鎧甲，士兵只能穿皮甲，前鋒部隊最多就是在皮甲上再縫綴一些鐵甲片以做防護。河東士兵日日觀看這景像，就彷彿時時在提醒著自己的裝備有多寒傖，生命有多危險，時日一久，必會心生恐懼。

馮道又想：「這一回，朱全忠為了對付河東，真是下血本了！」不禁擔心李存勖的決定是否正確。

李存勖見到這情狀，心中也是一驚，終於明白周德威為何苦勸不可接戰：「經過潞州一戰，梁軍的家底竟還如此雄厚，還能集結這麼多精銳部隊，我真是小看他們了……」但他生性勇毅鎮定，知道眾將士正看著自己的態度，面上並不露半點懼色，反而激勵眾人道：「我河東最大的利器是騎兵，如果人人都穿厚實的鐵甲，馬兒還跑得動嘛？讓大家穿皮甲，不是我河東沒有軍資，而是要讓速度更快！打仗是流血掉腦袋的苦差事，梁軍穿得花枝招展，一心想炫耀排場，這念頭已然不對，穿著笨重的盔甲，連逃命都困難，還怎麼打仗？」

河東將領聽他說得有理，都起了一陣歡呼：「大王明見！梁狗一向不會打仗，只會擺排場！」「這回咱們定要殺得他們連逃命都來不及，只恨自己身上的笨鐵甲！」

正當李存勖輕易化解了眾人的憂慮，對岸忽傳來一陣激烈的號角聲，蓋過了他們的歡笑聲，眾人不禁一愣，全住了口，只聽千百皮鼓同時蓬蓬大響，轟得眾人雙耳欲聾，心口怦怦跳，可見梁軍兵數之多，難以估計。

李存勖原已鬱結難舒，又見梁軍挑釁，心中更怒：「梁軍故意把燈火點得通明，讓我軍能時時瞧見他們的壯盛，此刻發現我們登上壘丘，便來擊鼓示威！」便大聲道：「既然我們跟大梁是不死不休，沒有逃避的可能，那麼就只能往前衝，敵軍來得越多，我們就能斬殺得越多！」

周德威想不到李存勖目睹兩軍優劣懸殊，仍不肯放棄，遙指對岸，道：「梁軍……」他才開口，卻見「唰！」一聲，夜空中爆出漫天銀雨直飛過來，卻是梁軍一口氣射出上萬支箭羽！眾人看到這驚天飛羽，嚇得連忙退後，唯獨周德威凜然不動，李存勖拔起腰間配刀舞成屏風欲抵擋，嗤嗤嗤一聲激響，那些飛箭大多落入河裡，最近者也只射到草岸邊。

周德威的昂立不動，是因為他早已看過梁軍耍這射箭的把式，知道它們射不到營壘。眾將為自己的後退感到有些尷尬，李嗣本忍不住破口罵道：「梁狗以為自己的箭多嚒？明知射不到，還要這鬼把戲，想嚇唬誰！」

李存勖聽了李嗣本的話，已然明白梁軍的用意，心中更是憋堵得慌：「梁軍明知射不到，還這麼做，就是想展示他們武器不只精良，還多到用不完！」

周德威黑沉著臉道：「梁軍是我軍數倍之多，配備又精良，不斷耀武揚威，有時大吹鼓角，有時擊鼓擂鳴，有時射發飛箭，搞得兄弟們人心惶惶，夜不能寐。」

馮道暗想：「這梁軍主帥真是擅攻心術！難怪周德威步步為營，在摸不清對方戰略前，不願貿然對戰。」

眾人臉色都灰敗如土，默然不語，李存勖心想未接戰，先自氣餒，這仗還怎麼打下去？但他親自領軍出征，還對三鎮聯軍發下豪語，又怎能退怯？莫說好不容易建立起的威望會崩垮，聯軍也會瓦解，梁軍很快就會將三鎮各個擊破！

他一咬牙，將心中所有頹喪狠狠壓下，激起一股豪情氣概，朗聲道：「梁軍有箭，難道我們沒有嚒？本王射殺幾隻梁狗給你們瞧瞧！」說罷便拿出背後長弓，功聚雙臂，唰一聲，如飛電般直射向對岸！下一剎那，對岸傳來兩聲慘叫，竟是一箭雙殺！

河東將領見大王露了這一手，都激起士氣，大聲歡呼。李存勖得意道：「梁軍射了萬把支箭，一箭也不中，徒耍花槍而已，有什麼用？本王隔著江水，還能一箭射殺他們兩名士兵，你們個個武功高強，自然也可以！將不在廣，而在勇；兵不在多，而在精，能殺敵作戰的，才是好軍兵！以少擊眾，是我們的拿手本事，這次是逆轉形勢的大機會，一定要把握住！」

眾將領深覺有理，又是一陣歡呼：「大王說得是！梁軍敢來挑釁，我們一箭射穿他！」

李存勖得到眾將領支持，便轉問周德威：「總管在此觀察許久，可想出什麼良策？」周德威見勢已至此，只好將自己的計策勉為其難地提出：「鎮、定兩軍善守城，不善列陣攻擊；而我師多是騎兵，擅長平野作戰，也不利進攻梁軍的營壘，我建議先退守鄗邑平原，待他們士氣衰弱，再伺機反擊！」

「退守鄗邑？」李存勖想不到周德威還要後退，不悅道：「我河東將領都是一往無前的勇士，總管莫要長敵人志氣，滅自己威風！」

周德威沉聲道：「我軍陳列在野河北岸，與梁軍距離太近，雙方只隔一水，在對岸就能把彼此的虛實都瞧透了，不只梁軍可隨時掌握我們的行動，還時時耀武揚威，打擊我們的士氣，如此列陣，確實是長敵人志氣，滅自己威風，只能先退……」

李存勖急想在三鎮將領前立威，卻被周德威潑了一桶又一桶的冷水，怒氣陡生，未等他說完，便大聲道：「本王豈能如此懦弱？我親率大軍前來，就是要殺他們一個片甲不留，今日刀未出鞘，就一味退後，豈不傷了自家士氣？」他霍地轉身，冷冷丟下一句：「今日就議論至此，待觀察兩日情況，再做定奪！」說罷便負氣離去，眾將領面面相覷，都感到十分尷尬，也只好散去。

張承業見兩人弄得僵了，想打圓場，便婉言相勸周德威：「大王十分好強，滿心想再打一場轟轟烈烈的勝仗，你又何必當眾堵他的意思？」

「軍事大業豈能兒戲？」周德威見李存勖鬧意氣，擔心他會一意孤行，指著對岸道：「兄弟們每天看著對方鎧甲全備、武器精良，再低頭望望自己，連戰衣都不成樣，這麼看下去，不消半個月，就全逃了！」語氣一沉，肅容道：「最嚴重的是，梁軍知道雙方差距懸殊，又僅僅一水之隔，只要造浮橋大舉攻過來，我軍就會被全部殲滅！」

張承業聞言，吃了一驚，道：「此話當真？」

周德威沉沉地點了頭，張承業微然蹙眉，又問：「但你已駐紮在這裡近半個月，也沒見他們造浮橋過來殺人。」

周德威道：「我這支鐵林軍不過五千人，引不起王景仁的興趣！他不想打草驚蛇，是在等我們大軍集合，到時候，再發動總攻，一次殲滅。莫忘了，那傢伙可是十分沉得住氣！」指了地圖上的鄗邑道：「但如果我們退後三十里，就可以拉開雙方的距離，先保住實力，日後再見機行事。」

張承業沉吟道：「大王帶了三鎮聯軍過來，實在是箭在弦上，不得不發，總管所謂的見機行事，可是有什麼良策？」

周德威道：「先採用我軍最擅長的『彼出則我歸、彼歸則我出』的策略，以騎兵不斷突襲，消耗梁軍士氣，待他們沉不住氣，出來追擊，便可引誘他們至鄗邑的大平原上，如此我們的騎兵才能發揮作用，才可能有一點勝算！」

張承業微笑道：「原來總管早有一套完整計劃！」

周德威卻是搖搖頭，黑沉著臉道：「雙方軍力太過懸殊，我雖有計劃，卻實在沒有把握。不求大勝，只願小勝一場，保住大王的面子、我河東家底和三藩結盟的信心就好！」

張承業心想李存勖對小勝一場，是絕對不會滿意，但他從來沒有見過周德威臉色如此沉黑，在戰場上有半點退縮之意，甚至在潞州之戰時，周德威都是堅持到底，由此可見，這柏鄉之戰有多艱難！

張承業知道周德威性子剛硬，又拙於口舌，只有自己能當這個和事佬，笑道：「唉呀！你這黑炭頭惜字如金，不把戰略一次說完，大王又急性子，這才生了誤會。放心吧！咱家會好生勸解大王。」說罷便去尋找李存勖。

李存勖餘怒未消，獨自在山坡上拿著弓箭怒射空中雲雁，一見到張承業，便道：「七哥，你來得正好，你說周叔叔不准我出戰，有沒有道理？兵貴神速，三軍好不容易團結一起，需一股作氣，一旦退縮，肯定會影響軍心！」

張承業見他雖智勇雙全，也立下赫赫威名，卻還有少年脾性，便輕聲細語地勸慰：「大王英勇善戰，急想建立功業，為先王報仇，咱家都明白的，但總管有一項過人的本事，就是能以各方跡證洞察敵人的戰略，連先王都時常倚仗他來分析戰陣形勢。」

李存勖生氣，一來是周德威不能理解他肩扛壓力，非出兵不可，更大的原因卻是覺得周德威沒有把他真正視為大王，只當成不識時務的小毛頭，才會否定他的軍事才能，不斷挑戰權威，但聽到張承業最後一句話，想起父親確實常倚仗周德威分析形勢，自己聽其建言，似乎也沒什麼好丟臉的，胸中怒氣才消減許多。

張承業見他臉色稍緩，把周德威的戰術略加說明，又道：「野河只是一條小河，梁軍比我們多好幾倍，肯定會造浮橋攻過來，到那時候我們就很難抵擋了！」

「浮橋？」李存勖心中一震，已然明白其中危險，臉色越發難看，悶聲道：「我知道了！」一咬牙，將滿腔惱恨對著長空射發一支飛箭，「嘎——」一聲，一頭沙鷗直墜落地。

張承業道：「大王明白黑炭頭的苦心就好！」

「黑炭頭？」李存勖一愕，忍不住笑出聲：「就只有你才敢這麼稱呼他！」

張承業見他終於笑了，微微一笑，輕聲道：「黑炭頭臉是黑的，心卻是紅的！」

李存勖點點頭，微笑道：「我明白。」

張承業微笑道：「大王是聰明人，自然什麼都知道，那咱家就不打擾你的興致了！」這才告辭返回自己的營帳。

馮道正忙著煮熱粥湯，見張承業滿身疲憊地回來，立刻放下手中湯勺，笑咪咪地招呼：「公公辛苦了，快快坐下，小馮子來服侍你。」他手腳俐落地端了水盆過來，又擰好熱濕巾，要服侍張承業洗臉。

張承業接過熱濕巾，一邊拭臉，一邊對馮道說了情況，又嘆道：「三藩好不容易聯合，大王急想立威，偏偏遇黑炭頭阻擋，仗都還沒開始打，兩個統帥就意見不合，咱們自己人不要緊，但恐怕會影響鎮、定兩軍的信心。」

馮道「咦」了一聲，道：「明知部屬諫言有理，小李子卻負氣離去？」

張承業一邊脫了鞋襪，將雙足放在熱水盆裡，一邊嘀咕道：「我方才已勸住亞子了，但他說得也不錯，此戰若拖延太久，只怕三鎮會合不來！」見馮道沒有答話，只自顧自地忙活，哼道：「你這次來，擺明了不出主意，難道眼睜睜看著三鎮覆沒，朱賊統一天下，也不管嚒？」

馮道故意扳起臉，鄭重說道：「我乃幽燕暗探，是奉了燕王之命來盯著李存勖的行動，我不攪風攪雨已罷，豈能再為他出謀劃策？」

張承業呸道：「小子假什麼正經？居然拿劉守光那二楞子來做擋箭牌！」說著氣呼呼地打了他的腦袋：「我瞧你擋不擋得住？」

馮道摸了摸腦袋，嘻嘻笑道：「不錯！不錯！公公的手勁依然俐落，可見老而彌堅！」

張承業又呸了一聲：「小子盡說廢話，這麼多年過去，一點兒也沒長進！」

馮道微笑道：「眾藩王想挑選良才，良禽也會擇木而棲，這一回，我就是來瞧瞧小李子人品如何，值不值得我相扶持？」

張承業啐道：「就你那小腦袋還這麼多鬼心思！上次你為他出了『七步成王』的計策，哪一步不是千辛萬險，會要人命？他不是都照做了嚒？」

馮道說道：「那可不一樣！當時他正是內憂外患，急需人相助，自然能聽入忠言，如今他意氣風發，還能聽得進臣屬的諫言嚒？」

張承業微笑讚道：「亞子真得很不錯！他在萬般艱難中，還大力整頓綱紀，嚴懲貪官污吏，如今河東已是軍紀嚴明、海晏河清，全照你的意思做了，你還有什麼不滿意的？」

馮道心中欣慰，笑道：「既然小李子能廣納諫言，周德威的戰術已經很好了，只要依計行事，便有機會成功，我沒什麼可效力的！」

張承業嗅到他話中另有含意，忙問道：「你也覺得黑炭頭的戰術挺好的？」

馮道點點頭，道：「說到河北形勢，你問我就對了！這裡原本苦寒，並不如中原豐庶，還常遭遇契丹劫掠，自從劉守光上台後，更是沒有片刻安寧！幾個霸主爭來奪去，為了不讓對手得好處，就常常實行堅壁清野。」一邊攪拌著熱粥湯，一邊嘆道：「其實有什麼好堅壁清野的？偌大的土地根本沒有半點糧食，百姓常常餓到人吃人，還清什麼野？」

張承業主管後勤補給，聞言立刻明白，道：「因為貧苦，又實行堅壁清野，梁軍根本無法在河北就地徵糧，只能靠運輸補給。黑炭頭把軍隊撤至鄗邑，等於是拉長了梁軍的補給線，就給了我們更多機會去突襲截斷他們的糧道，梁軍人數眾多，糧耗肯定很大，一旦吃光存糧就打不下去了！但王鎔、王處直手中必有軍糧，我們反而可以就地獲得支援。」

馮道微笑道：「所以說薑還是老的辣，周德威的戰略是正確的！」

張承業想了想，又搖搖頭道：「黑炭頭的計策雖好，但梁軍的存糧豐富，需要很長時間才能消耗完，我怕三鎮等不住……」

馮道暗啐：「我可萬萬不能接話，否則公公肯定沒完沒了，又要派任務給我！」便將煮好的熱粥湯盛了一碗遞過去，道：「公公奔波一天，肯定累了，先喝個熱粥暖暖胃。」

張承業如何看不出他的小心思，把粥碗推到一旁，也不肯吃，只嗚嗚咽咽地哭了起來：「可憐先帝將《安天下》託付於你，你卻任弒帝逆賊橫行，小晉王一心興復唐室，你卻不幫他，嗚嗚……先帝英靈不遠，在天上盯著咱倆呢！你這小兔崽子，教咱家死後，沒臉面對先帝，孤魂無處可安生……」說著說著哭得越加厲害。

馮道心中暗罵：「老傢伙就是有辦法教我出力！」嘆道：「罷了！罷了！你究竟要我做什麼？」

張承業輕易逼他就範，心中得意，立刻換了張笑臉，道：「黑炭頭的戰略雖然管用，只怕會拖延太久時間，如今三藩集結在此，要是忽然後退，亞子肯定臉面掛不住，還會動搖軍心。」

馮道悠悠然道：「就看小李子是看重自己的臉面，還是將士的性命了？」

張承業道：「就算亞子真願意後退至鄗邑，我們也順利襲擊幾次，但大梁的軍備充足，雙方兵力懸殊，那些小打小鬧的勝利根本起不了什麼作用！萬一時間拖得太久，三鎮起了糾紛，只會更加不利！所以你想個法子，讓這件事不只是勝利，還要以最快的速度取得大勝！」

「以最快的速度大勝？」馮道瞪大了眼，指著張承業驚呼道：「梁軍集結數十萬，只有一水之隔，今日之戰能小勝一場，全身而退，讓小李子保住面子，已是不錯，你還想大勝？你……你竟想把這麼難的事交給我做？」

張承業哼道：「簡單的事，大家都會做，也勞煩不到隱龍！」

馮道無奈苦嘆：「公公也太瞧得起我了！」

張承業不管他的唉嘆，興沖沖道：「只有快速取勝，三藩的結盟才會穩固，亞子的威名會再登高峰，其他藩鎮就會聞風而至，到那時，才可能動搖大梁的根基！所以這一戰是逆轉梁晉局面最關鍵的一戰！無論如何，你都給我想出辦法！」

「逆轉梁晉局面最關鍵的一戰？」這一句話打動了馮道，他對張承業的透徹由衷感到佩服：「公公平時溫溫吞吞，但在重要時刻，總能犀利地看穿一切，當機立斷！昔日李克寧叛變，小李子還想著讓位，只有公公一力主張鎮壓，今日兩個將帥還僵持不下，只有公公看出這一戰的重要性！」終於沉下心氣，思索如何解決這不可能的難題，問道：「既是關鍵一戰，朱全忠為何把這麼重要的事交給王景仁，此人究竟是誰？為何我從未聽過他的名號？」

「那傢伙啊，」張承業哼哼一笑：「就是淮南大將王茂章！」

「王茂章？」馮道不由得驚呼出聲：「淮南不是大梁的死對頭嚒？怎麼王茂章會成了朱全忠的將帥？」

當年楊行密在船上計殺朱全忠，海面大戰就是交由王茂章率領龐大的海軍對付楊師厚帶來的軍艦，到最後，梁軍被轟得只剩一艘軍船，匆匆逃走。雖說那一戰，淮南軍船遠遠多過楊行密的軍艦，但王茂章確實控制住海面局勢，使得梁軍大敗，以至往後數年，朱全忠都不敢越雷池一步。馮道曾親身參與此役，知道王茂章確實有些本事。

「這事說來話長！」張承業喝了口熱粥湯，緩緩說道：「王茂章年少時就跟著楊行密南征北討，以一手『飛雁驚鴻』劍法打敗無數豪雄，因而崛起。」

馮道好奇道：「這飛雁驚鴻是怎樣的劍法？公公給的《藩鎮錄》裡似乎只簡單提及，並沒有詳細描述。」

張承業道：「那是因為見過的人很少，我也未曾目睹。」

馮道「咦？」了一聲，道：「這是為何？」

張承業道：「王茂章年輕時，或許還需要用劍殺敵，但後來成為淮南大將軍，就只要遠遠地指揮軍隊殺敵，哪裡還需親自出手？他為淮南立下無數戰功，就連擅長謀略的徐溫和徐知誥父子兩人的戰功加起來，還不如他一個呢！」

在馮道心中，徐溫、徐知誥是極可怕的對手，驚呼道：「連徐溫父子也比不上他？」

張承業哼了一聲，道：「徐氏父子就只會耍些陰謀詭計，有什麼了不起？那王茂章卻是實打實的硬功夫，這才讓人佩服！據說他有一套『鴻雁陣法』十分厲害，戰無不勝，你可知這『鴻雁』兩字是什麼意思？」

馮道微然蹙眉道：「莫非是取自《詩經・鴻雁》中的『鴻雁于飛，哀鳴嗷嗷』？」

張承業道：「傻小子的書沒有白唸！這意思是只要鴻雁陣橫掃過處，就是一片哀鴻遍野，你聽聽，這話說得多驕狂，你就可以想見這套戰陣有多可怕了！」

馮道對兵陣之道頗有研究，問道：「這鴻雁陣法可是出自《孫臏兵法》的雁形陣？」

張承業道：「咱家對兵陣沒有研究，只知道劍法是一人所使，再厲害也不過殺個百來人，但陣法是數百人同使，那殺傷力自然是大了許多，到後來，天下人只知他戰陣厲害，卻忘了他還有絕頂劍法，直到青州那一戰……」他雙眼微瞇，目光幽遠地說道：「那是名字還叫做『王茂章』的人，畢生最輝煌的一役！」

當年馮道曾暗中指點王師範，以化整為零的分兵計，派士兵悄悄潛入大梁後方偷襲，卻因為士兵洩密而功敗垂成，導至王師範投降，青州遭到屠城，馮道曾對此十分內疚，一聽到「青州之戰」四字，忙問道：「就是王師範大敗的那一戰？」

張承業嘆道：「不錯！當時王師範受到梁軍攻擊，向淮南求援，楊行密自己還忙著田頵的叛變，只能讓王茂章帶七千兵馬前去相助。梁軍的主將是朱全忠的大侄子朱友寧，他仗著兵多勢眾，瞧不起南方將領，一路快攻，突破王師範建立的柵欄，王師範著急得不得了，懇求王茂章出戰。王茂章卻是氣定神閒，始終按兵不動，直到朱友寧鬆懈了，才突然反攻，殺得對方措手不及，據說他曾在梁軍夾殺中，直接坐在沙場上談笑喝酒，卻無人近得了他身邊三尺之內，等吃喝夠了，再從容起身，大殺四方，一舉斬了朱友寧的人頭，帶回去獻給楊行密，傳得天下皆知。」

馮道驚奇道：「此人如此瀟灑不羈，倒也有趣！後來呢？」

張承業道：「梁軍一向勢如破竹，小小的青州原本是十拿九穩的事情，想不到遭此大敗，還死了大侄子，朱全忠一怒之下，也顧不得正在攻打的鄆州城，立刻派出頭號大將楊師厚帶了精銳將領，組織二十萬大軍圍攻青州。」

馮道低呼道：「河東軍雖然驍勇善戰，橫掃沙場，可是只要對上楊師厚，從來討不了便宜，這南北大將對決，肯定是精彩萬分了！」

張承業搖搖頭道：「那倒沒有！因為王茂章並不急著與楊師厚對戰，只命士兵堅固壁壘，自己卻悠悠哉哉地和青州將領在城頭上飲酒，無論梁軍怎麼放肆，他只笑談風月。梁軍久攻不下，一籌莫展，王茂章卻能時時抓準機會，趁對方疲憊時衝出大殺一場，令梁軍損失慘重。」

馮道笑道：「這一招與河東軍的『彼出則我歸，彼歸則我出』，實有異曲同工之妙！」又問：「既然王茂章守住了青州城，為何王師範會投降？」

張承業呸道：「那王師範就是個沒出息的！」喝了口熱粥湯，緩了緩心緒又道：「青州雖然守住了，後續糧草卻出了問題，王師範沒本事籌措糧草，弟弟又被梁軍拿住了，他便偷偷向楊師厚請降，逼得王茂章只好帶淮南軍突圍而走！人家來幫他，他卻不顧信義，一下子就倒戈投靠了逆賊，你說王師範是不是活該有此下場？」

馮道初識韓延徽時，曾聽他說青州之戰是王茂章率了兩萬軍兵援救，卻被楊師厚殺得落花流水，最後王茂章不顧盟軍死活，連夜撤腿逃走。王師範眼看弟弟被抓、盟友退離，不得不向梁軍乞降，哪知同一件戰事，在張承業口中，卻完全顛倒了過來，心中是既迷惘又感慨：「這其中，只怕免不了有幾分權謀運作，為的是想要抬誰貶誰的名聲了！」又想：「同一件事，就連我們身為局中之人，都弄不清事情真相，那麼史冊記載的許多事蹟，都是經過旁人輾轉傳述，又有幾分真實？」

只聽張承業續道：「楊師厚怎肯放過這大好機會？他親自領兵追擊，王茂章和副將李虔裕為掩護淮南軍撤走，便率領五百志願軍留下來斷後，埋伏在山中，又大殺梁軍一波，後來李虔裕堅持獨自留下來拖延梁軍，掩護王茂章撤退，最終力戰而死，王茂章也安全回到淮南。此戰之後，王茂章名震天下，再無人敢輕視南方軍。而南方各軍對他能抗衡梁軍，都是萬分敬佩，就連敵對的吳越頭號大將顧全武也自認不是他的對手，公推王茂章是南方第一名將。」

當年馮道前往玄幻島時，一路受顧全武保護，曾親眼目睹顧全武單憑幾顆佛珠就逼退青獰劍馮行襲，又以兩條鐵鍊和幾艘艨艟小船就令劉隱的兩艘大鬥艦翻覆，其武功巧智都讓人不敢小覷。馮道笑道：「不敗和尚顧全武除了海龍王外，對誰也不瞧上眼，竟會服氣王茂章？」

張承業喝了口熱湯粥，續道：「因為王茂章的本事不只如此！他剛回到淮南，連大氣都還未喘上，就被楊行密派去平定潤州之亂了。」

馮道稍稍推算了時間，問道：「就是田頵、安仁義、朱延壽暗通朱全忠，聯合背叛楊行密一事？」

張承業笑道：「小子對誰攻了誰的混亂事很熟悉啊！」

馮道無奈道：「不知幸或不幸，我或多或少都參與其中。」

張承業道：「安仁義的飛箭軍很厲害，城池又高又厚，攻城的人還來不及爬上城樓，就會被滿天箭雨射成馬蜂窩，楊行密的手下沒有一個人敢去，他自己還忙著和海龍王周旋，只好派王茂章前去。」

馮道心想河東軍的箭術也很厲害，倘若此戰兵敗，退回晉陽，一定也會用箭雨固守城池，但不知王茂章會用什麼戰術攻城？連忙問道：「王茂章是如何登上高大的城樓，攻破安仁義的飛箭軍？」

張承業道：「一開始，王茂章確實攻不下來，楊行密便教徐溫率軍去支援，徐溫先使了一招『換衣計』，將手下士兵的衣服全換成跟王茂章的士兵衣服一樣，讓安仁義不知道他們已經增援人馬，接著王茂章也想出一記奇招，既然上空攻不進，便改由地下進，就命士兵們大力挖掘地道，這才真正攻入城中。」

幸好晉陽城不容易挖掘，馮道稍稍安了心，暗想：「原來這王茂章還是個王窟頭，倒不知他和劉仁恭比拼挖地道，誰會挖得更快些？」

張承業續道：「王茂章一入城，就憑著飛雁驚鴻劍法徹底制伏了安仁義，將他押至廣陵斬首，平定了潤州之亂！」

馮道笑道：「敢情他是身兼沙陀軍突襲和盧龍軍挖地道這兩家之長了！」

張承業道：「此人確實是奇才，行軍瀟灑大器，作戰不拘形式，既有北方的強悍，又有南方的謀略，萬萬不可小覷。」

馮道聽得心搖神馳，胸中激蕩，沖湧起一股欽慕之情，道：「當年我在淮南，無緣目睹其風采，實在可惜！這次我定要好好瞧瞧這位南方第一大將究竟長得什麼模樣？」

張承業也是一嘆：「確實可惜！這樣的人才偏偏落到了朱全忠手裡，倘若他能效忠唐室，該有多好！」

馮道不解道：「大梁與淮南向來是死敵，王茂章為何會投奔大梁？」

張承業無奈道：「亂世之中，又有幾人真能選擇？不只百姓如浮絮，就算成了名將，往往也是身不由己！」頓了頓又道：「朱全忠雖是個天殺的逆賊，卻也真是胸懷大器！知道王茂章以七千兵馬大殺粱軍，非但不生氣，還稱讚此人能為他平天下，揚言一定要得到王茂章！

他曾以厚禮相邀，王茂章都不為所動，直到楊行密去世，楊渥即位，這小子實在不倫不類，王茂章忍不住規勸楊渥，卻險遭殺禍，王茂章無奈之餘，只能率領一班心腹轉投海龍王錢鏐，當時吳越與淮南已經講和，王茂章的投靠並無礙淮南，偏偏吳越早就投靠了大梁，朱全忠一得到消息，立刻教錢鏐把人送過來，錢鏐也只能乖乖聽令，朱全忠得償宿願，十分歡喜，便賜名王景仁。」

馮道聽到此處，實不勝稀噓：「一代名將竟淪落到隨波逐流，任人推送！」

張承業悲切道：「忠臣良將被逼得依附逆賊，何等糟蹋！只恨楊行密死得太早，楊渥又不肖！」楊行密一向尊唐，張承業對失去這一位南方的中流砥柱，實是憾恨難舒：「王茂章與楊行密情誼深厚，忠心不貳，有如先王與黑炭頭，倘若楊行密受傷時，王茂章不是待在宣州，楊行密也不會這麼早死！」

馮道也跟著一嘆，暗想：「楊渥心胸狹窄，容不下老將，才會被徐溫、張顥誅殺，否則有王茂章、趙匡凝等忠心老將相護，又怎會英年早逝？他就是自掘墳墓！反觀朱全忠就是有霸主胸懷，能容人所不容，才能得到這樣一位名將。」說道：「無論我們感到多麼可惜，王茂章、楊師厚都已成為朱全忠的左右虎翼，再加上大梁群將和裝備精良的士兵，梁軍簡直就像天將天兵一起下凡，所以周德威才覺得此戰不可為！」

張承業幽幽一嘆：「可不是麼？黑炭頭的戰略雖然不錯，也只是險中求穩，為亞子保個面子而已，萬一鄗邑一戰還是輸了，河東可是會被連根拔起！如今退也退不得了，你有什麼法子可大敗梁軍？」

馮道搖搖頭道：「王茂章不焦不躁，武功高強、征戰有術、帶兵有方，重情義，輕財利，非但主上信任器重他，部將也為他拼命，這人未免太過完美，幾乎沒有弱點！」

張承業嘆道：「當初他越厲害，擁唐的藩鎮便越有力量，想不到一朝勢改，他竟成了最大的殺傷力，世事難料啊！」

馮道說道：「擒賊先擒王，或許派人潛入梁營暗殺王景仁，是最根本的方法。」

張承業啐道：「王茂章僅帶著數百士兵，就能在楊師厚的大軍追殺下全身而退，由此可見，他的飛雁驚鴻劍法絕不遜於楊師厚的銀槍效節棍，誰有本事去暗殺他？」

馮道無奈道：「我不也是死馬當活馬醫嘛？」他起身收拾碗筷後，又負手在營帳內走來走去，苦苦思量：「南方第一名將王景仁，再加上禁衛軍首韓勍、踏白飛槊李思安……這一切代表著無堅不摧的組合，究竟有什麼破綻？」

一老一小，大眼瞪小眼，始終沒有好法子，張承業喃喃嘆道：「青州之戰是王茂章的光榮之戰，這柏鄉之戰，會不會成了王景仁的成名之戰？而亞子好不容易積累起來的威望，就……」

一句話未說完，帳外忽然傳來一聲通報：「啟稟監軍，大王率軍隊出襲了！」

「什麼？」馮道與張承業驚得幾乎同時跳起，兩人連忙奔出帳外，張承業急問：「怎麼回事？」

那小兵報告道：「大王忽然說要夜襲，點了五十名精兵就出去了！」

張承業急問：「稟報總管了嘛？讓他快派人接應！」

小兵支吾道：「大王臨走時……吩咐不能告訴任何一位將軍，但小人想來想去，覺得不安，因此來稟報監軍。」

張承業低呼道：「唉呀！這亞子實在衝動！」稱讚小兵道：「你倒是機靈，知道將軍找不得，就找監軍。你快快備馬來，再通知大太保來接應！」他知道李存勖還跟周德威鬧彆扭，只有教這個最親近的大哥去解救，李存勖才不會生氣。

那小兵支吾道：「可是大王說不能通知將軍……」

張承業道：「有什麼事我擔著！」

「是！」那小兵便趕緊找了兩匹馬過來，又奔去稟告李嗣源。

張承業和馮道翻身上馬，功聚雙眼，四處尋找李存勖的身影，卻始終不見半點人影，張承業越想越擔心，眼睛瞪大如銅鈴，聲音急得都發顫：「前面一片黑漆漆，什麼都瞧不見，再過去就是梁營了，這小子不會做傻事吧？」

馮道見他臉色都白了，安慰道：「小李子不是蠢貨，他只帶五十名精兵，肯定是小心翼翼，不會急風如火，咱們快馬追上，應該趕得及。」

張承業急道：「可你說他究竟去哪兒了？怎麼會一直找不著？」

馮道說道：「公公不必著急，待我瞧來！」說罷立刻運起「明鑒」雙眼，在一片漆黑中搜尋李存勖等人的身影，過了好一會兒，赫然發現左前方遠處有一小撮黑色人影糾纏晃動，喝道：「在那兒！」

「快！」兩人催馬趕了過去，見李存勖一行人身穿黑衣勁裝，神情得意，正策馬歸來，還帶著幾名身穿黑衣的俘虜。

李存勖有些訝異：「七哥怎麼來了？」

張承業道：「我去找你商談事情，聽說你出去了，我心中擔憂，因此前來看看。」

李存勖笑道：「大家都說梁軍壯盛，我偏不信，就去探探他們的底，你瞧！」手中高高提起一名俘虜，得意道：「這不就順手抓了幾個回來！」

他將俘虜拋在地上，又跳下馬來，踢了俘虜幾腳，讓他們跪成一排，拿起長槍指著他們的背心，喝問：「你們鬼鬼祟祟地在河邊做什麼？」見俘虜不答，又道：「我一槍可以刺死十人，我數到三，你們誰最先說出答案，我就饒他性命！一、二、三——」

「浮橋！」俘虜們為求保命異口同聲地搶答：「將軍命大夥兒造浮橋，所以我們游過對岸來勘察地形。」他們不知道抓人的是鼎鼎大名的河東晉王，只一股勁地磕首喊道：「求小將軍饒我們一命！」

「果然是浮橋！」李存勖知道周德威的判斷正確，如今只能先退守鄗邑，恨恨地踢踹了俘虜一腳，心中琢磨著要殺了這些俘虜滅口。眾俘虜也感到命在旦夕，苦苦哀求道：「小將軍說要饒我們一命，可要說話算話！」

李存勖心想自己身為晉王，應該一言九鼎，殺是不殺，有些猶豫，喝道：「你們回去告訴你們的主子王景仁，教他別白費心思了！」

其中一人哼道：「王景仁是大將軍，我們不是他的直屬手下，與他說不上話。」語氣中似隱含著微微怒意。

李存勖問道：「那你們是誰的手下？」

幾名俘虜大聲回答：「我們是踏白飛槊李思安的手下！」神情頗是驕傲。

馮道看著這一幕，忽然靈思一閃，在張承業耳邊低聲說了一句：「新將難帶老兵！」

張承業心領神會，暗讚：「小子果然管用！」連忙跳下馬來，向李存勖霎霎眼，便轉對俘虜驚訝問道：「踏白飛槊也來了？」又疑惑道：「李思安從前總是跟隨梁帝左右，所向披靡，立了好多戰功，怎麼今日大將軍不是他，而是那個不知名的王景仁？」

俘虜們臉上果然浮現忿忿之色，張承業又嘆：「過河深入敵境勘察地形，這可是最危險的任務啊！原來你們不是王景仁的人，難怪他把這工作派給你們！」

俘虜們心中憤怒，暗暗咬牙，又叩首道：「我們什麼都說了，求小將軍放了我們。」

張承業道：「小將軍答應放人，就會守信。」

李存勖道：「殺你們幾隻小螻蟻也無用，一起滾吧！」

眾俘虜驚喜之餘，連連磕頭：「多謝小將軍饒命！多謝小將軍饒命！」便趕緊起身，拔腿就跑。

張承業趁他們剛轉身，還未走遠，連忙對李存勖說道：「王景仁才剛到大梁，李思安便失勢了，如果王景仁再打下一點戰績，嘿嘿！咱們最害怕的李思安就會滾出梁營了，說不定朱全忠還會斬下他的腦袋，不如咱們送給王景仁一點甜頭，讓他小勝幾場……」他看似小聲說話，其實微微運了內力，將聲音清楚地傳入俘虜們的耳中。

李存勖朗聲笑道：「好！咱們就送王景仁一點甜頭，讓朱賊砍了李思安的腦袋！」俘虜們聽見秘密，心中不安，都飛也似的跑了，恨不能立刻回報李思安，教他小心注意。

李存勖率眾人回返，正好碰到趕來救援的李嗣源，李存勖奇道：「大哥怎麼也來了？」隨即想通是有人通報了李嗣源，心中不悅，哼道：「本王這趟出去，明明要他們噤聲，究竟是誰大聲張揚，敢違抗軍令，我回去後定要好好懲處！」

張承業好聲好氣地解釋：「沒有人違抗軍令，他們沒有告訴任何將軍，只告訴我這個監軍。而我其實沒有接到大王噤聲的命令，只是身為七哥的我無意中知道這件事，很擔心亞子的安危，就讓亞子的大哥來接應。」

李存勖聽他把這事化解成家人情誼，無論如何也生氣不下去了，再加上張承業一來，便在梁將之間埋下一根刺，他心裡其實很高興，釋懷一笑，道：「我又不是衝動的小孩兒，我只是去打探軍情，看有沒有破敵之機，你們不必這麼擔心！」

李嗣源見李存勖安然無恙，鬆了口氣，恭敬道：「臣只是擔心大王的安危，大王以後有什麼事，吩咐我去做就行了，切勿自己冒險。」

李存勖打量他兩眼，心中有了作戰計劃，笑道：「好！這句話我記住了！都回去歇息吧！」眾人拜別李存勖後，便各自回營。

張承業慶幸只是虛驚一場，笑問馮道：「好小子！居然想到使離間計？」

馮道一邊整理乾草堆起的床墊，一邊說道：「這次領軍的梁將個個大有來頭，都是能獨當一面的將帥，若是團結在一起，真是神仙也難敵，但若是被分化了，內鬨起來，也會加倍厲害。」

張承業笑道：「分析得不錯啊！」

馮道續道：「王景仁曾與梁軍廝殺無數次，還斬了朱友寧，梁營內肯定有人恨他。王師範不就是因為被朱友寧的妻子告狀，才惹禍上身嚒？而李思安原是朱全忠的貼身護衛，韓勍則是禁軍首領，那可都是朱全忠最親近的人，是嫡系子弟兵！尤其是李思安，在幽州失敗後，一定很想贏回朱全忠的信任，可是攻打河東最關鍵的一戰，主帥居然是從敵方投奔過來的王景仁，你說他們服不服氣？只要激化這點矛盾，就足以拆毀梁軍的團結。近年來，朱全忠漸失人心，大梁軍心不穩，一旦失敗，往往是全部潰逃，就可能速戰速決！」

張承業笑道：「好小子！你這花花心思是越來越多了！」

馮道無奈道：「我的花花心思還不是被這幫牛鬼蛇神逼出來的！」

張承業哼道：「你說的牛鬼蛇神可沒包含咱家吧？」

馮道佯裝害怕，雙手忙護住雙耳，免得他來擰耳，道：「小馮子豈敢？」

張承業哼哼笑道：「懂得乖巧便好，免得咱家多費力氣收拾你！」

馮道整理好床被，道：「折騰大半夜，小李子終於安全回來，公公可以放心歇息了吧？」

張承業卻是陷入自己的思緒：「朱全忠有容人雅量，不計較王景仁殺了他侄兒，才成就了霸主的格局；將來河東漸漸壯大，也會有敵人投奔過來，如果不收，會逼得對方死戰到底；要是接收，卻會鬧得內部矛盾，這收與不收，確實是一件難事，將來我得幫亞子好好琢磨……」又想：「忠於我唐室的才收，這樣大家就有共同的目標，才能團結一致……」

馮道見張承業兀自嘀嘀咕咕，勸慰道：「明日就要拔營，大家都得養足力氣，公公還是別再煩憂，快快歇息吧！」

兩人並肩而躺，張承業見馮道還睜著一雙大眼，若有所思，道：「小子讓我安歇，自己卻還不肯閉眼，在想什麼呢？」

今日在梁將之間埋下一根刺，眾人都很高興，可不知為什麼，馮道心中有些不安，他直覺自己忽略了什麼關鍵，一時間卻想不出來，為免張承業擔心，便趕緊閉了眼，道：「沒什麼，我在想今夜的月亮為什麼特別明亮？」

張承業笑道：「那是因為我們看見了一絲希望！傻小子，快睡吧！」

（註❶：龍驤、神捷、神威、拱宸乃是大梁最重要的精英大軍，其中龍驤軍下分為赤馬都和白馬都。）

九一一・二　北風吹海雁・南渡落寒聲

八年正月二日，德威率騎軍致師于柏鄉，設伏於村塢間，令三百騎以壓汴營。王景仁悉其眾結陣而來，德威轉戰而退，汴軍因而乘之，至於鄗邑南。時步軍未成列，德威陣騎河上以抗之。亭午，兩軍皆陣，莊宗問戰時，德威曰：「汴軍氣盛，可以勞逸制之，造次較力，殆難與敵。古者師行不逾一舍，蓋慮糧餉不給，士有饑色。今賊遠來決戰，縱挾糗糒，亦不遑食。晡晚之後，饑渴內侵，戰陣外迫，士心既倦，將必求退。乘其勞弊，以生兵制之，縱不大敗，偏師必喪。以臣所籌，利在晡晚。」諸將皆然之。時汴軍以魏、博之人為右廣，宋、汴之人為左廣，自未至申，陣勢稍卻，德威麾軍呼曰：「汴軍走矣！」塵埃漲天，魏人收軍漸退。莊宗與史建瑭、安金全等因沖其陣，夾攻之，大敗汴軍，殺戮殆盡；王景仁、李思安僅以身免，獲將校二百八十人。《舊五代史・周德威傳》

梁、晉相拒於柏鄉，梁龍驤軍以赤、白馬為兩陣，旗幟鎧仗皆如馬色，晉兵望之皆懼。莊宗舉鍾以飲嗣源曰：「卿望梁家赤、白馬懼乎？雖吾亦怯也。」嗣源笑曰：「有其表爾，翌日歸吾廄也。」莊宗大喜曰：「卿當以氣吞之。」因引鍾飲釂，奮檛馳騎，犯其白馬，挾二裨將而還。梁兵敗，以功拜代州刺史。《新五代史・卷〇六》

天色一亮，李存勖就下令全軍退守鄗邑，周德威見他聽從建議，鬆了口氣，但這麼一來，軍中不免謠言四起，都說晉王因為看到梁軍勢大，心中害怕，不戰而退，河東士兵天天看著對岸軍容壯盛，已是忐忑不安，如今主將又怯戰，個個都垂頭喪氣。

在大軍拔營離開後，李存勖還逗留在原地，獨自站在野河北岸的高坡上，遙望對岸，似乎十分不捨，李嗣源見狀，便牽了馬到他身邊，提醒道：「大王，該起程了。」

李存勖拿起腰間酒囊喝了口酒，又遞過去給他，笑道：「咱們兄弟許久沒有一起喝酒了！」

李嗣源接過酒囊，微笑道：「謝大王賜酒。」也大口喝了酒。

李存勖指著對岸壘壘望不到盡頭的梁軍營帳，道：「大哥，你瞧梁軍如何？」

李嗣源道：「兵甲壯盛，橫陳東西數里，有我軍數倍之多。」

李存勖惋惜道：「三鎮浩浩蕩蕩地來，就這麼退了，人人都以為我怕了梁軍。」

李嗣源沉聲道：「從前只有我們單獨對抗梁軍，也沒有怕過，大王何必在意人言？」

李存勖感慨道：「但我們的兄弟都怕了！我瞧他們個個愁眉苦臉，嚇得發抖，打潞州那麼艱難，大家還能熬下去，但這一回，梁軍傾巢而出，兄弟們是真的怕了！」輕輕一嘆，又問：「大哥，你說，咱們到底有沒有勝算？」

李嗣源性情端穩、口舌木訥，一時也不知如何安慰，只道：「無論如何，大哥都會陪你到底。」

李存勖拿回酒囊，逕自喝了一大口酒，好似要借酒壯膽才能說出心裡話：「你也看到了，魏博、龍驤、神威、拱宸、神捷軍，全是大梁最精良的部隊！人人鎧甲精良、馬兒健壯，而我們呢，人數少，槍械又單薄，就連我看著他們都感到心驚，更何況是士兵們？」他大大喝了口酒，又把酒囊遞給李嗣源。

李存勖自接掌王位以來，歷經無數艱難險阻，都是大勇無畏地激勵眾軍，李嗣源第一次看到他流露軟弱懼怕的樣子，胸中頓時激蕩出一股保護兄弟，兩肋插刀的豪情義氣，哈哈一笑，道：「梁軍只是人多，虛有其表而已，有什麼可怕的？今日大哥就為你殺幾隻梁狗、帶幾匹赤馬回來，給兄弟們壯膽！」

李存勖心中大喜，也哈哈大笑，讚道：「韓信氣吞山河，大哥卻是氣吞梁軍啊！」

「等我的好消息！」李嗣源說罷一口飲盡酒水，即飛身上馬，奔馳出去。

李存勖看著李嗣源飛馳而去的背影，心中既感動又滿意：「大哥這一去若是成功，就能激勵士氣！」

當周德威提出「彼出則我歸、彼歸則我出」的擾敵戰術時，李存勖就一直思索著該由誰擔任這個先鋒？梁軍太過壯盛，梁將本領又高，沒人有膽量、有本事敢深入虎穴，思來想去，只有李嗣源是最佳人選，但這一去是九死一生，他不好直接下令教這個大哥去送死，便用言語刺激，他也想看看臨到生死關頭，李嗣源是不是真會忠於自己的命令？

李嗣源卻沒有那麼多心思，他感念義父的栽培之恩，一心想保護李存勖，見他肩上扛著太多重擔，就想為這個從小疼愛的三弟解憂，因此他立刻率領自己的親部「橫衝都」殺進梁軍的「白馬都」軍營，不過片刻，即生擒兩員騎校回來，河東軍立刻士氣大振，人人皆自告奮勇，想殺敵立功！

李嗣源、史建瑭於是各自率領三千精騎，每日輪流去梁營頭尾兩端挑釁，使梁軍不能兼顧，一旦他們集結大軍衝過來，河東騎兵便像黑影一樣呼嘯而去，如此從早到晚不斷騷擾，每日劫擄百餘人，還順手抄掠糧草。

梁軍對這神出鬼沒的戰術最是頭疼，他們曾在潞州建夾寨防堵，最後不但夾寨盡毀，還傷亡慘重，此後只要遇到「彼出則我歸，彼歸則我出」的戰術，就像驚弓之鳥般，嚇得躲在軍營裡，一動也不敢動，雙方因此僵持了一段時間。

這一晚張承業忙完了糧草安排，回到帳篷裡，忍不住嘆了口氣。

馮道關心道：「公公怎麼了？」

張承業道：「今日糧草又少了許多，明天大太保又得深入敵營去劫糧了！」

雖然李嗣源率領的橫沖都很勇武，但誰都知道每一回深入敵營都是冒死而去，馮道不禁微微蹙了眉。

張承業又道：「那王景仁可真有耐心，大太保每天帶人去劫掠，他硬是坐在營壘裡，八方吹不動，一點都不出來抵抗，梁軍的存糧又很多，再這樣下去，只怕三鎮自己就先沉不住氣了！」

馮道說道：「這人確實不簡單！周德威想借擾敵來消耗梁軍士氣，王景仁卻知道我們退守鄗邑，必會動搖軍心，也在等三鎮起內鬨，現在就看是那一邊先沉不住氣！」

張承業又嘆了口氣，道：「再拖下去，只怕越來越不利，究竟要怎麼樣才能引出王景仁，將梁軍引到鄗邑平原去？」

馮道想了想，道：「看來只能用『罵戰』刺激一下王景仁了！」

兵將多是粗武之人，脾性也多暴燥，因此這「罵戰」往往能收意外之效，尤其在北方更是行之有年，是不流血汗的絕妙戰術之一。

張承業道：「王景仁又不是北方粗漢，他出身南方，特別瀟灑淡定，連刀子戳到面前，眼珠子都不眨一下，怎麼罵得動他？」

馮道笑道：「真要罵人，話也不必多，直戳心窩點就對了！」

張承業道：「這幫河東老粗，口舌笨得很，罵人是很大聲，但罵來罵去，都是他奶奶的，翻不出什麼新花樣，怎麼戳得到王景仁的心窩？」

馮道想了想，走到桌案，提筆寫了紙條，道：「明日你把這個交給嗣源大哥，讓橫衝都把上面的話都背熟了，決戰那一日就罵這四句，必能引出王景仁！」

張承業一看，忍不住笑了出來：「你這臭小子，平時斯斯文文的，想不到罵人也挺毒的！」

馮道哼道：「還不是被你逼的！」

張承業啐道：「臭小子自己滿肚子鬼，還賴人呢！」

馮道冤枉道：「我本是一純樸農家子，幾時也成了滿肚子鬼？」

翌日清晨，史建瑭出擊回來後，向李存勖和周德威稟報道：「在梁營四周發現許多馬匹骸骨！」

周德威霍地站起，黑沉沉的臉上終於露了一抹稀罕的笑意：「決戰的時機到了！」又向李存勖拱手道：「請大王允我率領大軍出擊！」

原來梁軍的糧草屢屢被攔截，馬兒已經沒有草料可吃，梁軍還是不肯出營，只鍘碎屋茅、拆了草席來充當草料餵養馬匹，有些馬兒耐不住就倒斃了，梁兵於是割馬肉充饑，馬兒骸骨便逐漸堆積如山。

李存勖等這一日早就等得不耐煩了，立刻召集三鎮將領，朗聲下令：「今日大家吃好睡好，明日寅時集結三軍，依照原定計劃出發，準備征討柏鄉逆賊！」眾將領接令後，便各自回去整備兵馬。

這一晚，馮道照例服侍張承業梳洗，準備就寢，卻見張承業遲遲不安歇，馮道問道：

「明日就要決戰了，公公還不歇息，又在想什麼？」

「就是明日要決戰了，我才擔心！」張承業道：「梁軍兵力勝過我們好幾倍，武器又精良，萬一到了平原，我們還是打不過，該如何是好？」

馮道拿起地圖研究周德威的戰略，道：「明日周德威和嗣源大哥各領一隊先鋒軍去引誘梁軍，到了鄗邑會分成東、西兩個戰場，嗣源大哥會帶著李嗣恩守住西邊，對付韓勍和李思安，而李存璋、史建瑭、安金全則會留在東邊，對付王景仁的魏博軍……」想了想，遂提筆寫了一張紙條，遞過去道：「雙方較量，必是互有勝負，只要梁軍稍有退卻，就讓嗣源大哥喊這個口號。」

張承業看紙條上只有五個字，不由得一愣：「魏博軍逃了？」搖搖頭，半信半疑地道：「王景仁泰山崩於前，都面不改色，怎麼可能逃走？誰會相信這等鬼話？打死我也不信！」

馮道笑道：「我也不相信，但公公非要逼我想法子，就只有死馬當活馬醫了！」

張承業打了他腦袋，道：「原來小子敷衍我！」嘆了口氣，又道：「明日若是兵敗，這一回可就是最後一次打你了！」

馮道安慰道：「無論如何都要養足力氣，萬一兵敗，逃命也快些。」便吹熄了燭火，張承業這才不得不躺下歇息，咕噥道：「明日萬一兵敗，我怎麼也得護著亞子回去。」

馮道嘆道：「公公還是快安歇吧，才有力氣保護小晉王。」

待張承業睡著後，馮道自己卻是翻來覆去，怎麼樣也睡不著，他索性下了床，坐到營帳外，對月興嘆，看著看著忽然想道：「既然人力無法了解問題到底出在哪裡，不如我試著探尋天機！」便拿了紙筆，對照著星圖佈置、月形圓缺，仔細研究星象經緯，精算曆數，算了好一陣子，卻得到一個驚人答案：「明日竟有月食？」

他記得《天相》書中的《天象》篇裡記載：「太陰虧，不利宿兵在外，不宜用兵作戰，不宜深入敵境……」

「明日大軍就要出發，雙方大戰在即，無論如何是不會改變了，這該如何是好？」他心中驚駭，不由得起身在草坡上踱來踱去，直走到月落日升，東方乍白，也沒想出一個阻止李存勖發兵，轉危為安的方法。

清晨寅時，長長的號角聲響起，三鎮軍兵已集結在草場上，周德威見士兵們臉有懼色，與李存勖、李存璋商議該如何激發士氣：「臨到決戰了，他們還是提不起勁，這可有些危險。」

李存勖知道他們害怕梁軍的裝備，哼道：「那些鐵甲貴冑在本王眼中，根本不是什麼武器，而是寶物！咱們一把搶了過來，以後再遇到梁軍，就不用害怕了！」

李存璋等人心中都是一震，頓時勇氣倍增，齊聲道：「大王教訓得是！」

李存勖親自站上高坡激勵眾兵：「梁軍衣甲鮮麗，看似天武健兒，鋒銳不可擋，其實他們根本不是來打仗，而是來贈送咱們兵甲的！他們都是商販屠沽出身，虛有其表，不像我河東兄弟是真刀真槍真本事，對付那些娘們，咱們都能一個打十個！

我河東軍能以少數縱橫沙場，便是出了名的敢爭敢搶、打死不退，以前搶個糧草都能拼命，如今一堆寶物在前，弟兄們還不敢搶嚒？大家奮勇上前，搶奪過來，這樣我們也有寶甲了！懦者的眼光只看到危險，勇者的眼光卻看到機會！我們打垮梁軍，搶他們的衣甲寶刀！」

河東軍早就羨慕嫉妒梁軍的配備，這一番話徹底激勵了他們的勇氣，登時歡聲雷動，響徹雲霄：「我們以一打十！搶他們的衣甲寶刀！」

馮道看著這一幕，心中也激動起來：「李存勖確實有王者魅力，他自己大勇無畏，遇到艱難從不退縮，還能在軍兵最頹喪的時候，憑著幾句話就激起士氣，讓士兵們死命相隨，這一點，從前朱全忠在最高峰的時候，尚且做不到，今日是更加不行了，至於劉守光，手底下的人只會逃得更快。」

他又想道：「在亂世之中，要讓人跟隨，李克用憑的是情義賞賜，朱全忠憑的是強者威權，劉守光憑的是威嚇恐懼，只有李存勖是真正有王者魅力，單憑幾句話，就激起大家的勇氣，願意生死追隨！」

周德威見士氣高亢，心中大石落了地，大喝一聲：「出發！」便和李嗣源身先士卒，各領三千精騎做先鋒，率先衝了出去。

周德威率領鐵林軍環繞著梁營奔馳射箭，不斷挑釁，王景仁始終不為所動，李嗣源於是教橫沖都用馮道事先交代的話語，破口辱罵：「梁軍膽小如鼠！梁軍膽小如鼠！梁軍膽小如鼠！」

梁軍聽到這等辱罵，哪裡忍得住，群情騷動，都想拿兵器出去拼搏一場，王景仁喝道：「坐下！」

誰知河東軍又罵：「李思安喪家之犬！李思安喪家之犬！李思安喪家之犬！」每一句都像在李思安心中扎了一根又一根的刺，他不禁想起自己在夾寨失利，轉戰幽州，依然失敗，像喪家犬般獨自逃了出來，從此失去朱全忠的信任。

他又想到俘虜回報的訊息，對王景仁越加嫉妒，但軍令如山，他心中再恨，只要主帥不肯鬆口，就不能妄動，他不禁狠狠地瞪了王景仁一眼。

「韓勍縮頭烏龜！韓勍縮頭烏龜！韓勍縮頭烏龜！」橫沖都一邊繞著梁營奔馳，一邊換了罵詞。

韓勍聽到「縮頭烏龜」，忍不住想起「龜」和「珪」同音，自己暗中投靠朱友珪，但朱友珪始終得不到朱全忠的青睞，自己何時才有出頭之日？豈不像縮頭烏龜般，永遠被人瞧扁？

河東軍並非巧舌之徒，罵人實在沒有什麼厲害詞彙，翻來覆去就是背好的句子，但聲大喉粗、丹田有力，齊聲罵起來，一陣又一陣，轟隆隆地繞樑不去，彷彿梁軍的軟弱已傳遍四野，天下人都知道了。

被罵者實在難堪，都想衝出去廝殺一番，偏偏王景仁就是不肯下令，眾將領不禁都恨上了他，尤其李思安更是暗罵連連：「你故意讓天下人瞧我們笑話，老子就等看人家怎麼罵你！」

王景仁本來還一派從容，忽聽橫沖軍改了罵詞：「王景仁背主求榮！王景仁背主求榮！王景仁背主求榮！」他猛地想起楊行密，心口就像被狠狠插了一刀般，待多聽兩次，再也忍不住怒氣，幾乎是爆跳起來地大喝一聲：「全軍殺出！殺他個片甲不留！」

李思安原本應該擔任後方接應，但自從得到俘虜回報後，心中既恨怒且不安，早就與韓勍商量過了，這一仗絕不讓王景仁專美於前，一聽主帥發出號令，兩人立刻奔出營外，集結兵馬，準備大殺一場。

剎那間，梁軍傾巢而出，宛如洪水破閘般衝了出來，周德威和李嗣源連忙率領部隊撤退，梁軍見對方敗走，更是奮勇追擊，但浮橋容納有限，幾十萬人實在無法一下子擠上去，只能魚貫而過。雙方漸漸進入鄗邑南野河上的大平原，周德威見一半梁軍已離開軍營三十里遠，便大喝一聲：「包圍！」

河東軍不再退後，立刻反殺回來，同時間，八太保李存璋也率兵衝出來，從後方將落入平原地帶的梁軍包圍起來。

鎮、定兩軍原本負責守住浮橋，截斷梁軍後援。李存勖眼看後方還有大批梁軍要衝過浮橋，鎮、定軍兵卻守不住，節節敗退，著急大喝：「梁賊一旦過橋，咱們就危險了！」

義兒軍之一的匡衛都指揮使李建及聽到大王呼喊，立刻率領兩百步兵手持長槍，血戰橋頭，不讓敵軍越雷池一步。

一切如周威德所料，東邊戰場上，王景仁率領魏博軍與李存璋、史建瑭、安金全等部隊纏鬥；西邊戰場則是韓勍率領龍驤禁軍、李思安率領神威軍與李嗣源、李嗣恩部隊廝殺；大梁近一半的士兵被李建及硬生生隔絕在浮橋的另一邊，無法衝過來。

周德威見大勢底定，便退出戰場，登上山崗，與李存勖一起居高臨下，為他分析戰況。

李存勖興奮道：「梁兵爭相前進，吵吵鬧鬧，我軍進退有序，安靜肅穆，一定會勝利！河東興亡在此一舉，我身為主帥，不如先衝下去與兄弟們並肩作戰，激勵士氣，你隨後再跟上！」一扯韁繩，就要衝出，周德威連忙拉住他的戰馬，沉聲道：「大王且慢！梁兵既然混亂，咱們就能以逸待勞，不需多耗兵力去制服他！」

李存勖愕然道：「難道我只能這麼眼睜睜看著？」

周德威道：「大王少安毋躁，須靜待最佳時機！」

李存勖觀望了一會兒，實在心癢難耐，忍不住又問：「我幾時才能下去？」

周德威好言解釋道：「古人打仗，怕糧餉無法補充，總不敢遠離軍營。如今梁兵遠來決戰，即使帶著糗糒，在激戰中也沒法吃，到了黃昏，他們一定會饑渴難耐，若還要奮力廝殺，必會心生倦怠，到那時，我們再忽然殺出，就能輕易獲勝。大王務要耐心等候，等到傍晚再一舉出擊！」李存勖聽他說得有理，也只好按兵不動。

正當河東軍成功誘敵至平原，李存勖和周德威心中稍安時，王景仁也同樣退出戰場，來到附近的一座高坡，準備指揮戰陣，他飽提內力，長喝一聲：「雁行千里！」戰場上人馬奔騰、刀槍交擊，這一聲長喝卻嗡嗡然地迴蕩在戰場上空，教所有士兵都聽得見，足見其功力深厚。

他身旁的旗手聞令，立刻用力揮舞巨大的紅旗，魏博軍依著旗號快速結成一排排鐵甲雄兵轟轟前進，千萬鐵靴揚起了蓬蓬雪塵，震得地面都微微跳動，宛如千古神獸忽然甦醒，大踏步而來，即將輾壓渺小的蟻群。

河東軍面對這樣雄強的氣勢，絲毫無懼，憑著鬼魅般的騎術，在魏博軍還來不及反應時，就已經像利箭般直插入敵陣的心臟區！他們揮舞長刀奮力砍殺，以往只要砍個一、兩刀，就能取下敵人性命，呼嘯而去，可今日遇上這天殺的硬甲，竟是需要砍上七、八刀，才可能砍翻一個敵人。魏博軍的速度雖然較慢，但勝在人多，當河東軍砍到第四、第五刀時，附近的魏博軍也已經趕了過來，圍殺一名河東軍，如此一來，徹底破解了河東軍原有的飛騎優勢。

即使李建及和鎮、定兩軍硬是把一半的梁軍阻擋在浮橋後方，這部邑大草原上，五萬河東軍還要對上十多萬梁軍，那堅實的盔甲連成一片又一片的銅牆鐵壁，就像巨浪狂濤般洶湧過來，彷彿要以無限的人海、無堅不摧的實力，強勢輾壓對方。

河東軍再驍勇，也不由得感到驚顫，但他們不知道，最可怕的情景還沒出現！

張承業帶著馮道在軍營裡整備糧草，馮道想起月蝕天象，心中不安，又不敢直接告訴張承業，免得他擔心，只拼命思索究竟有什麼事是自己疏忽了，嘀咕道：「王景仁居然讓梁軍餓到馬骨堆積如山，也不肯出戰，你們說梁軍是因為害怕，才躲著不敢出來，可王景仁在青州之戰，敢以七千軍兵敵對二十萬梁軍，絕非膽小之輩；魏博軍更是凶悍無匹，連主帥都敢宰了，又會怕誰來著？這件事，我怎麼想，都覺得古怪！」

張承業心思敏銳，看出他有異樣，問道：「大軍已經出發了，你在擔心什麼？為何不直接說出來？」

馮道說道：「我也說不上來，總覺得事情太順利了，順利到不像與南方第一大將對決！」

張承業道：「咱們本來就不是跟南方名將對決！別忘了，王景仁已經投奔朱全忠了！」

馮道想了想，道：「王景仁與楊行密情如兄弟，會不會是假裝與淮南決裂，其實是潛入梁軍搶奪將帥大權，所以才消耗掉糧草，使梁軍大敗，好替淮南報仇？」

張承業笑道：「倘若真是這樣就好了，那仗也不用打了！」冷不防打了馮道後腦勺一掌，啐道：「小子別異想天開了！楊行密又不是死在大梁手裡，楊渥曾逼殺王景仁，朱全忠卻十分禮遇他，他還要替誰報仇？你還是快快數好軍糧，別拖拖拉拉了，後勤雖不如前線緊張，一旦稍有延誤，也是軍法處置！」

馮道撫了撫腦袋，哼道：「我是盧龍參軍，河東軍法可治不了我！大不了，我拍拍屁股滾回幽州去。」

張承業哼道：「小子還頂嘴了？河東軍法治不了你，看咱家治不治得了你？」大掌一揮，就要掃去，馮道連忙身子一蹲，閃過他的巴掌，正得意地咧嘴一笑：「小馮子躲得快！」卻不知怎地，耳尖一陣冰涼，已被張承業的兩指提了起來，他連聲唉呼地站起：「唉喲！唉喲！公公饒命，小馮子不敢了！」

張承業這才鬆了指勁，哼哼冷笑：「看你還敢不敢調皮？」

馮道揉了揉耳朵，嘻嘻一笑，道：「河東伙食不錯啊！公公老當益壯，指勁還是那麼厲害！」

張承業啐了一口，道：「你不用嘀嘀咕咕，在咱家面前，有什麼不能說的？」

馮道沉吟道：「有些事，我實在想不透，如果梁軍只是憑藉兵甲壯盛來打仗，那麼誰都可以當這個主帥，朱全忠為何要冒這麼大的風險，把主帥大權連同幾十萬軍兵交託給一個外來敵將？王景仁身為南方第一名將，必有獨到之處……」

張承業道：「依我看，王景仁的絕技就是鴻雁陣法，但那究竟是什麼陣法，咱們都沒有見過，現在要去打聽也來不及了！而且王景仁也不是一個死腦筋的，他會依據敵軍特性來變化陣形，這才是他最厲害的地方，事到如今，也只能見招拆招！」

馮道蹙眉道：「如果王景仁真能排兵佈陣，事情就會變得很棘手。」

張承業道：「咱家雖不懂戰陣，卻也知曉一個道理，戰陣和武功是一樣的，唯快不破！高手對招前，你也未必都能知道對方的招式，既然不能事先演練，就只能見招拆招，倘若你比對方快，那便佔了極大的勝算！河東騎術是出了名的快，只要在王景仁的軍陣未成形前，大殺一通，將其破去，讓他陣不成陣、形不成形，那麼再強的陣法也不管用！這就是河東軍一向的戰法，不必拘泥於陣式。」

馮道贊同道：「『以快破陣』確實是個好法子！」

張承業道：「再說，大太保的橫沖都不也訓練了六花陣？那一日，大夥兒討論過了，如果以快破陣還不能對付鴻雁陣，咱們就使出六花陣，以陣對陣，就看是諸葛孔明厲害，還是孫臏高明了？」

馮道得意道：「依我說，咱們的六花陣一定能勝過雁形陣！因為諸葛孔明和鬼谷子都是隱龍，而孫臏只是隱龍的弟子，論資排輩，孫臏可是小了一等呢！」

張承業啐道：「哪有這樣比較的？倒不如說鴻雁陣再厲害，也不是萬能的，就像潤州之亂，它便無用武之地，否則王景仁一開始為何會吃癟？最後還靠挖地道才攻進去！」

馮道說道：「那自然是因為潤州城池高峻，鴻雁陣並不適合攻打高城，只適於平地……」說到這裡，兩人互望一眼，同時色變，齊聲驚呼：「糟了！」連忙放下手中糧草和書冊，奔去馬廄，張承業急呼：「黑炭頭想把梁軍引誘到鄗邑平原，以利我軍的騎術……」

馮道接口道：「王景仁也將計就計，假裝被引到平原上，好施展他的鴻雁陣！」

兩人飛身上馬，連催韁繩，直奔十里外的鄗邑戰場。

「鴻雁于飛——」王景仁見鐵甲軍已拖慢河東軍的速度，對方再不能以快破陣，便下令魏博軍形成大雁陣式。

旗手聞令，立刻左右大力揮動綠旗，前後數排的魏博軍紛紛向左右兩邊奔出，而龐大的中軍則往內凹縮，就像是徐徐展開雙翼的大雁，即將迎風而起。

不多時，數萬魏博軍已經排出大雁兩翼形式，將河東軍夾在其中，王景仁大喝一聲：「射！」

大雁兩翼前排是最強悍的重裝鐵甲兵，保護後排的輕裝弓箭手。弓箭手聽聞號令，立刻射出滿天箭雨。河東騎軍正倏忽來去，隨意掃殺敵人，忽見梁軍變化了隊形，還會意不過來，左右兩邊的箭雨已射至，河東軍與梁軍交手無數次，從未遇過對方排陣，一時間不明所以，只能提起輕盾抵擋，策馬急奔，各憑本事地東躲西閃，原本嚴整的隊形瞬間亂了！

王景仁抓住機會發動第三波攻勢，也是他準備對付河東軍的大絕招：「雁陣驚寒！」大雁翅翼兩端的鐵甲兵一聽號令，紛紛拉起預先準備好的長鐵鍊，在距地面一尺高處，佈成一條一條交錯的網陣，用來絆倒對方的快馬，最可怕的是鐵鍊上還倒插著無數長刀，用來掃斷馬腿！馬兒一旦被絆倒或切了腿，河東軍就等於被廢了武功！

魏博軍向以凶狠著稱，他們早想和以剽悍聞名的河東軍一較高下，如今有鐵甲護身，更是氣盛膽壯，一見敵人摔馬，立刻像群狼遇見受傷的獵物般，七、八個人一起沖湧而上，瘋狂砍殺。

「啊！啊！」河東軍身手雖然矯健，一旦失去座騎，就只能拼死血戰，短兵相接之下，皮甲不如鐵甲厚、人數不如對方多，無論如何也抵擋不過，瞬間，哀嚎四起、一片慘烈。

沒有摔馬的河東軍也好不到哪裡去，上要防備兩側雁翼射發的飛箭，下要操控馬兒跳越鐵鍊刀網。馬兒也能感受到自身危險，驚慌之下，胡亂蹦跳，更難掌控，河東軍只能專心驅馬，無暇回擊，眼看弟兄們一個個摔馬慘死，更是心驚膽顫，深怕一個失足，就落入亂刀砍殺之中。

李存璋、史建瑭、安金全見鐵鍊刀網完全剋制住己軍的行動，幾次想衝過去擊殺手持鐵鍊的梁兵，無奈兩翼飛箭太厲害，往往他們還沒有奔到對方面前，就已經被滿天箭雨逼退了。

河東軍憑著輕騎縱橫天下，往往一個呼嘯來去，就可以掃殺無數敵人，從未想過有人竟可以破解他們引以為傲的快騎戰術，還將他們圍困至不能動彈！周德威和李存勖眼看子弟兵像刀俎上的魚肉，任人宰殺，不禁臉色齊變、心痛如絞，但匆促之間，實在想不出破解之法。

李存勖幾度要衝下去與戰士們同生死，都被周德威阻擋：「只要鐵鍊刀網不破，大王衝下去，也只是枉送性命！」

李存勖指著下方激動道：「那裡有八哥、史侄兒、你的副將、還有我沙陀最精銳、最忠心的兄弟！我怎能眼睜睜看著他們被屠滅？」當初周德威猜測東邊戰場會是王景仁親領的魏博軍，於是將最強悍的鴉軍、自己的鐵林軍和沙陀族兵全放到了東邊，以對抗強敵，卻沒想到這一安排，很可能讓這幫精銳全部覆滅。

周德威目眶微紅，一字一字沉聲道：「大王，所有的部將，包括我在內，都會不惜生死地保護你，只有你存在，河東才有復興的希望！無論是河東基業或是先王囑託，我都不能辜負！」

李存勖被周德威沉重的話語震住了，他忽然明白周德威不是貪生怕死地留在高崗上，而是為了阻止自己冒險，甚至會冒死保護自己回晉陽，隱含的意思其實就是——這一仗，河東將會被屠殺殆盡！

滿腔悲憤在李存勖胸口化成熊熊燃燒的烈火，無法發洩，只能雙拳緊握，在心中不斷吶喊：「為什麼？為什麼老天不給我河東一次機會？為什麼我無能報復父仇？我也有一身本事，為什麼總是要在別人死命保護下求存？」但看著周德威悲壯的眼神，其中流露的忠懇與愛護，也同樣令他震撼，良久良久，他終於冷靜下來，心中的悲憤漸漸內化成一股無與倫比的力量，右手深入背後箭袋，緊緊握著父親賜予的金箭，仰天說道：「父王，無論今日結果如何，亞子絕不會倒下！就算最後只剩我一人，我也一定會東山再起！但你在天上看見了兄弟們是何等拼命，你一定、一定要保佑他們！保佑我們逆轉戰局，大勝梁軍！」

馮道和張承業趕到了戰場附近的山丘，遠遠眺望，想不到映入眼簾的景況竟如此慘烈，只見蒼空白雪、霜草浩瀚，四萬魏博軍在東邊排成一頭巨雁，揮舞著頎長的雙翼，橫掠過廣闊的草原，其形優雅美麗、其姿壯闊豪邁，卻是殘忍地將河東軍包容入腹心，展開噬血的獵殺，將士們的鮮血一蓬蓬地撒出，原本染著白霜的草原，已是腥紅滿地、哀鴻遍野。

「這就是鴻雁陣法！」馮道心中震撼：「我只想到用離間計分化梁將，卻沒想到王景仁為了在梁軍中立足，也會卯足全力求取一戰功成！他費盡心思研究河東戰術，一早便猜到三鎮會退守鄗邑，以引誘梁軍進入平原，便事先訓練魏博軍行使鴻雁陣法，這麼說來……」不禁越想越膽顫：「他讓梁軍穿厚重鐵甲，除了陣法需要，更是為了讓河東軍因為害怕而決定退至平原；任憑河東軍開罵，是為了激發梁軍同仇敵慨的志氣；耗盡糧食卻是為了讓分化的梁軍有破釜沉舟、一致對外的決心！只恨我從前忽略了他，沒研究過鴻雁陣法，把這人想得太簡單了！」

馮道忍不住功聚雙眼，抬眼望向王景仁，想把這位南方第一大將好好瞧個清楚，只見一道身影立在左側山崗，赭紅色長袍在風雪中輕輕飄揚，即使下方正慘烈的廝殺，他整個人依舊瀟灑不羈，就連腰間長劍也只是寫意地掛著，彷彿是大雁之翼，隨時會揮展開來，自由地翱翔天際，可他那一雙眼卻像老僧入定般沉靜，甚至有一種孤獨至死的寂寥！

悠然與滄桑，同時交織在這位南方第一大將身上，就像漂泊過千百里路程的鴻雁，偶爾停下來，獨自昂立於蒼闊天地間，靜靜地觀看萬物變遷、世態炎涼與生死輪迴。

「這就是南方第一名將，我終於見到他了……」馮道心中不禁輕輕一嘆：「今日有緣得見，卻已是對面為敵！」

張承業見馮道跳下馬來，凝目遙望，整個人呆若木雞，又似陷入深深思索，急問道：「小子，瞧出什麼了麼？」

馮道喃喃道：「大雁的兩翼會越收越緊，河東軍能奔逃的地方會越來越小，到最後無處可逃，只會被屠滅殆盡……」

張承業雖知道情況不妙，卻想不到如此嚴重，急呼呼道：「你快想想辦法！這究竟是不是孫臏的雁形陣？」

「是、也不是！」馮道微然搖頭，蹙眉道：「它確實是從雁形陣變化而來，但王景仁針對河東快騎做了改變！公公說得不錯，這位南方名將最厲害的地方是會依據敵軍特性，在原本的陣法裡加入殺招，好剋制對方！」

張承業更加焦急了：「《奇道》卷裡不是寫了各種陣法，你在『青史如鏡』裡又讀了那麼多兵書，難道就沒有一個法子管用？」

馮道說道：「這陣法不是不能破，而是需要時間。首先必須解決刀網，河東軍才可能以快騎衝出兩翼夾殺。偏偏王景仁也想到了這一層，在兩翼開口處佈下最多刀網，絕不讓他們突衝出去！」

兩人說話片刻，大雁兩翼又慢慢往內推進了幾分，河東軍再倒落一片，形勢實是須臾必爭。

張承業急問：「怎樣才能破解鐵鍊刀網？」

馮道說道：「鐵製之物傳熱最快，只要梁兵燙了手，就不敢再手持鐵鍊，原本火攻是最好的方式……」

張承業仰首望天，跺腳道：「可今日下雪了，那火箭一射出去就熄了，這法子行不通！」

馮道嘆道：「王景仁早就算到了火能剋制鐵甲、鐵鍊，才刻意選在冬季出征，而今日終於願意出來應戰，也不是罵戰刺激了他，而是因為天下雪了，火攻已起不了太大作用！」

「那可怎麼辦？難道真沒有半點法子？」張承業急得走來走去，一咬牙道：「倘若真沒法子，咱家就算拼了命，也要把亞子救出去。」

馮道勸慰道：「小李子身為大王，不至於親自下去作戰，就算真有什麼危險，周德威、嗣源大哥，還有鴉軍都會保護他回晉陽，還勞煩不到公公呢！」

張承業道：「你瞧瞧梁軍，多得跟螞蟻一樣！黑炭頭一個人怎麼擋得住？大太保還得牽制住李思安和韓勍，多一個人保護亞子，總是多一分安全。」

馮道暗想：「上回公公為了小李子，硬生生擋下李克寧一掌，以至內元劇損，他雖未吭半句，我卻知道他身子已大不如前，倘若再與大軍激戰，肯定會要了他的老命……」他每每任張承業呼巴掌，除了敬愛對方，更是因為發現張承業氣力日漸衰弱，便想從這呼掌的勁道去瞭解對方的身體狀況，又想：「此戰萬分凶險，雙方勝負只在一瞬間，稍有差池，便是全軍覆沒。我絕不能讓公公涉入其中，須哄得他離開戰場才是……」便假裝掐指一算，微笑道：「王景仁再怎麼會算，怎算得過小隱龍？」

張承業已被淚霧濡濕的雙眼陡然一亮，急問道：「你算出什麼了？」

馮道說道：「我算出今夜乃是月全食之象，《天相・天象篇》裡提到：『太陰虧缺，天現異象，雨雪皆停。』所以這場雪看似不小，但到了傍晚……或者明天，會有停歇的時候，那時就可用火攻！」

張承業歡喜道：「我就知道大唐傳世秘笈肯定管用！」想了想，又道：「但此前沒有準備，臨時要張羅大量的油桶和浸油的弓箭，至少得花兩天的時間，傍晚實在太趕了……河東那幫小崽子挺得住吧？」

馮道暗想：「在兩翼飛箭夾殺下，只怕挨不到半天，他們就全軍覆沒了！」但這話不能說出口，便道：「既然有機會，哪怕是萬分之一，咱們也要試一試。」

張承業道：「對！你說得對！」未等馮道回應，便挾住他施展輕功飛奔到李存勖身邊。

李存勖和周德威一愣，問道：「都監怎麼來了？」

張承業將馮道直接推到李存勖面前，道：「我這不成材的奴僕對破陣有些辦法。」又催促馮道：「你快跟大王報告！」

李存勖目光熾烈地望著馮道，鄭重允諾：「只要你能破陣，本王重重有賞！」

馮道想不到張承業來這一招，嚇得連忙低了頭避開李存勖的目光，心中暗罵連連：「傍晚停雪，只是我隨口唬弄公公，這麼玄奇的事，我要怎麼跟小李子解釋？老傢伙這麼趕鴨子上架，簡直就是要我的命！」只能逼緊嗓音，學張承業宦官似的尖聲，支支吾吾道：「卑……卑職以為可以用……火攻！」

李存勖心中冷哼：「這雪雖然不大，火箭一射出，也就熄滅了，如何用火攻？倘若真能用火攻，本王還犯愁麼？」但見張承業一番熱心，不好拒絕他，此刻戰況緊張，也無暇解釋，便道：「好吧！監軍若真能蒐來大量火箭，就試一試，總聊勝於無。」

張承業得到應允，喜道：「咱家會快去快回！」見馮道想隨自己離開，道：「你就留在這裡好好襄助大王。」便奔了回去。

李存勖對馮道也不在意，一心只想下去殺敵，與周德威又商量了幾次，周德威始終不允。

馮道見李存勖恨鬱難解，忍不住道：「大王不宜涉險，卻可用弓箭射殺鐵鍊刀兵！大王百步穿楊，一定能射中！」

李存勖聞言大喜，立刻策馬衝了出去，大喊道：「敢屠殺我兄弟，瞧本王一箭射穿你們！」他奔了幾處適合射箭的高崗，拼命射殺下方的鐵鍊刀兵，這些人身穿頭盔鐵甲，原本不易射穿，也只有李存勖的箭術才能從如此遙遠的距離，一箭洞穿他們的眉心，令其斃命！

王景仁見天外飛來利箭，微微阻斷了鐵鍊刀網的殺傷力，心中一凜：「這人的箭術當真神奇，倘若河東多幾位這樣的神射手，『雁陣驚寒』也就破了……」

李存璋見到飛箭，知道除了李存勖，再沒有人如此神射，心神為之一振，立刻大聲號令：「大王有令，五人一組，四人持盾圍護一名弓箭手，專射鐵鍊刀手！」史建瑭、安金全也趕緊效法，傳令給手下士兵。

河東軍原本像無頭蒼蠅般亂衝亂闖，聽得號令，知道突破戰陣有望，立刻振奮起精神，迅速組成一小隊、一小隊，予以反擊。

這鐵鍊刀網一時鬆懈了幾分，李存璋、史建瑭、安金全抓住機會，想要率隊突衝出去，卻遇見鐵甲重兵阻擋，這一停滯，就被兩翼的弓箭手狠狠射殺，好不容易振起精神、團結一致的河東軍，再度受到重創。

王景仁心想絕不能讓對方團結起來，精光一湛，立刻再發動下一波陣式：「秋邊雁聲！」

他早已安排許多鼓手、旗手藏在大雁兩翼和中軍裡的不同位置，這些士兵一聽見號令，立刻鼓噪起來，有時是東翼中段大力擊鼓，有時是西翼尾端猛力揮旗。

河東軍已是人心惶惶，忽聽見東邊有鼓聲，想往西逃，又聽見西邊也來鼓聲，但覺四周旗幟飄飄、人影幢幢，都是敵兵，不知哪裡才有活路，頓時陷入一片恐慌，自顧自地逃竄，李存璋等將領拼命想約束軍隊回歸正途，卻始終徒勞無功。

李存勖雖然拼命射殺鐵鍊刀兵，但那鐵鍊有百多條，縱橫交錯，持鍊者分佈在不同的位置，就算一人被射殺，很快也會有後備士兵替補上，李存勖臂力再強、準頭再精，也無法憑藉一己之力滅盡所有，眼看河東軍越來越危險，他心中焦急如焚，一摸箭袋已空，不得不策馬回到周德威身邊，急問：「都監回來了嘛？」

周德威沉重地搖搖頭，將備用的箭袋遞過去給他。李存勖抽出一支長箭，對準最近的鐵鍊刀兵恨恨地射去，咬牙道：「乾脆命他們全力衝刺，能衝出多少算多少，總好過全軍覆沒！」

「不行！」馮道急得脫口而出，李存勖的目光卻已如利刃射了過來：「你一個小小宦官，竟敢出聲阻止本王！」

馮道聽到「小小宦官」一句，驚覺到自己還扮著小公公，連忙低垂了頭，不敢與李存勖目光相對，逼緊嗓音道：「小人冒犯大王，還請恕罪，但騎兵速度越快，越容易落入鐵鍊刀網的陷阱裡！」

李存勖微微一愣，暗忖：「一個小奴僕竟有這等眼力？七哥身邊真是臥虎藏龍啊！」這麼一想，忽覺得那句「不行」，聲音頗為熟悉，目光微微掃了馮道一回，心中忽升起異樣的感覺，又問道：「你有什麼法子？」

馮道恭敬道：「小人此刻還想不到妙計，但一定會盡力設法，還請大王靜候監軍回來。」

李存勖一雙精眸深深地望著他，沉聲道：「好！本王就相信你，等監軍的消息，但你也要設法延緩兩翼夾殺！」

「是！」馮道其實沒有把握等張承業回來時，河東軍還能剩下多少？但見李存勖如此信任自己，不由得雙拳緊握，額上冷汗涔涔而下：「『唯快不破』已經行不通了，如今只剩下『以陣破陣』……」他往西邊看去，見李嗣源與李思安、韓勍苦苦糾纏，實在無法過來支援，不由得心中一沉：「『以陣破陣』也不行了，看來還得另想辦法……」

他忽然發覺一個怪異現象：「既然鴻雁陣如此厲害，西邊為何不運轉此陣？」再次望向王景仁，不知為何，戰事如此緊迫，他內心卻不由自主地生出喟嘆：「我從前對王景仁並不熟悉，為何今日一見到他，就感慨良多，難道只因他投奔朱全忠，令我不勝惋惜？」

馮道逼自己一定要沉靜下來，莫要被眼前形勢給迷亂了心思：「凡是陣法必有陣眼，只要能破去陣眼，無論多厲害的陣法也就破了！但此陣非同一般機關術，整個陣法根本是活的，陣眼究竟在哪裡？陣眼……陣眼……」忽然間，靈光一閃：「主陣者是王景仁，全軍都聽他號令變化，陣眼其實不是別的，就是他這個大活人！」

王景仁就站在不遠處的山崗，即使李存勖箭術十分厲害，也無法射殺他，因為王景仁並非一般士兵，而是堪與楊師厚相比的絕頂高手！

「不能用箭射殺，還有什麼方法？」馮道將所有心思都傾注在這個活陣眼身上，試圖尋找可破之機。

山下的廝殺彷彿變得模糊且遙遠，天地間只剩一位孤高獨立的將軍身影映入眼簾，馮道回想著張承業的描述，忽覺得眼前之人雖然形態瀟灑，也有將軍威權，但滿身滄桑落寞，竟不像群雁的領頭者，反而像是離群的孤雁，漂泊不知歸處。

一開始馮道亟想破開陣法，凝望半晌，卻更想解開王景仁身上的謎團：「他仍是那個冷靜淡定、戰計無雙的將軍，可他身上……已經少了那一份飛揚快意，再也不是那個會坐在敵軍夾殺中任意吃喝，再起身殺敵的英豪了！他的武功不曾退步，陣法依舊凌厲，到底是什麼磨去他的瀟灑意氣？」觀察著王景仁，不禁聯想到自己：「我也曾是不知天高地厚的少年郎，純樸的莊稼漢，但世道艱難，多年以後，公公也贈了我一句：『花花心思、滿肚子鬼』……」

剎那間，靈光閃現，他終於抓到那一絲契機，遂拱手向李存勖道：「卑職有一擾敵之計，可以拖延夾翼速度，只不過這方法會折損大王威名……」

李存勖倒是爽快：「生死攸關，還管什麼名聲？你既有法子，便快快說來！」

馮道說道：「請大王依我所言向梁軍喊話。」

李存勖知道發言必須掩蓋過萬軍殺伐聲，便飽提功力做好準備，道：「你說吧！」

馮道吟詩道：「戍鼓斷人行，秋邊一雁聲，露從今夜白，月是故鄉明。有弟皆分散，無家問死生。寄書長不達，況乃未休兵。」❶

李存勖想不到戰事如此緊迫，他居然教自己吟詩，不悅道：「你若想不出方法也罷！我河東兄弟命在旦夕，本王沒有興致在那邊吟詩唱曲，故作瀟灑！」

馮道學著張承業的口氣，好聲好氣地解釋：「小人是想以詩句刺激王景仁，逼他收回鐵鍊刀網。」

李存勖和周德威都感到難以置信，周德威心想：「僅憑幾句詩就想教王景仁收了刀網陣？這小子是傻的嚒？」

李存勖更想：「我真依他的話做，豈不是在兩軍面前鬧了笑話？」今日戰敗身死，是轟轟烈烈，但若是要當眾丟臉，傳至天下，他是寧死也不願意的。

馮道說道：「這等小事原本不該勞煩大王，但卑職沒有傳音戰場的功力，大王又說願意依計行事，卑職才斗膽請大王吟詩。」

李存勖話已說出，也無法反悔，只得依馮道所示，把詩詞唸了一遍。

山下士兵被突來的吟詩聲給吸引住了，都想：「誰在山上胡亂唸句子？」忍不住抬眼望去，手中打鬥不覺微微停滯。

王景仁也是一愣：「此人能將聲音遠遠傳出，絕不是小兵胡鬧，聽聲音頗為年輕……莫非是晉王？他不好好領仗，在戰場上吟詩，是何意圖？」雖覺得有些莫名其妙，但想河東軍死期在即，或許李存勖是想用詩歌激勵士氣，便不以為意，豈料接下來卻聽見李存勖的大聲詰問：「秋天雁啼，只因思鄉情切，想回到南方。王景仁，你這招『秋邊雁聲』，是在抒發自己想回歸南方的心情吧？」這喊聲極為宏量，有破天劈地之威，宛如在浩浩戰場上投下一顆巨大的火彈，教千萬軍兵盡皆震撼。

但最震驚的莫過於王景仁，剎那間，他已明白對方是想用言語殺人，想到自己被迫投靠大梁，在一片敵視的陣營中，立足已十分困難，對方竟還拿此事大作文章，如果任由李存勖繼續喊話，這一仗就算勝了，也必引起梁帝的猜疑，遂飽提內力，不疾不徐地回應：「鴻雁順時遷徒，乃是依循自然規律，與王某的用心有何相干？這等挑撥，未免可笑！」

李存勖又道：「大雁南來北往，本是定律，但人往往會借物寓意，你將這陣式取名『秋邊雁聲』，難道不是借大雁表明自己南歸之心？」

王景仁冷笑道：「鴻雁秋天南飛，春天就會北往，晉王為何不說王某表明投身北方？」

李存勖笑道：「因為你使出的陣式是『秋』邊雁聲，卻不是『春』邊雁聲，方才你自己也說了，秋天的鴻雁是飛往南方的！」

梁軍聽到這裡，實在忍不住好奇，都猜想李存勖還會爆出什麼驚人言語？而王景仁到底存了什麼心思？一想到主將可能有貳志，頓時軍心不穩，動作明顯緩慢下來。

王景仁見軍陣動搖，心知再這麼糾纏下去，會出大事，遂做下壯士斷腕的決定：「我乾脆換個陣法，好斷了他的念想！」隨即高聲長喝：「雁字回時！」

梁軍聽見號令，恍然回過神來，見到藍色大旗鼓動，趕緊依著旗號，迅速收回鐵鍊。

河東軍原本逃生無門，對王景仁是南雁或北雁根本毫無興趣，只求有一線生機，一見鐵鍊刀網忽然回收，都驚奇無已，李存璋、史建瑭、安金全更是眼明手快，抓住陣式中幾個間隙，各自呼喝一聲：「隨我衝出去！」

李存勖見狀，忍不住高聲歡呼，周德威黑沉沉的臉上也難得露出一抹笑容。

李存勖笑讚馮道：「好小子！有你的！只憑幾句話，就逼得王景仁收回刀網，天下諸多名將，都不如你一個小宦官了！」。

馮道謙遜道：「得大王信任，是小人的福氣。而梁軍收回鐵鍊刀網，是震懾於大王的威勢！」

李存勖聽他討自己歡心，哈哈大笑道：「回去記你一功！」

正當三人歡喜慶幸之時，卻見下方雁首緩緩向西轉動，兩側大翼也跟著迴掃，就好像一頭大雁轉向飛翔，緩慢而優雅，左翼的伸展竟恰恰擋住快要衝出去的李存璋部隊！

原來這「雁字回時」乃是王景仁居高俯瞰，觀察敵軍想從哪個方向突圍，便指揮大雁向左轉或右轉，兩側大翼也會迴旋舞動，來掃殺敵人。

李存璋等將領雖功虧一簣，仍絲毫不肯放棄，一次又一次重整部隊，帶著子弟子冒著箭雨穿身的危險，鐵蹄踏過無數同袍屍骨，試圖往外突衝，卻屢屢被舞動的大翼給逼退回來，每一次的突衝，河東軍又是倒落一片！

李存勖和周德威在山上看得清楚，都氣憤懊惱不已。李存勖恨聲道：「想不到王景仁收了鐵鍊刀網，還有這麼厲害的招式！」忍不住又問馮道：「你還有法子麼？」

馮道輕嘆道：「方才變化陣形時，是最好的突圍機會，可惜錯過了！」

李存勖聞言，心中一沉，隨即又振作精神，道：「錯過時機，咱們就主動製造時機！」

馮道佩服道：「大王說得有理！但卑職還想不出如何行事，大王和總管見聞廣博，不如我把這陣形解釋一番，合三人之力，或許能想出辦法。」

李存勖點點頭，道：「好！你快說！」

馮道蹲在地上，拿了三根竹枝排出一個「人」字，解釋道：「大王、總管請看，這雁形陣原本是個『人』字形。」

他指著「人」字上方那一豎，道：「這是雁首位置，排列著鐵甲步兵；下面兩撇是大雁兩翼，也就是靈活的騎兵，它既可向前包抄敵兵，也保護了站在雁首位置的鐵甲兵。倘若步、騎兩軍協調得宜，便能同時發揮快攻和穩守兩大優勢，可謂是攻守俱佳的陣形。」

李存勖急問道：「攻守俱佳？難道就沒有弱點？」

「任何陣法都有弱點！」馮道指向「人」字的尖端處，道：「雁形陣所有軍兵既然都向前包抄，那麼，最大的弱點就是後方的防禦！」

李存勖喜道：「也就是說，只要有人設法繞到梁軍後方，便能殺他們措手不及？」

「是、也不是！」馮道微然搖首，續道：「王景仁為了彌補這個缺失，便研究出『雁字回時』的陣形，讓兩翼可依需要，或向前包抄，或向後環圍。」他將代表兩翼的樹枝向後移動，「人」字頓時顛倒來過來，成了「丫」字，又道：「當兩翼向後時，就能防備敵人繞到後方突襲。」。

李存勖握拳恨聲道：「他連這個都想到了！豈不是沒法子了？」

「倒也不盡然！」馮道說道：「王景仁為了不讓河東快騎破壞還未建好的陣形，便選用了鐵甲軍來組陣，看似無堅不摧、面面俱到，其實裡頭暗藏一個致命傷，就是鐵甲太沉重，根本無法快速移動！」

李存勖心思聰穎，當即領會，插口道：「我懂了！『雁字回時』本該時而向前、時而向後，靈活變化，但數萬鐵甲的沉重，拖慢了它的速度，便容易有空隙！」

馮道接口道：「對於未見識過『雁字回時』又忽然落入陷阱的士兵，一定會胡亂逃竄，稍微的空隙並不會造成什麼致命傷……」

李存勖驕傲道：「但我河東快騎天下無雙，一旦沒有刀網束縛，很容易就能趁隙逃出！」

「大王明察秋毫！」馮道點點頭，輕輕嘆了口氣，道：「王景仁一定知道這個致命傷！他本來以為『雁聲驚寒』加上『秋邊雁聲』，就足以殲滅河東軍，想不到被逼得收回刀網，這才使出『雁字回時』。」

李存勖一聽到河東軍有脫出的機會，心志便激昂了起來，興奮道：「既是不合宜的陣法，機會便來了！本王不只要救出兄弟，還要逆轉大勝！」

「逆轉大勝？」周德威和馮道一愕，對李存勖的樂觀都感到不可思議。

周德威暗嘆：「兄弟們已經傷得不輕，能脫出這危局已是不易，大王還想著大勝？」

馮道心中卻欣羨不已：「小李子敢做夢，也有用不完的勇氣和信心，總是能激勵大夥兒跟他一起往前衝，把美夢變成真！不像小馮子，做什麼事都得想一想、斟酌斟酌，見情況不對，還得腳底抹油，先溜一溜！」

李存勖不管他們怎麼想，只專心看著地面的雁形樹枝，思索好一會兒，忽然哈哈大笑，歡聲道：「我明白了！我們全弄錯了！八哥他們也弄錯了！」

「什麼意思？」周德威和馮道一齊望向他。

李存勖指著「人」字的開口處，說道：「八哥他們眼看前方廣闊，便一味地往開口處突衝，卻屢屢被飛箭逼退回來，但方才這小子說……」望向馮道問道：「對了！你叫什麼名字？」

馮道一愣，心想自己要編個什麼假名，支支吾吾道：「我……我只是公公的僕人，賤名不足以讓大王掛齒……」

李存勖也不以為意，隨口道：「你暫且叫『無名』吧！」

馮道心中咯噔一聲：「無名？豈不是跟無名禪房一樣名字？」見李存勖臉色並無異樣，似乎真是隨口說出，便恭敬道：「是！」

李存勖沉聲道：「無名說雁形陣的弱點在後方，這句話一點也不錯！就算王景仁改變了陣法，試圖掩飾，但陣式天生的弱點永遠也不會改變！」

「陣式天生的弱點永遠也不會改變……」周德威和馮道心中同時一震：「不錯！這話

實有道理！」

李存勖指著「人」字的上端，道：「這個位置有鐵甲重軍集結，看似不可能突破，其實才是真正的突破點！因為越靠近尖端處，夾角越小，夾角太小的地方，梁軍根本無法射箭，否則會射到對面的自己人。如今去了地面的刀網，這個位置又沒有飛箭射殺，我河東勇士還會怕誰？一個可以抵十個梁軍！」

周德威已經瞭解李存勖的意圖，卻沒有像他那麼興奮，反而兩道濃厚大眉幾乎蹙到了一起，只沉沉應了一句：「大王說得很有道理！」

「不只如此！」李存勖興沖沖道：「大雁兩翼的連結只有這個位置，一旦突破了，兩翼便會斷開，再也不能互相呼應，這頭大雁也就瓦解了！如此一來，還不逆轉大勝？」

馮道聽到這裡，心中不禁讚嘆：「小李子真是軍事天才，他從前不曾研究過雁形陣，卻能在短短時間破解其中關竅！」

周德威聽到可以徹底瓦解陣式，逆轉局面，當即收斂了憂沉的心思，昂首道：「我帶鴉軍繞到後方，擾亂這雁首位置，好接應八太保從裡面突衝出來！」他留著五百鴉軍原本是要當奇兵用，後來見情況惡劣，心想萬一兵敗，便用這支軍隊護衛李存勖突破重圍，逃回晉陽。

李存勖胸口湧上一股熱血暖意，懇切道：「周叔叔，那尖端位置是他們的鐵甲中軍，而你手中只有五百鴉軍，此去千萬小心，務必在其中一翼迴掃到後方前完成任務，否則那隻向後的大翼會把你們都捲入雁腹裡！」

馮道恍然明白周德威為何沒有歡喜神色：「五百鴉軍最多只能擾敵，如何破開上萬鐵甲軍？他是決定犧牲自己了！」他知道這畢竟是河東的事，自己實在不宜出言反對，卻還是忍不住勸說：「八太保他們身在局中，如果沒有人指示，很難在一片混亂中抓住時機突衝出來，如果你們雙方不能接應上，會全軍覆沒！」

周德威卻不理會他，只神色堅定地對李存勖道：「大王放心，我只帶三百鴉軍前去，誓死不辱王命！」說罷便告辭轉身離去。

李存勖知道他留下二百鴉軍，是為了保護自己，望著周德威昂然的背影，心想他這一去，是抱著必死的決心，不禁紅了眼眶。

馮道安慰道：「大王不必擔心，等總管突襲時，我會設法教王景仁不能專心指揮戰陣，讓梁軍更混亂一些。」

李存勖喜道：「真的嚒？你還有法子？」

馮道尷尬一笑道：「也就是老法子，挑挑他的語病，刺激刺激他。」

李存勖道：「不管新法子、老法子，管用的就是好法子！」

馮道笑道：「這意思就是不管黑貓、白貓，會捉耗子的就是好貓。」❷

李存勖「咦」了一聲，道：「你說王景仁是耗子也就罷了，竟敢說本王是貓？」

馮道微微一笑，道：「大王哪能是貓？小人才是抓耗子的貓，大王乃飛虎子所出，自然也是會飛的大老虎了！」

李存勖聞言，哈哈一笑，緊張鬱悶的心情瞬間緩解不少，遂與馮道併肩而立，一起關注山下的動靜，只見鴉軍在周德威的帶領下，像一陣黑風般襲向大雁陣的尾端，馮道說道：「請大王對梁軍說：『王景仁，你這招雁字回時是想借南嶽第一高峰——回雁峰，來表示你仰望南主之心？』」

李存勖大喜道：「王景仁這一仗就算勝了，也無法在大梁立足！以後再與梁軍對仗，不會再遇見他了！」便立刻提氣傳聲出去。

王景仁想不到已經換了陣形，對方還緊咬不放，也激起意氣，宏聲道：「長安也有大雁塔，王某就不能仰望北方雄主麼？」

李存勖依馮道提示，又傳聲道：「但你使的陣式是雁字『回』時，卻不是雁字『大』時，意中所指，自然是南嶽的回雁峰了！」頓了一頓，又冷笑道：「再者，你真敢仰望北方的大雁塔麼？那長安是我大唐國都，你心中仰望的北方英主——究竟是大唐之主，還是偽朝梁帝？」

王景仁聞言，只氣得五臟翻騰、傷痛難忍，內心深處更滲出一股驚寒，讓他無法再鎮靜，忍不住暴喝道：「李存勖！人人都說你是戰神，我原本敬重你是英雄好漢，想在戰場上與你堂堂正正地一決高下，想不到你只會龜縮在後方，逞口舌之能！」

李存勖對自己的戰功極為驕傲，聽王景仁辱罵自己，一張俊俏的黑臉霎時脹得通紅，心中甚是憋屈。馮道知道他心中不快，歉然道：「是小人計策不好，才讓大王折損了威名，蒙受不白之冤，小人給您賠罪了！」

李存勖見他明明立了功，卻攬下過錯，頓覺得自己太過小氣，笑道：「你也太小看本王了！此刻我雖折了一點名聲，難道將來不能憑著雙手討回來嚒？」

馮道見他消了氣，微笑道：「大王若不介意偶爾逞逞口舌，不妨這樣回答：『戰場對決，原本不分武力或智謀，梁帝身邊也有刀筆春秋敬翔、落第士子李振這些謀士，難道王將軍也覺得他們是白面書生，只會逞口舌之利，卻毫無建樹？』」

李存勖不可思議地望向馮道，哈哈一笑，道：「小子，好厲害的辭鋒！倘若我是王景仁，這仗也打不下去了！」

馮道微笑道：「小人面對外敵，才敢逞兩句口舌，又怎敢與大王相爭？」

李存勖微笑道：「既不敢與我相爭，那就只能跟隨我！」

馮道見他話中似有含意，又不能確定，一時不知該如何應對。李存勖見他神色尷尬，微微冷笑，不等他回答，便轉過身，將聲音傳了出去。

王景仁猜知李存勖身邊必有一位言辭鋒利、殺人不見血的高手，輕易兩句話，又讓自己得罪了敬翔和李振！

更糟的是梁軍一再聽到挑撥言語，已引發騷動：「這王景仁是從南方投靠來的，不會想害死我們吧？否則為何一再變化戰陣，讓我們措手不及，卻讓敵人有機可趁？」心中生出疑慮，在戰陣的配合上就更慢了，有時陣列之間甚至會出現一些大破口，稍過一會兒，才又銜接上。

「機會來了！」李存勖眼看周德威趁著梁軍騷動，率鴉軍直殺進雁陣尖端處，大聲道：「本王要親自擊鼓助陣！」便來到鼓架前，舉起鼓槌、運起內力，一聲聲猛力重擊，那鼓聲轟隆隆地震撼在天地間，彷彿要將所有怒氣騰騰發洩出來。

李存璋聽到鼓聲指示，立刻明白意思，大喝一聲：「隨我來！」便帶領河東軍調轉馬頭，往後方衝去，卻見那裡堵著一片黑壓壓的鐵甲軍，眾人心中都感到驚顫，不明白為何大王要他們往死裡衝，但幾次奇襲逆勝，讓他們深信李存勖一定會帶他們闖出活路，便振起精神，毫無遲疑地往前衝殺，不斷地高聲吶喊：「殺！殺！衝過去！」

周德威帶領的三百鴉軍，全是誓死如歸的勇士，就像一大片黑沉沉的雲霧忽從山上飄降下來，一邊射箭、一邊砍殺，攻得鐵甲中軍一個措手不及。陣裡的河東軍抱著必死的決心往外衝，想不到竟有援兵前來，都激動得高聲歡呼、喜極而泣，更奮勇殺敵，在千萬鐵甲中硬生生開出一條血路，雙方終於接應上了！

倘若是別的軍兵能死裡逃生，必然飛也似地跑了，偏偏河東軍是天下最強悍的藩兵，史建瑭見不到一半的人衝出死地，大喝一聲：「要解救兄弟、殺仇人的，都隨我來！」

河東軍胸中都憋著一股怒火無處發洩，聽史建瑭這麼一喊，竟沒有一個逃走，立刻高舉大刀，大喊一聲：「殺仇人！救兄弟！」一扯韁繩，紛紛掉轉馬頭，又奔到魏博軍背後，像割稻草般唰唰唰地掃下他們的人頭，一時間，梁軍頭顱滾了滿地，血染遍野，一頭好好的雁首也被衝散成好幾段。

原本鐵甲陣式不該輕易被衝散，但魏博軍生性驕狂，見河東軍被圍得淒慘，以為他們必死無疑，便生出嘲笑鬆懈之心，後來又猜忌主將，對號令的回應就慢了，更想不到衝出死地的河東軍會反撲回來，以致被攻得七零八落。

王景仁驚見後方中軍竟被闖開一個大破口，整個陣式搖搖欲垮，只能放棄這「人」字夾殺攻略，再變換陣式，心想這一次絕不能再受對方挑撥，遂大喝道：「鴻雁來賓！」這一陣式乃是集中軍兵成箭形，有如大雁俯衝般直插入敵軍心臟，是一記又快速又狠絕的陣法！

王景仁雖是武將，但出身文藝興盛的淮南，對詩詞也稍有涉獵，心想：「你會以詩意殺人，難道我不會以詩明志？」便主動出擊，長聲喝道：「『賜斷江城雁，高高向北飛！』王某這大雁必令河東軍斷腸於此，好向我北方英主覆命！」他以「鴻雁來賓」陣法再加上「高高向北飛」的詩句，來表示自己就像大雁般，是吉祥的貴賓，高高向北飛到大梁，為梁帝帶來勝利，以戰功登高封爵。

李存勖朗聲道：「『賜斷江城雁、高高向北飛』的上一句，乃是『東來萬里客，亂定幾年歸？』你來到北方，以賓客自居，可見你從未有落地生根之意，本王便代偽帝問一句：『王將軍，你這位遠來賓客，準備幾時南歸？』」❸

王景仁萬萬想不到自己為了這場大戰，殫精竭慮，苦研多月，竟會敗在短短幾句挑撥的言語上，剎那間，壓抑於心的遺憾、恨鬱盡數爆發開來，全身氣血上湧，喉頭一甜，幾乎要噴吐出鮮血，幸憑深厚的內力又硬生生壓了回去，身子不覺晃了一晃。

魏博軍還來不及排列成「鴻雁來賓」，河東飛騎已經來回穿梭，將他們的隊伍撕裂成片段，魏博軍幾次想重整隊形，都無法做到，又不聞主將號令，更驚慌失措。

旗手見王景仁眼神悲切、滿臉通紅，卻不再發號施令，忙低聲喚道：「將軍！將軍！」連喚了好幾聲，王景仁才猛然回過神來，眼看下方梁軍已然混亂，再看到天雪已停，夕陽殘紅染成一片，這才驚覺雙方對戰到黃昏，士兵們已經一整天沒吃東西了，饑渴交加之下，如果再拖著沉重的盔甲，恐怕會更加不利：「再打下去，已佔不到上風，不如先回去穩定軍心，擇日再戰。」一咬牙，忍心下令：「撤退！」

魏博軍聽到號令，暗暗鬆了口氣，遂開始依序撤退。

李存勖見魏博軍開始撤退，又朗聲道：「『南北路何長，中間萬弋張。不知煙霧裡，幾隻到故鄉？』王景仁，這偌大的梁軍，有幾隻真能安然回去？」❹

這些話看似在問王景仁，其實是說給魏博軍聽的，眾人一時心中惶惶：「晉王是什麼意思？難道河東軍還有厲害伏兵？我們真能安全回去嚒？」便退得更快了。

就在這時，張承業剛好率領一隊後勤兵帶著火箭、油桶回來，氣喘吁吁地道：「時間緊迫，咱家只能湊上這麼多了，恐怕發揮不了大作用。」

李存勖想不到張承業一天之內就回來了，而天雪竟然剛好停了，但覺老天也是保祐河東的，歡喜道：「七哥來得正好！倘若還在大戰，這些火箭自然不夠，但梁軍正在撤退，用來虛張聲勢，嚇唬嚇唬他們，已經綽綽有餘！」說罷便召集剩餘的鴉軍，大聲道：「梁軍仗著鐵甲堅厚，才敢如此囂張，一旦被火箭射中，就只會恨身上的笨鐵甲穿脫太困難，就算他們真能卸甲，也成了手無寸鐵的懦夫，我河東勇士只會像殺雞屠狗般地宰殺他們！本王要討回這口惡氣，哪個勇士願隨我前去，火燒鐵甲兵！」

二百鴉軍大聲呼喝：「我們願隨大王火燒鐵甲兵！」

李存勖一聲號令，率領二百鴉軍帶著火箭、油桶，熱哄哄地衝下山去！

張承業看得雙眼泛紅、老淚盈眶，一拍馮道的肩膀道：「小子幹得好！多虧你懂得軍陣，破解了王景仁的攻勢，又看出月食之象，會停風雪，讓咱家去備了火油！」

馮道尷尬地笑了笑，道：「公公，其實『月食之象，會停風雪』是……我騙你的！」

張承業「啊」了一聲，指著天空，道：「可……這風雪真的停了啊！」

馮道摸了摸腦袋，笑道：「那是瞎貓碰上死耗子！」又道：「月食之象，其實是不利興兵打仗的。」

張承業恍然大悟，斥道：「你明知大軍出征不利，竟沒有阻止？」

馮道無奈道：「大軍發兵前一晚，我才算出月食之象，更何況，晉王一心想征戰，連周德威都擋不了，能聽我勸嚒？最多是砍了我腦袋後，還繼續出征，我可不想做這種損己不利人的蠢事！」

張承業心知確實如此，笑罵道：「臭小子，惜命得很啊！」又問：「所以你先前才憂心忡忡？」

馮道點了點頭，道：「我一直在想，既然大戰無可避免，那麼王景仁究竟還有什麼絕招是我們疏忽的？」

張承業不解道：「可如今我們真的大勝，那月食不利征戰，又該如何解釋？」

馮道哈哈一笑，道：「我後來想通了一件事！」指了初現月色的天空，道：「你瞧，天上只有一顆月亮，這月光不只照咱們，也照梁軍，也就是說全天下的人抬頭一看，都是月全食，那你能說這是對哪一方更不利嚒？所以雙方還是平分秋色的，餘下的，也就各憑本事了！」

張承業也被他逗樂了，哈哈一笑道：「臭小子！還有你這麼解釋的！但……似乎也有些道理！」

兩人相視一笑，又一起望向下方的戰況，只見李存勖趁著風雪驟停，率領鴉軍全力衝向敵方，兩人心情也跟著激昂了起來。

李存勖飽提內力，運功大喊：「兄弟們，殺啊！殺啊！」就像猛虎終於被放出閘般，一股勁地往前衝殺，身後的鴉軍也跟著大聲鼓噪，射出火箭。

魏博軍又饑餓又疲憊，正慶幸可以回營休息，乍見到團團火箭從後方射來，都大吃一驚，想到河東軍最神出鬼沒，或許還有大批伏兵，驚憂之餘，便加快速度撤退。

西邊戰場上的李嗣源見魏博軍正在後退，心中牢記馮道的吩咐，便提功對梁軍大喝：「魏博軍逃了，你們還在這裡送死？」

韓勍、李思安原本就不服氣也不信任王景仁，因此不願學習鴻雁陣，聽到李嗣源喊話，橫眼看去，驚覺魏博軍真的往後急退，誤以為王景仁不顧軍法道義，竟拋棄同僚，一怒之下，也不管軍陣應該依序撤退，就帶著自己的人馬火速退離，非要比魏博軍逃得更快不可！

這一來，梁軍登時大潰，周德威見狀，也提功大喝：「梁軍逃了！」鐵林軍與周德威向有默契，立刻群聲鼓噪：「梁軍逃了！梁軍逃了！」這一聲傳十聲、十聲傳百聲，整個戰場上都傳盪著「梁軍逃了」的話語。

魏博軍原本還依序撤退，聽到喊話，見西邊的龍驤、神威軍竟不打一聲招呼，自顧自地飛快逃命，驚駭之餘，再不管什麼軍令，也拔腿就跑，無論王景仁怎麼喝令，都管束不住。

李思安和韓勍拋棄了魏博軍，搶先退出，也沒有好下場，他們想從浮橋逃回軍營，半路卻遭遇李建及和鎮、定兩軍攔截，王鎔懷恨梁兵強佔深州，也不搶奪寶甲，只帶著義子王德明拼命砍殺梁兵。

前有浮橋斷路，後有周德威、李嗣源率軍猛追，梁軍心中驚怖交加，一時間陣勢大亂，自己人都推倒自己人。

周德威抓住時機，大喊：「搶他們的衣甲寶刀！」河東軍聞言，奮起直追，如怒潮洶湧般衝殺過去。

李存璋又喊：「梁軍送衣甲寶刀的不殺！」

梁軍正死命奔逃，聽到這喊聲，都覺得鎧甲實在笨重，又怕被火箭射殺，紛紛拋甲棄戈，赤手空拳地逃命。

河東軍見敵人沒了盔甲武器，更是痛下殺手，梁兵瞬間如秋風掃落葉般，大片大片被割殺，再無反抗餘地。

王景仁望著大片的鐵甲雄軍，一瞬間竟潰散得像逃難的螻蟻，不由得遍體生寒、萬念俱灰，心中一時空茫茫：「我來大梁，究竟是對是錯？」

（註❶：「戍鼓斷人行，秋邊一雁聲……況乃未休兵。」出自杜甫的「月夜憶舍弟」。）

（註❷：在唐朝以前，抓老鼠是狗的事，直到大唐繁榮興盛，貓才多了起來，也分攤一些抓耗子的工作，但五代十國常餓得人吃人，大約是很少看到貓狗，甚至是老鼠的。）

（註❸：「東來萬里客，亂定幾年歸，腸斷江城雁、高高向北飛。」出自杜甫的「歸雁」。）

（註❹：「南北路何長，中間萬弋張。不知煙霧裡，幾隻到故鄉？」改自唐朝詩人陸龜蒙的「雁」，原文最後一句為「幾隻到衡陽？」，但小說中，梁兵並不是要回湖南衡陽，故李存勖改成「幾隻到故鄉？」）

九一一・三

雲歸碧海夕・雁沒青天時

浩雪蒼蒼，飄灑在無情的部邑草場上，曾經數十萬鐵甲昂立於此，不可一世，如今卻成了數十萬具冰凍浮屍，倒臥在廣闊的草原上、漂擠在長長的血河裡，一雙雙驚駭空洞的瞳孔，至死仍不瞑目，彷彿在無聲地問著上天，亂世蒼生如芻狗，這真是他們的宿命嚒？上天無語，只靜靜觀看世人將生氣勃勃的草野化成一片修羅屠場。

柏鄉一戰，河東軍從野河越過柏鄉，直追到邢州，大梁的龍驤、神捷、神威、拱宸等精兵幾乎全數覆沒，只有主將王景仁、韓勍、李思安等人憑著高強武藝，摔死許多駿馬，才突破重重包圍，僥倖逃出。

為避開河東軍的追蹤，三人帶著僅存的十數名梁兵，專揀荒山小徑行走，好不容易找到一處破廟休息，累得當場倒頭躺下。他們身子雖疲憊不堪，心裡卻亂哄哄的，根本無法入睡，只是彼此相看兩厭，不如閉眼假睡。

「呀──」林中忽然傳來烏鴉長啼，李思安、韓勍猛地驚跳而起，手中緊握兵刃，目露凶光，卻也流露出深深的恐懼，彷彿那鴉啼是鴉軍攻殺的前奏曲。

王景仁看見他們驚恐的樣子，不禁暗暗一嘆，心想究竟是河東的追殺比較可怕，還是梁帝的懲處比較嚴重？但此刻他們已無路可選，只好道：「你們好好歇一會兒，我守夜，等天一亮，就動身前往邢州，只要入了城門，見到保義節度使王檀，應該就安全了。」

李思安和韓勍聽他要守夜，心中有些尷尬，相對一眼，都不知該說什麼，只好再度躺下。

寒鴉夜啼，彷彿在為數十萬的亡魂吟唱輓歌，一聲一聲，徹夜不息，每一聲都刺痛著倖存者的心。

李思安躺了一會兒，胸口不由得燒起一把無名火，翻身坐起怒罵道：「哪來這麼多畜牲？擾得人睡不著！老子若有火箭，還不燒盡這幫畜牲！」

這「火箭」兩字一出，眾人頓時聯想起鴉軍正是用火箭燒殺自己，臉色不由得變了。李思安見氣氛一時凝結，怒火更熾，還想罵些什麼，卻聽見林外傳來一陣蹕蹕的馬蹄聲，在這深寒靜夜裡，格外引人心驚。

風雪颯颯、冰寒透骨，蹕蹕聲越來越響，顯然有人冒著惡劣天候趕路，直奔這破廟，周遭的空氣彷彿更冷了，連李思安原本要說的話都凍住了。眾人武功再高，與大軍拚鬥了兩天，也早已傷痕累累、氣虛力空，如果來人是周德威、李嗣源任何一位河東大將，便只有死路一條。

韓勍心中不安，道：「君子報仇，三年不晚，咱們都受了傷，不如避一避吧！」

李思安兩腿一攤，指著胸口大罵道：「老子走不動了，一條爛命就擱在這裡，誰有膽量來拿，老子就奉陪到底！橫豎我是走不動了！」

韓勍心想：「你既走不動，萬一周德威來了，你哪有力氣打架？不躲一躲，豈不是自找死路！」他想起身，偏偏才一動作，全身傷口就疼痛難當，真有強敵追來，實在也跑不遠，不禁嘆了口氣，暗想：「難道我們都要命喪於此？」心中不禁有些後悔為何要與王景仁作對，倘若三人好好合作，也不會落到如此下場。

王景仁心想：「我身為梁軍主帥，慘敗至此，已是萬分難堪，若還逃避，豈不成了笑話？」說道：「我去探探，有什麼事，會盡快通知你們。」他傷勢其實也不輕，但此刻已無退縮餘地，索性大步走了出去。

「大將獨來往，縹緲孤雁影，漂流無聚散，欲問孤雁向何處，不知身世自悠悠。」夜色蕭然，樹林深處雪粉瀰漫，在燭火映照下混融成一團迷霧，朦朧中是一襲斗篷灰袍若隱若現。❶

王景仁聽見這聲嘆吟，心中不禁湧生一股惆悵，又想這人分明是在諷刺自己，遂提功戒備，沉聲問道：「閣下是誰？請出來吧！莫在那裡裝神弄鬼！」

那人下了馬，緩緩走出來，拱手作揖道：「在下冒失前來，打擾了將軍，這廂賠罪了。」

王景仁見此人是一介瘦弱書生，氣息尋常，便放下了武功戒備，但想柏鄉這一戰，是敗在狡獪的文士手上，他對眼前青年實在沒什麼好感，冷聲道：「閣下深夜前來，必有緣故，是何指教，不妨直接道出。」

文士微笑道：「我聽說將軍年輕時，曾在梁軍圍殺中席地而坐，暢快飲酒，我心中不勝欽仰，實在想認識這位豪氣干雲的大英雄，因此大戰一結束，便拍馬追來，只為請將軍喝一杯酒。」

青州之役使王景仁一戰成名，世人所稱頌的，不只是他的戰功，更是他面對強權時，無所畏懼的瀟灑豪氣，可如今王景仁不但臣服於昔日對抗的強權，身為大梁主帥，竟還一敗塗地，原本的英雄事蹟在這一刻，忽然變得十分諷刺！

王景仁但覺對方是故意挖苦自己，心中鬱悶感傷：「一朝戰敗，過往功蹟便全然抹滅，明日消息傳揚出去，我王景仁便淪為天下人的笑柄了！」他臉色一沉，冷冷道：「敗軍之將，何敢言勇？王某擔不起閣下的酒水！」說罷便想轉身離去。

「此刻追兵已息，風雪稍停，正適合飲酒！」那文士也不管王景仁答不答應，逕自提起酒囊，先大飲一口，又拿出另一只酒囊，遞給王景仁，道：「請！」

王景仁心中一凜：「他怎知我們在躲追兵？難道李存勖率軍埋伏在附近，怕我不易對付，便派人先用毒酒來害我？」見對方拿著酒囊遞到面前，不肯收回去，又想：「這人倒真是厚臉皮，我若不肯喝，倒顯得我貪生怕死了！反正回到開封，也難逃懲處，左右是個死，我又何必讓李存勖瞧不起？」

他大力奪過酒囊，道：「回去告訴李存勖，他的毒酒，王某喝了，只不過他總是躲在背後，不是流言傷人，就是毒酒逼人，不敢堂堂正正地決戰，這般裝腔作勢，王某實在瞧不起！」說罷狠狠喝了一口酒，也不知是不是毒性發作，酒水一入口，便像有一道熊熊烈火從口舌流過咽喉，直燒入肚腹。

文士微笑道：「將軍何出此言？這酒是我請的，與晉王有什麼相干？」

王景仁從前大多喝南方的酒，酒味香醇，勁道並不像北方酒那麼乾烈，他身為大將軍，又是楊行密的知交，更多時候是陪楊行密細細品酒，但他骨子裡其實不像楊行密是個風雅之人，他更喜歡爽快乾酒。來到大梁，酒雖烈了，卻連個酒友也沒有，只能獨自苦吞悶酒，酒越烈、越傷心懷。

直到此時，他自認命不長久，拋開心中一切負擔，忽然感受到一陣濃烈的香氣從肚腹直衝上鼻尖，通體皆舒暢，這才體會了北方酒真是痛快，心中的惆悵、傷勢的疼痛、侵雪的寒冷，似乎都在一瞬間被這烈酒融化、麻痹了，忍不住大聲讚道：「好酒！」

文士微笑道：「匆促之間，在下只能備到這等劣酒，生怕不合將軍的意，幸好將軍不嫌棄，不如咱們就以天為幕，席地而坐，痛痛快快喝一場如何？」說罷將腰間掛的幾個酒囊都解下，攤放在地面，直接盤膝坐下。

王景仁激起從前的豪情快意，也爽快坐下，道：「好！就坐下喝酒，無論是毒死、醉死，還是被晉王一箭射死，我王茂章今日能這麼痛快死去，老天也算待我不薄了！」

文士聽他自稱「王茂章」，心中一笑，道：「在下前來時，已觀察過四周，並沒有河東軍尾隨，將軍大可放心飲酒，沒有人會取你的性命，毒死是萬萬不會的，至於醉死嘛——」指著地上的酒，笑道：「在下阮囊羞澀，只能請這麼一點酒，將軍想醉死，恐怕有些困難。

「酒錢不夠？」王景仁見他言語有趣、眼神真誠，索性敞開胸懷，將身上的銀兩都掏了出來，放在地上道：「都拿去用吧！」

文士愕然道：「我請將軍喝酒，怎麼反讓將軍贈錢？不行！這銀兩我不能收！」

王景仁慨然道：「這一戰慘敗至此，王某橫豎就是個『死』字，死前有你這小兄弟來陪我喝酒，已是痛快！這些東西又有何用？」

文士忿忿道：「將軍為何自暴自棄？依我說，這次戰敗最該懲處的是李思安和韓勍，他們仗著自己與朱全忠親近，便罔顧軍令，這才連累了將軍。還有，梁兵像一盤散沙，將軍帶這樣的兵，實在委屈了。小弟路見不平，難免要大喝一口，以解胸中鬱氣！」說罷真狠狠喝了一大口酒。

王景仁感慨道：「士兵不好，是將帥無能！」

文士哼道：「那些士兵被朱全忠驕養成患，將軍不過接手一會兒，怎能說是你的錯？此乃非戰之罪！倘若朱全忠連這點都分不清楚，要怪罪於你，這樣的主子不跟也罷，大梁遲早敗亡！」

王景仁想到數十萬鐵甲雄軍僅因一點挫折就全數潰逃，甚是心寒，暗想：「大梁確實已露敗象……」口中卻只淡淡道：「對便是對，錯便是錯，王某又何必替自己矯飾？」

文士道：「朱全忠人雖不好，眼光卻是不錯的，將軍確實有定天下之才，只不過放錯地方！花草放錯了地方，會水土不服；人若放錯地方，就是懷才不遇！」

「放錯了地方？」王景仁心中一凜，冷笑道：「你是李存勖派來的？」

文士微笑道：「倘若是晉王請將軍喝酒，豈能這般寒酸？」

王景仁仍是懷疑：「你真不是李存勖的手下？」

文士斬釘截鐵地道：「不是！」

王景仁想起這人方才躲在暗處吟唸句子，與戰場上吟詩的手法極為相似，都是在觸動自己的心事，精光在文士身上狠狠掃了兩眼，沉聲問道：「你……是那個人？」

文士不解道：「哪個人？」

王景仁臉色一沉，道：「在戰場上吟詩破我陣法之人？」

「晚生斗膽，徒逞口舌得罪了將軍，望請海涵。」這文士自然就是馮道，他連忙拱手作揖，以示歉意。

「得罪？」王景仁恨聲道：「二十萬大軍被屠殺得一乾二淨，你卻用『得罪』短短兩個字來形容，你說得好輕巧啊！」說罷大掌猛力一拍地面，激起漫天雪粉。

馮道吃了一驚，顫聲問道：「將軍要殺我解恨嚒？」

戰場之上，勝負乃兵家常事，只是各為其主，說不上有什麼深仇大恨，王景仁是久經沙場的老將，自然明白這層道理，被馮道這麼一問，反而不知該如何回答，只冷聲道：

「你就不怕我動手嚒？」

「怕！」馮道認真道：「但還是必須來。」

王景仁冷哼一聲：「為什麼？」

馮道舉杯相敬道：「我說過了，我想請將軍喝酒，為了這一杯酒，拼死也得來。」

王景仁聽他說得頗為豪氣，心頭怒火頓時消了一半，冷笑道：「想不到你看起來文文弱弱的，骨子裡倒有幾分任俠氣概！」笑了笑，道：「才子追佳人乃是天經地義，王某又不是美人，你追得這麼緊做什麼？」

馮道微笑道：「亂世名將猶勝絕世美人，乃是可遇不可求，既然遇見了，就要有死纏爛打，打死不退的追求勇氣！」

「亂世名將？」王景仁自嘲似地笑了笑：「嘿！王某一介敗將而已，你冒死追來，究竟想做什麼？」

馮道說道：「大漢名相蕭何有建國、立國、傳國之功，其中最為世人津津樂道，便是月下追韓信，因此為漢高祖成就霸業。在下想師法先賢，在亂世之中輔佐明君，開創太平盛世，於是也來個『馮道雪夜追茂章』！」

「馮道雪夜追……」王景仁話說到一半，戛然而止，像忽然醒悟到什麼似的，指著他哈哈大笑：「你說……你就是馮道？」

這下換馮道迷懵了，不禁摸了摸自己的臉，想道：「我明明說得這麼認真，他卻哈哈大笑，難道我長得這麼好笑？」又問：「在下沒沒無聞，將軍竟然聽說過我？又有什麼事可笑？」

「你確實是沒沒無聞……」王景仁好不容易止了笑，又流露一抹似有深意的微笑：「因為我在淮南時，徐氏父子權勢滔天，可偏偏他們心底各藏了一根刺，卻是同一根刺，那就是誰也不能在他們面前提起『馮道』這兩個字；後來我到了吳越，海龍王也有心事，偶爾會感嘆：『也不知道那傻小子事情辦得怎樣了？什麼時候還能再與他一起威風凜凜地騎大海龜，這才不負我海龍王的稱號！』之後我到了大梁，陛下心裡也有根刺，大家都不敢明言，每次提起，只能說：『那臭小子、那臭小子』，我一開始不明白，後來才知道不管是『傻小子』還是『臭小子』，說得全是你！」嘿嘿一笑，又道：「南北兩岸無人敢提起你的名字，你說你是不是沒沒無聞？可偏偏就是你這個沒沒無聞的人，教兩岸雄主都忌憚你！」

馮道想不到竟有這樣的事，也忍不住哈哈一笑，道：「這幫雄主可真是高抬我了！」心想：「朱全忠恨我入骨，當然不想聽到我的名字；海龍王記掛的是師父交代的秘事，也不能讓人知道；而徐知誥被我毀了婚事，怕丟臉面，更不想提起我；至於徐溫嘛……我雖未得罪他，但他既不想有人記得小皇子，又希望世人忘了《安天下》秘笈，免得來跟他爭搶《星象篇》，我這個關鍵之人，自是越不起眼越好。」

王景仁道：「王某久聞大名，早想會一會你，原以為要等到攻打幽燕時，我們才會相遇，想不到柏鄉一戰……嘿嘿！」他苦笑一下，又道：「天下豪雄雖多，大多不學無術，我原本自信無人可破鴻雁陣，誰承想劉守光自己不像樣，底下卻有一個小參軍如此厲害，難怪梁帝怎麼也拿不下幽燕！今日敗在你手上，不算冤枉！來！我敬你一杯！」便大大喝了一口酒。

馮道見王景仁心胸寬大、願賭服輸，更生好感，也爽快地乾了一杯：「將軍願意放下仇怨，與我一起飲酒，這等胸懷才教人佩服無已，是真正的英雄！我今日冒死前來，也算值當了！」

王景仁感到眼前之人似乎有一股神奇的力量，只要與他談笑幾句，整個人就輕鬆起來，就算剛剛輸給他一場敗仗也不太在意了，與馮道又喝了兩杯酒，問道：「你不是在劉守光底下，怎會跑來柏鄉？」

馮道答道：「不瞞將軍，我是被劉守光派來監視李存勖的行動。」

王景仁問道：「你如今在盧龍做什麼差事？掌書記？還是都押衙？」

馮道搖搖頭道：「都押衙位列押衙之首，掌管軍機謀劃和軍將調遣，在下出身農家，朝中無所依恃，哪有福份得此職位？至於掌書記嘛，必須是燕王的親信，我口舌笨拙，拍馬功夫還不到家，得不到主上信任，混了多年，也只是個小掾屬！」

「掾屬？」王景仁吃驚地望著他，問道：「一個小掾屬月俸有多少銀兩？」

馮道答道：「沒有銀兩，只有泥錢。」

「泥錢？」王景仁從地上抓了一把泥土，不可思議地問道：「這樣的泥錢？」

馮道點點頭，王景仁哈哈一笑，道：「難怪你沒錢請我喝酒！這東西隨地都可抓一大把，值得你留在劉守光身邊冒險？我聽說他動不動就把人放到火鐵籠裡。」

馮道臉上微微一紅，尷尬道：「讓將軍笑話了！」

王景仁喝了一大口酒，搖搖手道：「我不是笑話你，我是笑話劉守光，他簡直是暴殄天物！以馮兄弟的才能，他竟然只讓你當掾屬，簡直是他媽的瞎了狗眼！」他罵出這句話，心中忽然舒坦了起來，感覺自己又回到那個可以坐在萬軍夾殺中任性吃喝的英豪，而不是端莊大器卻死氣沉沉、彆彆扭扭的大梁主帥。

他狠狠地喝了一口酒，再將滿腹鬱氣大大吐出，感慨道：「我更是笑話自己！我手裡空有鐵甲雄兵，底下卻連一個像樣的人傑都沒有！可惜！可惜！若不是王某自身難保，必為你謀個出路。」

馮道舉酒相敬，王景仁見他眼神熾烈，似乎充滿了期待，暗想：「敢情他冒死來追我，是想謀一個好職位……」實不忍心教他失望，便鄭重允諾道：「馮小兄，你我甚是投緣，這樣吧，今趟我回去，倘若有命活著，你便來助我，你在我帳下，總勝過在劉守光底下！」

馮道心中既感激又好笑：「我來追他，是想勸他投靠河東，他倒反過來拉攏我了！」遂搖搖頭道：「在下得將軍賞識，實在萬分榮幸，但我若去了大梁，梁帝肯定會把我燉成一鍋肉，用來塞牙縫，這恐怕不比坐火鐵籠好！」

王景仁感嘆道：「小兄弟，你的本事害慘你了！南北雄主都恨你，看來你這一輩子只能窩在劉守光底下，難有出頭之日了！」忽然想起，又問道：「你方才說你來追我，是為了成就霸主大業，難不成你想教我投效劉守光？劉守光弒兄囚父、作孽百姓，絕沒有好下場，你既有諸葛之才，為何執意待在他手下，還把他比做漢高祖？」

馮道謙遜道：「將軍真是謬讚了，在下哪敢與諸葛武侯比美？我只不過逞幾句口舌，拖延了陣法，真正破陣者，另有其人！」

王景仁心中一凜，難以置信：「晉軍之中還有如此天才？此人究竟是誰？」

馮道微微一笑，道：「除了晉王，還能有誰？」

王景仁心中震撼，不可思議地道：「此話當真？」

馮道認真道：「在下是真心想與將軍結交，自相談以來，我可有半句假話？」

王景仁心想：「這句話倒是不錯！他連身為劉守光暗探都告訴我了，確實十分誠意！」

馮道微笑道：「這世上不只有朱全忠一個霸主值得追隨，將軍以為晉王年輕，不把他瞧在眼底，可他在萬般艱難中，將河東經營得文治太平、武功興盛，只要將軍願意投靠，必有大好前程，何必一定要回大梁，把一條黑路走到底？」

「原來啊原來……」王景仁冷笑道：「你雖不是李存勖手下，終究是為他而來！枉我與你一片交心！」

馮道懇切道：「我今日前來，並非晉王授意，是我自己不忍將軍一身才華卻死得冤屈！以將軍的智慧，不難看出梁兵雖多，卻是軍心渙散、虛有其表，這是為何？孟子說：『三代之得天下也，以仁；其失天下也，以不仁。』因為朱全忠不仁不義，才導致每一次戰敗都是全軍潰逃。大廈將傾，將軍再有才能，又如何憑一己之力扭轉？今日將軍戰敗，不是馮道的才能，而是梁帝之罪！但明知是死路，還非要走下去，便是自己的失策了！」

王景仁臉色一沉，冷聲道：「你說梁帝不仁不義，他對我卻十分信任禮遇，王某豈能一輸掉他託付的大軍，就掉轉槍尖對付他？我如此作為，怎對得起主上？天下人都要罵我不仁不義了！」

馮道說道：「將軍投奔大梁，並非出於本意，乃是形勢所迫，今日梁帝要你征討河東，明日可能要你征討淮南，到那時候，你要如何自處？你真忍得下心用鴻雁陣法去對付昔日的子弟兵？」

王景仁心中一震，怔然許久，怎麼也吐不出一個字。

馮道又誠懇道：「我在戰場上以詩句刺激，除了想要勝戰，也是不忍將軍困在大梁這座囚籠裡，更困在自己的情義裡，這才出言得罪！」

王景仁怔怔地道：「你故意以詩句挑撥，絕了我在大梁的立足之地，竟是為我好？馮道，你可真狠！」

馮道說道：「我只是看出將軍乃性情中人，心底鬱鬱寡歡，始終放不下淮南。倘若將軍願意，承業公公能保證將來絕不讓你去對付淮南！」

當時河東軍大勝，梁軍一片哀鴻遍野，他便告知張承業，自己想去追王景仁，說服他歸順河東，接著便返回幽州，張承業欣然同意，兩人便商量出打動王景仁的條件。

王景仁聞言，心中陷入極大的掙扎與迷惘，一時沉默無語，回想從前種種，眼底不由得泛起微微淚光，他不知道自己怎會落到如今的境地？

但他畢竟經歷許多風霜，先前是鬆懈了心防，才沒有多想，此刻認真思索起來，便覺得不對勁，忽然間，他精光一湛，道：「不對！小子，你誆我麼？河東一旦壯大，第一個要併吞的就是幽燕！你是劉守光的人，為什麼要幫助李存勖？你既在李存勖面前立了大功，他就應該賞你大官做，你為何要委委屈屈地窩在幽燕當個小掾屬？你究竟存的什麼心思？莫非你早已勾結河東，又或是兩面細作，表面上是劉守光派來監視李存勖的，實際上卻是李存勖放在劉守光身邊的暗樁？」

馮道心想：「我的所做所為，就連妹妹和藏明也懷疑，旁人又怎會理解？」便說道：「我雖是劉守光的部屬，卻也是大唐臣民，受過先帝恩澤。這亂世之中，只有晉王還秉持忠臣之道，恪守尊唐之心，就與當年的吳王一樣！我心中感動，不忍河東陷入苦戰，這才出手相助，我不能眼睜睜看著弒帝逆賊剿滅最後一支王師？」

王景仁一愣，重覆問道：「你說李存勖是大唐王師？」隨即哈哈大笑，笑聲中充滿了諷刺。

馮道認真問道：「將軍何故發笑？將軍不相信晉王對大唐的忠心嚒？」

王景仁斂了笑意，肅容道：「王某是一介武夫，有三個問題一直想不明白，馮兄弟，你學問高深、為人通透，倘若你可為我解答，我便答應投效河東。」

馮道說道：「將軍請說，在下盡力而為。」

「第一個問題是，」王景仁道：「當李存勖攻打幽州時，身為劉守光下屬的你，要如何自處？」

馮道心想：「方才我問他如果朱全忠派他去攻打淮南，他要如何自處？他這是用同樣的問題來考較我了！」

這問題他已思索過千百遍，遂堅定答道：「無論何時何地，我總以天下蒼生為重，其次是大唐臣民的身分，最後才是效忠的藩主！倘若這場大戰無可避免，在下設想的是如何讓百姓減少傷害。」

「以天下蒼生為重？」王景仁沉吟道：「這麼說來，劉守光殘暴百姓，已經被你拋棄了！」

馮道說道：「天作孽，猶可違；自作孽，不可活！不是我拋棄了他，是他執意悖逆天道倫常，誰也救不了他！」

王景仁點點頭，續道：「第二個問題是，今日你選擇了李存勖，若有朝一日，他也變成一個貪奢淫逸的暴主，你會起來反抗他嚒？」

馮道說道：「晉王胸襟廣大，總是善待降將與百姓，從來不曾像朱全忠那樣，又是屠城，又是猜忌功臣、斬殺降將。」

王景仁道：「他此刻固然不錯，但古來有多少賢君坐穩王位之後，性情就變了，遠者有玄宗，因沉溺女色，而荒廢國事；近者……在你心中，梁帝也算是暴君吧！倘若新一代的英主來討伐暴虐的故主，你會死忠於暴虐的故主，還是會投降於新的英主？」

馮道說道：「倘若有一天我真能待在晉王身邊輔佐他，我會盡到臣子進諫的本分，時時叮嚀規勸，絕不讓事情發展到那個地步。」

王景仁抬起頭仰望天上不斷飄飄落下的雪粉，在微光中交織出一團又一團的幻影，又轉瞬即逝，彷彿他心中的迷茫與感慨：「從前我也像你一樣天真，以為只要主臣相契，就會萬事俱安。吳王的確不曾負我，我也盡心盡力為楊家打下一片江山，可一朝天子一朝臣啊！就算老父信任你，也一直是個好漢，卻天不假年！兒子一上台，就恨不得殺了你！任憑你在戰場上呼風喚雨，也翻轉不了生死之事，不能教吳王再活過來！面對著恩主的兒子率大軍攻來，我既不能對不起吳王，又不能讓跟隨我多年的老兄弟白白死去，只好出走淮南，投奔吳越，當時吳越與淮南已經和解，這也不辜負吳王之恩，誰承想竟被輾轉送到敵營大梁。我自負有些軍事才能，雖然梁營裡虎狼環伺，也不懼怕！誰知一朝為降將，便一世見疑於君王、猜忌於同袍，永世不容於史家之筆！王某今日之敗，不是刀劍鈍了或是兵陣壞了，而是敵不過這翻覆的世情！」

馮道心中咀嚼著他的話：「一朝投降，便一世見疑於君王、猜忌於同袍，永世不容於史家之筆？」一時沉默無語，這一道問題確實震撼著他的心，他從不曾想過自己千挑萬選的李存勖會變了樣，就算李存勖不變，也不能保證他能活得長久，他的子孫也能爭氣。

王景仁續道：「你說王某是外來的降將，李思安、韓勍這幫朱系子弟兵才容不下我，難道我轉投河東，十三太保就容得了我？」

馮道說道：「你曾殺了朱友寧，就算梁帝真能一笑泯恩仇，梁營也容不下你，王師範的下場，殷鑑不遠！你與河東無仇，十三太保人雖粗獷，卻是兄弟情真……」

「兄弟情真？」王景仁又是諷刺地哈哈一笑：「你可知十三太保最厲害的是誰？」

馮道還思索著答案，王景仁已道：「不是李存勖，也不是李嗣源，而是最早死去的李存孝！他與另外的十二太保可是結義兄弟，又有什麼仇恨？可為什麼早早死了？他不是死於戰場之上，因為沒有一個敵人殺得了他，正因為他太勇猛，才慘遭人嫉妒陷害，不得不走上謀反一途，最後被李克用車裂而死！嫉妒他的，不是別人，正是與他稱兄道弟的那些太保們！有時候殺人的不一定是仇恨，嫉妒也是一把利刃！所以王某無論投身到哪裡，都是一樣的下場！我又何必到河東再承受一次同樣的羞辱？」

馮道曾隱約聽過李存孝的故事，但河東眾人包括張承業都含糊其詞，不願提起這段往事，他因此未曾深思，此時經由王景仁的口，才真正明瞭內情，心中頗受衝擊，一時無語可答。

「第三個問題是，」王景仁又道：「你自許為唐臣，如果有朝一日，李存勖仍然英明，卻違背了效忠大唐的誓言，想要自立為帝，你還會臣服於他嚒？」

馮道堅定道：「晉王曾當面發過誓，必以興復大唐為志業！」

王景仁道：「今日或許他還有尊唐之意，但假以時日，他真統一了天下，還能保有初心嚒？難保他不會是下一個梁帝！」望著沉默無語的馮道，又悵然說道：「小兄弟，你明白了吧？在戰亂的洪流中，即使是一代名將、藩鎮霸主又如何？除非你能成為一統天下的皇帝，否則難免受制於人！所以像朱全忠那樣的曠世豪雄，他很早就看清楚了，藩帥將相都是狗屁，值得爭取的只有一個目標，那便是帝王寶座！

至於李存勖，因為年輕，此刻還會受盟誓約束，但他很聰明、有野心，隨著經歷越多，總有一天會明白，不成王，便成仁！

李克用為何鬥不過朱全忠？就是因為他沒有爭帝的野心，再勇猛，也只能是一隻飛老虎；李存勖則不然，他是猛龍，他若不爭便罷，一旦要爭，便是朝皇帝寶座的目標奔去，將來誰能束縛得住他呢？大唐殘存的那些懦弱的皇室宗親？天下清議？還是隨口答應你的誓言？」

他站起身拍拍袍上的雪粉，又道：「等有一天，你找到能說服我的答案，再來告訴我，到那時，或許我會考慮投效河東。今天，謝謝你的好酒了！你讓我知道這世上原來還有一個像你這樣的人——外表看似圓融世故，內心卻比誰都單純清澈！」

他望向前方，只見一片空曠黑暗，似看不到盡頭，不禁呢喃自語：「王茂章，你以為還有回頭路嚒？」話語中透著一絲末路降將的淒涼和絕望，卻也只能昂首挺身，朝幽暗大步行去。

馮道望著那道消沒在夜色中的身影，心中咀嚼著最後兩道問題，一時惆悵迷惘。

當初奉朱全忠命令，率三千先鋒軍強佔深冀兩州的杜廷隱，聽說梁軍主力在柏鄉一敗塗地，眼看深冀也守不住了，索性下令將財富搜刮一空，強行抓捕男丁充當奴隸，卻將滿城老弱婦孺盡數活埋，直到朱全忠得知消息，緊急傳了詔書說不可以屠殺深冀百姓，杜廷隱才停止惡行，憾然退兵。

可憐城中只餘一片斷垣殘壁，再無半點人煙，趙人由此更痛恨梁軍，這消息很快傳到各藩鎮，都說梁軍殘暴不仁，晉王才是解民倒懸的正義之師。

另一方面，王景仁等人在保義節度使王檀的接應下，趁夜逃回開封，朱全忠並沒有為難他，還勸慰道：「我知道是因為韓勍、李思安不服從你的命令，才造成如此結果。」但從此他再沒有重用過王景仁，直到乾化三年，朱友貞即位後，才重新命令王景仁擔任淮南西北行營招討應接使，領一萬兵馬去攻打淮南「壽州」。

王景仁率軍征討淮南的途中，一路觸景傷情，經過獨山楊行密的祠堂時，再忍不住進去參拜，他心中覺得對不起舊主，又感嘆自身際遇的無可奈何，不由得痛哭失聲。可嘆他一世名將，在新地不得志，內心又懷念故地，如此內外交迫下，如何與昔日同袍交戰？他在「霍丘」中了徐溫的詭計而大敗，徐溫還將梁軍屍體壘壘堆疊起來，堆築成京觀，以炫耀武功。王景仁返回大梁後，不久就積鬱而逝，這是後話。

柏鄉這一戰，河東俘虜敵將二百八十五人，繳獲馬匹三千、鎧甲兵仗七萬，糧食輜車不可數計。最後李存勖收兵駐紮在趙州黎陽，成為河北地下盟主，而大梁的勢力退至魏博以南，徹底失去對河北的控制，此役乃是史上著名的「柏鄉之戰」，也是河東、大梁形勢逆轉最關鍵的一戰！

河東軍從此威震河朔，李存勖論功行賞，李嗣源幾次於梁軍陣中冒死衝殺，被列為首功，升任代州刺史。

趙州城，趙王府中，王鎔設了酒宴款待李存勖、王處直、張承業與幾位河東大將，一起歡慶柏鄉大勝，眾人正酒酣耳熱之際，外邊忽傳來晉軍侍衛的通報：「啟稟大王，盧龍節度使派人送信柬過來。」頓時打斷了歡樂的氣氛，眾人愕然道：「劉守光？他送信來做什麼？」

李存勖劍眉微微一蹙，沉聲道：「拿進來吧。」

那侍衛走了進來，將信柬呈給李存勖，又在他耳邊低聲稟報：「燕王送來三封信柬，一封是給大王的，另兩封卻是分別給趙王和北平郡王。」這意思是請示李存勖是否要將另兩封信交給他們，還是都由李存勖自己拆開。

李存勖但覺奇怪：「劉守光同時給我們三人發信，卻一起送到趙王府中，究竟是什麼意思？」他剛與王鎔、王處直結盟，不想引起對方猜疑，微然點頭，侍衛便將信柬分別呈給兩位藩王。

王鎔和王處直對劉守光也送信給自己，頗是詫異，與李存勖互望一眼，三人便一起把手中的信拆了，瞬間一起變了臉色，又互望一眼，王處直屢受劉守光威脅，再也忍不住，首先破口大罵：「這傢伙簡真是惡賊，忝不知恥！」

王鎔也苦著臉埋怨道：「當初我遭遇大梁奪取深冀兩地，向他求援，他不理不睬，等我們三鎮聯手大敗梁軍，他竟說要加入咱們，一起攻打大梁，我瞧他根本不安好心！這……晉王，您說這該怎麼辦？」

李存勖卻是哈哈大笑：「這傢伙簡直是愚蠢到了極點！」

王處直和王鎔見李存勖沒有發火，反而笑得合不攏嘴，心中稍安，李存勖冷哼道：「他不只想加入，還說既然四鎮要聯軍，就必須選出一位盟主，又問說他該居於何位？這意思擺明了他想當盟主……」精光一掃二人，冷聲問道：「你們以為如何呢？」

兩人見李存勖要與劉守光爭盟主之位，心中一跳，王鎔連忙道：「此番能驅逐梁軍，還我趙地，全仰賴大王與河東將士，我自是以晉王馬首是瞻！」

王處直也忿然道：「劉守光苛刻暴虐，屢屢覬覦我領地，我豈能服他？」

李存勖見兩人急表心意，嘿嘿一笑道：「他信中可是炫耀掌握著三十萬大軍呢！難道你們就不怕違抗他的後果？」

王處直忿然道：「此人殘忍刻薄，無信無義，一旦臣服於他，就只能等著坐火鐵籠了！」

王鎔誠懇道：「我們受困之際，是晉王不計前嫌，慷慨相救！」又氣憤道：「如今我們勝了，他卻想用軍威來逼我們就範，離間我們對晉王的忠心，簡直是癡心妄想！」

李存勖冷哼道：「我原本想趁著大勝之際，一鼓作氣地直搗開封，幹掉朱賊，再回頭收拾那二愣子，想不到我還來不及找他，他倒是自動送上門來了！」英眉一挑，目光直盯地望著兩人，笑道：「只要兩位叔父肯支持，我便一口氣先幹掉朱全忠，再消滅劉守光給你們看！」

周德威聽李存勖竟想直接殺進開封，但覺他太好大喜功了，忍不住插口道：「劉守光固然昏庸，但手中握有三十萬精兵，切不可掉以輕心！」

張承業見周德威語氣沉厲，當眾勸阻李存勖，頗不給面子，只怕兩人又要鬧彆扭，忙溫言道：「大王，咱們才剛打完一場大戰，人疲馬憊，若還要遠行千里，深入敵穴去討伐大梁，萬一糧草接應不上，劉守光又派出三十萬大軍，從後方攻打我雲、代兩州，我們好不容易站穩的腳步，就會變得很危險。」

李存勖被兩人阻止，一股悶氣無處發，知道李嗣源永遠會支持自己，便問：「大哥，你怎麼看？」

李嗣源還未回答，外方又傳來一道軍情：「啟稟大王，大梁楊師厚率領磁、相兩州軍兵，前去救援邢、魏，我軍不敵，解除包圍撤退。楊師厚率兵直追過漳水才返回，此後便一直駐紮在魏州。」

李存勖目光一沉，咬牙恨聲道：「這個楊師厚真是麻煩！一日不除，大梁就永遠不會垮，總有一天，本王要親自會會他！」

只要楊師厚出戰，河東就幾乎沒有勝過，就連周德威也勝不了他，這個消息讓李存勖痛恨，卻也清醒了幾分，但他滿懷怒火、勃勃鬥志都無處發作，頓時只彆得滿臉通紅，不發一語。

原本歡樂的氣氛變得僵凝，眾人都不敢開口，張承業見狀，又溫言道：「大王，關於四鎮盟主這事，歷史上倒有個例子，從前吳國夫差在『黃池之會』，忙著搶奪盟主位子，那越王勾踐先假意順應他，再趁機率兵滅了吳國……」

這一番話為李存勖心中鬥志找到了發洩出口，他立刻轉怒為喜，哈哈一笑，道：「七哥說得對！幽燕有三十萬大軍，不易對付，看來只好先便宜劉守光，讓他當個盟主過過癮！」

王鎔和王處直以為李存勖氣糊塗了，或是在試探他們，慌張道：「不！不！我們不願跟隨燕王，我們在晉王的帶領下，連梁軍都不怕，又豈會怕小小的幽燕？」

「兩位叔父莫慌，本王的意思是——」李存勖狡黠一笑，道：「咱們先假裝尊崇劉守光為盟主，那蠢貨肯定很高興，等鬆懈戒備，咱們就直取幽燕，然後再專心討伐大梁！」

王鎔和王處直也一起同聲大笑：「大王好計策！」

李存勖舉杯對王鎔、王處直道：「既然兩位叔叔有志一同，不如咱們就在此結盟，一起拿下幽燕！」

「好！」王鎔和王處直見李存勖胸有成竹，意氣昂然，也不再懼怕劉守光，齊聲道：「我們願隨晉王一起征伐幽燕！」

李存勖心中豪氣正盛，既然決定攻打幽燕，翌日便班師回去，途中，他特意與張承業一起策馬同行，兩人一路說說笑笑，李存勖忽然問道：「七哥，你那個僕人無名呢？怎麼不見他蹤影？」

張承業一愕，道：「什麼無名？」

李存勖笑道：「他沒告訴你嚒？本王為他取了『無名』，可是跟無名禪室的老者一樣呢！你說這名字取得好不好？」

張承業心中一跳：「莫非亞子看出什麼了？」支吾道：「那小子……只是個小僕人，實在不勞大王記掛他……」

李存勖冷笑道：「一個小宦官竟能破解南方第一大將的兵陣？」

張承業吶吶道：「或許瞎貓碰到死耗子呢……」

李存勖笑道：「我不只記掛他，還要好好封賞他！」

張承業只好道：「他臨時有急事，先行離開了。」

李存勖不悅道：「有什麼大事要走得那麼急？竟連跟本王打聲招呼也不願意？」

張承業尷尬道：「是家中的急事，所以趕著回鄉了。」

「趕著回鄉？」李存勖冷冷一哼，蹙眉道：「是趕著回去跟劉守光通風報信吧！」

張承業心中唉嘆：「臭小子，做戲也不做好，都被人看破手腳了，還連累咱家在晉王面前丟了老臉！」只好道：「亞子真是聰明，什麼事都瞞不過你的眼！」

李存勖道：「七哥以前隨軍，從不帶小宦官，這次不但帶上他，還特地把他留下來襄助戰略，我就知道這小子不對勁！我故意不作聲，就是想看看他要搗什麼鬼？」見張承業張口結舌的窘境，十分得意，笑道：「不過既然他相助有功，又沒有亂來，本王暫且饒他一回，讓他出來吧！」

張承業鬆了口氣，道：「多謝大王不怪罪，可他真的走了。」

李存勖倔強地哼了一聲，又道：「看來他還是不肯為我所用！」

張承業勸慰道：「倘若他不是欽慕大王的風采，又何必前來相助？只要大王是明主，天下賢才都會爭相歸附，總有一天，他也會留在河東的。」

「總有一天?」李存勖道:「本王等不了那麼久!」

張承業心想:「小子去追王景仁,不知道能不能順利勸服他?我還是先別說了,免得亞子空歡喜一場。」便道:「如今幽燕百姓苦不堪言,他總有些親人朋友放心不下,只好匆匆離去,因此來不及向大王告辭。」

李存勖英眉一挑,道:「這容易!本王就滅了幽燕那個活寶王,看他還能掛心哪裡?」說罷灑然長笑,縱馬離去,一路放聲歌吟:「大鵬一日同風起,扶搖直上九萬里,假令風歇時下來,猶能簸卻滄溟水,世人見我恆殊調,聞餘大言皆冷笑,宣父猶能畏後生,丈夫未可輕年少!」❷

第一道曙光射破陰霧,映照在李存勖奔馳的身影上,張承業聽著蕩氣迴腸的歌聲,望著他飛揚的風采,彷彿看見冉冉初升的旭日,將要蔽去所有星月,光耀大地,心中甚是欣慰,不禁紅了眼眶對李克用道:「晉王,咱家沒有辜負你的託付,你後繼有人了!我大唐中興有望了!」伸袖拭了拭眼角淚水,又不免有些憂慮:「亞子已經準備橫掃群雄,這天下究竟會變得如何?那小子真會甘心歸附嚒?」

(註❶:「大將獨來往……不知身世自悠悠。」此句修改、融合了蘇軾的《卜運算元・黃州定慧院寓居作》與李商隱的《夕陽樓》。)

（註❷：「大鵬一日同風起……丈夫未可輕年少！」出自李白《上李邕》。）

九一一・四

比干諫而死・屈平竄湘源

三月己丑，鎮、定州各遣使言幽州劉守光凶僭之狀，請推為尚父，以稔其惡。乙未，帝至晉陽宮，召監軍張承業諸將等議幽州之事，乃遣牙將戴漢超齎墨制并六鎮書，推劉守光為尚書令、尚父，守光由是凶熾日甚，遂邀六鎮奉冊。

《舊五代史・卷二十七・唐書三・莊宗紀第一》

守光益以為諸鎮畏其強，乃諷諸鎮共推尊己，於是晉王率天德宋瑤、振武周德威、昭義李嗣昭、義武王處直、成德王鎔等，以墨制冊尊守光為尚書令、尚父。守光又遣告于梁，請授己河北兵馬都統，以討鎮、定、河東。梁遣閤門使王瞳拜守光河北採訪使。有司白守光，尚父受冊，用唐冊太尉禮儀，守光問曰：「此儀注何不郊天改元？」有司曰：「此天子之禮也，尚父雖尊，乃人臣耳。」守光怒曰：「我為尚父，誰當帝者乎？且今天下四分五裂，大者稱帝，小者稱王，我以二千里之燕，獨不能帝一方乎？」乃械梁、晉使者下獄，置斧鑕于其庭，令曰：「敢諫者死！」

孫鶴進曰：「滄州之敗，臣蒙王不殺之恩，今日之事，不敢不諫。」守光怒，推之伏鑕，令軍士割而啖之。鶴呼曰：「不出百日，大兵當至！」命窒其口而醢之。

守光遂以梁乾化元年八月自號大燕皇帝，改元曰應天，以王瞳、齊涉為左右相。晉遣太原少尹李承勳賀冊尚父，至燕，而守光已僭號。有司迫承勳稱臣，

承勛不屈，以列國交聘禮入見，守光怒，殺之。《新五代史・卷三十九・雜傳第二十七》

馮道與王景仁分別之後，正要回轉幽州，途中收到張承業托人送來信柬，一方面詢問王景仁願不願意歸降河東，另方面卻是通知馮道，由於劉守光表示要當四鎮盟主，李存勖表面上恭順地答應要求，實際正秣馬厲兵，準備大舉攻下幽燕。

馮道看著書信，只覺得心驚膽顫，他雖知道這一天遲早會來，卻沒想到來得這麼快：「劉守光這不知死活的二愣子，竟然這麼找死！選在這當口去挑釁李存勖，提前引動戰爭，我得趕緊回幽州去！」他連忙提筆回信，一方面告知勸降王景仁之事並沒有成功，另方面也叮囑張承業，萬一幽燕真的淪陷，請務必替城中百姓求情。

馮道將回信交給信差後，便匆匆返回幽州，但他並未向劉守光報到，而是去了孫師禮的那座黃牆碧瓦大石院。

從前有許多才子想一窺天下無雙的佳人，又想攀附孫鶴，因此石院門庭經常被擠得水洩不通，但自從孫鶴落難，孫無憂是個醜女的消息傳出後，這地方已經冷清許多，再沒有才子徘徊，唯一不變的是，門口那對缺了耳朵的石獅子，永遠咧開了嘴笑迎賓客。

馮道走進石院，有人眼尖地認出他，興奮喊道：「這不是馮郎君麼？」

其他百姓聞聲，都停下手邊工作湧了過來，歡呼道：「馮郎君來了！馮郎君來了！大家快過來瞧瞧！他來探望咱們了！」

大人小孩全圍繞著馮道，你一言、我一語：「馮郎君，若不是你將我們安頓在這裡，我們早就曝屍荒野了！」「是啊！若不是你，我們早就餓死了！」「這是我們去河裡抓的魚，曬成了魚乾，可以吃很久很久，熬過一個冬天都沒有問題，你拿這條最大的回去嚐嚐！」「還有、還有，我們自己採摘的金絲棗，依照你教的法子曬成棗乾，可以保存很久，很甜的！你嚐嚐！」

眾人都把自己的存糧盡數堆到馮道面前，恨不能餵飽了他，一點也不擔心獻上存糧後會餓肚子。馮道未料到眾人這麼熱情，心中頓時湧上一片暖意：「我應該多來探望他們才是。」他與眾人說說笑笑，談了好一會兒的話，直到日落西山，才依依不捨地起身離去。

馮道離開了大石院，走向後山，穿過蒼蒼鬱鬱的松林，順著一條小徑來到小竹齋，見屋角依舊掛著兩盞碧紗燈籠，他一時近親情怯，躊躇起來，便停了腳步，站在附近的松樹下，癡癡望著竹齋，想起褚寒依在桑乾河畔分別時，仍堅持永不相見，不由得輕輕一嘆：「她回來了嚒？如果她見到我貿然前來，會不會又生氣了？大戰將起，如果她還在外面流浪，到時候形勢混亂，我又要上哪兒找她？會不會就真的永無見日？」怔望了好一會兒，見始終沒有人出來，遂鼓起勇氣走近前去，正打算呼喚，卻見千荷提著一籃金絲棗從遠處回來。

馮道連忙堆起和善的笑意，招呼道：「姐姐近來可好？」

千荷乍見到他，吃了一驚：「馮郎怎麼來了？」忍不住望向竹齋，又望了望馮道，神色有些慌張地問：「姑娘……你……你有沒有……」見馮道神色有些迷惘，隨即又斬釘截鐵地道：「姑娘還沒有回家！」

馮道心想：「如果妹妹還未回家，妳又何必這麼緊張？」拱手道：「我來探望大石院的百姓，順道來探望姐姐。」

千荷見馮道並沒有懷疑的意思，定了定心神，微笑道：「馮郎怎麼忽然來了？姑娘還沒有回家。」她又重覆了一次。

馮道暗暗好笑：「真是此地無銀三百兩！看來妹妹確實已經回家了！」想到褚寒依此刻就在竹齋裡，不由得心口微微噗通，提高聲說道：「我得到一個消息，晉王在柏鄉大勝梁軍後，正厲兵秣馬，準備攻打幽州！」

千荷驚顫道：「咱們才應付完梁軍，又要應付晉軍？」

馮道說道：「晉軍不比梁軍，晉王恨透了老節帥，若不攻破城池，絕不罷休，所以你們得提早做好準備。」

千荷問道：「我們該如何準備？馮郎特來告知，是有什麼打算嚒？」

馮道說道：「三笑齋已經不安全了，該把大夥兒遷移到更安全的地方。」

千荷低呼：「這麼一大夥兒人，好不容易安頓下來，能遷往哪裡？」望了望四周荒涼的景象，不由得悵然一嘆：「從前三笑齋得先生庇蔭，才能獨立於濁世之外，但自從先生兵敗歸降後，就失去了地位，三笑齋也越來越困難了，幸好明公仍是弓高縣長，並沒有被先生牽連，還有你暗中伸予援手，這地方才能勉強維持，否則單憑姑娘一人，她再有菩薩心腸，雙手也救不了許多人！」

馮道深有同感，道：「姑娘一直都是外表凶巴巴，心地卻特別善良之人。」

千荷微笑道：「外邊的人都嫌她又醜又凶，只有馮郎懂得她的好，可惜姑娘心有所屬……」話一出口，就發覺自己太多嘴了，連忙打住，輕聲一嘆：「唉！若是又要打仗，百姓們就更苦了，這裡也會更加困難。」

馮道說道：「我想來想去，只有一個地方最安全。」

千荷道：「這世上哪有地方可安頓這一大幫人？」

馮道說道：「大安山宮殿！」

千荷驚呼道：「怎麼可能？劉守光派了大批軍隊駐守在那裡，我們一大幫人怎麼上山？」

馮道說道：「晉王剛打完柏鄉之戰，需整備兵馬、擬定計策，還有幾個月的時間，才會攻打過來。我會設法勸大王撤走大安山的軍隊，到時候，你們就可以分批上山。」他拿出大安山地圖，交給千荷叮嚀道：「裡面有我仔細畫的路線圖，你們只要依著紅線走，就不會錯。」他知道千荷一定會交給褚寒依，也不再逗留，說罷便告辭離去。

馮道走後，千荷趕忙拿著地圖進入竹齋，交給褚寒依道：「姑娘，馮郎君來了，他說河東快要打來了，讓咱們去大安山宮殿避難。」

褚寒依冷哼道：「他說話那麼大聲，誰聽不見？」

千荷道：「他說他能調走大安山軍隊，教咱們配合他的行動，把這些難民一批一批移往山上避禍，真有可能嗎？」

褚寒依冷聲道：「他那人賊頭賊腦，什麼鬼點子想不出來？」

千荷問道：「姑娘，妳知道他要怎麼做嚒？」

褚寒依冷哼一聲：「不知道！」

千荷微笑道：「像姑娘這麼聰明的人，都不知道怎麼調走大安山的軍隊，馮郎君卻知道，妳說馮郎君是不是很聰明，對姑娘又好，只可惜家世差了點，配不上姑娘！」

褚寒依冷聲道：「家世好不好，也不重要，重要的是他人品不好！對我也不好！」

千荷疑道：「他人品怎麼不好了？咱們三笑齋有什麼事，跟他提一聲，他都義不容辭地幫忙，還不時送來物資，這一份心意可真難得！大石院的那些難民只要瞧他來了，個個都湧上去歡迎他、稱讚他，還有那些士子個個心高氣傲，可唯獨都和他做了朋友，聽說劉守光特別會折磨士子，好幾次，都是馮郎君幫大家化解了危難。」

褚寒依哼道：「沽名釣譽！」

千荷道：「如果姑娘真是生他的氣，上回追去潞州時，為何不一刀殺了他？」

兩人在桑乾河畔發生的事，在褚寒依心中激蕩出一波又一波萬千複雜的情思，她怎麼也理不清楚、想不明白，更無法對任何人提起，面對千荷的追問，只能虛言應付：「小賊太狡猾，他一出幽州城就失去蹤影，我沒有找到他！」

千荷又問：「他方才又來了，沒有半點防備，姑娘怎麼不動手？」

褚寒依一時語塞，想了想，又逞強道：「他不是說了嘛？河東要打來了，咱們必須等他設法調走大安山的軍隊，才能安頓難民，他還有用處，此刻還不忙殺他！」

千荷微笑道：「所以姑娘是打算配合他的行動了？」

褚寒依道：「為了幽州百姓，我和他的恩怨也只好先放一邊。」

千荷笑問：「姑娘和他有什麼恩怨呢？我瞧他對姑娘好得很，只有恩愛，沒有怨！」

褚寒依氣呼呼道：「妳這丫頭胡說什麼，信不信我拿繡花針縫了妳的嘴！」

千荷吐了吐舌頭，抿了嘴，不敢再說，卻忍不住唇角微揚，暗暗好笑。

褚寒依支頤望月，心中有些不安：「他究竟要做什麼？真能調走大安山的軍隊嘛？」

開平五年夏，馮道花了兩、三個月的時間安頓好身邊人事，又去和孫鶴商量該如何應付未來的局面，兩人都覺得大戰將起，事情迫在眉睫，必須盡快潛入大安山，孫鶴意在解救劉仁恭，而馮道意在得到《星象篇》。

翌日，劉守光召集臣屬集合，眾人都猜不到是何事，馮道戰戰兢兢地站在眾文臣中，打算稟報河東狀況：「劉守光如果知道李存勖想攻打幽燕，不知會做何反應？」他心中思索著該如何措詞，才不會惹惱劉守光，免得自己被遷怒而罰坐火鐵籠，又不時與孫鶴交換目光。

劉守光姍姍來遲，一臉志得意滿，最令眾臣吃驚的是他竟然一身赭黃龍袍，那是只有大唐皇帝才能穿的衣服！

劉守光大剌剌地往上位一坐，對排列在下方的文臣武將道：「大唐已滅，天下大亂，各方豪雄都想爭個皇位來坐，就說一個殺豬的都能稱王，本王英明神武，手下兵馬三十萬，我幽燕又是各方爭取的對象，你們說說，」他站起來，昂首挺胸，雙手插腰道：「我這樣，像不像一個皇帝？」

眾臣吃驚得說不出話來，心中暗呼：「大王竟想……稱帝？」一時間只覺得大難臨頭了！

劉守光見眾人神情彆扭，不悅道：「你們怎麼不說話？你們不是應該稱頌一番？」

眾臣對這件事實在太震驚、太害怕，一時反應不過來，聽到劉守光的暴喝，才紛紛清醒過來，李小喜搶先跪地叩首道：「恭喜大王南面成帝！我幽燕百姓有福了！」

其他人見狀，也趕緊一一跪下，忙不迭的叩首道：「上蒼英明，賜我幽燕一位天縱英才的主君，從此四海升平、國泰民安！」「天祐我皇，春秋鼎盛，天祐我朝，千秋萬世！」一口中連珠炮般吐出一串又一串的阿諛之詞。

劉守光見喊聲熱烈，心中正自飄飄然，忽見到一人昂首站立，並不跪拜，此人不是別人，正是自己的心中刺，他登時感到被潑了一桶冰水，精光狠狠瞪視著孫鶴，喝問：「眾人皆拜，你不拜，孫鶴，你是以為本王不夠資格當皇帝嚒？」

孫鶴心中雖是驚顫，仍硬氣道：「臣以為大王萬萬不可稱帝！我幽燕內亂才剛平定，從上到下都困苦竭蹶、耗損殆盡，不只晉王虎視眈眈，契丹也想染指中原，大王不知防範，只想著稱帝之事，如何使得？若是引起群雄激憤，藉故討伐，我幽燕將陷萬劫不復！」

劉守光冷聲道：「那你以為本王該當如何？」

孫鶴恭謹道：「臣以為大王要先養士愛民、訓兵積穀、修行德政，如此一來，四方自會前來歸服！」

劉守光聽孫鶴說完一串勸諫之詞，再也忍不住大聲喝道：「你的意思就是本王德行不修，所以不夠資格當皇帝了？」

孫鶴心中一跳，卻仍婉言道：「臣所思所謀，皆為幽燕著想，還望大王明白。」

劉守光見他如此硬氣，怒火沖燒，指著孫鶴道：「你竟敢教訓我，說我不明事理？來人……」他一句命令正要呼出，原本伏跪於地的馮道忽然站起，大聲道：「尚父！」

劉守光一愣，氣沖沖問道：「你說什麼？」

馮道說道：「孫參軍的意思是大王此刻不宜當皇帝，卻可以當尚父！」

劉守光怒道：「什麼上腹、下腹的？本王又沒有肚子疼，當什麼上腹？」

眾臣幾乎笑了出來，卻只能強行忍住，馮道更是強忍笑意，一臉認真地解釋：「臣說的是『尊尚的父輩』，不是『上面的肚腹』。」

劉守光仍是聽不明白，揮手怒道：「除了天皇老子，本王什麼都不當！」

馮道微笑道：「尚父正是天皇老子！」

劉守光一愣，隨即來了興趣，連忙問道：「尚父怎麼是天皇老子？」

馮道微微一笑，道：「尚父雖不是皇帝的親生父親，卻可以給皇帝指點指點、提醒提醒，皇帝總是尊敬他像父親一樣，大王請想，這尚父是不是天皇老子？」

劉守光僵硬的臉漸漸舒緩了，問道：「難道皇帝不是最大的嚒？這世上竟然還有個尚父壓在他頭上？」

眾士子低了頭，脹紅了臉，不敢吭一聲，只有馮道一笑也不笑，滿臉認真地道：「朱全忠要當皇帝，大王就讓他當吧！大王天縱英才，非凡人可及，明明可以當天皇老子，又何必跟一個殺豬的搶皇帝位子？」

劉守光腦袋左搖右晃，遲疑不決，眾士子的心情也跟著七上八下，半晌，劉守光忽然罵道：「你們這群飯桶，養你們有什麼用？世上有這麼好的位子，竟沒有一個人來告訴本王？」又哈哈大笑，道：「馮參軍，果然還是你行！你總是能想出好主意！朱全忠連戰連敗，都能當皇帝了，本王百戰百勝，自然有資格當他老子，好好提點他！」

眾人見劉守光稱讚馮道，真是又嫉妒又好笑，一個個都脹紅了臉，忍得十分辛苦。

劉守光又問孫鶴：「你勸我不要當皇帝，原來是想讓我當皇帝的老子啊？」

孫鶴正要開口否認，馮道好不容易救了他，怎能放任他再尋死路？連忙道：「大王如要當尚父，絕不能自己當個高興，至少要讓河北的幾個藩王來祝賀祝賀！」他說到尚父的「父」字，刻意提高了聲音。

孫鶴恍然明白他是在提醒自己要救劉守光之父——劉仁恭，只好把滿腔勸阻劉守光的話吞了回去，內心深深一嘆。

劉守光哈哈大笑：「馮參軍說得對！」指了孫鶴又道：「這事就交給你了！」

孫鶴一愣，無奈問道：「大王想把什麼事交給臣處理？」

劉守光不耐煩道：「你還問什麼事？當然是寫信給王鎔、王處直那幫龜兒子，教他們都來祝賀，尊我為尚父啊！真不知道你以前是怎麼當謀臣的？」

孫鶴心中暗罵馮道出這餿主意，又對劉守光道：「王鎔和王處直現在與李存勖連盟，只怕李存勖……」他一句話未說完，劉守光忽然想起，問道：「對了！李存勖最近如何了？」

馮道答道：「李存勖在柏鄉打敗梁軍，又接到大王說要當四鎮盟主的指示後，已經率軍返回河東了。」

劉守光沉吟道：「朱全忠又敗了？真是沒出息！看來我不當這尚父是不行的，本王若不好好指點他，他很快就會被李存勖吃乾抹淨了！」

孫鶴連忙道：「晉王與王鎔、王處直結盟，在柏鄉一戰大勝後，已經形成威脅，大王必須盡早防範。」

劉守光哼道：「我說要當四鎮盟主，小李子就嚇得屁滾尿流，乖乖奉上盟主之位，滾回河東去了！又有什麼好擔心的？」

孫鶴道：「大王萬萬不能小看這李存勖……」

劉守光揮揮手，不耐煩道：「你這老頭就是囉哩囉嗦的，那就實行戒嚴吧！李小喜，這事交給你了！」

李小喜連忙道：「是！我一定會加強戒備，把所有地方都守得嚴嚴實實的，連一隻蟲子也不能亂飛！」

眾文臣都想：「幽燕的蟲子早就被饑民吃光了！」

孫鶴和馮道萬萬想不到劉守光會做這一決定，心中咯登一聲，面面相覷，都想：「這下子，要潛入大安山地牢又更加困難了！」

劉守光想到自己是皇帝的老子，十分歡喜，對孫鶴也和顏悅色了些，道：「孫參軍，你快快寫幾封文書給王鎔、王處直和李存勖，讓他們一併尊我為盟主與尚父，這樣本王就是雙喜臨門了！」孫鶴只得默默接下命令。

眾人散會後，孫鶴氣沖沖地帶著馮道回到自己的書房，埋怨道：「你究竟想做什麼，竟然教劉守光去當尚父？」

馮道無奈道：「如果不讓劉守光當尚父，他就要直接當皇帝了！」

孫鶴蹙眉道：「無論是皇帝或尚父，都是當不得的！你這麼建議，是把幽燕推向浪尖了！」

馮道說道：「幽燕早就是梁晉必爭之地了！」

孫鶴怒道：「你以為我不知道你打的什麼主意？你想讓劉守光自取滅亡！」

馮道冷哼道：「裝睡的人，你喚不醒；想死之人，你拉不住！劉守光連皇帝服都穿出來了，誰攔得住？是他想自取滅亡，不是我讓他滅亡！」

孫鶴斥責道：「攔不住，也得攔！難道我們要眼睜睜看著幽燕斷送前途嗎？」

馮道說道：「我若是斷了誰的前途，那也只是劉守光的前途，並非是幽燕！」

孫鶴喝斥道：「你想過幽燕的百姓沒有？好不容易內亂平靖，才稍得喘息，一下子又要捲入戰禍裡了，你教他們該怎麼辦？」

馮道感慨道：「讓劉守光繼續稱王稱帝，幽燕百姓才是死路一條！這一次我去了河東，見李存勖在百般艱難中，仍努力整頓軍紀，把藩地治理得河清海晏，我心中實在羨慕，河東百姓何其有幸，而我河北百姓又何其無辜？」

「你……」孫鶴氣得跺腳道：「你口口聲聲為幽燕著想，卻利用劉守光引來戰禍，你說，你是不是早已投靠了李存勖，才在這裡興風作浪，故意引誘劉守光走上死路，以討好李存勖，你真以為我看不出來嚒？」

馮道凜然說道：「潞州之戰，我是在劉守光的允許之下，才去幫助李存勖；柏鄉之戰，我是出了點主意，但我本是大唐臣民，深受皇恩，大唐皇室被朱全忠滅盡，我有機會為先帝報仇，除滅逆賊，而晉王又願意尊大唐為正統，我為什麼不幫忙？」

孫鶴激動道：「你曾答應我不推翻劉氏，你卻身在幽燕心在晉！」

馮道也激動道：「劉仁恭殘殺少女，劉守文縱容軍兵吃人，劉守光的殘暴堪比桀紂，劉氏父子，個個天地不容！我只恨自己當初為什麼要答應你！但我既然答應了，便會信守承諾，如果我真的勾結李存勖，劉守光還能站在那裡殘害無辜嚒？我若是有什麼謀劃，也只是因為看透了幽燕的結局，想為幽燕百姓鋪一點後路而已！」

孫鶴未料他會把劉氏父子胡罵一通，一時間羞惱得滿臉通紅，怒道：「你說是為了幽燕百姓鋪路，但我們既身為燕臣，就該盡力守護幽燕，鞠躬盡瘁，死而後已，否則何以為人臣？何談士子氣節？」

馮道冷冷道：「幽燕士子每天被逼著阿諛奉承，又把百姓充當軍糧，早就失去氣節了！」

孫鶴原本氣鼓鼓的，就像一只被怒氣充飽的皮球，馮道這句話就像拿著細針在皮球上輕輕扎了一下，剎那間，他呆住了，全身就像忽然被洩了氣般，微微一晃，頹然癱倒在椅上，臉上蒼白得幾乎沒有半點血色，指著馮道顫聲道：「原來……原來你早就知道滄州宰殺務的事了！」想到當初大梁攻打滄州，劉守文縱容軍兵吃人，自己無法約束，心中內疚，馮道還特意前來安慰，可今日他卻厲言指斥，孫鶴感到萬分悲痛：「你其實還是介意的……」

馮道雙拳緊握，微微哽咽道：「大梁來攻，是不得已，可滄州一戰，劉氏兄弟又鬧得人吃人，劉守文性情雖和善，也願意聽先生建言，可是他無力管束軍兵，又分不清形勢，竟然只為了一點兄弟之情，就輸掉大好局勢，他可曾想過追隨他的軍兵會有何下場？他治下的百姓會遭受什麼磨難？他的仁善只是偽善！他的重情只是濫情！他的寬容只是縱容！」

孫鶴聽著馮道聲聲指控，雖然說的是劉守文，其實更是說得自己，怔然許久，眼中緩緩浮了淚水，全身不停顫抖，再也說不下去，只雙手掩面，悲咽道：「當時……呂兗也是不得已啊！我勸過，可是……情況太糟了！劉守光很瘋狂，誰都不知道他會如何對待降將，世子肯定是活不了，其他人也會很悲慘，所以大家都不敢投降！你瞧瞧呂兗的下場，他一心為幽燕，可是到頭來……全族被滅……」說到後來，再壓抑不住長年的悲鬱、羞愧與無力，痛哭失聲！

馮道見他為幽燕耗盡心力，卻落到如此難堪的地步，心中感傷，悵然道：「我也是幽燕參軍，對劉氏父子的惡行，也未能盡到阻止規勸的責任，又怎能全怪你？或許我更多的是責怪自己，竟縱容他們到如此地步！」

他看著孫鶴痛心疾首，不能自已，於心不忍，語氣一軟，安慰道：「先生，你莫要多想，我也沒那麼多意思，我只是看你阻止劉守光稱帝，他一怒之下，就快要讓你去坐火鐵籠，我不能眼睜睜看著你死，只好用尚父的位置哄哄他，拖延一下時間，或許事情做得不夠周延，但我實在顧不了那麼多，若是任由劉守光稱帝，梁晉肯定直接攻打過來，豈不是更加糟糕？」

孫鶴慢慢緩過了心緒，拭了淚水，又深深一嘆，才微然抬頭，道：「你是為了救我性命，我實在不該責怪你，我給你道歉賠禮了！」

馮道輕輕一嘆：「我也有錯，又怎擔得起先生的道歉？」

孫鶴又道：「你就不怕將來劉守光知道尚父真正的意思後，會氣得殺了你？」

馮道說道：「為今之計，只有盡快救出老節帥，以他的圓滑，周旋在梁晉之間，幽燕或許可免去一場戰禍。」

他心中盤算的是必須在李存勖攻打幽燕之前，順利拿到《星象篇》，否則一旦戰火四起，情況失控，萬一秘笈落入歹人手裡，就糟糕了。另一個理由是如今劉守光正位居高峰，心中得意非常，絕不可能投降李存勖，劉仁恭則不然，經過了九死一生，好不容易回歸王位，很可能已喪失爭鬥的野心，只想潛心修道，或許能勸動他投降河東，以換取安渡晚年，如此幽燕即可免去一場戰禍。

孫鶴卻一心想讓劉仁恭出來主持大局：「你說得不錯！救人的事絕不能再拖延了，只有老節帥出來，才能挽救幽燕的命運！但劉守光又下了戒嚴令，我們該如何潛入地牢？」

兩人趁夜再次仔細研究了大安山的佈防及劉仁恭可能的位置，卻始終沒有法子，最後馮道下定決心，道：「我有法子！」

原本孫鶴已感到心灰意冷，聽馮道這麼說，連忙道：「你有法子，為何不早說？」

馮道說道：「這法子是置之死地而後生，非到萬不得已，我不敢用！」

孫鶴微一蹙眉，道：「什麼法子這麼嚴重？」

馮道緩緩說道：「我犯個事，讓劉守光判我進入地牢，若半個月內我不能出來，先生便為我求情，救我出來。」

孫鶴想不到他要親身入虎穴，心中既感佩又歉疚，道：「原來你早有打算！我方才真是冤枉你了！」

馮道苦笑道：「我得罪了劉守光，萬一他不是判我進地牢，而是進火鐵籠，那就糟了！就算進了地牢，萬一找不到老節帥，這牢也就白坐了；再萬一，先生無法救我出來，豈不是完了？」嘆了口氣道：「這法子風險太大，所以我一直不肯用，但如今戰事將起，情況緊迫，不救出老節帥是不行的，我也只好冒險行之！」

孫鶴沉吟道：「你說得不錯，劉守光是個瘋子，你就算犯個小事，他也可能讓你進火鐵籠，要怎麼樣才能確保你是進入大安山地牢？」

馮道說道：「只能找他心情不錯的日子！」

孫鶴問道：「看來你已有想法了，什麼日子？」

馮道說道：「依我看，李存勖連盟主之位都讓了，也不會在乎這個尚父位置，說不定還會助劉守光一把，等到冊封儀式那天，劉守光肯定會很高興，到時我就犯個小事，或許能成功。」

孫鶴蹙眉道：「這樣說來，我還真得幫他寫那些書信了！」想了想，也下了一個極大的決心，道：「這地牢當初是我設計的，我把內部的結構仔細告訴你吧，這樣就算你沒有和節帥關在一起，也能設法找到他。」

他拿出一張地圖仔細說明地牢中有幾座牢房，有幾條通道，最後還拿出一把鎖匙給馮道，叮嚀道：「這是牢房原本的鎖匙，但我不知道節帥關在哪一間房，鎖匙有沒有被換過？」

馮道心中驚愕：「如果今日我不說出願意深入地牢，他永遠也不會告訴我地牢的結構！看來他並沒有完全信任我願意救出劉仁恭！」對孫鶴的戒備實在有些意外，又想：「他既要我深入地牢救人，為什麼又要對地牢結構保密呢？」

孫鶴見他神色惶惑，以為他退縮了，連忙鼓勵道：「你放心吧，只要你能找到節帥，告訴他外邊的景況，說我已經回到幽州，就等著接應他出來成就大事，他一定會想辦法脫出牢籠的。」

馮道忽然意識到孫鶴話裡有話，問道：「先生言下之意似乎是……老節帥自己不肯出來，並非是劉守光困住了他？」

孫鶴又是神祕一笑，道：「你既是自己人，我也實話對你說了，劉守光囚禁老節帥是真的，但以我對老節帥的瞭解，他一定是心有掛慮，怕遭到逆子迫害，才不肯脫出牢籠。但如今幽燕面臨生死關頭，他不出來是不行的，只不過沒有人通知他外邊的景況，一旦他肯出來，絕對有辦法召回所有將領一起制服劉守光，到那時，你就是位居首功！」

馮道心想：「為什麼孫鶴有十足把握覺得『所有將領都會歸服』？他一定還隱瞞著重要的事！看來我一定得去見見劉仁恭！」

接下來的日子，孫鶴寫信婉言勸告王鎔、王處直尊劉守光為尚父，至於河東那邊，他卻是不敢傳書給李存勖。之後，兩人便靜待尚父冊封大典到來。

王鎔收到書信後，立刻向李存勖報告此事，李存勖氣得大罵：「這劉守光簡直可惡到極點！搶了盟主之位還不夠，還想當尚父，他怎麼不直接稱帝？這惡賊，總有一天，我要誅滅他全族！」

王鎔道：「他應該是害怕朱全忠，所以還不敢稱帝。」

李存勖雖生氣，但他天生有一股異於常人的執拗脾性，遇見困難，頭腦反而越加冷靜聰慧，性情也越加奮勇堅毅，聽王鎔說「劉守光其實害怕朱全忠」，立刻嗅到一絲機會，瞬間轉怒為喜，哈哈笑道：「兩個藩鎮尊他為尚父怎麼夠？不如我來幫他多加幾人，讓他惡貫滿盈！」於是命人用墨筆制冊，教趙王王鎔、義武節度使王處直、昭義節度使李嗣昭、振武節度使周德威、天德節度使宋瑤等六鎮節度使共同尊奉劉守光為尚書令、尚父。

劉守光得到六鎮節度使支持，以為他們真的懼怕自己，更加得意，便上書大梁，要求朱全忠任命自己為河北都統，他雖然對河北臣屬吹噓大話，但真要面對朱全忠，還是有些害怕，仍教人恭恭謹謹地寫道：「晉王六鎮共推我為尚父，守光承受陛下深恩，不敢接受，私以為陛下可授我河北兵馬都統，我願為陛下馬前卒，討伐鎮、定、河東，那麼不勞陛下大駕，整個河北就盡歸大梁所有了。」

「尚父？」朱全忠接到劉守光的上書連同六鎮制冊，怒不可遏：「這傢伙真是失心瘋了！簡直狂妄愚蠢到了極點！朕不去滅他，他倒囂張起來了！」

李振微笑道：「陛下息怒，臣建議咱們可以將計就計，讓這幾隻藩鎮狗咬狗！」

「好！」朱全忠立刻心領神會，哈哈一笑，道：「朕就如他所願，封為河北道采訪使，加尚父，再賜九錫！」遂派閤門使王瞳、崇政院受旨使史彥群前去幽燕冊封劉守光。

五月乙卯日，大梁使節團火速抵達幽燕，不久之後，便在盧龍舉行冊封大典。

劉守光坐在高位上，望著下方的大梁使臣，心中得意非常：「朱全忠連連戰敗，已是外強中乾，見六藩鎮都尊稱我為尚父，怕得不得了，便趕緊派使臣過來，跟我裝龜兒子！」又想：「從前都是我父子裝龜兒子，想不到今日風水輪流轉，也換他裝龜兒子了！」這麼一想，忍不住哈哈大笑：「皇帝的老子！好！好！這一回，老子可揚眉吐氣了！」

大梁閣門使王瞳奉了朱全忠之命，前來幽燕為劉守光冊封，見他狀似瘋狂，雖不明所以，仍謹保禮節，待劉守光笑罷，才昂首微笑道：「陛下派微臣前來，除了授燕王河北道采訪使，加尚父之外，還特意恩賜九錫之禮。」

劉守光一愣，問道：「什麼九錫之禮？」不待王瞳回答，已經不悅道：「梁帝還真他娘的小氣！都知道要給父輩送禮，為什麼不送個金的，卻送個錫的？」

王瞳一愣，待要斥責劉守光無禮，劉守光又揮揮手，道：「罷了！我知道梁帝最近打輸很多仗，怕是沒銀兩了，才這麼寒傖！既然都送來了，我這個做父輩的就大度點，也不跟做兒子的計較了，你就把貢禮拿上來，給尚父瞧瞧吧！」

眾燕臣看慣了劉守光的言行，都見怪不怪，只忍住好笑，王瞳卻是一臉懵愣，好半晌，才努力解釋：「這九錫乃是九種禮器，是皇帝賞賜給有特殊功勳的諸侯或大臣，表達最高禮遇之意。」

劉守光也有些懵了，暗想：「本王做尚父，不是皇帝的老子嚒？怎麼朱全忠還弄個賞賜臣子的禮器？他是不是送錯貢禮了？」便大聲道：「最高禮遇很好，皇帝孝敬尚父，正該如此！但皇帝都用黃金，尚父為什麼要用錫的？你聽好了，回去告訴梁帝，本尚父要九金，不要什麼九錫！」

王瞳但覺有理說不清，只好轉了話題，將擬好的禮儀書冊呈上，道：「這是冊封尚父的禮儀程序，請燕王過目，若無疑問，咱們便可開始了。」

劉守光將書冊從頭至尾、從尾至頭，翻了一遍又一遍，越看眉頭越是糾結。眾臣知道「尚父」之位根本大有問題，見他臉色不善，個個低頭垂首，忐忑不已。

劉守光仔細瞧了書冊許久，忍不住問道：「這裡面怎麼沒有南郊祀天、改變年號的儀式？」

王瞳又是一愣，隨即肅容道：「南郊祀天、改變年號乃是天子之禮，尚父只是天子的臣屬，怎能用這些禮儀？」

劉守光聽他語聲似有訓斥之意，頓時沖起一把怒火，更大聲問道：「尚父不是皇帝的老子嚒？怎麼是臣屬？」

王瞳越加驚詫，肅容道：「皇帝乃是九五之尊，普天之下，皆是他的臣屬，尚父地位雖然尊貴，也不例外。」見劉守光神色有些迷惘，又道：「尚父並非太上皇，只是臣屬而已，燕王不是連這個都不懂吧？」

劉守光一時惱羞成怒，喝道：「本王手握三十萬大軍，只能當個臣屬，那麼誰有資格當皇帝？」

王瞳昂首道：「天下皇帝只能有一個，自然是我大梁皇帝！」

劉守光勃然大怒，把禮儀書冊扔擲在地，斥吼道：「尚父只是人家的奴才，有什麼好做的？我偏偏要做河北天子！」

王瞳語氣一沉，厲聲道：「燕王說這話，是大逆不道了！」

劉守光吓了一聲，道：「來人！給我準備皇帝登基儀式！還有，把這幫梁狗都下到地牢，我就瞧瞧還有誰敢阻止本王登基？」

幽燕眾臣臉色一片慘白，心中都想：「完了！一旦幽燕自立為國，朱全忠肯定會為大梁的正統攻打幽燕，而李存勖則會為大唐的正統出兵，雙方都有冠冕堂皇的理由，唯獨我們是死路一條了！」

孫鶴實在忍不住了，出聲勸道：「大王，萬萬不可！他們是大梁使者……」

劉守光狠狠瞪了他一眼，怒道：「來人！把斧鑕刑具搬上來，有誰敢再勸阻一句，就給我斬了腦袋！」

李小喜趕緊命人把大梁使者連拉帶扯地硬是拖離開大殿，幾位大梁使者急急呼喝：「燕王竟敢囚禁我等，視同謀逆，陛下必會降罪！」

劉守光吓了一聲：「朱全忠自己就是逆賊，還做賊喊捉賊！」

正當大梁使者被軍兵拖著往外時，殿外卻有傳報：「啟稟大王，河東使者太原少尹牙將李承勳前來祝賀！」

「小晉王派人來祝賀？」劉守光心中興奮：「看來他很害怕我！是真心服我當這個六鎮尚父，既然他派了使者來祝賀，剛好讓他的人把消息帶回去，讓他知曉我不只是六鎮尚父，還是天下人的皇帝，教他以後要恭恭敬敬地貢奉天朝，否則有他好看！」他越想越得意，朗聲道：「讓他進來！」

河東使者李承勳奉了李存勖之命前來祝賀，是為了讓劉守光更加驕傲，鬆懈幽燕軍心，他進來時恰好看見大梁使者王瞳、史彥群等人被幽燕軍兵拖押著往外，雙方仇人相見，眼中都殺氣騰騰，王瞳等人心想：「原來幽燕勾結了河東，難怪劉守光敢違逆大梁，自稱皇帝！」

李承勳卻是暗暗得意：「大梁來冊封劉守光，怎麼鬧得翻臉了？無論為了什麼緣故，都是天大的好消息！大王舉兵征討幽燕時，劉守光沒有大梁相護，還不手到擒來？」他走到大殿中央下方，對位在高處的劉守光行使藩鎮之間的交涉之禮道：「太原少尹奉晉王之命，前來祝賀燕王榮登六鎮尚父。」

劉守光使個眼色，李小喜立刻明白，上前對李承勳道：「今日我們燕王要行的是登基大典，你應當行臣子之禮覲見大燕皇帝！」

李承勳萬萬想不到劉守光當了四鎮盟主、六鎮尚父還不滿足，竟妄想稱帝，恍然明白為何大梁使者會被押下，心中大怒，凜然道：「燕王可以統管你境內百姓、文臣武將，但承勳乃是堂堂上國使者，乃是唐帝除授的太原少尹，你怎能命我稱臣？」

劉守光才被大梁、孫鶴激怒，又聽到小小的晉王使者出言忤逆，當真是可忍、孰不可忍，喝斥道：「你看到那個斧鑕沒有？你服不服朕？稱不稱臣？」

李承勳想不到劉守光不只愚蠢，還如此瘋狂，他知道自己若是叩頭跪拜，將使大唐、河東都丟盡臉面，遂昂首凜然道：「燕王如果能令晉王稱臣，承勳自然也會稱臣，否則我怎敢違逆晉王之命？唯有一死以保志節！」

「好！那你就死吧！」劉守光怒喝：「來人！給我直接斬了！」

此話一出，幽燕眾臣只覺得全身寒毛都豎立起來，心想禍上加禍，大梁加上河東，幽燕臣民死一百次都不夠了！

馮道也想不到劉守光居然想直接殺了李承勳，正想出言勸阻，孫鶴已搶先站了出來，急道：「大王萬萬不能斬殺河東使者，否則會引來大禍！」

劉守光見到孫鶴，更加光火，暴喝道：「立刻給朕斬了！」

李小喜不敢拖延，立刻差人執行命令，元行欽出手制服李承勳，讓幾個軍兵硬是把他押到斧鑕上斬殺，孫鶴急得大喊：「大王不可啊……」一句話未喊畢，李承勳已掉了腦袋。

眾人只看得心驚膽跳，劉守光氣仍未消，對孫鶴一連串暴喝：「你方才叫我什麼？你為什麼不稱我陛下？你是不是想造反？」

孫鶴凜然道：「臣不稱大王為陛下，是因為此刻實在不是稱帝的時機！」他心中憂急，目光微微望向眾人，只盼有人出來力挺自己，但眾人看劉守光氣得青筋暴突、滿臉通紅，連刑具都搬上來了，都嚇得低了頭，不敢再勸說一句，羞愧得不敢與孫鶴目光相觸。

孫鶴心中一沉，只感到無比的孤單與絕望，最後他把希望寄託在馮道身上，期盼他能想出妙法阻止劉守光，馮道卻是無奈地微然搖頭，意思是：「自己的腦袋沒有刑具硬，劉守光執意如此，實在是沒辦法了！」

劉守光見眾臣低了頭，無人出言，便沉聲喝問：「你們說，我當皇帝怎麼樣？」

眾人面面相覷，又望了一眼雪白爍爍的大斧，忽然間心眼也被斧光照得雪亮了：主上要當皇帝的決心，就像利斧那樣剛硬，反正幽燕遲早完蛋，自己的腦袋又不如利斧硬，何必自找死路？不如想想怎麼找出路才是正經！

有人想著：「大梁雖然打了幾次敗仗，但樹大根深，還是好倚靠些。」有人卻想：「大梁人才濟濟，朱全忠對降將又多疑心，現在投靠過去，已經搶不到什麼好位置。李存勖則是初升之星，前途不可限量，而且他為人豪爽，對降將多禮遇，河東正值奮發向上，需要廣納人才，肯定多些機會！」

劉守光見他們都噤聲不語，心中不悅，大聲道：「你們頭腦愚蠢，也想不出好說詞，這樣吧，朕給你們兩個選擇，我跟李存勖比起來怎麼樣？」

眾文臣望著眼前荒唐的一幕，忽然覺得既可怖又好笑，都想臨走之前，不如再奉上兩句好聽話，讓主上歡喜，既能保住性命，也算對得起最後領的月俸，於是紛紛出言恭維：

「陛下是四鎮盟主，李存勖只是一藩之主！」「陛下是六鎮尚父，他只是河東小兒郎！」「李存勖一聽說陛下要當盟主，就逃之夭夭，躲回河東，怎能與英明偉大的陛下相比？」

劉守光很是滿意，但還不夠滿足，又問：「那跟朱全忠比起來又怎樣？」

方才有幾個反應快的人，搶先稱讚劉守光勝過李存勖，其他人正暗自懊惱，眼看劉守光又問了問題，便趕緊把握機會，爭相歌頌：「朱全忠連連戰敗，陛下百戰不殆，自然遠遠勝過他！」「戰敗之人都敢稱帝，陛下所向無敵，當然比他更有資格當皇帝了！」「陛下受命于天，攻無不克，為什麼要接受一個戰敗者的冊封？應該自己當皇帝才是！」

劉守光笑問：「倘若他們來反對我稱帝怎麼辦？」

眾人面面相覷，心中都想：「你是死路一條，我們則是逃之夭夭……」但這些話實在不能說出口，一時間不知如何回答。

李小喜見這段時間以來，眾人拍馬功力都變得高強了，只有自己還原地踏步，沒有長進，時間一久，恐怕會失去地位，這次見眾人躊躇不答，也豁了出去，不顧一切道：「小喜願捨身為陛下開創千秋大業，萬死而不悔！」

其他人一聽，恍然大悟：「原來這就是標準答案，果然小喜跟著大王久了，深明其意！」便趕緊跟隨歡呼：「我們願作陛下的敢死軍，奮勇衛國，萬死而不悔！」

也有人說：「陛下智計無雙，只要輕輕挑撥一下，他們就互相攻戰，兩敗俱亡，哪有能力攻打幽燕？」

又有人說：「陛下乃是九天真龍，有天神授予、天命護體，朱全忠和李存勗是什麼東西，怎敢輕易招惹陛下？萬一他們真不知好歹，那也是粉身碎骨，沒有半點活路！」

那阿諛之詞是一層一層地疊加，一層一層地往上，直把劉守光捧成了天神般，但用詞又要簡明扼要，讓劉守光聽得明白。

「哈哈哈哈！」劉守光打從出娘胎以來，從沒有一日像今天這般歡喜，笑得闔不攏嘴，他覺得自己受到文武百官的愛戴，又感到自己是天下無敵、智勇無雙，可將梁晉兩大勢力玩弄於股掌，最重要的是，他深信自己擁有一支忠勇赤誠、刀槍不入的敢死軍，夢想著幽燕王國可以千秋萬世，眼中彷彿已經看見守光大帝的英名在青史中永垂不朽！

他全然不知眾臣心中所想，耳中只剩一片熱鬧哄哄的諂媚言詞，做著開國立朝、千秋萬世的美夢！

那些無恥言語一聲聲迴盪在孫鶴的耳邊，激動著他的心，令他全身怒血澎湃難平，他彷彿已經看見千百雙手合力要將幽燕推向一個萬劫不復的境地，又像是一波一波的惡浪洶湧過來，要將幽燕淹沒，士子的氣節、家國的責任，都讓他無法眼睜睜看著惡果發生，心想：「文死諫，武死戰，乃是大丈夫氣節！方無愧聖賢之道！」他再也忍不住挺身而出，行了一禮，朗聲道：「滄州城破時，臣本該死，因為大王施恩寬宥，才能苟活至今，大王赦罪之恩，臣一直銘記於心，無日或忘。」

劉守光原本十分氣恨孫鶴，但聽他口口聲聲頌讚自己的恩情，心想他終於怕了自己，得意笑道：「你知恩便好，以後好好幹活，不要再與朕作對了！」

孫鶴肅容道：「大王聖明，但這朝堂之上，卻充斥著禍眾妖言，意圖粉飾太平，使大王受蒙蔽，忘記了外邦威脅，臣懇請大王明鑒！」

有人心中咒罵：「這老不死的，竟敢說我們是妖孽！他假作清高也罷，卻把我們貶得如此下流，待會兒不踩他兩腳，以後咱們的臉皮往哪裡放？」也有人想道：「識時務者為俊傑，他是腦袋不清楚，還是不想活了？」「劉守光可不是劉仁恭，孫老頭連這點形勢都瞧不清楚，幽燕的前途還能聽他的噓？」更多人是低頭沉默，臉色羞慚，恨不得遠遠逃離幽燕，以抹去這羞辱的印記。

馮道只感到一片寒意竄了上來，又交雜著萬分感動：「先生為了幽燕，是準備當烈士，全然豁出去了……」他心中急急轉思，想著如何挽救孫鶴的自絕。

劉守光聽清了孫鶴口口聲聲仍稱呼自己「大王」，就是不肯改口稱「陛下」，臉色一沉，冷笑道：「你說他們都是妖孽，那你又是什麼？朕又是什麼？」

孫鶴凜然道：「鶴乃幽燕忠臣，今日幽燕即將陷於危難，我豈能為了保全自身，就不敢直言？這豈不是貪生怕死，辜負了大王的赦罪之恩？」

劉守光原本的笑意慢慢僵凝住，沉聲道：「幽燕在朕的治理下，乃是從未有過的繁榮興盛，幾時陷於危難了？」

孫鶴昂首朗聲道：「大王若是自立為帝，頃覆就會在旦夕之間！」

全場一片靜默無聲，眾人都有一種風雨欲來、大難將至，比梁晉大軍攻來更可怕的感覺！

劉守光不敢相信斧鑽在前，孫鶴還是站了出來，這種大無畏的勇氣令他深深震撼，彷彿連王權也被震得搖晃了，他一字一字說得深沉，那戾氣似要從齒間迸射出來：「你說什麼？」

即使劉守光臉色難看至極，孫鶴微一咬牙，仍是說道：「臣以為大王萬萬不可登基稱帝！」

劉守光怒吼道：「天下大亂，群雄紛起，大者稱帝，小者稱王，哪個不自立？當年劉邦只是一個小亭長，手中三尺劍，隨從數十人，就敢謀取天下，我傲居河北，領地二千里，精兵三十萬，為什麼不能稱帝？」

孫鶴凜然道：「大王雖然英勇過人，卻不是漢高祖！若要與漢高祖相比，朱全忠乃是當世奸雄，威震寰宇，手中擁兵五十萬，文臣武將皆是豪傑，治地南北千里，已佔天下三分之二，他近期雖連連戰敗，但大梁攢下的深厚基業，非一日可摧毀！

而李存勖柏鄉勝戰之後，已成了河北盟主，眼下勢力雖不及大梁，可兵威日盛一日，從佔領潞州開始，版圖已步步往南推至魏博，還暗暗圖謀攻打我幽燕，其英才武略百年罕見，大王不可不慎啊！只要有這兩人在，大王就做不得皇帝！」

劉守光簡直氣炸了，暴喝道：「李存勖不是河北盟主！我才是！我還是六鎮尚父！我當了皇帝，第一個要滅的就是他！還有、還有那個朱瘟！逆天僭位，自稱大梁皇帝，還要我上表稱臣，這無恥老匹夫，我也要滅了他！我才是天神庇祐的真命天子！」

孫鶴深吸一口氣，緩緩勸道：「大王應潛心保守，靜待時機，再圖振作，切莫急功近利，建國自立，以免招天下共憤，引火焚身！」

「引火焚身」這四個字就像一個火藥引線般，乍然引動了劉守光的熊熊怒火：就算當了皇帝，只要有這個老頭站在庭上，自己永遠都會顯得昏庸愚昧！他再也無法容忍了，就像有一座火山要從體內爆發，他絕對無法容許老頭一丁點的存在，他要爆出熊熊烈火，將這個不識相的老頭燒得灰飛煙滅！

孫鶴也感到一陣可怖戾氣像野火般轟燒過來，在這一瞬間，他必須做下決定，是做一個縮頭烏龜，成為自己口中的禍眾妖孽，讓餘生都在憾恨羞愧之中渡過，還是明知必死，也要為幽燕爭一條活路，他的良知、心中志向，都不容許自己沉默退縮，他看著被斬成兩截，還屍橫在地、鮮血流淌的李承勳，心想：「一個河東使臣都能有如此骨氣，我身為幽燕文臣之首，豈可失去士大夫氣節？」一咬牙，昂首朗聲道：「臣知道冒犯大王之罪，實當誅也，但臣寧可效法龍逢、比干，死於直諫，也不願昧著良心貪求安樂，只盼這一片赤忱之言能振聾發聵，使大王心生警惕，滿堂麻木之士得以清醒，對振興幽燕有微薄之功，則臣雖死無憾，也算報答了先王的提拔與大王的赦罪之恩！」

隨著一句一句擲地有聲的言語，無畏生死的勇氣，孫鶴的身影漸漸拔高，劉守光感到原本高高在上的王座卻是低矮了下去，直到最後，被全然籠罩在對方的陰影之下，從前那種被壓迫得無法出頭的感覺又回來了，他內心深處沖湧上一陣恐懼，逼得他一連串瘋狂呼喝：「給我殺了他！殺了這死老頭！來人！快把他給我按在砧板上！」

軍士們聞令，立刻過去架住孫鶴的左右兩邊，硬是把他拉扯著推向砧板，按壓在板上。

馮道知道大事不妙，雖然還想不出法子救孫鶴，也絕不能眼睜睜看著，一咬牙，正要挺身而出，卻聽到孫鶴激動大叫：「臣死不足惜，但幽燕是節帥的心血，不能敗在你手上！」

馮道知道孫鶴為了挽救幽燕，決定以身相殉，他這麼大喊，是在提醒自己，務必信守承諾，救出劉仁恭，他陷入最大的掙扎，該不該忍住衝動？只猶豫這麼一下，劉守光已下了人世間最殘忍的命令！

劉仁恭一直是劉守光心底的一根刺，除了痛恨父親瞧不起自己、搶走羅嬌兒，也擔心將領們還記掛著父親，不是真心服從自己，他更不想竊取姨娘、囚禁父親的醜事傳揚天下，可孫鶴竟然連恭敬的戲都不演了，當眾罵自己是不肖子，劉守光簡直氣瘋了，恨不能將孫鶴碎屍萬段：「碎屍萬段……對！就是碎屍萬段……」他腦中忽然靈光一閃，由極怒轉為大笑：「來人！快！拿泥土塞住他的嘴！給我一寸寸剮下他的肉，剁成肉醬！不能讓他太早死了！哈哈哈！哈哈哈！」

孫鶴全然不顧自身安危，只激動地不停大喊：「不出百日，一定有大兵來到，大王慎思啊！不出百日，定有大兵來到……」直到他的口被泥土滿滿塞住！

所有人聽到劉守光的虐殺主意，都嚇得臉色蒼白、渾身寒顫，馮道不敢想像孫鶴會有什麼下場，再也忍不住，正要往前一站，忽然間，旁邊有人悄悄移到他身邊，拉住他低聲道：「馮小兄，你千萬別衝動！神仙難救無命客，這老頭自己找死，你犯不著賠上！」

馮道一愕，回頭看去，卻是李小喜，原來他深知劉守光的脾氣，此刻馮道若上去助言，必死無疑，就連累自己當不成神仙了，所以他絕不讓馮道陪葬！

馮道微微搖頭，想要甩開李小喜的手，李小喜心中一急，倏然出手，點了他的穴道！

馮道不意李小喜會來這一招，瞬間全身緊繃、動彈不得，焦心如焚，卻無能為力，只能被逼著瞪大雙眼看著一個原本活生生的人被一片片割下膚肉，看著一個對幽燕居功厥偉的赤膽忠臣被慢慢碎成血人兒，看著曾經的良師益友在極度痛苦中扭曲哀嚎，卻發不出半點聲音，看著曾經併肩的戰友不是死在戰場上，而是死在一心效忠的暴主手裡……

劉守光的殘暴是平生僅見的，而孫鶴的骨鯁堅貞也是世所罕有，兩人一場醜惡與貞善的對決，震撼了場上所有人，震垮了他們的道德勇氣，也震破了良知底限，讓他們痛恨自己在暴虐的權力之下，是多麼渺小無力，同時間，孫鶴的堅貞亮節也映照出他們是多麼的軟弱不堪！

他們被逼著觀看這場慘無人道的酷刑，心志同時被劉守光的暴虐與孫鶴的耿直勇氣折磨著，漫長的凌遲，無窮無盡的痛苦，彷彿這個黑暗的天地，永遠、永遠都看不到光明……

文臣嚇得尿了褲子，戰場上殺人不眨眼的武將也瑟瑟發抖，有些人閉了眼不忍觀看，卻止不住心裡的恐懼與良知的譴責，但他們想不到還有更噁心的事，劉守光像瘋了般不停地哈哈大笑，他終於一吐壓抑多年的鬱氣，但這些還不夠，他想到更瘋狂的事，指著殿堂上所有的文臣武將，哈哈笑道：「你們、你們把他的肉分吃掉，每個人都分一口，誰不吃，就是對朕不忠！」

拿到孫鶴血肉的人，堅強一點的，只能緊閉眼睛和著淚水吞下，忍受不住的，當場就大力嘔吐。

馮道眼看人間慘事在自己面前上演，卻無能為力，已是五內翻騰，如火焚燒，想到自己昨夜還怪罪孫鶴，更是內疚難已，他甚至覺得孫鶴今日之死，除了為保幽燕而死諫劉守光，也是因為昨夜的談話，讓孫鶴哀傷自己為幽燕殫精竭慮，卻落到一個極度不堪、進退兩難的處境，才想一死來保存志節。馮道深深懊悔自己太多言了，看到孫鶴的血肉塊遞到面前時，他心神大受刺激，偏偏被李小喜點了穴，滿腔悲鬱憤恨無法吐出，心情激動到了極處，忽然間，眼前一片天旋地轉，暈了過去。

乾化元年八月甲子日，劉守光不顧一切，終於在幽州僭越稱帝，國號「大燕」，改元「應天」，意思是他的稱帝乃是順應天意，並下令鑄造「應天元寶」、「順天元寶」、「乾聖元寶」、「應聖元寶」等錢幣。❶

或許他的殘暴不仁，老天爺也看不過去，就在同一天，契丹突然發兵南下，攻取平州，幽燕軍民嚇得大亂，無法顧及慶賀大典，劉守光的登基儀式竟是在驚慌駭亂中度過，事後他越想越害怕，又回過頭想抓住大梁做靠山，遂以大赦天下之名放了大梁使者，並任命王瞳為左相，盧龍判官齊涉為右相，史彥群為御史大夫。

馮道這一昏迷就過了兩日，他醒來時，只覺得腦袋沉重、渾身發燙，四肢虛軟無力，他感到十分口渴，翻過身子想要下床去拿水喝，忽然間，孫鶴慘死的恐怖畫面浮現腦海，一股噁心的感覺沖湧上來，他趕緊拿了床邊桌案上的面盆大力嘔吐起來，他不停嘔吐，直嘔到氣虛力空，才虛弱地躺回床上，又昏昏睡去，迷茫之中，感到似乎有幾個人來探望自己，但分不清是誰。如此不知昏迷了幾回，嘔吐了幾回，他才真正清醒過來，整個人卻已消瘦一大圈。

他身子雖然恢復許多，心思卻仍懵懵懂懂、混亂不清，他知道自己有許多事該做，卻提不起半分勁，只感到前途一片迷惘，他不斷問自己什麼才是真正該做的？興復大唐、拯救幽燕、還是拯救劉仁恭？

從前他有一個目標是取到《星象篇》好拯救蒼生，可是此刻孫鶴慘死，天道不存，他對《星象篇》究竟存不存在？自己能不能取到？取到之後，是不是真能拯救蒼生感到嚴重懷疑：「師父什麼都算到了，還特意留下孫氏擁有《星象篇》的線索，好讓我取回秘笈，可是先生忽然死了，對《星象篇》的下落沒有隻字片語，這件事師父可料到了？」

巨大的疑惑、瞬間的破滅，令他萬分沮喪，甚至是由衷感到顫慄：「如果……如果先生真有《星象篇》，或是《星象篇》真有功用，他為什麼不能長保康泰？如果我這輩子怎麼也找不到《星象篇》，辜負了師父的託付、先生的犧牲，該怎麼辦？如果我苦苦堅持，《星象篇》卻只是一場虛幻，或者就如先生說的，它根本沒有那麼神奇，又該怎麼辦？」

馮道失去了所有線索，只感到亂世沉重的擔子壓得自己喘不過氣來，自從鳳翔圍城的苦難之後，他再一次對自己感到失望，兩眼只能茫然瞪著桌上燭火，什麼都不能思想，又似乎被一團一團的悲鬱、悵恨、糾結、困惑給塞滿了腦子。燭火搖曳的微光、巨大的幻影，令他混沌的心思更加昏沉，又似乎有什麼東西要從他內心沖湧出來！

他忍不住翻找出紙筆，瘋狂地寫字：「韓非子說：『為人臣不忠，當死；言而不當，亦當死。』主要臣死，臣就不得不死？韓非子見過劉守光嚒？誰都是人生父母養的，為何主君可以不聽諫言，還如此殘暴？人臣就該死於忠諫，還死得如此淒慘？這真是古聖賢的道理？孝經上說：『身體髮膚，受之父母，不敢毀傷，孝之始也。』當忠孝不能兩全時，真該以身殉死？孟夫子說：『君之視臣如手足，則臣視君如腹心；君之視臣如犬馬，則臣視君如國人；君之視臣如土芥，則臣視君如寇仇。』先生以一片丹心報劉氏，視君如腹心，但劉守光幾時把臣子當手足？他會把自己的手腳刮下一片片血肉嚥？」寫到這裡，他忍不住又嘔吐起來，待吐得累了，又回來繼續寫道：「孔夫子說：『君使臣以禮，臣事君以忠』意思是為君者必須先禮遇臣子，臣子也該忠心回報；但主君若待臣暴虐，臣子又該如何回應？『所謂大臣者，以道事君，不可則止』意思是臣子須以正道來事奉君主，倘若君主不願行正道，則臣子可以掛冠求去。孟夫子甚且還告訴齊宣王說如果是異姓官卿，『君有過則諫，反覆之而不聽，則去。』如果是貴戚之卿，『君有大過則諫，反覆之而不聽，則易位。』這兩句話的意思分明是……君若不仁，外姓之臣可以求去，如果是王親貴族還可以廢立主君，另立新王！」從前所唸的聖賢書一篇篇自他腦海沖湧出來，令他幾近瘋狂地一紙又一紙地亂塗亂寫，彷彿想問問古聖賢，天地為何如此不仁？而身為亂世之臣，難道只有慘虐而死的下場？

「『從命而利君謂之順，從命而不利君謂之諂；逆命而利君謂之忠，逆命而不利君謂之篡……伊尹箕子可謂諫矣，比干子胥可謂爭矣……』那些奉承劉守光說著違心之論，將幽燕推向滅亡的人，就是順從王命，陷君主於不義的諂媚小人；先生為了幽燕而違逆劉守光，就像比干與君主相爭，實為忠貞之士！然而比干也好，先生也罷，忠臣的下場竟都如此慘烈？」

他心中激憤感慨，徹夜不停狂寫，彷彿這樣才能稍減內心痛楚：「『明主好同而闇主好獨，明主尚賢使能而饗其盛，闇主妒賢畏能而滅其功，罰其忠，賞其賊，夫是之謂至闇，桀紂所以滅也……』荀子這篇《臣道》已經告誡為人臣者，必須小心提防昏君，因為昏君會嫉妒賢才，懲罰忠臣，還會提拔小人！劉守光就是嫉妒先生的才能，才屠滅了他！可見為人臣子，若非遇到千古明君像太宗般，都應該斂藏鋒芒，切莫強出頭，否則必遭嫉妒，更毋須對主君推心置腹，否則難免遭遇殺身之禍……長孫無忌和魏徵真是天底下最幸運的臣子了，而我們何其不幸，竟遇上劉守光這樣的暴君！」

他全身虛軟，又嘔吐了好幾次，即使嘔出血來，仍不肯停筆：「儒學雖說三綱五常，說君為臣綱，但也說『君正則臣正』……君主必須先正自身，才有資格統領群臣，君雖能命令臣子，卻不可違理妄作；臣雖侍君，也不可隨意曲從，應當『從道不從君』！這個『道』字是正道，不是對暴君唯命是從，效一人之命的愚忠之道！」

鳳翔圍城，他只覺悟到不該為一人犧牲千萬人，但心中仍存著「士為知己者死」的觀念，在最艱難的時候，他仍願為李曄出生入死，陪李曄退隱，經此慘痛的悲劇，從前的信念徹底崩垮，主上根本無法信任，也不可能成為真正的知己：「所謂的主君，也不過是一介凡夫而已，亂世主君更往往是以武力搶奪天下的粗魯武夫，他們有什麼才智或超凡品格讓人死命效忠？」

他不知自己寫了多久，直到連筆都拿不起來，只能癱坐在地，才停了下來，望著滿室飄灑的悲憤言語，他不禁痛哭失聲，哭了好一陣子，忽想起韓延徽的話：「如果有一天，劉守光逼得你走投無路，切莫逞強，只要你願意前來契丹，我必掃榻以待……」這一刻，他有一個極大的衝動，想不顧一切地遠遠逃離幽燕，去找老友相聚：「我以為我能扛得住劉守光的殘暴，果然還是藏明瞭解他，也瞭解我！」但耶律阿保機要在中原掀起戰禍，自己絕不願幫助他，去了契丹，無異是自投羅網，又想：「不如我去找公公，直接投奔李存勖吧！但我丟失了《星象篇》，辜負了先帝的囑託，又有什麼面目去見公公？」想起師父飛虹子的叮嚀：「隱龍使徒以尋帝、立帝、輔帝，安治天下、減少戰禍為己任……」忍不住哭道：「師父，不是我不願意擔負大任，實在是尋不到《星象篇》，我也無能為力了……您交的擔子太重，我承擔不起……不如我退隱山林，再也不管誰當皇帝了吧！」

他萬念俱灰，實想拋下一切，再不管不顧，心中卻有一道道真摯的聲音，不斷扣問自己：「你可以隱居山林、獨善其身；也可以隱為市民、平凡度日……但你讀萬卷書，一路艱難行到這裡，難道真要拋卻心中理想，棄天下百姓於不顧？倘若全天下士子都像你一樣躲了起來，又有誰來拯救蒼生，結束亂世？難道真要把蒼生交在那些以殺戮為樂、草菅人命的軍武頭子手中？」那聲音就像暮鼓晨鐘般，一遍遍敲擊、一陣陣迴蕩，直到他心思漸漸寧定下來，答案也漸漸明晰：「我讀了那麼多聖賢書，就想致君堯舜、安靖天下，我不甘願平凡度日、了此殘生，即使力量微薄，我也要盡力肩負起士大夫的責任！」

他立刻又振筆疾書：「主上雖身有天命、行有威權，但並非都是明智的，相反的，大多數的君主都是憑藉軍武和傳承得來的位子，這樣的人哪來的睿智可言？所以他們需要良臣輔佐！」

他一邊思想，一邊快速飛寫：「身為人臣，雖有進諫之責，但英主可勸誡，面對暴君又該如何？難道死諫是唯一的法子？忠臣死諫固然能得到世人敬重，留下美名，就像青史會記下先生的威武不屈一樣，但在暴君之下，忠臣早早慘死，又何談拯救萬民、安定黎庶？像劉守光那樣的暴君，總是胡作非為，臣子時時都須死諫，滿堂文武一下子就不夠死了！侍奉明君，不必死就能進諫成功，因為他捨不得讓你死，對待暴君，就算死一次，都不值得！」

落筆至此，他忽然領悟到一件事：「劉守光才智低劣，實在不能對他諍諫什麼，因為他根本聽不懂，同樣的，如果主上才能平庸，也不必向他推薦什麼，因為他無法判斷好壞，最好的法子是讓他們自己承擔苦果，得到教訓，如此他們才會懂得尊重臣子！

先生非要勸諫一個庸才，因此招來禍害，可先生不知劉守光是個庸才麼？他知道，但他還是做了！所以，人雖不喜歡災禍，卻在不知不覺間，主動招引災禍！」他揮筆的速度忽然慢了下來，一字一字錚錚寫道：「禍之人拒，然亦人納；禍之人怨，然亦人遇。」❷

這一瞬間，他似乎有了撥雲見日的感覺，雖然那光明還很微弱，還不是很通透，卻是在混濁幽暗中的一線希望：「既然明君極少，究竟要如何為臣，才能夠實踐理想？良禽應該擇木而棲，否則對不起自己的才學、自己的良知，也對不起百姓的託付！我也不能隨意當官，更不能衝動進諫、莽撞而行，我必須想出一條真正的亂世為官之道，既保全自身，又保護百姓！」

他望著滿屋憤慨的字帖，瞥眼見到「主要臣死，臣不得不死」那張紙帖，又想：「可為什麼所有主君都認為『主要臣死，臣不得不死』，而臣子也以死忠報效主君為榮耀？在君臣互相需索的關係中，他們將千千萬萬的黎民蒼生置於何地？」望著那張紙帖，他重新快速回想所有的儒學經典：「儒學何曾談過『主要臣死，臣不得不死』？提倡『為人臣不忠，當死；言而不當，亦當死。』的韓非子並不是儒者，而是法家！」

剎那間，似有一道雷閃電光轟開了迷霧：「不錯！正是法學，而非儒學！」所有的靈思倏然沖湧上來，令他怕自己會抓不住這大量的靈感，連忙提筆颯颯飛寫：「秦以法家治國，雖快速強大，卻兩代而亡，留下巨大的後遺症，世人只知秦焚書坑儒，卻沒有注意到他們在儒學之中悄悄植入法家思想！未被發覺的毒害才是影響最深、戕害最大，流毒無窮的！這讓後世君王口口聲聲遵行儒學治國，骨子裡卻是以法家治國，要文臣武將全都獨尊君王，否則就當死！

儒學在暴秦的摧殘之下，已經受到法家污染，再也不是純正的孔孟思想，用著唯君主義戕害儒家思想，傳授天下人錯誤之道，導致君王專制暴虐，臣子唯唯諾諾，百姓苦不堪言，世道多難，天理不彰！」

他整個心思越來越激動，卻也越來越清明：「我絕不能再任由這件事繼續下去！否則就算換了一個君王，一開始或許還願意做個明主，但心中受了君權至上的影響，久而久之，終要走上暴君專制之道！我必須振衰起敝！將論語、孟子、孝經、禮記、春秋這些儒家經典重新傳揚於世，讓世人不再誤解其義、亂行其道……」

從前他只想取到《星象篇》拯救蒼生，他以為只要選擇一位明君，就能成事，這一刻，他心中卻有另一個理念在快速膨脹，彷彿要發展成一個無與倫比、艱難無匹的宏願，令他自己都感到不可思議與震撼：「只有人人識得經學、修心養性，才可能養出真正的好君臣，君王讀了經學，便懂得如何為君王，臣子讀了經學，便懂得如何為臣子，百姓讀了經學，也能增廣見聞、知書達禮、安居樂業，天下才可能真正安定，否則一群黷武莽夫憑著粗暴權力專制為王，殘害忠臣良民，如此上行下效，只要學了一點武力、掌有一點權力，便想掠奪上位、欺辱下位，世間將永無寧日……對！只有人人讀懂了九經書典，才是結束亂世的根本之道！」

他原本還虛軟無力，此刻卻感到自己的身子熱烘烘的，彷彿在一片黑暗迷霧中尋到一線結束亂世的曙光！但要教天下人都讀儒學九經，是何等困難的一件壯舉？即使在盛唐之時，也不是人人都能讀到九經，更何況現在是戰爭亂世，百姓連飯都吃不飽，躲避戰禍都來不及，哪來的時間力氣讀書？又哪來的銀兩買書？更何況要找誰來大量抄書？如何籌措銀兩且不受戰禍打擾，不斷地製出書冊？製好的書冊又要如何廣傳出去？這一樁樁、一件件都是天大的難事，對一個貧苦的農家子弟來說，每一件都是不可能的任務！

這樣巨大的困難，又將他打入絕望的深淵：「難道這亂世就永無寧日？百姓就沒有結束痛苦的一日？難道太平盛世永遠不會到來？」

他起身走到窗邊，推開窗扇，望著悠悠蒼天，點綴著滿天星斗，形成一幅浩瀚無解之謎，他心中萬分沮喪，但同時也對自己立下誓言：「能做一分是一分！只要多一個人懂得經學，就多一份力量！就從我自身做起，只要有空，我就開始抄寫經學，分送給人吧！」忽又想到可召集士子同好一起來共襄盛舉：「劉昫、趙鳳、龍敏、劇可久都是飽學之士，都有憂天下之心，肯定會願意的！」

他感覺事情有了眉目，心思漸漸寧定，但在推展九經之前，還有一件事要做：「我既然答應了先生要救出劉仁恭，就不能失信於他，無論如何，總得把這事給辦了，莫讓先生到九泉之下也不安心，其他事往後再談吧！」

要救出劉仁恭也不容易，他本來打算犯個小事，讓劉守光判入地牢，再由孫鶴接應出來，如今孫鶴慘死，劉守光對劉仁恭憤怒異常，要進入牢獄就變得十分困難，就算順利與劉仁恭碰面，也未必能在劉守光的嚴厲監控下逃出牢籠。

他思來想去，始終沒有好法子，心想：「不如我先去孫府探探，或許先生會留下什麼線索也說不定。」他先將滿屋子大逆不道的字帖收拾好，唯獨留下「禍之人拒，然亦人納；禍之人怨，然亦人遇。」這張紙帖，用來警惕自己，此後要更加小心保守自身。其餘的紙帖皆以火盆焚燒乾淨，免得被人瞧見，落下把柄，又稍稍梳洗之後，換了一身乾淨的衣裳，便趁夜來到孫鶴的府邸。

孫府已是滿園凋零，連老僕人也不在了，眾士子怕被牽連成孫鶴同黨，無人敢來祭奠，也有人認為孫鶴慘死，必會化為厲鬼索命，不敢踏入凶宅，因此馮道輕易進入屋內，隨意探索，這才發現雖然劉氏父子斂盡河北百姓的財產，孫鶴卻是一生清廉，滿屋子除了厚厚的書冊、文案，幾乎身無長物，很久以前，便是孤寡獨居，沒有親人相隨：「先生身負奇才，明明可投效其他英主，卻一直留在這裡孤軍奮鬥，他對幽燕的感情何其深厚！或許他對劉氏父子早有伴君如伴虎的覺悟，自知不得善終，所以早就與親人斷絕關係，讓他們遠遠遷離，以免遭到禍害。」

馮道對孫鶴的剛鯁孤絕，油然生出敬佩之情，也覺得萬分不值。他來到庭院之中，望著滿園蕭蕭落葉，毫無生機，唯獨雪梅傲然挺立，就像孫鶴堅立於酷寒的世情之中，不肯低頭，他內心不勝感傷，忍不住為孫鶴焚香祝禱，燒了紙錢，送他最後一程：「先生，你一路好走，莫再牽掛塵俗瑣事，道會振作心志，盡力拯救幽燕百姓，絕不辜負你的託付，至於劉氏父子，蒼天有眼，他們定會有報應！」

天地一片黑暗，只剩這方小園殘存著微光，幽幽火焰在寒雪中騰騰燃燒，就像那顆孤臣丹心始終熾烈，怎麼也不肯熄滅。梅瓣、紙灰、雪粉、火星交織成不斷飄飛的幻景，彷彿這迷離不清、變化莫測的世情，然而再倔強的火焰也敵不過殘酷的風雪，馮道眼睜睜看著它一寸一寸黯淡消滅，彷彿忠臣赤子之心終究不敵邪惡的世道，這一刻，他心中萬分淒涼，忽然特別思念褚寒依，需要她給自己一點安慰力量，無論世事如何慘酷、人情如何變化，她永遠是心底最深、最暖的牽掛。

馮道懷著忐忑不安的心，來到石院的後山，遠遠眺望著三笑齋：「雖然妳不想見我，但今日之後，或許我們就真的無法再見了，所以我還是忍不住來瞧瞧妳……」

在這寒冬夜裡，月光溶溶、微雪翩翩，湖面成冰，小齋籠罩在幽寂空曠的雪色中，靜默無聲，窗隙透出的昏黃燈火，彷彿在無盡的絕望中，予人幾許馨香暖氣，令馮道灰涼的心境有了一點安慰，他不禁回憶起在淮南黑牢中，最痛苦絕望的時候，褚寒依曾說：「倘若你能逃過這一劫，咱們便離開這裡，找個地方隱居起來，再也不管那些藩鎮誰打了誰、誰殺了誰！你想回景城，我便陪你回去，從此你種田、我織布；你寫詩、我彈琴，咱們生養一群小娃娃，教他們讀書識字，把你腹中的學問全教給他們……」

看著前方的小齋，馮道心中浮起了一幅男耕女織、群娃相繞，和樂融融的美景，卻不禁更加傷感：「如今我們都回來了，河北卻早已淪為地獄，妳我也對面不識……」

在淮南囚籠裡，身受折磨，生死未知，可是兩心相依，如今回到河北，兩人卻始終不得相聚，他不知道哪一種痛苦比較沉重，也不知道哪一場黑夜比較漫長？

馮道想到褚寒依總愛行俠仗義、刺殺惡霸，又擔心她的危險，忍不住輕聲叮嚀：「妹妹，妳是個姑娘家，本該在夫君的保護之下，過著幸福美滿的日子，但妳不要我保護，拒我於千里之外，如今先生死了，再沒有人能保護三笑齋，今後，妳一定要懂得保護自己，不要再任性妄為！

亂世兒女，時常身不由己，有時要為大義犧牲，有時須為理想殉道，也有不忍蒼生受苦，必須挺身而出的承擔，但無論如何，我都不希望妳冒險，我知道妳會說巾幗不讓鬚眉，女兒家也可以為了蒼生盡一份心力，可是我對妳實在存了私心，我只想妳好好的，就如妳說的，不要再管那些藩鎮誰打了誰、誰殺了誰，他們不值得妳生死相拼！倘若我們從此天人永隔，妳一定要找到幸福歸宿，否則我這一去，也不安心……」

他將這些永無機會說出的叮嚀，化成一封簡短信柬，信中說明孫鶴被劉守光殺了，三笑齋已不安全，必須盡快將難民和一些親友暫時移往大安山腳下的開善寺。他會設法教劉守光撤走大安山駐軍，待軍隊撤離後，褚寒依就能將大夥兒遷至山頂宮殿定居，信末特別叮嚀褚寒依要小心保全自身，切莫輕易犯險。

他遠遠站著，不忍打擾褚寒依的安寧，也不想再強求，便用繫繩將信柬垂掛在梅枝上，忽而，一陣蒼涼冷風吹了過來，幾許梅瓣徐徐飄落，許多梅梢只剩殘枝，他心中一動，便提筆在每一片梅花瓣上分別寫下一個字，二十四片梅瓣，共二十四字：「金匱之盟，歷之春秋，紀於永世，此生雖無見日，此情卻無絕期。」

望著漆黑夜空灑下的雪粉，他心中知道，雪水很快就會化掉梅瓣上的字跡，他傾訴的情意從此煙消雲散，但那又如何呢？他這一離去，是抱著誓死如歸的心去見劉守光的，莫要再為心上人憑添一丁點感傷了，因此他將滿懷情意寄托花語，不對人訴，只留予寒梅知。

「該走了！」清晨第一道曙光破開雪粉曉霧，他知道自己不該再留戀兒女私情，應該肩負起大義，依依不捨地再望小齋一眼，便毅然轉身，緩步往前行，風雪再大，也吹不睬他的眼，落不進他的心，更吹不動他堅忍獨決的心志，他所有一切，都如往常平靜。

（註❶：因劉守光過於殘暴，後世史家將大燕王朝又稱為桀燕。）

（註❷：「禍之人拒……然亦人遇。」出自馮道著作的《榮枯鑑》。）

《十朝．奇道．卷三，神龍擺尾　待續》

國家圖書館出版品預行編目(CIP)資料

十朝. 二部曲: 奇道. 卷二, 龍戰于野 / 高容著. –
初版, – 臺中市：白象文化事業有限公司, 2022.10
面 ；21 公分. -- (高容作品集 ；17)
ISBN 978-626-7189-35-1 (平裝)
857.9　　111015411

高容作品集 17　十朝：奇道．卷二．龍戰于野

作　　者：高容
作者 fb：www. facebook. com/kaojung. dass
策劃團隊：大斯文創
聯絡電子信箱：dassbook@hotmail. com
總 編 輯：奕峰
責任編輯：李秀琴
文字校對：李秀琴　鄭鉅翰　高容
封面設計：陳芳芳工作室

發 行 人：張輝潭
出版發行：白象文化事業有限公司
地　　址：412 台中市大里區科技路 1 號 8 樓之 2（台中軟體園區）
出版專線：（04）2496-5995　傳真：（04）2496-9901
經銷地址：401 台中市東區和平街 228 巷 44 號（經銷部）
購書專線：（04）2220-8589　傳真：（04）2220-8505

印　　刷：中茂分色製版印刷事業股份有限公司
地　　址：新北市中和區立德街 26 巷 17 弄 5 號 3 樓
電　　話：（02）2225-2627

ＩＳＢＮ：978-626-7189-35-1
訂　　價：380 元
2022 年 10 月 15 日　初刷

DASS C&C.
www.facebook.com/kaojung.dass